비교
문학의
실제

최해수(崔海秀, Choi, Hae-Soo)
한국외국어대학교 일본어과를 졸업하고 동대학원 박사과정에서 비교문학을 전공(문학박사)하였다. 『이것이 일본이다』(청조사, 2002)와 『그래도 학교는 아름답다』(영림카디널, 2005) 등의 저서가 있고 『태양의 거리』(책나무, 1994)와 『일본 명단편선집』(전 5권, 지식을만드는지식, 공역, 2017) 등의 역서가 있다.

비교문학의 실제

초판 인쇄 2020년 1월 13일 **초판 발행** 2020년 1월 23일
지은이 최해수 **펴낸이** 박성모 **펴낸곳** 소명출판
출판등록 제13-522호 **주소** 서울시 서초구 서초중앙로6길 15, 1층
전화 02-585-7840 **팩스** 02-585-7848
전자우편 somyungbooks@daum.net **홈페이지** www.somyong.co.kr

값 26,000원
ISBN 979-11-5905-405-1 93810

비교 문학의 실제

Actuality of Comparative Literature

최해수 지음

책머리에

비교문학적 연구가 의미를 가지기 위해서는 목표의식을 가지고 연구에 매진해야 한다고 생각합니다. 작품 속에 가려져 있던 가면을 벗기고 진실의 맨얼굴을 밝히거나 상호문학의 발전에 도움이 될 수 있는 결과물을 만들어 내거나 작가의 문학세계 외연을 확장하는 데 이바지하는, 이 세 가지 조건 중 적어도 하나를 충족시키는 결론을 얻었을 때 그 연구는 가치 있다고 말할 수 있을 것입니다.

제1부 '염상섭과 나쓰메 소세키'에서는 염상섭 문학과 나쓰메 소세키夏目漱石의 영향 관계와 두 작가가 만들어낸 지식인들에 대해 고찰하였습니다. 여기서는 염상섭 문학에 미친 나쓰메 소세키 문학의 영향을 전반적으로 탐색하고 염상섭이 「표본실의 청개구리」 이전에 이미 「박래묘舶來猫」(1920)를 발표하였으며 이것이 염상섭의 첫 소설이라는 사실을 밝혔습니다. 또 이 작품은 나쓰메 소세키의 『나는 고양이로소이다吾輩は猫である』(1905)의 영향을 받아 쓰였으며 이를 통해 염상섭의 초기 문학에서 소세키의 영향을 확인할 수 있었습니다. 또한, 근대 여명기 한국과 일본 지식인의 양상을 다각도로 조명하고 1910년대 지식인의 한 양상으로 소세키가 창안한 일본의 '고등유민'과 1920~1930년대 한국의 분위기에서 염상섭이 만들어낸 '심퍼사이저'는 서로 대비되면서도 비슷한 성향도 지니고 있어 이러한 두 지식인의 전형을 비교하였습니다. 이러한 연구 결과물을 통해 염상섭 문학의 연구 폭이 넓어지고 뛰어난 우리 소설가 염상섭의 작품에 대한 관심이 다시 한번 일어나는 계기가 되었으면 하는

바람을 가져 봅니다.

작가 이문열의 일본문학과 관련된 내용만을 따로 모은 제2부 '이문열과 일본문학'도 비교문학적 연구로서 의미 있는 작업이었다고 생각합니다. 이문열의 「우리들의 일그러진 영웅」(1987)은 일본 작가 다니자키 쥰이치로谷崎潤一郎의 작품 『작은 왕국小さな王國』(1919)의 영향을 강하게 받았다는 사실을 추적하고, 이문열 소설 가운데 일본작가의 작품을 변용하거나 영향을 받은 작품들에 대해서도 탐색해 보았습니다.

비교문학을 어떻게 할 것인가? 우리문학에서 일본문학은 어떤 양상으로 나타나고 있는가? 특히, 염상섭과 이문열의 문학에 나타난 일본문학은 어떠한 형태이며 이것을 어떻게 바라볼 것인가에 대해 문제를 제기하고 그 해답을 찾아 본 것은 비교문학적 연구의 바람직한 전개였다고 자평합니다.

신념에 따른 선택으로 해직이 되었을 때도, 늦깎이로 비교문학을 공부한다며 다니던 직장을 3년 휴직하고 공부에 매달렸을 때도, 공부의 길이 막혀 긴 터널 속을 헤맬 때도 애정을 담은 격려를 아끼지 않으신, 학부 때부터 거의 30년을 지도 편달해 주신 최재철 교수님께 깊이 감사드립니다.

대학에서 일본어와 일본문학을 공부하였지만 비교문학을 공부하게 되면서 우리글과 우리문학을 더욱 사랑하게 되었습니다. 그래서일까요? 일본어와 일본문학을 강의하던 제가 지금은 국어와 우리문학을 가르치고 있습니다. 어쩌면 이제부터 제대로 된 한일 비교문학이 가능할 것 같다는 생각도 해봅니다.

기회가 주어진다면 저는 경계境界의 문학이랄 수도, 경계警戒의 문학이라고도 할 수 있을 1940년 전후부터 1945년 해방 때까지의 일제강점기 동안 우리나라 작가가 일본어로 쓴 문학 작품을 정리하는 작업을 하고 싶습니다. 지금까지 친일문학의 범주에서 이 문학 작품들에 대한 제한된 연구가 진행되기는 하였지만 우리문학이라고도 일본문학이라고도 볼 수 없는 애매한 이 시기의 문학을 제대로 정리하는 작업은 우리문학과 더불어 일본문학에도 애정을 가진 사람이 해야 한다고 생각하고 있습니다.

김종균, 이보영, 김윤식 세 분 원로교수님들의 연구서에서 힘입은 바 큽니다. 특히 우리 작가 염상섭을 제대로 알게 해주신 김종균 교수님의 가르침에 감사드립니다. 제 글을 끝까지 읽고 애정을 담은 조언을 아끼지 않으시며 좋은 책이 될 것이라 격려의 편지를 주신, 인간에 대한 예의를 가지신 김종덕 교수님, 비교문학의 방법론을 가르쳐 주신 윤호병 교수님 고맙습니다. 출판 여건이 좋지 않음에도 불구하고 선뜻 제 글을 책으로 제작하기로 결정해주신 소명출판 박성모 대표님 고맙습니다.

언제나 나에게 힘과 용기를 주는 하늘, 인지, 영훈 그리고 참 좋은 사람 박귀동 씨에게 깊은 사랑과 감사를 전합니다.

2020년 겨울

최해수

차례

●제2부 이문열과 일본문학

제1부

염상섭과 나쓰메 소세키

제1장_ 비교문학적 관점

제2장_ 염상섭 문학에 미친 소세키의 영향

제3장_ 염상섭과 소세키 문학의 지식인상 대조

제4장_ 한·일 지식인상의 대비

제5장_ 염상섭과 소세키 문학의 귀결

제1장

비교문학적 관점

1. 염상섭 문학에서 소세키의 의미

나쓰메 소세키夏目漱石(1867~1916)와 염상섭廉想涉(1897~1963) 문학에 나타난 지식인상을 비교문학적 관점에서 고찰하고자 한다.

한일 근대소설의 대표라 할 두 작가의 문학 속에서 지식인들이 어떠한 시각으로 사회와 인간을 바라보았으며, 작가는 작중 지식인들을 통해 이 시대를 어떠한 관점으로 이해하려고 하였는지를 비교분석함으로써 20세기의 시작과 더불어 전개된 격동기 양국 지식인들의 양태를 밝혀 보려는 것이 이 글의 목적이다.

근대문학은 소설에 반영되어 있는 시민계급의 자아의식과 인간적 평등사상에 의해 근대적 특성이 두드러진다. 근대소설은 시민사회가 추구한 자유와 평등과 개인주의의 산물이며, 각성한 시민계급의 등장이라는 역사적 흐름과 나란히 성장해왔다.

근대소설에서 근대적인 성격을 강조하는 경우 흔히 동양 3국(한국, 일본, 중국)의 대표적인 작가로 염상섭, 나쓰메 소세키, 루쉰魯迅 등을 드는 것이 최근의 추세이다. 이들이 근대소설의 대표로 일컬어지는 것은 작품에서 나타나는 근대성에 그 이유가 있다고 생각한다. 그러므로 한일 근대소설의 대표적인 작가 소세키와 염상섭 소설의 영향 관계, 그리고 이들이 창조한 지식인상을 비교하는 것을 목적으로 한 이 글은 근대 여명기의 동아시아 지성을 이해하는 하나의 열쇠가 될 수 있다는 점에서 의미를 가진다고 할 수 있다.

평론가 카라타니 코진柄谷行人은 저서 『일본 근대문학의 기원日本近代文学の起源』에서 근대문학의 특성을 풍경의 발견과 내면의 발견, 고백이라는 제도, 병이 의미하는 것, 아동의 발견, 구성력에 관하여 등 여섯 분야로 나누어 설명하고 있는데, 설득력이 있는 의견 중 하나라고 보인다. 근대인의 내면세계에 관한 자기 성찰과 자기 고백적 성격은 일본 근대소설문학의 주요한 특성이라고 할 수 있다.[1]

한국 근대소설이 그 출발에 있어서 일본을 매개로 한 서구문학의 영향 하에서 형성되었다는 것은 이미 알려진 사실이다. 이는 개화기 이래의 외국문학 이입사에 대한 연구에 의해서 실증적으로 확인될 뿐만 아니라 작가들의 여러 평문 및 작품 속에서도 직접적으로 검증되는 바다. 한국문학 연구에 있어서 비교문학적 연구의 당위성은 바로 이런 측면에

1 최재철, 「일본 근대문학의 이해」, 『일본문학의 이해』, 민음사, 1995, 114쪽. 카라타니 코진은 『일본 근대문학의 기원日本近代文学の起源』(講談社, 1980)에서 "'근대적 주체의식'을 실체화하기 위해서는 우선 자기가 '자기'이기 위한 내면의식이 필요했고, 그 내면을 실체화한 것이 바로 문학이었다"고 주장했다.

서 인정된다.[2]

소세키[3]는 인간을 고립화시키는 문명의 정체를 본다. 그의 문학에 깔려 있는 날카로운 문명비평은 서양 흉내내기에 급급했던 일본 근대의 실상을 제대로 파악하고 있는 데다, 이미 문명의 본질을 꿰뚫은 그의 깊은 통찰력에 있다. 지식인으로서 무엇을 해야 하며, 어떻게 살아야 할 것인가에 대한 그의 치열한 문제의식은 이런 통찰력에서 태어났던 것이다. 이런 까닭에 100년이 훌쩍 지난 지금 소설이나 평론을 읽어도 그의 혜안을 다시금 확인할 수 있다.

소세키의 작품은 치밀한 구성과 문장, 논리적 분석, 풍부한 지성, 행간에 담긴 심오한 사상이 특징이다. 제재題材는 대부분 평범한 일상생활이며 근대의 그늘에서 괴로워하는 고독한 인간의 모습이 그 주인공이다. 이것은 그가 시대의 통절한 문제에 치열하게 맞섰다는 것을 의미하는 동시에 사회와 인간의 어두운 면과도 정면으로 맞서왔다는 것을 의미한다.[4]

2 김경수, 『염상섭 장편소설 연구』, 일조각, 1999, 23쪽.

3 소세키는 처음에는 사생문寫生文 계통의 문장을 짓고 여유 있게 인생의 현상을 보려 했다. 현실의 천하고 악한 문제나 추함, 증오 등의 분위기를 희화적으로 그린 첫 작품 『나는 고양이로소이다吾輩は猫である』(1905)에 이어, 혼란한 현실을 넘어서 아름다운 꿈을 보려고 노력한 작품, 저회적低徊的인 태도로 현실을 넘어선 경지에 살 것을 주장하거나 윤리적인 골격을 갖춘 작품 등 12년간의 작품 활동기에 『풀베개草枕』(1906), 『산시로三四郎』(1908), 『그리고서それから』(1909), 『문門』(1910), 『코코로心』(1914) 등 숱한 화제작을 발표했다. 『노방초道草』(1915) 및 미완未完의 장편인 『명암明暗』(1916)에 이르러서는 근대인의 심리가 이지적으로 분석되어 깊이 파헤쳐지고 있다. 그의 정밀한 심리묘사는 자연주의의 견지에서는 오히려 현실과 유리되었다고 생각되는 바도 있었다. 그러나 그렇게 생각되는 부분이 소세키 문학의 독자적인 가치로 인정받고 있으며 다이쇼大正 시대의 이지주의에서 쇼와昭和 시대의 심리문학에까지 영향을 미쳤다(伊藤整, 「近代文學鑑賞 講座 5」, 『夏目漱石』, 角川書店, 1966, 5~22쪽 참조).

4 소세키의 사상 및 문학을 바라봄에 있어, 지식인의 문제는 가장 중요한 테마의 하나이다. 그는 대부분의 작품 속에서 메이지明治, 다이쇼 시대를 살아가는 여러 형태의 지식인상을

그가 추구한 작품 세계는, 근대 일본의 현실 속에서 인간의 존재방식에 대해 근원적인 불안을 느끼고 이에 대해서 '어떻게 살아갈 것인가?'라는 존재방식의 모색이었던 것으로 보인다.

소세키가 살았던 시대는 메이지明治(1867~1912)로, 개화의 급물살을 타면서 서구 문명의 수용에 사활을 건 시대였다. 국가와 개인, 봉건적 도덕과 근대적 개인주의 등이 동양과 서양으로 대립하는 격동의 시대였다. 이 시대는 유교적 세계상에서 양학적洋學的 세계상으로 교차되던 전환시대이기도 했다. 그러나 아직 봉건시대의 토양하에서 서구 근대사상의 도입이 짧은 기간에 이루어진 결과, 근대정신이 성숙되지 않은 상태에서 발생하는 많은 모순을 그대로 드러내고 있었다. 서구 근대국가 형성과정은 일찍이 하나였던 권력과 권위가 공적인 권력과 사적인 권위로 나뉘어져 있었다. 이에 반해, 일본의 경우는 쇼군將軍의 권력과 천황의 권위가 하나로 통합되어 천황에게 귀속되는 모순을 내포했다.[5] 이런 한

창출했는데, 그 기저에는 지적 엘리트로서의 그 자신의 내적·외적인 절실한 체험이 있었다. 소세키에 의해 창출된 지식인들도 항상 자기본위의 근거나 내실에 끝없이 의문을 지닌 존재였다. 예를 들면, 『산시로』의 히로타廣田는 러일전쟁 후의 사회에 대해 날카로운 비판을 보이지만 산시로의 눈에조차 "세상에 살면서도 세상을 방관하고 있는 사람"의 모순을 느끼게 하는 '비평가'이며, 『그리고서』의 다이스케代助도 '문명비평 내지는 문화론적 성격'이라고 불리는 것처럼, 작품의 전반부에서 통렬한 반시대적 발언을 하지만 그 부친과 형의 자산에 기식하는 완전한 고등유민高等遊民으로 존재한다. 『그리고서』는 이러한 자기당착을 파악한 인간이 스스로의 공허함, 권태를 견디지 못해 사회와 대결하고, 문명비평론적 존재로 살아가는 모습을 이야기하고 있다고 할 수 있다. 또한 다음 작품인 『문』에는 일상성에 의한 지식인의 부식이 그려져 있고, 이어서 『피안 저편까지彼岸過迄』, 『행인行人』에서는 과잉된 지성 때문에 행위는 없이 막다른 곳까지 내몰린 지식인의 극한적인 모습을 통해서 시대와 인간의 폐쇄상황이 치밀하게 묘사되어 있다. 나아가 『노방초』에서는 일상 세계의 인간관계 속에 얽힌 고독한, 그러나 독선적인 지식인의 고투의 모습이 그려져 있다(三好行雄 編, 『夏目漱石事典』, 學燈社, 1992, 185~186쪽).

5 이 시기에 '근대'에 대한 반작용으로 '반근대'가 주창되기도 했다. 미요시 유키오三好行雄는 일본 근대문학 전개 과정에서 보이는 근대적 사유와 반근대적 사유 사이의 격렬한

편으로 '인간의 자유, 인간의 권위'를 중시해야 하는 것을 안 이상, 메이지 일본을 이끌었던 '충효의 덕목'을 극복해야 하는 불가결한 선결문제가 놓여 있었던 것[6]이다. 이런 연유로 불충분하고 성급하게 이루어지는 근대화의 여건 아래에서 일본인들은 근대인으로서의 내면의 성숙기를 갖지 못했던 시기이기도 했다.

한편, 염상섭은 일찍이 일본에 유학했던 만큼 일본어를 통하여 문학과 창작에 접근하게 되었다. 따라서 당시 일본의 베스트셀러 등 대중적인 책에 흥미를 가지며 차츰 일본 고전과 더불어 당시의 문학사조였던 자연주의 작품에 빠져 들어가게 되었다. 조선의 고전은 모르면서도 일본의 고전은 거의 의무적으로 읽었던 중학시절의 염상섭은 국어보다는 일본어로 유창히 말할 수 있었고 작품도 쓸 수 있었다.

염상섭의 작품은 그 작품의 방대함[7]과 우리문학사에 차지하는 비중이 다대함에도 불구하고 그의 일부 작품, 즉 「표본실의 청개구리」(1921) 등의 초기 3부작과, 『만세전』(1923), 『사랑과 죄』(1927), 『삼대』(1931), 『무화과』(1932) 등 소위 문제작으로 일컬어지는 장편소설이 주로 연구의 진전을 보이고 있는 것은 흔히 지적되고 있는 그대로이다.[8] 1987년

정신적 고투를 문학사 밖에서 찾지 않고 안에서 발견하고자 한다. 미요시는 '반근대'를 "강제로 서양을 수용해야 했던 메이지 지식인이 스스로의 내부에서 그 문제점을 깨달아 반서양적 감각과 사상 그리고 윤리의 모습을 갖추기 이전에, 그들의 감성이나 미의식 그리고 무의식 등 보다 많은 영역에서 찾아볼 수 있는 일종의 안티테제를 뜻한다"고 말한다. 그러한 노력에 매진했던 주요 작가는 나쓰메 소세키, 모리 오오가이森鷗外, 타카무라 코오타로高村光郎, 사이토 모키치齋藤茂吉 등이다(三好行雄, 『日本文學の近代と反近代』, 東京大學出版會, 1972 참조).

6 高田端穗, 「日本近代の特殊性」, 『夏目漱石論』, 明治書院, 1984, 7쪽.

7 염상섭의 작품을 철저한 고증에 의해 정리한 김종균의 '작품목록'에 의하면 염상섭의 작품은 시 1편, 장편소설 28편, 단편소설 150편, 평론 101편, 수필 30편, 수상 기타 잡문 153편, 번역문 4편에 이르고 있다(김종균, 『염상섭 연구』, 고려대 출판부, 1974, 553쪽 참조).

민음사에서 『염상섭전집』이 나온 뒤로는 다소 연구의 폭이 넓어지고 최근 들어서 『효풍』(1948), 『취우』(1952) 등으로 작품연구의 폭이 한층 넓어지고 있는 추세에 있으나 여전히 방대한 그의 작품의 일부로 한정되어 있다.[9] 염상섭 작품을 좀 더 종합적으로 이해하기 위해서는 아직 미발굴된 작품의 발굴·연구와 더불어 그의 작품의 비교문학적 연구도 병행되어야 할 것이다.

염상섭은 당대 식민지 현실을 처음부터 민족 수난기로 인식하였을 뿐만 아니라 극복의 대상으로 인식하였기 때문에 난세로 규정하였다. 난세를 살아가는 방법이 어떠해야 할지를 그는 소설을 통해서 그 지혜의 일단을 우리에게 보여 주었다.[10] 염상섭은 그의 장편소설에서 당대의 민

---

8 한국 근대문학을 다루어 온 거의 모든 논자가 20세기 전반기에 활동했던 작가 가운데 단연 으뜸으로 인정하는 염상섭 작품의 연구 폭이 제한된 것에 대해, 이동하는 대략 두 가지의 원인으로 진단한다. "우선 첫째로 들 수 있는 원인은 「표본실의 청개구리」, 『만세전』, 『삼대』 등 대중적으로 널리 알려진 서너 편의 대표작을 제외한 염상섭의 중·단편들 모두가 연구자들의 관심권으로부터 소외되어 왔던 사정과 동일한 내용의 것으로서, 바로 1차 자료를 좀처럼 대할 수 없었다는 어려움이다. (…중략…) 그 다음 두 번째로 지적해야 할 것은, 앞에서 이미 지적했던 것처럼 이 시기의 작품들이 전반적으로 통속적인 성격을 지니고 있고, 그래서 연구자들의 특별한 관심을 끌 수 있는 성격의 것이 못 되었다는 점이다."(이동하, 「염상섭의 1930년대 중반기 장편소설」, 권영민 편, 『염상섭 문학연구』, 민음사, 1987, 157~158쪽)

9 "염상섭 문학의 전체상과 그 본질을 정확하게 파악하기 위해서는 기존 논의에서 소외된, 그러나 중요한 작품들에 대한 검토가 수행되어야만 한다"고 주장하는 정호웅은 다음과 같이 그 연구의 필요성을 역설하고 있다. "염상섭의 많은 작품들은 그것들이 지닌 뛰어난 문학성에도 불구하고 염상섭 소설 특유의 비대중성에 기인하는 비상업성, 일제의 가혹한 출판 검열 등의 문학 외적 이유로 인해 책으로 묶여 나오지 못했을 뿐만 아니라, 전문적인 연구자의 지성한 손길조차 가닿을 수 없는 도서관이나 연구소의 헌 신문철 속에 사장되어 거의 돌보아지지 않았던 것인데, 이처럼 잊혀진 작품들을 조명함으로써, 기존 연구에서 충분히 살펴보지 못한 염상섭 문학의 결락 부분들이 메워져야만 하는 것이다."(정호웅, 「식민지 현실의 소설화와 역사의식」, 유종호 편, 『염상섭』, 서강대 출판부, 1998, 144쪽)

10 김종균, 『염상섭 소설연구』, 국학자료원, 1999, 668쪽.

족현실을 리얼리즘의 세계인식과 창작방법론을 통해 총체적으로 드러내고 전형화하려 했다. 그 대표적인 예를 『삼대』에서 볼 수 있다. 또한 돈과 도시로 대표되는 그의 장편소설은 근대적 특성을 그대로 드러내고 있을 뿐만 아니라 염상섭의 민족의식과 현실 인식이 잘 반영되어 있다.

염상섭의 리얼리즘이 거의 서울을 배경으로 한 '지금 이곳'에서의 삶을 형상화하고 있다는 사실[11]과 그 과정에서 그가 이른바 가치중립성을 현실 해석의 고유한 틀로 취하고 있다는 사실,[12] 그리고 더 나아가 그의 작품이 보편적으로 가족제도를 현실의 문제를 설명하는 비유이자 한 축도로 삼고 있다는 해석[13]들이 그중 대표적이라 할 수 있다.

일본의 경우는 근대사회에 대한 준비가 어느 정도 되어 있는 상태에서 근대사회로 진입하게 되면서 지식인의 사회에 대한 사명과 역할이 비교적 가벼웠던 까닭에 자기관조에 빠져 조금은 느긋하게 사회와 세상을 바라볼 수 있는 여유가 있었다. 그러나 근대사회에 대한 준비가 거의 되어 있지 않았고 열강의 침략에 수동적으로 대처했던 한국의 경우는 지식인의 사명이 막중했던 까닭에 두 작가가 만들어낸 지식인들의 인물상에서 차이를 보이는 것은 필연적이라고 생각한다.

염상섭은 독립운동의 한 수단으로 소설쓰기를 했다. 한편 소세키는 생활인으로서의 한계에 고뇌하기는 하였으나 사상적으로 비교적 자유로운 사유의 공간에서의 글쓰기를 통해 작품 활동을 할 수 있었다. 따라서 이들 소설에 나타난 지식인상은 그만큼 차별화될 수밖에 없을 것이다.

---

11 최시한, 「염상섭 소설의 전개」, 『서강어문』 2, 서강어문학회, 1982, 247쪽.

12 김윤식, 『염상섭 연구』, 서울대 출판부, 1984, 434쪽.

13 김승환, 「염상섭의 가족주의적 정신과 家사상」, 권영민 편, 『염상섭 문학연구』, 민음사, 1987, 434쪽.

2. 비교문학적 연구의 쟁점

한국문학에서 지식인을 테마로 한 작품을 연구하는 작업으로는 조남현의 연구가 대표적이다. 조남현은 그의 저서 『한국 지식인 소설 연구』에서 "'지식인 소설'이란 개념은 결코 모호한 것은 아니지만 그 용어는 아직 학술용어로 정착되지 못한 느낌을 준다. 국내외를 통틀어 '지식인 소설'이란 용어를 자신 있게 사용한 사람은 거의 없다. 이렇게 된 데는 '지식인'이 지시하는 의미망이 지나치게 넓다는 식의 통념이 우선적으로 지적되어야 할 것 같다"[14]라고 전제하면서 "'지식인 소설'은 지식인이 주요인물로 등장했다는 그 점 하나만으로는 성립되기 어렵다는 것을 알 수 있게 된다"라고 덧붙여서 말한다.

그러나 이를 다른 각도로 음미해보면 지식인이 주요인물로 등장하면서 또 중심사건으로 지식인의 삶의 방법, 지식인 특유의 문제제기나 해결과정이 다루어질 경우 '지식인 소설'이라는 개념 정립이 가능할 수도 있다는 판단을 할 수 있다.

알버트 티보데Albert Thibaudet는 '지식인 소설'이란 용어를 최초로 사용한 인물이며, '비평적 재능을 타고난 작가'가 그의 재능을 소설에 적용시킨 결과 탄생한 작품이라고 그 개념을 정의했다. 따라서 지식인 소설을 분별하는 데서 서구 비평이 적용하는 기준은 우리 비평이 차용하는 기준과 반드시 일치하는 것이라고 보기 어렵다.[15] 그러나 굳이 이런 정의를 적용하더라도 '비평적 재능을 타고난 작가'인 소세키와

14 조남현, 『한국 지식인 소설 연구』, 일지사, 1999, 10쪽.
15 한용환, 『소설학 사전』, 문예출판사, 2001, 417쪽.

염상섭의 소설을 지식인 소설의 범주에 넣는 것은 비교적 수월하다는 생각이다.

한편, 1920년대와 1930년대에 와서 지식인을 주인공으로 등장시키는 소설들은 도시를 혹은 농촌을 공간적 배경으로 삼고 있긴 하나 후자에 비해 전자가 리얼리즘에 많이 기울어져 있었음은 부정하기 어렵다. 그런가 하면 프로문학에 등을 돌리지 않으면서 동시에 그것으로부터 독립해 보려는 작가들은 자기 확인의 한 방법으로 지식인의 삶과 심경에 큰 관심을 갖기 시작했다. 그리하여 지식인들의 삶과 고뇌를 한편의 소설로 양식화하는 데 있어서 동반자 작가들의 자세와 방법은 하나의 모델이 되기도 하였다.

조남현의 연구는 시간과 공간의 광범위함과 많은 작가의 작품을 다루고 있다는 점에서 주목할 만한 연구이지만 그 연구의 대상이 주로 단편소설에 머물고 있다.

물론 이 글의 테마가 '지식인 소설' 연구는 아니다. 지식인이 주인공인 소설 속에서 그들의 인물상을 비교문학적으로 고찰하고자 하는 것이 주된 관점이기 때문이다.

염상섭 문학이 일본의 영향을 받은 것에 관하여 김송현의 글[16]이 주목된다. 김송현은 『삼대』의 영향 관계에 대해서 타야마 카타이田山花袋의 『이불蒲團』, 『삶生』, 『시골선생田舍敎師』과 시마자키 토오송島崎藤村의 『파계破戒』, 『집家』 그리고 러시아 투르게네프의 『아버지와 아들父子』, 『지난밤前夜』 등과 『삼대』가 갖는 공통점을 추출해서 이들의 영향을 얼

16 김송현, 「『三代』에 끼친 외국문학의 영향」, 『현대문학』 97, 현대문학사, 1963, 92~101쪽.

마나 받았으며 심지어는 모방의 흔적이 없는가를 검토했다. 이 연구에서 김송현은 일본의 시마자키 토오송, 타야마 카타이의 작품과 러시아의 투르게네프의 작품 등을 『삼대』와 비교할 때 제재상 또는 형식상으로는 러시아문학의 영향이 지대하였으며, 일본문학에서는 제재상의 영향만을 인정할 수 있다고 보았다.

김학동은 창조파 이후 초기 한국 근대소설들이 자기 신변적인 이야기를 제재로 이야기를 이끌어갔는데 이러한 사소설적 경향은 일본 자연주의소설에서 받은 형식적 차용이라고 주장했다.[17]

이렇게 1960년대부터 본격적으로 시작한 한일 비교문학은 김윤식의 『한일문학의 관련 양상』[18]에서 새로운 전기를 마련하게 된다. 「문학의 관련 양상」, 「상흔과 극복」, 「일본문학의 의식구조」로 나뉘어져 서술된 이 책은 한일문학에 대한 비교가 다양한 관점에서 이루어질 수 있는 가능성을 보여주었다. 여기서는 특히 '가해자의 얼굴과 피해자의 얼굴'이라는 관점으로 1940년대의 내선문학內鮮文學에 관심을 보였다.

또 하나의 의미 있는 연구서로 최재철의 『일본문학의 이해』[19]가 있다. 이 책은 단순히 일본의 문학사를 이해하는 관점이 아니라 한국인의 시각에서 일본의 문학을 어떻게 바라볼 것인가에 초점이 맞추어져 있다. 특히 제4부 '일본문학과 한국'에서는 일본문학에 나타난 한국상과 일본 근대문학자가 본 한국을 다루고 있는데 여기에는 이 장에서 다룰 소세키가 한국을 방문하고 느낀 소감에 대해서도 언급되어 있다.

17 김학동, 『한국문학의 비교문학적 연구』, 일조각, 1974, 84쪽.
18 김윤식, 『한일문학의 관련 양상』, 일지사, 1974.
19 최재철, 『일본문학의 이해』, 민음사, 1995.

김종균의 『염상섭 연구』[20]는 염상섭의 생애와 학업 및 작품 활동을 「작가론」과 「작품론」으로 나누어 서술되었다. 제대로 된 염상섭 연구서의 집대성이라 할 수 있는 이 책에는 염상섭의 두 차례의 일본 유학과 문학 수업을 통한 일본문학과의 영향 관계가 언급되어 있다.

염상섭과 일본문학과의 관계를 본격적으로 다룬 연구로는 김윤식의 『염상섭 연구』[21]를 들 수 있다. 이 책은 염상섭의 일본문학 체험과 일본문학의 영향 관계를 비교적 치밀하게 분석하고 있다. 김윤식은 염상섭이 자신의 입으로 일본문학에서 기교만을 배웠다고 주장하지만 그것은 헛소리라고 단호히 말한다. 일본문학과 일본어에 능통하고 일본문화에 완전히 젖어 있어서 영향 관계를 느끼지 못했을 뿐이라는 것이다. 하지만 구체적으로 어떤 작품에서 어떤 영향이 나타나 있는지 분석되어 있지는 않다.

이보영은 염상섭의 작품을 꼼꼼히 읽고 다양한 관점으로 분석하여 네 권의 역작, 『식민지시대의 문학론』(1984), 『한국 현대소설의 연구』(1998), 『난세의 문학』(2001), 『염상섭 문학론』(2003)을 내놓았다. 이 책들에서 염상섭 문학과 일본문학과의 영향 관계가 언급되어 있어 주목된다. 이보영은 여기서 일제강점기의 우리문학은 우선적으로 민족의식의 문제가 주된 주제가 될 수밖에 없었으나 우리와는 다른 입장이었던 일본의 경우는 개인의 문제에 초점을 맞추는 것이 가능했다고 말하며 이에 대한 다양한 의견을 개진했다.

염상섭 문학의 일본 영향과 관련하여 이보영은 김윤식의 주장과 다른

20 김종균, 『염상섭 연구』, 고려대 출판부, 1974.
21 김윤식, 『염상섭 연구』, 서울대 출판부, 1999.

시각인데, 염상섭이 밝힌 대로 일본문학에서 기교 이외에는 영향을 받지 않았다는 입장이다. 그러나 같은 저자의 다른 글에서는 염상섭이 「E선생」을 쓸 때 구체적으로 소세키의 『도련님坊っちゃん』의 영향을 받았다고 밝히고 있어 다소 모순된 주장이라고 생각된다.

사에구사 토시카츠三技壽勝 등이 공동으로 편찬한 『한국 근대문학과 일본』[22]이라는 논문집은 한국과 일본의 학자들이 함께 연구하여 내놓은 것이어서 주목이 되지만 그 내용이 이광수와 최남선 등 지금은 우리 문학 연구 대상에서 다소 벗어나 있는 작가들을 주로 다루고 있어 한계가 있다. 이 논문집 중에서 유진오와 쿠니키다 돕포國木田獨步의 작품을 비교한 정귀련의 글은 주목된다. 그는 "염상섭의 『만세전』은 독보의 소설에서 영향을 받았다"고 서술하고 있으나 구체적인 내용은 밝히고 있지 않다. 정귀련은 『쿠니키다 돕포와 젊은 한국 근대문학자 군상』[23]에서 서술양식과 문체, 구성형식에 대한 비교를 통해 영향 관계를 밝혀 이전의 주제적 내용 접근에 의한 연구의 범위를 확장하기도 했다.

이혜순은 문학의 비교는 그들 상호 간의 사실관계가 있었는지의 여부가 아닌 작품을 바라보는 시각에 있는 것으로 간주되어야 하며, 따라서 영향 관계가 없는 것으로 보이는 문학 간의 대비 연구도 중요하게 취급하여야 한다고 주장한다. 이 경우 어느 것이 어느 나라, 어느 작가, 어느 작품에게 영향을 미쳤고 어느 쪽이 영향을 받은 것인지가 문제되지 않음으로 문화적 우월주의는 자연스럽게 소멸될 수 있다[24]고 보았다.

---

22 사에구사 토시카츠三技壽勝 외, 『한국 근대문학과 일본』, 소명출판, 2003, 204쪽.
23 丁貴蓮, 「國木田獨步と若き韓國近代文學者の群像」, 筑波大 文學硏究科 博士論文, 2000.
24 이혜순, 『비교문학의 새로운 조명』, 태학사, 2002, 5쪽.

김순전은 한일 서간체소설을 대비 분석하여 일본의 서간체소설의 서사내용과 구성의 '취향趣向'이 애정갈등에 대한 허구를 묘사한 데 반해, 한국은 현실사회교화, 민족교화를 위한 식민지 탈출을 외치는 사회적·정치적 도구로 '변용'되었다고 분석하고 있다.[25]

또 김순전은 종래의 한국과 일본 간의 비교문학적 연구가 대부분 작가 일인一人 대 일인, 한 작품과 한 작품 사이에서 이루어진 수용과 영향의 문제에 국한된 고찰이라는 한계를 넘어서 한일 근대소설의 발생, 성장, 변화의 양상을 종합적으로 고려한 광범위한 연구를 하였다. 물론 이 연구는 시간적인 한계를 지녀, 1930년대 이전까지의 한일 근대소설로 그 연구범위를 제한하였다.[26]

류리수는, 아리시마 타케오有島武郞와 염상섭 문학의 '근대적 자아' 비교연구를 통해 근대적 자아의 양상을 네 가지로 나누어 분석했는데, 근대생활과 예술의 주체, 집家과 국가의 주체, 동조자와 사회주의자 그리고 근대적 여성이라고 결론지었다. 저자는 이 글[27]에서 시라카바白樺파와 한국 근대문학의 관련 양상을 살펴보면서 아리시마 타케오와 염상섭의 영향 관계도 아울러 살펴보았는데, 이에 따르면 아리시마와 염상섭은 사회주의 사상에 공감하여 노동운동을 벌이고 여성해방 운동을 주창했지만 국가와 가족을 해체하는 극단적인 사회주의, 특히 공산화 운동은 반대한 것으로 보았다.

25 김순전, 「한일 서간체소설의 세계와 취향」, 『일본어문학』 10, 한국일본어문학회, 2001.
26 김순전, 『한일 근대소설의 비교문학적 연구』, 태학사, 1998, 357~368쪽 참조.
27 류리수, 「아리시마 타케오有島武郞와 염상섭 문학의 '근대적 자아' 비교연구」, 한국외대 박사논문, 2006.

3. 비교문학적 방법론에 따른 전개

이 글은 소세키의 경우는 그의 모든 작품을 연구 범위로 하되 염상섭 문학에 영향을 주었거나 지식인상의 비교와 관계가 있는 작품이나 서간, 평론 등을 주요 연구대상으로 하고, 염상섭의 경우는 일본문학과 소세키의 소설과의 영향 관계를 살펴볼 수 있는 1930년대 이전 소설을 중심으로 하되 평론이나 기사문 등은 비교문학적 관점에서 필요한 글은 모두 그 대상으로 함을 원칙으로 한다.

지식인상과 관련한 비교가 연구의 주된 관점인 만큼 지식인의 성격을 규정하는 것이 무엇보다도 선행되어야 할 것이다. 여기서는 1930년대 이전에도 사용하였던 용어인, 흔히 인텔리겐치아[28]라는 표현으로 쓰이는 지식인의 범주를 따르는 것으로 하되 1930년대 이전에 대학교육을 받은 지식집단으로 그 범위를 제한하기로 한다.

초기의 계몽적 지식인이 가지고 있었던 '선지자'로서의 역할은 1920

---

28 인텔리겐치아intelligentia : 지식계급에 속하면서 그에 상응하는 사회적 임무를 수행하는 사람. 지적 또는 전문기술적 능력을 가지고 있으며 지적 노동에 종사하는 사람들로 학자, 교사, 변호사, 기술자, 저술가, 저널리스트, 예술가, 의사, 공무원, 학생 등을 말한다. 이들의 사회적 역할은 크게 세 가지로 나눌 수 있다. 첫째로, 권력과 연결되어 민중과 단절된 지식인이다. 정부의 고급관리, 기업체의 임원, 언론기관의 간부, 대학교수 등이 여기에 속한다. 그들의 지성은 일반적으로 보수적 경향을 띠고 있다. 둘째로 권력에도 직접적으로 참가하지 않지만 민중과도 단절하고 있는 그룹이다. 그들은 기술적인 일에 전념하거나 관료조직 안에서 주어진 일만을 수행하거나 해서 만족하고 있다. 대부분의 경우 그들은 자기의 지적 능력을 소시민적인 입신출세의 수단으로 이용하고 있는 것이 통상적인데 드물기는 하나 이들 지식인 가운데는 은둔적인 경향을 보이는 사람도 있다. 일본의 경우를 예로 들면 사소설私小說의 작가 등이 여기 속한다고 볼 수 있다. 셋째로, 권력에 저항하는 지식인이 있다. 이들 가운데는 급진적인 자유주의자나 사회주의 운동의 참가자들이 많다. 그들은 권력에 의해서 압박을 받기 쉽다(『世界大百科事典』 2, 平凡社, 1971, 336~337쪽).

년대에 들어와 인텔리겐치아로 바뀌었다. 즉 학자나 교양인을 총칭하는 지식인 계급이라기보다 지식을 통해 정치적 관심이나 사회적 관심을 가지는 비판자라고 정의될 수 있겠다. 이후 점점 인텔리겐치아라는 말이 지니는 실천적 의미가 거세되면서 단순히 지식인이란 말이 사용되었다.[29] 이때의 보편적 의미로 쓰인 지식인은 교양인으로서 주관적인 취미나 기호에 세련된 정도를 의미하는 것으로 이해될 여지를 갖고 있다. 이 경우 딜레탕티즘[30]은 자연스럽게 지식인의 속성이 될 수밖에 없는데 여기서 말하는 '지식인'에도 시대상황상 이런 범주에 속하는 경우도 포함한다.

원래 지식인이란 보통 '문화적 주도권'을 쥐고 있는 집단으로 이해된다. 그들은 당대의 지배적인 문화에 이반하거나 일정한 거리를 취하면서 비판기능을 수행하는 집단이다. 지식인들은 한편으로는 체제 내에 순응하는 순응적인 면과 체제를 비판하는 비판기능의 상호 이율배반적인 기능을 동시에 지닌 집단인 것이다.[31]

일제강점기 때의 지식인은 고등보통학교 이상의 학력을 가진 사람을 뜻했다. 당시 일본 유학을 다녀오는 경우도 있었지만 그것은 극히 일부에 한정된 일이었다. 고등보통학교를 졸업한 지식인이 선택할 수 있는 진로는 몇 가지가 있었다. 하나는 은행원, 회사원 등이 되는 것인데, 궁

---

29 김진송, 『현대성의 형성』, 현실문화연구, 2003, 128쪽.

30 예술이나 학문을 치열한 직업의식 없이 취미로 즐기는 것을 말한다. 또한, 예술이나 학문에 대해 자신의 굳건한 입장을 취하지 않고, 이것저것 폭넓게 즐기는 자세를 뜻하기도 한다. 원래 딜레탕트dilettante는 '즐기는 사람'이라는 말이다. 딜레탕티즘은 자칫 수박 겉핥기식의 어설픈 전문가주의라는 비판을 받을 수 있다(메디컬코리아 편집부, 『무용이론사전』, 메디컬코리아, 2011).

31 앨빈 굴드너, 박기채 역, 『지식인의 미래와 새로운 계급의 부상』, 풀빛, 1983; A. 겔라 편, 김영범 · 지승종 역, 『인텔리겐치아와 지식인』, 학민사, 1983 참조.

극적으로 식민지와 관련한 일에 종사하게 된다는 점에서 그리 탐탁지 않게 여겨졌다. 다른 하나는 교사가 되는 것이었다. 한 고등보통학교의 경우 고등전문학교로 진학하는 학생을 제외한 졸업생 대부분이 교사로 진출했을 정도로 교사는 인기 있는 직업이었다. 또 하나 선택할 수 있는 진로는 언론계에 종사하는 것이었다. 이 역시 글 쓰는 지식인이라는 전통적인 개념에 사회를 위한다는 소명의식이 더해져 매력적인 진로로 인식되었다.

소세키가 본격적으로 작품 활동을 시작한 1910년대의 우리나라의 시대상황은 지식인들이 정치적으로 완전히 소외된 시기였으며 경제적으로는 수탈체제가 확립되어 가는 시기였고 문화적・언론적 측면에서도 친일적 성격의 것이나 종교적 성향의 것이 아니고는 발을 붙일 수 없는 친일자의 독점시기[32]였다. 그리하여 이 시기는 '민족주의의 암흑기'로 불리기도 한다. 여하튼, 이러한 여러 제약으로 1910년대 문학은 민족문학적 전망을 제대로 제시하기가 사실 어려웠다. 하지만 1910년대 문학은 미약하나마 비판적 리얼리즘 경향과 자연주의 경향의 소설을 제시하고 있어 리얼리즘 발전 단계에서는 나름대로 중요한 몫을 차지한다고 할 수 있다.[33]

사회주의 사상이 퍼지면서 지식인의 계급적 성격에 대한 논란이 활발해졌다. 지식인들이 부르주아계급에 속한 것인지 프롤레타리아 계급에 속한 것인지에 대한 논란은 지식인 사회 속에서 일종의 자아에 대한 비

32 이 기간에 발행된 잡지는 50여 종 가까이 되는데 거의 종교계 잡지(24종)이거나 일본에서 유학생들이 발행하는 잡지였다(정진석, 『한국언론사』, 나남, 1990, 266쪽).
33 김복순, 『1910년대 한국문학과 근대성』, 소명출판, 1999, 19쪽.

판과 반성으로 표출되기도 했지만, 식민지 사회 속에서 지식인의 굴레를 극복하지 못하는 한계는 자폐적이고 자기비하적인 의식을 표출하여 지식인을 폄하하는 풍조가 보편화하기도 했다.[34]

이 글은 비교문학적 방법론에 의해 전개될 것이다. 비교문학의 이론에 의하면 1970년대 이전까지는 두 나라의 문학, 작가, 작품을 관련짓는 영향과 수용에 있어서 실증적인 자료가 뒷받침되는 경우만을 연구의 대상으로 생각했던 것이 일반적이지만, 1970년대 이후에는 영향에 대한 개념 규정을 신축성 있게 규정함으로써 비교문학에서의 영향의 영역을 보수적인 측면에서 진보적인 측면[35]으로 개방하였다. 말하자면 두 작품 사이에 일대일로 대응되는 사실적인 요소가 없더라도 역사적이고 전기적이고 사회적이고 철학적인 측면을 주장함으로써 두 작품 사이의 유사성을 추정할 수 있다고 보는 것이다.

비교문학적 관점의 연구에서 상호 다른 나라의 두 작가를 비교하는 경우 영향 관계의 연구는 필수적이라 할 수 있다. 영향과 수용의 관점으로 볼 때, 염상섭이 소세키의 영향을 받고 그의 문학세계를 수용한 것으로 보는 것이 바람직할 것 같다.

염상섭 문학에서의 소세키의 영향은 『나는 고양이로소이다吾輩は猫で

34 김진송, 앞의 책, 126쪽.

35 예를 들면 시간적으로 뒤에 나타나는 후배 시인의 시에서 선배 시인의 특성을 발견할 수도 있고 공간적으로 볼 때 서로 접촉하지 않았음이 분명한 두 작가의 작품에서도 어떤 유사성을 발견할 수도 있다. 이러한 한 예로 정철의 「관동별곡」과 영국시인 워즈워스 William Wordsworth(1770~1850)의 「서곡」의 비교를 들 수 있다. 16세기의 정철과 18세기의 워즈워스 사이에는 분명히 어떤 직접적인 영향과 수용의 관계는 없지만 이 두 작가의 작품이 '자연에서 벗어나는 시인의 마음의 성장과정을 말하는 고백록'이라는 공통점을 바탕으로 비교할 수 있다(윤호병, 「제3장 비교문학의 영향, 수용, 변형, 발전」 『비교문학』, 민음사, 2000, 91~130쪽).

ある』와 「박래묘舶來猫」와 같은 작품이나, 『도련님』과 「E선생」과 같은 작품의 비교에서 볼 수 있듯이 아주 유사한 전개를 하고 있거나 영향 관계가 구체적으로 드러나는 작품[36]이 있는가 하면 소세키가 창안한 '고등유민'과 같은 명사의 차용이나 고백체(유서, 편지 등)[37] 형식과 같은 서술 양식에서도 나타나고 있다.

이에 대해서는 작품을 분석하면서 세밀하게 살펴볼 것이다. 또한 작품의 주인공들이 주로 지식인인 점 또한 유사하므로 소세키와 염상섭의 문학을 비교연구하는 것은 양국 근대문학의 영향 관계와 한국의 근대문학 형성 과정을 보다 분명하게 밝히는 데도 도움이 될 것으로 생각한다.

한편, 작품은 결국 작가의 삶의 궤적과 유리될 수 없는 것이므로 이러한 연구에는 작품 연구와 더불어 작가의 삶에 대한 연구도 병행되지 않을 수 없다. 따라서 염상섭과 소세키의 개인사를 조명하되 작중 지식인상에 영향을 줄 수 있는 부분을 특히 강조하고자 한다.

두 작가는 모두 서울과 도쿄東京를 고향으로 하고 있어 표준어를 구사하였으며 어휘가 풍부하였다. 특히 염상섭이 우리 근대작가 중에는 드물게 서울의 중인 출신인 것에 대해 서북 출신의 김동인이 자신의 언어 한계를 느끼며 염상섭의 출신을 부러워했던 것은 잘 알려져 있다. 시대적 흐름에 따라 주요 작품 발표처인 언론에 종사하며 작품 창작에 매진한 경험도 동일하다. 두 작가의 나이 차이가 서른 살이나, 소세키가 작

---

36 최해수, 「나쓰메 소세키와 염상섭 문학의 영향 관계 연구-『나는 고양이로소이다吾輩は猫である』와 「박래묘舶來猫」」, 『일본 근대문학-연구와 비평』 3, 한국일본근대문학회, 2004.

37 염상섭의 초기소설에서 고백체 문장이 나타나는 것에 대해 이것을 일본 특정 작가의 영향이라고 본 김윤식에 대해 유숙자는 "고백체는 일본문학의 자연주의 시대까지 거슬러 올라가는 소설 문체로 이것을 한 작가의 독창적인 문체라고 할 수 없다"고 주장했다(유숙자, 「염상섭과 아리시마 타케오有島武郎」, 『비교문학』 20, 한국비교문학회, 1995, 150쪽)

품 활동을 40세가 되어서야 본격적으로 시작했던 관계로 작품이 처음 나온 시기는 10년 정도의 차이가 있다. 소세키는 교사, 대학 강사, 신문사 촉탁기자를 역임하면서 작가의 길로 들어섰는데 염상섭 역시 교사(오산학교), 신문기자의 경험이 있다는 공통점도 있다.

한편, 두 작가는 주로 3인칭 전지적 시점에서 소설을 썼다. 주인공의 감정을 분석하고 심리적인 변화를 설명하여 내면적 성격을 파악하게 하는 문체의 유사성도 발견되며, 작품에서의 풍자성 역시 닮아 있다.

이 책에서는 이렇게 다양한 공통점과 영향 관계를 지닌 두 작가가 만들어낸 인물의 대조를 통해 이들이 만들어낸 지식인상에 대해서 비교·분석할 것이다.

여기서 이보영의 다음과 같은 주장은 주목하여야 할 것이다. "전대의 위대한 사상가나 예술가에게서 작가는 영향을 받기 마련이다. 또한 그 영향을 두려워해서도 안 된다. 한편, 그 영향을 필요 이상으로 과장하여 한 작가의 문학적 가치를 부당하게 평가해서는 안 된다."[38]

염상섭 문학에서 소세키와의 영향 관계가 자칫 염상섭 문학을 폄하하는 것으로 향해서는 안 된다는 그의 주장은 일리가 있다. 문학의 영향 관계는 한 작가의 외연을 확장하고 연구의 범위를 넓혀 나감으로써 작가와 작품의 참된 이해에 이르도록 하는데 그 연구의 가치가 있다고 생각한다. 따라서 직접적으로 수용이나 영향이라는 좁은 의미의 비교연구에 머물지 않고, 수용·영향을 전제로 하지 않는 작품도 연구대상으로 할 것[39]이다.

---

38 이보영, 『식민지시대문학론』, 필그림, 1984, 116쪽.

39 프랑스학파는 문학의 소재, 작품의 대상에 관심을 갖는 문학관의 영향으로 비교문학에

구체적인 연구방법은 다음과 같다.

제1장 「비교문학적 관점」에서는 소세키와 염상섭 문학의 지식인상을 연구하는 목적을 밝히고 지식인의 정의에 대해 살펴본 다음 그동안의 연구사를 검토할 것이며 이어서 연구의 범위를 정하고 연구 방법을 모색할 것이다.

제2장 「염상섭 문학에 미친 소세키의 영향」에서는 염상섭 문학에서 보이는 소세키의 영향 관계를 주목하면서 고양이를 통해서 본 지식인상을 아울러 살펴볼 것이다.

이를 위해서 우선 염상섭의 평론과 신문 기고문 등에서 보이는 소세키 문학과의 관련성을 살펴보고 다음으로 소세키의 영향이 직접적으로 나타나 있는 작품인 『나는 고양이로소이다』와 「박래묘」의 비교를 통해서 소세키 문학이 염상섭 문학에 미친 영향을 고찰하고자 한다. 이를 통해 염상섭의 초기작품 속에 나타난 소세키 문학의 수용 양상을 밝힐 수 있을 것으로 생각하며, 또한 당대의 지식인상을 파악할 수 있을 것으로 기대한다.

제3장 「염상섭과 소세키 문학의 지식인상 대조」에서는 '청년 지식인의 근대 체험', '학교 교사로서의 근대 지식인', '자본주의에 억압받는 중년 지식인', '상반되는 신여성의 등장'으로 나누어 다양한 지식인상을 대조하여 고찰할 것이다.

있어 영향과 수용을 강조한다. 이에 반하여 미국학파는 문학 작품이란 소재가 그대로 담겨진 것이 아니고 작가의 상상력에 의해 변형되고 새롭게 형성되어 나오는 것이라는 점을 중시하여, 사실보다 작품의 창작과정에 더 관심을 기울인다. 그 결과 헨리 레마크 Henry Remark가 주동이 되어 비교문학의 범주는 영향과 대비연구 모두를 다루는 것으로 확대된다(이혜순, 『비교문학의 새로운 조명』, 태학사, 2002, 24~26쪽 참조).

제4장 「한 · 일 지식인상의 대비」에서는 소세키가 창안한 독특한 인물유형인 '고등유민高等遊民'과 염상섭 소설의 '심퍼사이저sympathizer'를 대비하여 고찰하고자 한다.

이러한 지식인상의 비교를 통해서 몇 가지의 결론을 얻을 수 있을 것으로 유추된다. 먼저, 치열하게 전개되는 근대의 여명기를 무대로 등장하는 작품 속에서 지식인들 역시 시대정신에서 예외일 수 없었을 것이며, 따라서 다양한 형태의 사회참여 모습을 볼 수 있을 것으로 생각한다.

한편 이러한 사회참여와는 달리 방관자, 또는 위선적이거나 반反지식인적 모습의 성격도 아울러 드러날 것이므로 이를 통해 지식인들이 지닌 다양한 속성이 드러날 것으로 생각한다. 또한 비슷한 시기에 지배와 피지배의 경험을 갖게 된 두 나라의 지식인들이 보여주는 대조적인 지식인상도 나타날 것으로 생각한다.

다음으로 민족주의, 자본주의, 개인주의, 휴머니즘으로 대표되는 이 시대의 시대정신에 대한 지식인들의 근대적 성격을 살펴봄으로써 근대사회 형성기의 성性과 돈과 가족, 그리고 근대적인 삶의 모습은 어떠했는지에 대해서 파악할 수 있을 것이다. 우리나라의 근대는 국민국가의 완성, 자본제 생산양식의 완성, 반제 투쟁, 반봉건 투쟁 등으로 규정지어진다. 비슷한 시기 일본은 우리와는 다소 다른 양상을 보이고 있어 이에 대해서도 지식인의 근대적인 성격이 다소 다른 입장으로 나타날 것으로 유추된다.

한편, 두 작가가 창안해낸 독자적인 인물유형인 일본의 '고등유민'과 한국의 '심퍼사이저'의 비교를 통해서는, 이러한 인물유형이 시대적인 산물이었는지, 어떤 의미로 작가가 이러한 인물을 창안하였는지에 대해서 고찰할 수 있을 것으로 생각한다. 더불어 '고등유민'과 '심퍼사이저'는 어떤 성격을 지니고 있는지에 대해서, '고등유민과 심퍼사이저의 사회적 성격'과 '고등유민과 심퍼사이저의 탐미적 성격'으로 나누어 보다 구체적이고 세밀하게 살펴볼 것이다.

제2장

염상섭 문학에 미친 소세키의 영향

1. 염상섭 문학에 보이는 소세키의 영향

1) 염상섭의 일본문학 수용

구한말 이후 1910년대에 이르기까지 학생들이 다수 유학한 곳은 일본이었다. 일본 유학이 시작된 1880년대 이후 1910년대에 이르기까지 일본 유학사는 크게 세 시기로 나뉜다.[1] 망명 정치인이 주류를 이루었던 제1기,

---

1 제1기는 1904년 이전으로 망명정치인들이 상당수를 차지하던 시기로 유학생들은 학업에는 거의 관심이 없었으며 일본어나 익히고 귀국하여 사족士族의 길에 나갈 것을 꿈꾸던 시기였다. 제2기는 1904~1910년의 시기로 한국 내에서의 일본세력의 압도와 함께 일본 유학 바람이 일어, 다수의 청년이 들뜬 분위기 속에서 일본 유학의 길에 올랐으나 이렇다 할 성과를 거의 거두지 못하고 좌절, 귀국하는 경우가 많았던 시기였다(『學之光』 1~29(1914.4~1930.4); 『학지광』 1~2, 역락, 2001, 202~209쪽. 원문은 필자미상, 「일본 유학사」, 『學之光』 6, 1915, 10~17쪽.

막연한 동경으로 유학길에 올랐던 제2기와는 달리 제3기는 1910년대로, 이때의 유학생층의 현실 대응 방식은 크게 두 부류로 나누어진다고 할 수 있다. 하나는 '자기비판의식'을 갖고 일본의 문명개화노선에 무비판적으로 동화되었던 친일적 신지식층이 그것이다. 다른 한편으로 일본의 국권강탈 이후 들뜬 분위기가 가라앉자 우선 개인적인 실력을 길러야 한다는 새로운 부류가 생겨났는데 이들이 바로 비판적 신지식인층이다.

이들 학생들은 자신들이 나라의 장래 운명을 짊어지고 있다는 사명감을 갖고 있었다. 그들은 1910년 대한제국의 멸망 이후 한국 민족이 처한 새로운 현실을 어떻게 타개할 것인가에 대해 지식인의 입장에서 고민하지 않을 수 없었고, 바로 자신들이 그러한 과제를 담당할 존재라고 인식하기 시작했던 것이다. 염상섭은 이 무렵에 일본 유학길[2]에 올랐다.

> 이 시절의 우리가 받은 교육이 일어日語를 통하여 일본 문화의 주입注入을 생으로 받은 것임은 합병合併 후의 고통한 운명이었지마는, 나는 소년기의 후반을 좀더 한국적인 것에서 떨어져 지냈다는 것이 더욱 불리하였다. 가령 『춘향전春香傳』을 문학적으로 음미吟味하기 전에 德富蘆花의 『불여귀不如歸』를 읽었고, 李人稙의 『치악산雉岳山』은 어머님이 읽으실 때 옆에서 몰래 눈물을 감추며 들었을 뿐인데 尾崎紅葉의 『금색야차金色夜叉』를 하숙의 모자母女에게 읽어 들려주었다든지 하는 것은, 문학적 출발에 있어 한국 사람으로서, 나

2 1차는 1915~1920년 시기로, 교토부립京都府立 제2중학을 졸업하고 케이오대慶應大 예과에 다니다 병으로 자퇴하였으며 오사카大阪에서 독립운동 거사를 계획하다 피검되기도 하였다. 이 무렵에는 소세키와 투르게네프에 심취하였다. 2차는 1926~1928년까지의 시기로, 일본문단 진출을 꾀하면서 중견 작가로 자임하고 창작에 전념하였다. 이 시기에 「남충서」, 『사랑과 죄』가 나왔다(권영민 편, 『염상섭 문학연구』, 민음사, 1987, 465~466쪽 참조).

개인으로서 불명예요, 불행이라 할 것이다.[3]

염상섭은 일찍이 일본에 유학했던 만큼 일본어를 통하여 문학과 창작에 접근하게 되었다. 따라서 당시 일본 베스트셀러의 대중적인 책에 흥미를 가지며 차츰 일본 고전과 당시의 문학사조였던 자연주의 작품에 빠져 들어가게 되었다. 조선의 고전은 모르면서 일본의 고전은 거의 의무적으로 읽었던 중학 시절의 염상섭은 국어보다는 일본어로 더 유창히 말할 수 있었고, 작품도 쓸 수 있었다.

염상섭은 일본어를 배우면서 비로소 문학서를 접하게 되었고, 역경 속에서 정착한 곳이 교토부립京都府立 제2중학교第二中學校였다. 염상섭은 "교토부립 제2중학교는 일본 굴지에 속하며, 교토京都에 있는 데다 당시 전교생 중 외국인으로서는 자신이 유일한 학생"이라고 밝힌 바 있다. 또 그는 이 학교에서 "문장력의 칭양을 받았다"고 말하고 있다. 그는 이 학교에서 문장력을 인정받아 글을 쓰는 데 자신감을 갖게 되었다. 이때의 문장력이란 결국 일본어를 잘하고 일본어로 글을 잘 쓴다는 것을 의미하는 것이다. 말을 잘한다는 것은 곧 감각, 문화, 정서, 사상을 글로 잘 표현할 수 있다는 의미이며 역시 무대는 '일본'이다. 그는 이 학교에 재학하는 동안 어느 정도 문학적 소양을 갖게 되었는데 주로 『와세다문학早稻田文學』에 실린 글과 나쓰메 소세키 및 시마무라 호오게츠島村抱月, 타카야마 쵸규高山樗牛의 작품을 읽게 되었고, 작문시간에 와카和歌를 짓기도 했다. 이 무렵 「우리 집의 정월正月」이라는 산문을 지어 호평을 받

3 염상섭, 『廉想涉全集』 12, 민음사, 1987, 215쪽(이하 『廉想涉全集』 전 12권에 수록된 작품은 전집 권수 및 쪽수만 표기).

았다. 그 수필의 내용은 우리나라의 설날행사와 풍습을 그린 것이었다. 이 글을 통해 염상섭은 전교에서 유명해졌다. 그는 자신의 수필이 호평을 받게 되자 고무되었다. 그는 다른 사람들로부터 문학적 재능을 인정받아 글쓰기에 자신감을 갖게 되면서 한편으로 일역日譯을 통해서 러시아 문학과도 접하게 되었는데 톨스토이보다는 토스토예프스키와 고리키를 더 좋아했다고 한다.[4]

염상섭과 일본문학을 이야기하면서 염상섭의 만형 염창섭을 빼고 얘기할 수는 없다. 염상섭이 교토부립 제2중학교에 이민족으로서 유일하게 입학할 수 있었던 것은 일본 육사를 졸업한 만형 염창섭의 영향이 지대했기 때문이다. 교토에 주둔한 육군 대위 염창섭 덕분에 교토의 명문학교에 입학한 염상섭은 그에 대한 자부심이 있었던 것 같다. 그런 한편으로 그의 내면에는 부끄러움 역시 지니고 있었다.

문학정신은 정신의 내면화의 일종이다. 그것은 군복자락에 관한 콤플렉스와 직결되어 이루어진 그림자이다. 염상섭 문학 특히 평론, 수필에 자주 드러나는 위악적 태도, 진지한 듯하면서도 돌연 비꼬는 듯한 아이러니는 이러한 자부심과 부끄러움에서 말미암았다.[5]

이에 대해 김윤식은 이러한 염상섭의 심리상태를, 한편으로는 식민지 지식인으로서 온갖 불합리한 제도적 제약에 대해 저주하면서도, 이와는 반대로 일제가 제공하는 가장 훌륭한 프레미엄을 받아 사용한 염상섭이 위악적이고 아이러니컬한 삶과 문학적 태도를 가질 수밖에 없었던 이유

4 염상섭의 일본 유학과 관련해서는 김종균(『염상섭 연구』, 고려대 출판부, 1974)과 김윤식(『염상섭 연구』, 민음사, 1987)의 연구서 및 곽원석(『염상섭 소설어사전』, 고려대 출판부, 2002)의 자료 참고.

5 김윤식, 『염상섭 연구』, 1999, 서울대 출판부, 33쪽.

라고 말하고 있다. 문학의 경우에도 이러한 아이러니가 드러나고 있는데 일례로 『만세전』에서 주인공 이인화는 칼을 찬 형을 만나 그 타락성을 조소하는데 이는 곧 염상섭의 내면을 대변한 것이라 볼 수 있다.

염상섭은 1926년부터 1928년까지 두 해 동안 다시 일본에 가서 문학수업을 하였다. 이때의 도일은 일본문단에 데뷔하는 것이 그 목적이었다. 이것은 자신이 일본문학과 일본문단에 도전할 만큼 자신감이 있었다는 반증이라 할 것이다. 또한 이것은 그가 일본말과 글, 문학을 좋아하였던 것에 기인하는 것이다.

염상섭이 두 번째 도일하여 문학수업을 하던 때가 자연주의 말기의 붕괴과정에 접한 일본문단이었지만 염상섭은 자연주의 문학의 끈을 놓지 않았고 오히려 더욱 관심 깊게 살폈다. 일본문단의 자연주의 붕괴원인은 그 사회의 발전에 있었고, 문학이 사회의 변모에 그 힘을 다하기 위해서 이루어진 자연적 생태이지만, 우리에게는 아직 그런 근대적 개성이 성립되기 이전이었기 때문에 염상섭의 자연주의 문학에 대한 동경은 자연스러운 것으로 받아들일 수 있다. 즉 아직도 전근대적인 사회구조와 봉건적, 비과학적인 사고와 개인을 전체의 힘으로 억압하고 개인의 특성이 인정을 받지 못하던 폐쇄사회에서 자란 염상섭에겐 새로운 과학사상, 실험사상, 합리주의는 경이의 대상으로 받아들여졌을 것이다. 이런 까닭에 염상섭이 일본사회의 비자연주의 경향과는 아랑곳없이 당시 일본에서는 이미 시대에 뒤떨어진 사조로 받아들여졌던 자연주의 문학에 몰두할 수 있었던 것이라 생각된다.

본래 자연주의 문학은 객관적 현실을 중시하면서도 어떤 이상이나 목표가 없는 회의주의적이거나 결정론적 세계관에 기초한 것이어서 비관적인 성질의 것이다. 따라서 현실폭로의 비애가 작품에 침투될 수밖에 없다. 그런데 염상섭이 잘 쓴 '현실폭로의 비애'나 '환멸의 비애'는 주관과 공상을 배제하고 사회적 현실을 객관적으로 관찰할 때 불가피하게 초래되는 것으로, 그 말은 일본 메이지明治시대 자연주의 문학 이론가 하세가와 텡케이長谷川天溪의 평론 「환감시대幻滅時代의 예술」(1906)과 「현실폭로의 비애」(1908)의 직접적 영향[6]이다. 하세가와는 「현실폭로의 비애」에서 이렇게 강조하고 있다.

> 실로, 종교도 철학도 그 권위를 상실한 오늘날, 우리들이 심각하게 느끼는 것은 환멸의 비애요 현실 폭로의 고통인데 그 고통을 가장 잘 대표하는 것은 소위 자연파문학이다. (…중략…) 환멸의 경험을 한 사람에게는 오직 있는 그대로의 현실이 보일 뿐이다. 그런 현실계는 무변무애하고 그 생감변화生滅變化의 상相도 무한하다.[7]

이 인용문을 보더라도 염상섭이 주장한 자연주의 문학에 대한 견해는 하세가와의 평론에서 영향을 받은 것임이 분명하다. 그러나 그는 작가의 '개성'을 중시하고 있는데, 이는 '민족적 개성'까지도 포함한 것으로, 하세가와의 평론에서는 찾아볼 수 없다. 그러나 일본 유학 시절에 염상섭의 애독서였던 타카야마 쵸규는 초인을 이상으로 하는 니체적 개인주의자와 '의지의 발전을 극치'로 끌어올리려는 입센적인 개인주의자의 개성을 찬동했는데, 염상섭은 여기에 공감했음에 틀림없다. 물론 그가

6 이보영, 『난세의 문학』, 예림기획, 2001, 469쪽.
7 長谷川天溪, 『近代評論集』 I(日本近代文學大系 56), 角川書店, 1972, 231쪽.

강조한 '민족적 개성'은 조선작가라는 강한 자의식이 그의 개성 논의에서 발전시킨 산물이다. 염상섭은 2차 도일을 통해 일본 자연주의 문학의 본질, 곧 '섬세한 묘사와 정치한 기교와 면밀한 관찰'의 중요성에 눈떴고 이로써 새로운 단계로 나아갈 수 있었다. 염상섭의 이러한 변모야말로 그를 진정한 작가이게끔 하였으니 그의 재도일에 담긴 의미는 바로 이것이다.[8]

이에 대해 이보영처럼 염상섭을 일본 근대문학에 종속된 작가로 간주하는 것은 부당하다고 보는 시각도 있다. 그 이유로 민족의 침통한 고민을 안고 초기작품을 시작한 작가이며, 따라서 형식이 아닌 내용면에서는 일본작품의 경향과는 별개라는 것이 첫 번째 이유이고, 다음으로 제2차 도일하여 본격적으로 문학수업, 등단을 생각했을 때의 전제는 일본으로부터 기교만을 배우겠다고 한 그의 발언에 근거한 때문이라는 것이다. 결국 이보영은, 염상섭 초기작품에서의 외형상 형식적인 모습은 일본문학의 영향을 받았으되 내용은 다르다[9]고 주장한다. 이보영의 주장은 일견 그럴 듯해 보이나 염상섭 초기작의 분석에는 내용면에서 일본문학의 영향도 보이고 있어 그대로 인정하기는 무리라는 생각이다.

다음은 염상섭이 일본문단에 등단하기 위해 떠난 두 번째 유학에서 느낀 감상인데, 그는 여기서 자신의 글이 자연주의적 색채를 띠는 까닭을 설명하고 있다.

> 일본 유학을 한답시고 그 나라로, 건너가던 맡에, 신대륙新大陸이나 발견한

8 김윤식 · 정호웅, 『한국소설사』, 문학동네, 2000, 176쪽.

9 이보영, 『염상섭 문학론』, 금문서적, 2003, 26~28쪽 참조.

듯이 눈에 번쩍 띄우던 것이 泰西文學의 세계였었는데, 때마침 일본문단文壇에서는 자연주의 문학[10]이 풍미風靡하던 무렵이었다. 정작 자연주의문학의 발상지인 歐洲文壇으로 말하면, 이미 한풀 꺾인 때였지마는, 일본에서는 한물 닿았던 시절이라 문학에 맛을 들이기 시작하였던 내가 그 영향을 받은 것이 사실이기는 하였었다. 따라서 그 후의 나의 문학적 경향이라든지, 변변치 못한 작품들이, 동호자同好者끼리나 평자간評者間에 자연주의적自然主義的 색채色彩를 띄웠다 하고 나 스스로도 그런 듯이 여겨 왔던 터이기는 하지마는, 그럴 수밖에 없는 원인이나 이유를 따져본다면, 그것은 수동적인 외래의 영향보다도 內在하고 內發的인 여러 가지 요소, 요인要因에서 찾아봄이 옳을 것 같다.

—『廉想涉全集』 12, 235쪽

당시 일본문학에는 자연주의 붕괴 뒤에 두 가지 조류가 형성되었는데 탐미적이며 향락적인 사조와 인도적이며 이상적인 사조가 그것이었다.[11] 즉 세기말적 퇴폐사회와 기독교사상을 중심으로 한 계몽적, 이상적, 인도적 톨스토이즘이 병행했다. 따라서 당시 일본 유학생들은 자기의 성정과 환경에 맞는 대로 퇴폐적 사조나 인도적 사조에 젖어들었는

10 자연파自然派 : 문예사조상 자연주의를 주장하는 일파. 일본의 근대 문학사상 1905년경부터 1910년대 초반까지 문단을 풍미하고 위세를 떨쳤다. 작가 소세키는 자연주의 작가의 소위 '현실폭로의 비애' 등이 지나친 점에 불만을 나타내고 비판을 가했으며 문단에서 독자적으로 활동하였다.

11 여기에 더해서 일본문학의 독특한 형식인 '사소설'의 조류도 이 무렵에 형성되었다. 일본 특유의 소설 형식인 '사소설'의 원류는 자연주의 및 시라카바白樺파의 문학에서 찾을 수 있다. 사소설이라는 개념이 정착된 것은 대체로 1920년경이었고, 그 무렵 사소설만이 예술이며 그밖의 것은 통속소설이라는 주장(구메 마사오久米正雄)까지 나올 정도였다. 그 후에 때로는 갖가지 비판・공격을 받으면서 일본문학의 주류 혹은 저류底流로서 현재에 이르렀다.

데, 이 중에 이광수와 같은 작가는 톨스토이즘에, 남궁벽, 황석우, 김억 같은 사람은 퇴폐주의에 가까워져서 데카당[12]적인 분위기에 빠져들었다. 그러나 아직 그러한 흐름을 몸으로 체득할 수 없었던 상태였던 염상섭은 체험적으로 우선 자연주의를 자기 나름대로 받아들이게 되었던 것으로 보인다. 『창조創造』파의 사실주의 선언과 때를 같이하여 인생의 참모습을 그리고, 인생고를 통한 인격의 완성과 시대정신을 선언한 『폐허廢墟』파의 염상섭의 태도가 드러나는 것은 이 때문으로 볼 수 있을 것이다.

> 일본에 있는 동안 대학 시절이 겨우 2년쯤 되고 3·1운동을 치른 뒤에 귀국하였으니, 나의 문학수업이란 중학시절 5년간 문학 소년으로서 닥치는 대로 체계 없이 읽은 것뿐이었지마는, 초기의 문학 지식의 계몽은 주로 『早稻田文學』(月刊紙)에서 얻은 것이라 하겠다. 작품을 읽고 나서는 월평月評이나 합평合評을 쫓아다니며 구독求讀하는 데서 문학 지식이나 감상안이 높아갔다고 하겠지마는, 『中央公論』, 『改造』 기타 문학지 중에서도 泰西작품의 번역, 소개와 비판 및 문학이론 전개에 있어 『早稻田文學』은 나에게 있어 독학자의 강의록이었다. 대학에 가서도 사학과史學科를 지향하였기 때문에 영문학 강의를 듣거나 한 일이 없고 어학력語學力도 소설을 원서原書로 볼 만한 정도가 못되어 泰西 작품도 日譯으로 읽었지마는, 松井須磨子를 주역으로 한 島村抱月의

12 데카탕Decadent : 19세기 말의 일군의 시인들을 일컫는 말. 특히 프랑스의 상징주의 시인과 그와 비슷한 시기의 영국 심미주의 운동의 후세대에 속하는 시인들을 말한다. 이 두 집단은 문학과 예술을 산업사회의 물질만능주의로부터 해방시키고자 했으며, 일부는 도덕에서도 자유분방함을 추구했기 때문에 '데카당'의 의미가 확대되어 '세기말世紀末'과 거의 같은 뜻으로 쓰이게 되었다.

藝術座 新劇運動이 왕성한 때라, 거기서는 上演하는 泰西劇의 飜譯物을 읽기 시작한 것이 그 초보이었다.

—『廉想涉全集』 12, 215쪽

일본문단의 3파 중 염상섭이 애착을 갖고 있을 뿐 아니라 제일 깊이 이해하는 부분이 시라카바白樺파[13]였다. 시라카바파의 인도주의가 현실을 뛰어넘는 이상에 지나지 않지만 거기에는 무거운 고통이 따르고 있음을 염상섭은 알고 있었다. 또한 염상섭은 관동대지진(1923)에 뒤이어 등장한 신감각파[14]들이 문단의 일시적인 유행에서 크게 벗어나지 못한 점도 훤히 보고 있었다.

염상섭은 도쿄 유학 시절에 「여객女客」과 「악몽惡夢」 등의 작품을 썼

13 시라카바白樺파 : 일본 근대문학운동의 한 유파. 학습원學習院 출신 귀족 청년들의 손으로 창간된 『시라카바白樺』에서 출발하였다. 이 잡지는 1910년 4월부터 1923년 8월에 걸쳐 발간되었는데, 당시의 자연주의 전성기에 톨스토이 등의 인도주의를 신조로 하여 문단에 하나의 새 세력을 형성하였다. 『행복자幸福者』, 『우정友情』의 무샤노코지 사네아츠武者小路實篤, 『어떤 여자或る女』의 아리시마 타케오有島武郎, 『암야행로暗夜行路』의 시가 나오야志賀直哉, 『다정불심多情佛心』의 사토미 돈里見弴 등이 주요작가이다.

14 쇼와昭和 초기의 일본문학을 이끌어 간 것이 '문학의 혁명'을 내건 신감각파 문학이다. 그들은 표현상의 새로운 실험으로 1924년 창간된 잡지 『문예시대文藝時代』에 의해 창작활동을 했다. 제1차 세계대전, 관동대지진 후의 사회혼란 속에서 서구의 전위적인 예술운동이 산문에도 파급되어 기계문명을 인간의 자기소외의 요인이라 인식하지 않고 경질의 기능미라 생각하여 현실을 허구성 위에서 재현할 수 있는 표현법을 추구하였다. 이들은 또한 종래의 사실주의 기법을 부정하고 의인법, 비유 등의 문학기교의 혁신을 추구하여, 지적으로 재구성된 감각에 의해 현실을 포착하고 있다. 주관적인 인상이나 감각적인 묘사를 그 특징으로 한다. 신감각파라는 명칭은 『문예시대』를 읽은 평론가 치바 카메오千葉亀雄가 「신감각파의 탄생」이란 에세이를 쓴 이후로 사용하게 되었다. 신감각파의 대표 작가는 『기계機械』의 요코미츠 리이치横光利一와 『이즈의 무희伊豆の踊子』의 카와바타 야스나리川端康成이다. 이들은 신감각파의 기관지 『문예시대』가 폐간되자(1927) 다시 신흥예술파新興藝術派를 결성했다(1929). 이 계통에는 평론가 코바야시 히데오小林秀雄, 카와카미 데츠타로河上徹太郎가 있으며, 작가로는 키무라 이소타嘉林磯多, 이부세 마스지井伏鱒二, 호리 타츠오堀辰雄, 이토 타다시伊藤整 등이 배출되었다.

다. 또 「숙박기宿泊記」와 같이 도쿄 체류의 경험을 소재로 한 작품을 발표하기도 했다. 「여객」과 「숙박기」와 같은 소설들은 어떤 긴박한 사건 전개의 이야기를 담고 있다기보다는 순차적으로 벌어지는 사건들을 화자인 주인공이 목격하거나 경험하는 형태의 단편적인 이야기를 담고 있는데, 이는 염상섭 소설의 형성과정에 또 하나의 암시를 보여준다. 말하자면 순차적인 사건의 전개를 그저 따라가듯이 적고 있는 염상섭 초기 소설의 목격담 혹은 경험담의 양식은 외국문학의 사건 전개에 대한 기법적 수용과는 달리 자기 소설에 식민지시대의 현실을 담아내기 위한 과도기적 습작의 의미를 띠고 있기 때문이다.

한국 근대문학의 형성과정에서 일본 근대문학이 지대한 영향을 끼쳤음을 인정하지 않을 수 없다. 한국의 근대문학 형성기를 이끌어간 대부분의 역량 있는 작가들은 일본문화의 환경에서 학창시절을 보냈다. 이들은 일본의 근대적 문물뿐 아니라 일본 근대문학을 통해서 근대적 자아에 눈을 뜨게 되었으며 이를 다시 문학이라는 창구를 통해 표출하고자 했다. 결국 한국 근대문학은 한국 전통문학적 바탕 위에서 그들의 문학을 이룩해 갔다기보다는 다분히 일본의 근대문학적 바탕 위에서 2차적으로 서구의 근대문학을 학습, 수용해나갔다. 이를 근거로 하여 한국 근대문학은 일본 근대문학과 다를 것이 없으며, 한국 근대문학은 서구 근대문학의 아류일 뿐만 아니라 이식문학[15]이라는 말까지 생겼다.

이에 대해 이보영은 조선의 근대화를 위해서는 '일본 만한 문명국'을 모범으로 삼아야 한다고 『무정』에서 말한 이광수로서는 일본 문명의 비

15 임화, 『임화평론집―문학의 논리』, 서음출판사, 1989, 486쪽.

판은 엄두도 낼 수 없었지만 염상섭은 「배울 것은 기교」 같은 평론에서 일본이 조선을 침탈한 나라임을 우회적으로 암시하고 일본 작가들이 기교적으로는 우수하지만 소시민적 문학밖에 산출하지 못한 반면 조선작가는 대륙적으로 웅건한 저항문학 산출의 가능성이 있다는 것을 주장한 것을 예로 들어 염상섭의 문학적 이상을 높이 평가했다. 이는 '러시아는 그 지리적 위치, 정치적 상태 등으로 인하여 유럽을 재판할 법정이요, 러시아인은 유럽인의 비판자'라고 한 푸쉬킨의 말을 바로 상기시키기 때문[16]이라는 것이다.

2) 염상섭 문학에 미친 소세키의 영향

염상섭에게 있어 일본은 두 가지 얼굴을 하고 있었다. 조선을 수탈하여 아이러니적 상황을 만든 제국주의 국가로서 분노의 대상일 뿐만 아니라, 근대를 실어다 준 자유와 문명의 이식자로서의 모습을 아울러 가지고 있었던 것이다.

전기적 측면에서 볼 때 염상섭에게 일본에 대한 애착과 증오가 공존하고 있음을 확인할 수 있다.[17] 즉 염상섭은 조선의 몰락 속에서 민족의식을 키우는 한편 새로운 문물을 구하기 위해 일본을 동경했다. 그러나 이러한 일본에 대한 분노와 동경은 염상섭의 작품 속에서 뒤섞여 애매한 자세를 취하고 있지는 않다.

비교문학적인 방법으로 『국문학사』를 서술한 김동욱은, "우리 근대

16 이보영, 『염상섭 문학론』, 금문서적, 2003, 25~26쪽.
17 김종균, 『염상섭 연구』, 고려대 출판부, 1974, 23쪽.

문학에 있어 일본 근대문학 자체의 영향은 별로 있는 것 같지 않다. 다만 일본을 전신자로 하여 서양문학을 받아들인 것이다"[18]라고 하여 우리문학에 일본 근대문학은 큰 영향을 미치지는 않았다고 전제하고 다만 서구문학의 전신자로서의 일본문학의 영향을 강조한 바 있다. 김동욱의 견해는 우리문학에 있어서 차지하는 일본문학의 전반적인 영향 관계에서 살펴본 것이고 이에 대해 김종균과 김윤식은 개인적인 영향에 대해 탐구하여 밝힌 바 있다. 이 가운데 염상섭이 소세키에게 받은 영향에 대해 언급한 부분이 있어 주목된다.

염상섭은 『동아일보』에 「일본문단잡관日本文壇雜觀」이란 글을 써서 일본문단과 자신의 문학에 대해서 구체적으로 밝히고 있는데 여기서 그는 1920년대 중반의 일본문단의 분위기를 전하고 있다. 그는 당시의 일본문학은 "외국어로 번역도 되고 연극으로 공연이 되는 경우도 있기는 하지만 겨우 서구문단에 소개되었을 뿐인 걸음마 단계"라고 말했다. 그리고 "일본의 연합통신사에서 아무리 일본의 중심인물을 인터뷰한 글을 타전해도 서양신문에는 게재되지 않는다"라고 말하면서 일본문학이 그다지 폭이 넓지 않고 깊이가 얕다는 것을 이유로 들고 있다. 그러면서 몇몇 문인들의 예를 들고 있으면서도 그러나 자신이 예로 든 작가들을 별로 주목할 것이 못된다고 말하고 있다. 그러나 거의 유일하게 소세키에 관해서는 경외의 말을 남기고 있다.

> 新日本이 六十年을 살앗서도 아즉 그러한 터 임을 보면 더구나 現文壇을 가지고 世界的으로 飛躍하기는 좀 어려울 것이다. 日本의 엇던 作家가 夏目漱石

18 김동욱, 『국문학사』, 일신사, 1976, 17쪽.

> 은 滅亡하리라고까지 하는 말을 들엇스나 아모리 보아도 나는 明治 大正을 通하야 夏目만한 作家도 차즐 수 없슬 것갓다(그가 아모리 브르조아的으로 一貫하엿다 할지라도) 그의 作品을 近者에도 보고 생각하엿지만 그가 技巧에 잇서서는 現在의 一流作家들에 比하야 遜色이 업지 안흘지도 모르나 比較的 넓고 깁흔 視野와 觀照에 잇서서는 作家는 그이 以外에 업슬 것 갓다.[19]

염상섭이 이 글을 썼을 때는 소세키가 세상을 떠난 지 10년이 지난 후였다. 소세키의 사후 10년이 지난 뒤에 일본문단을 살펴보는 글에서 다시 소세키의 작품을 읽어 봐도 소세키 만한 작가가 없다는 표현을 쓰고 있는 것이다. 일본문학에서 배울 수 있는 것은 기교 외에는 없다고 외치면서도 나쓰메 소세키의 이름을 구체적으로 들어 "비교적 넓고 깊은 시야와 관조에 있어서 소세키가 가장 뛰어나다"고 평을 하고 있는 것이다.

또한 「문인과 묘지」[20]라는 글에서는 "조선에도 소세키 같은 사람이 하나만이라도 있었으면 좋겠다"라는 글을 남기기도 했다. 이를 통해 볼 때 염상섭이 소세키에 깊이 경도되어 있었던 것은 분명한 것으로 보인다.

소세키를 향한 염상섭의 관심은 훨씬 이전 시기부터 확인된다는 사실을 간과할 수 없다. 염상섭은 소년 시절부터 소세키의 작품을 좋아하여 그의 작품을 거의 다 읽었으며, 중학생 때 '자기에게 충실하라'라는 개인주의를 자신의 좌우명으로 여기고 있었다는 회고를 볼 때, 염상섭은 1930년대 무렵만이 아니라 이미 1910년대부터 소세키의 존재를 알고

19 염상섭, 「日本文壇雜觀 - 배홀 것은 技巧(五)」, 『동아일보』, 1927.6.12.
20 염상섭, 「문인과 묘지」, 『삼천리』, 1934.4.

사숙한 것으로 보인다.[21]

염상섭은 「일본문단잡관」에서 일본은 "침통한 고뇌에 부대껴보지 못한 국민"이며 "대륙의 바람을 쏘이지 못한 백성이어서 깊은 문학이 나오기 어렵고 영혼의 큰 울림을 바랄 수 없다"라고 말하고 있다.

염상섭은 이 글에서 자신이 본 일본문학의 한계를 지적하고 있는데 "깊은 고뇌와 굳센 저항이 없는 생활에서는 심원하고 장중하고 통렬한 문학이 나오지 못하는 것은 물론이다"라고 전제하고서, 그 유리한 지리적 조건으로 인하여 전 민족적으로 타민족에게 굴욕을 당한 적이 거의 없이 순조롭게 발전되어 온 일본민족의 문학 작품은 '집착과 준순逡巡'을 싫어하고 섬세하고 명쾌한 것과 진취적인 것을 좋아하는 민족성에도 힘입어서 "제재의 규모가 작고 종류가 국한되어 대륙문학에서 보는 것과 같은 큼직한 근본문제를 건드리는 것 혹은 심원・웅대한 것이 없다"고 평가한다. 그 예로 장편은 별로 없고 대개 통속물이요, 단편은 순전히 '평범쇄세平凡瑣細한 신변잡사'에 그친 것들이라는 것이다. 그러면 그들에게서 무엇을 배울 것인가? '섬세한 묘사와 정치한 기교와 면밀한 관찰'이요, 그 이상은 배울 것도 없고 배울 필요도 없으며, 더군다나 "거기에서 응체凝滯하고 모방해서도 물론 안 된다"고 강조하였다. 여기서 염상섭은 '장래의 조선 사람은 분명히 좋은 문학을 가질 백성'이라고 희망적인 전망으로 글을 매듭짓고 있다.

한국 사람에게는 깊은 문학의 원천인 '침통한 고민'에 부대껴 보았고 '대륙의 바람'을 쏘여서 '큰 영혼의 울림'을 그 작품에서 기대할 수 있기

21 장두영, 「염상섭의 초기 문학론의 형성과정 연구」, 『語文學』 121, 한국어문학회, 2013, 360쪽.

때문[22]에 한국문학에 희망이 있다는 것이다.

한편, 염상섭은 다른 글을 통해서도 자신과 일본문학과의 관계에 대해서 밝히고 있는데 그는 일관되게 일본문학에 대해서 영향을 받은 것은 부인하지 않겠지만 모방하지는 않았다고 주장하고 개성에 의해 새로운 경향이 형성되는 만큼 그 영향은 미미한 수준이라고 주장하고 있다.

> 물론 우리가 歐・美文學이나 일본문단의 영향을 받은 것은 부인하는 바 아니요 당시의 일본문단이 자연주의의 난숙기爛熟期였던 것도 사실이지만 작품이 모방으로 되는 것이 아닌 이상 수입이나 행위로써 한 경향이 형성되고 등장한다고 볼 수는 없다. 작가의 개성과 시대상이 서로 어울려서 한 경향이 나타나고 이것이 주류화하는 것이다. 한때의(「폐허시대」) 세기말적 퇴폐현상은 주위 환경과 시대적 성격에서 저절로 빚어낸 조선문학 독자의 자연주의문학을 형성한 것이다.
>
> 그리고 나의 소위 자연주의라는 것도 이 처녀작에서부터 윤곽이나 경향이 정하여진 모양이지만 그것은 선진국에 뒤따라가기는 하면서도 결코 모방이 아니라 나의 성격상 본질문제였고, 당시의 사회상이나 시대상이 사연使然케 한 것이다.[23]

그러나 한 작가의 작품은 그가 놓인 시대환경과 그의 교육적 환경, 독서 등을 떠나서 생각하기는 어렵다. 창작은 결코 경험의 수준 이상을 넘어서기가 쉽지 않기 때문이다. 의식적이든, 무의식적이든 그의 작품 세

22 이보영, 『식민지시대 문학론』, 필그림, 1984, 9쪽.
23 염상섭, 「寫實主義와 더불어 四十年」, 『서울신문』, 1959.5.22.

계는 그가 처한 환경이나 그가 읽은 책의 사상에 영향받지 않을 수 없다.

그런데 염상섭이 일본문학을 이해한 각도는 새로운 경향이나 사상 쪽에서보다는 작가의 소설적 기량 쪽이었던 것으로 염상섭 자신은 말하고 있다. 염상섭 스스로 '일본문학에서 배운 것은 기교밖에 없다'고 말하고 있으나 김윤식은 이 말에 대해 단호하게 이것은 '헛소리'라고 말한다. 김윤식은 다음과 같은 이유에서 염상섭의 일본문학의 영향을 말한다.

> 그의 대작인 『사랑과 죄』(1928)라든가, 그 연장선상에서 쓰인 『삼대』(1931)가 일본 근대문학이라는 제도적 장치에서 나온 것인 만큼 그것을 떠나면 성립될 수도 설명될 수도 없는 것이다. 그러기에 염상섭이 국내 문단을 향해, 일본문단에서 배울 만한 것은 '기교밖에 없다'고 말한 것은 한갓 헛소리이다. 일본 근대소설이라는 제도적 장치를 몸에 익혀 그것으로 소설을 쓰고 있는 염상섭에겐, 공기를 마시면서 공기의 있음을 느끼지 못하는 것과 흡사한 상태에 빠져 있는 것이다. 그가 일본문단에서 배울 것이 기교밖에 없다고 한 것은 그의 눈엔 일본문단이 너무도 낯익어, 이상한 점이 조금도 없었다는 뜻에 지나지 않는다. 기교를 배우고 싶다는 것은 다만 '세련성'을 부러워했다는 뜻이다. 일본 근대소설에서 세련성이야말로 놀라운 일이 아닐 수 없다. 그만큼 깊이 그는 일본화되어 있었다. 일본화란 무엇인가. 그것은 바로 근대화를 가리킴이다.[24]

이런 지적을 한 김윤식은 "염상섭 문학이야말로 일본문학의 가장 가

24 김윤식, 앞의 책, 348쪽.

까운 자리에 놓였던 것이기 때문이다. 그의 초기 3부작은 일본소설의 연속선상에서 쓰였다. 제도적 장치로서의 고백체 형식에 따른 것이 그 3부작이었던 만큼 과격하게 말한다면 우리 소설이라 할 수 없을 뿐만 아니라 염상섭의 창작이라고도 하기 어렵다. 염상섭은 초기 3부작을 심각한 고민을 다룬 19세기 말 러시아문학과 닮은 것으로 착각했을 따름이다"라고 밝히면서 염상섭과 김동인은 스스로는 일본문학의 테두리를 벗어났으며 그것과는 사뭇 다른 한국문학을 해왔다고 믿었지만 일본문학의 영역에서 벗어나지 못한 것이 현실이었다[25]고 결론짓고 있다.

그러나 이러한 영향에 대해 이보영은 절대적인 영향이라기보다 부분적인 영향에 그쳤다고 단정한다.[26] 대표적인 예로 이광수와 염상섭의 경우를 살펴본다면 이들은 일역日譯된 서구작가의 소설과 일본의 자연주의 작가 및 소세키의 작품을 읽고 리얼리즘적, 자연주의적인 관찰과 표현의 방법을 배웠을 것은 틀림없고 간혹 소재의 영향도 받았지만, 이들의 민족주의적이거나 종말적인 주제의식에 대한 일본작가의 영향은 찾아볼 수 없다는 것이다.[27]

이보영은 문학비평의 경우는 별도로 하고 예를 들면 외국작가와는 달

25 김윤식 · 정호웅, 앞의 책, 176쪽.

26 이보영, 앞의 책, 117쪽.

27 염상섭의 작품 가운데 작중 인물들의 대화가 가장 많은 작품이 「미해결」인데 이에 대해서 이보영은 "그런 압도적일 정도의 대화적 방법은 염상섭이 거의 모두 읽은 소세키나 아리시마의 작품 또는 일본 자연주의 작가에게서 찾아볼 수 없다"라고 말하고 있다(이보영, 『염상섭 문학론』, 금문서적, 2003, 73쪽). 이보영은 그 이유로 염상섭의 경우는 상대방의 인격과 발언권 인정에 기초한 대화 역시 민중적 세계관의 표현이기도 하지만 천황제 국가 국민의 의식에 알게 모르게 지배되어온 일본인(작가)에게는 대화적 소설은 기대하기 어려운 것을 그 이유로 들고 있다. 그런 결과의 하나가 1인칭 시점의 소설과 심경心境 수필의 합성품과도 같은 그들의 소위 '사소설'이라는 것이다.

리 일본작가의 주제상의 영향은 별로 없었다고 말한다. 이것은 식민지 작가로서의 일본작가에 대한 반발심에 연유한 결과라기보다는 그 작품이 외국작가의 모방으로 간주된 탓이었거나, 카와바타 야스나리川端康成의 소설에서 보이는 일본적 감성이 성미에 맞지 않았거나, 일본 특유의 자연주의 소설인 소위 사소설의 사사로움에 반발한 탓이었을 것으로 보고 있는 것이다.[28]

사실 염상섭이 일본에 대하여 평소 가지고 있던 일본에의 관계란 것은 대단히 미묘한 성격의 것이었다. 그 미묘함이 어느 정도냐 하는 것은, 예컨대 김윤식과 같은 논자가 "염상섭만큼 일본 근대의 문학 및 문화를 깊이 파악한 문인은 없다"라고 진술하고 있는 반면, 이보영 같은 사람은 "일제 한국강점기간 중에 (…중략…) 일제의 통치에 대한 불만과 저항의 태도를 염상섭만큼 견지한 문인도 드물다"라고 보고 있는 점에서 선명하게 드러난다.

이동하는 이것을 "'일본'과 '일본 제국주의'를 구별하고 그 각각에 대하여 거기 맞는 태도로 임하는 자세가 이런 주장을 낳은 것"[29]이라고 말하고 있다.

염상섭은 2차 도일을 통해 일본 자연주의 문학의 본질, 곧 '섬세한 묘사와 정치한 기교와 면밀한 관찰'의 중요성에 눈떴고 이로써 새로운 단계로 나아갈 수 있었다. 염상섭의 이러한 변모야말로 그를 진정한 작가

---

28 이보영, 위의 책, 123쪽.

29 이동하, 「염상섭의 1930년대 중반기 장편소설」, 권영민 편, 『염상섭 문학연구』, 민음사, 1987, 120쪽(위 인용의 김윤식 부분은, 「소설이냐 로만스냐」, 『소설문학』, 1986.4, 234쪽의 원문을 재인용한 것이며 이보영의 언급 부분은, 『식민지시대 문학론』, 필그림, 1984, 241쪽에서 재인용한 것임).

이게끔 하였으니 그의 재도일에 담긴 의미는 바로 이것이다.[30]

어쨌든 '배울 것은 기교뿐'이라고 말하는 염상섭 자신 역시 소세키의 문학에 대해서는 깊은 경외의 마음을 지니고 있음을 보이고 있다는 점에서 염상섭의 일본문학과의 영향 관계를 검토함에 있어 소세키 문학의 수용 양상은 중요할 수밖에 없다. 김종균은 일본문학과 염상섭에 관하여 다음과 같이 지적하고 있다.

> 여기서 말할 수 있는 것은, 상섭想涉은 일본에서 경이적驚異的인 새로운 것은 발견하지 못했으나 기교적技巧的인 면과 학생시절부터 좋아했던 夏目의 작품을 즐겨 읽었으며, 일본문단의 자연주의의自然主義의 세력에 관심을 보였다고 하겠다. 다시 말하면 夏目의 영향을 크게 받았고, 기교적技巧的인 데 관심을 많이 기울이게 되었다는 점을 지적할 수 있겠다. 그리고, 당시 勃興하여 만연蔓延하다시피 한 사회주의社會主義와 프로문학의 영향도 아울러 지적指摘할 수 있겠다.[31]

이에 대해 좀 더 구체적으로 염상섭이 스스로 소세키로부터 영향을 받았다는 진술을 한 적도 있다. 염상섭은 자신의 문학수업 시절을 회상하는 「문학소년시대文學少年時代의 회상回想」에서 소세키의 작품을 좋아하며 그의 작품은 거의 다 읽었고 사조상으로나 수법상으로 적지 않은 영향을 받았다고 소세키 문학과의 영향 관계를 직접적으로 밝히고 있는 것이다.

30 김윤식 · 정호웅, 앞의 책, 176쪽.
31 김종균, 앞의 책, 119쪽.

일본작품으로서는 夏目漱石의 것, 高山樗牛의 것을 좋아하며, 이 두 사람의 작품은 거지반 다 읽었다. 자연주의 전성시대라, 그들 대표 작가들의 작품에서, 思潮上으로나, 수법手法상으로나, 영향을 적지 않게 받았을 것도 부인할 수 없다. 시조時調는 이때껏 한 수도 지어본 일이 없으면서, 소년시절少年時節에 일본의 和歌는 지은 일이 있었다. 이것이 결코 자랑이 아니다.

—『廉想涉全集』 12, 215쪽

또한 소세키의 「나의 개인주의私の個人主義」[32]는 염상섭의 「자기학대에서 자기해방에」[33]에도 영향을 미쳤다. 소세키는 '자기본위'를 명확히 인식함으로써 극도의 신경쇠약에서 벗어날 수 있었다는 자신의 경험을 소개하면서 개인주의의 가치를 강조하였는데, 염상섭 역시 진정한 자기(자아)를 발견함으로써 정신적 방황상태(자기학대)를 극복할 수 있었던 경험을 소개하고 '적나라의 개인=자기로 돌아가자'라는 결론을 이끌어낸다.[34]

염상섭이 소세키의 영향을 받고 그의 문학세계를 자신의 문학세계를 위한 수용의 관계로 인식했던 것은 분명한 것 같다. 염상섭 문학에서의

32 1914년 학습원學習院 보인회輔仁會에서의 강연으로 이 강연의 핵심을 소세키가 스스로 정리한 바에 따르면 다음과 같다. "첫째, 자기 개성의 발전을 완수하려고 생각한다면 동시에 타인의 개성도 존중하지 않으면 안 된다. 둘째, 자기가 소유하고 있는 권력을 사용하려고 한다면 그것에 부수되는 의무라는 것을 이해해야만 한다. 셋째, 자기의 금력을 나타내려고 한다면 그것에 동반되는 책임을 중시해야 한다."

33 염상섭, 「자기학대에서 자기해방에」, 『동아일보』, 1920.4.6~9.

34 장두영, 「염상섭 초기문학론의 형성과정 연구」, 『語文學』 121, 한국어문학회, 2013.9, 359쪽(「나의 개인주의」와 「자기학대에서 자기해방에」의 영향 관계는 장두영, 「염상섭 소설의 서사 시학과 현실 인식의 관련 양상 연구」, 서울대 박사논문, 2010.2, 29~30쪽 참조).

소세키의 영향은 고등유민 등의 명사의 차용[35] 외에도 고백체 등의 문장에서도 발견되는데 이에 대해서는 『나는 고양이로소이다吾輩は猫である』와 「박래묘舶來描」 두 작품을 분석하면서 세밀하게 살펴볼 것이다.

한편, 이보영은 "우리의 식민지시대 작가에게는 일본의 소세키에게 가능했던 사회와 대립된 주인공의 자아의 세계에 대한 집요한 추구가 불가능했었다"[36]고 밝히면서 그 예로 『산시로三四郞』, 『그리고서それから』, 『문門』 3부작을 통하여 소세키가 시도한 시민적 교양소설은 당시의 조선작가로서는 거의 엄두도 낼 수 없었을 것이라고 말하고 있다. 그 이유는 일제의 통치를 받는 '사회'의 압력이 너무도 드세었기 때문인데, 이런 이유로 결국 우리 식민지시대 소설의 주류가 '사회소설'이 된 것은 불가피한 현상이었다는 것이다.

소년기에서 청년기에 걸쳐 배우고 공부하고 책을 읽고 글을 쓴 공간이 일본의 옛 수도인 교토京都와 현재의 수도인 도쿄東京라는 토양에서 '기교' 이외에는 배운 것이 없다는 이보영의 주장은 다소 설득력이 약한 듯하다. 『삼대』를 일본소설과 꼭 같은 것이며 염상섭이 일본소설의 영향을 강하게 받은 일본화된 작품을 썼다는 김윤식의 주장도 다소 과장되어 있다고 생각한다.

염상섭과 일본문학과의 관계는 초기와 중기 이후로 나누어 생각하는 것이 바람직하게 여겨진다. 초기 작품에서는 형식적인 면이나 내용면에서도 일본문학의 영향을 받아 쓰였으며 이후에는 점차 일본문학의 영향

35 최해수, 「한일근대문학 지식인 유형 비교연구—나쓰메 소세키夏目漱石 소설의 '고등유민高等遊民'과 염상섭 소설의 '심퍼사이저'의 비교」, 『일본학보』 57, 한국일본학회, 2003, 527~542쪽 참조.

36 이보영, 『염상섭 문학론』, 금문서적, 2003, 34~35쪽.

을 벗어나 독자적인 작풍을 형성해 나간 것으로 보는 것이 가장 타당하다는 생각이다. 또한 일본문학 전반적인 영향 관계와 더불어 소세키 등 개별 작가의 작품과의 관련성 역시 주목된다.

염상섭은 기회가 있을 때마다 의도적으로 일본문학과의 영향을 부정하고 있다. 그러나 강한 부정은 역으로 강한 긍정을 감추기 위한 의도로 사용되는 경우가 있듯이 염상섭 문학과 소세키 문학과의 비교문학적 영향을 작품을 통해서 비교해 볼 때 소세키의 영향은 구체적으로 드러난다. 특히 그의 초기작에서는 그러한 영향 관계가 두드러지게 보이는데, 그것은 제2절에서 살펴보게 될 『나는 고양이로소이다』와 「박래묘」의 비교에서 확인할 수 있다.

2. '고양이'를 통해 본 풍자의 유사성

—『나는 고양이로소이다吾輩は猫である』와 「박래묘舶來描」

소세키의 『나는 고양이로소이다』(1905)[37]와 염상섭이 제월霽月이라는 필명[38]으로 발표한 「박래묘」(1920)[39]는 다양한 관점에서 비교문학적

37 1905년 1월부터 1906년 8월까지 잡지 『호토토기스ホトトギス』에 10회에 걸쳐서 연재되었으며 초판은 상편上篇이 1905년 10월, 중편이 1906년 11월, 하편이 1907년 5월에 오오쿠라서점大倉書店과 핫토리서점服部書店의 협력으로 간행되었다.

38 염상섭의 필명 '제월霽月'에 관해서 장두영은 다음과 같이 밝혔다. "1918년 3월에 발표한 「부인의 각성이 남자보다 긴급한 소이」가 염상섭이 남긴 최초의 글로 확인되며, 「표본실의 청개구리」 이전에 발표한 글은 20여 편이 된다. 이 중 관심의 대상이 되는 것은 '제월霽月'이라는 필명으로 발표한 여러 편의 글들이다. 1921년 이후 발표한 글에서는 더 이상 제월이라는 필명이 발견되지 않는데, 염상섭이 작가로서 입지를 굳힌 후 '제월'이 '염상섭'으로 바뀌게 된 셈이며, '제월'에서 '염상섭'으로의 필명의 변화는 '평론가'

연구의 대상이 될 수 있다.

소세키의 데뷔작이며 이 작품을 통해서 본격적인 작가의 길로 들어서게 한 『나는 고양이로소이다』는 고양이를 주인공으로 내세워 물질문명의 개화에 따른 사회상과 가치관을 풍자적으로 표현하는 한편 인간, 특히 지식인들과 자본주의의 속성을 풍자하고 있는 점이 주목된다. 또한 이 작품에 등장하는 지식인들이 작가 자신의 분신으로 느껴지기도 하는 점 등도 관심을 가지게 하는 작품이다.

이에 대해 염상섭의 데뷔기에 쓰였으며 염상섭의 첫 소설작품으로도 볼 수 있는 「박래묘」는 『나는 고양이로소이다』와 마찬가지로 관찰자가 고양이인데, 외제라면 사족을 못 쓰는 세태와 일제의 침략성을 풍자하려는 의도에서 씌어진 소설로 작품 속의 주인공 '박래묘'가 스스로 자신을 '소세키漱石 집안 출신'이라고 밝히고 있고 두 작품이 모두 "나는 고양이로소이다吾輩は猫である", "나는 박래묘舶來猫올시다"로 시작되는 유사성을 보이는 등 여러 가지 관점에서 소세키의 『나는 고양이로소이다』의 영향을 받아 쓰인 작품이라는 사실을 확인하게 된다. 무엇보다도 이들 작품은 고양이의 1인칭 관찰자 시점으로 서술되고 있으며 당시의

에서 '작가'로의 변신을 의미하는 것으로 보인다. 주로 잡지에 발표된 글이나 일간지에 발표되었더라도 문학과 관련된 글에서 '제월'이라는 필명을 찾아볼 수 있으며, 편수로는 총 14편, 유형으로는 대부분 평론이다. 그중 상당수는 『기독청년』(『현대』), 『삼광』, 『폐허』에 실려 있으며, 특히 1918년 현상윤과의 논쟁이나 1920년 김동인과의 논쟁과 직·간접적으로 관련된 글이 높은 비중을 차지한다."(장두영, 「염상섭 초기문학론의 형성과정 연구」, 『語文學』 121, 한국어문학회, 2013, 352쪽)

39 흔히 염상섭의 첫 소설 작품을 「표본실의 청개구리」(『개벽開闢』, 1921.8~10 연재)로 말하고 있으나 「박래묘」는 1919년 11월 26일에 창작되어 1920년 4월 『삼광三光』 3호를 통해 발표되었으므로 「표본실의 청개구리」보다 1년 이상이나 앞선 염상섭이 지면을 통해 발표한 최초의 소설작품이다.

세태를 해학적으로 풍자하고 있는 점에 있어서도 공통된 특징이 있다.

「박래묘」는 염상섭 문학의 일본문학과의 영향 관계를 비교문학적 관점으로 연구하는 데 출발점이 될 수 있는 작품이며, 그의 초기 3부작과 더불어 사상성의 발로가 어디에서 비롯되었는지를 알아볼 수 있는 귀중한 자료임에도 불구하고 김종균의 언급(1974) 이후 거의 30년간 연구가 이루어지지 않고 있다가 최근 들어 소수자에 의해 연구가 이어지고 있는 실정[40]이다. 염상섭은 소세키의 작품을 통해 영향을 받았다는 것을 직접 언급한 바 있는데, 「박래묘」에서는 작품 속에서 이러한 영향 관계가 구체적으로 확인되고 있다.

이 글에서는 『나는 고양이로소이다』와 「박래묘」의 비교를 통해서 영향 관계 및 풍자의 양상을 비교하고, 고양이의 눈으로 바라본 지식인상에 대해서 살펴보고자 한다.

---

40 「박래묘」는 1920년 4월 『삼광』 3호에 발표된 우화소설로 미완성으로 끝났다. 염상섭 연구의 길잡이라 할 김종균의 『염상섭 연구』(고려대 출판부, 1974)에서는 「박래묘」에 대한 작품의 주제의식이 간단하게 고찰된 바 있으나 염상섭 연구의 집대성이라 할 김윤식의 『염상섭 연구』(서울대 출판부, 1987)에는 염상섭 소설의 첫 작품인 「박래묘」에 대한 언급이 일절 없으며, 또 염상섭 연구의 큰 업적의 하나인 곽원석의 『염상섭 소설어사전』(고려대 출판부, 2002)에서도 표제어 채록 대상작품으로조차 채택되지 않고 있는 데서도 알 수 있듯이 「박래묘」는 염상섭 문학 사상성의 출발점과 일본문학, 특히 소세키와의 관계를 알 수 있는 중요한 작품임에도 불구하고 김종균의 연구에서 언급된 이후 30년 동안 후속 연구가 거의 이루어지지 않았다. 그 뒤 최해수, 「나쓰메 소세키와 염상섭 문학의 영향 관계 연구－『나는 고양이로소이다吾輩は猫である와 「박래묘舶來猫」(『일본근대문학』 3, 한국일본근대문학회, 2004)가 나온 이후 안남일의 『삼광三光』 수록 소설 연구」(『한국학연구』 31, 고려대 한국학연구소, 2009)에서 『삼광』에 수록된 6편의 소설에 대한 전반적인 경향이 연구되었고 장두영의 「염상섭 초기문학론의 형성과정 연구」(『語文學』 121, 한국어문학회, 2013.9)에서도 「박래묘」에 대한 언급이 나오는 등 후속 연구가 간헐적으로 이어지고 있다.

1) 냉소와 비꼼에 의한 세태풍자

두 작품은 모두 고양이를 주인공으로 내세워 자본주의가 본격적으로 도입되던 당시의 시대 분위기를 냉소적으로 풍자하고 있다. 다른 서구 근대사상은 배제된 채 단지 돈만이, 서구문물만이 동경의 대상이며 가치의 전부인양 그릇된 가치관이 팽배해 있던 근대자본주의 도입기의 인간과 사회를 풍자하고 있는 것이다.

소세키의 최초의 장편소설인 『나는 고양이로소이다』는 1905년 1월부터 1906년 7월에 걸쳐서 『호토토기스ホトトギス』에 연재되었다. 이 작품을 쓸 무렵 소세키는 영국 유학에서 체험했던 심각한 고독과 초조감이 일본으로 돌아와서 한층 심해져 있었다. 이러한 외부적인 요인과 그의 가장취미假裝趣味, 영문학의 스위프트Jonathan Swift(1667~1745)의 영향 등의 내적 요인은 이 작품을 창작하게 된 하나의 배경이 된 것으로 보인다. 『나는 고양이로소이다』는 『도련님坊っちゃん』(1906), 『양허집漾虛集』(1906) 등과 같은 전기 작품과 더불어 다양하면서도 자유분방한 실험정신을 보이고 있다.[41]

소세키가 처음 이 작품을 썼을 때는 문단 진출을 위한 야심을 가진 것은 아니었던 것으로 보인다. 다만 자신의 가슴 속에 있는 무엇인가를 언어로 풀어내고자 했던 막연한 충동이 글을 쓰게 한 동기가 된 것이었다. 원래 단편으로 그칠 작정이었으나 독자들로부터 호평을 받게 되자 장편 작품으로 계속 연재하게 되었고 소세키로 하여금 본격적인 작가의 길로 들어서게 한 작품이 바로 『나는 고양이로소이다』이다. 작가 자신이 나

41 三好行雄 編, 『夏目漱石事典』, 學燈社, 1992, 33~35쪽.

이든 부모의 막내로 태어나 양자로 보내어졌다 다시 본가를 돌아오는 등 불우한 어린 시절을 보낸 것도 '고양이'를 주인공으로 내세우게 된 하나의 이유였던 것으로 생각된다.

이 작품은 고양이가 여러 등장인물의 언동을 비평하는 구성으로 되어 있는데, 그 대상은 인간뿐만이 아니라 고양이 자신도 비평의 대상이 되고 있으며 주된 풍자의 대상은 당시 물질문명의 개화에 따른 사회상과 가치관이다.

소세키는 서구화를 우선시한 나머지 관료주의에 물들어 뒤틀어져만 가는 근대 일본의 모습을 확인하였고 이에 고양이의 눈을 빌어 약자의 입장에서 권력을 가진 자를 풍자하였으며 근대가 표본으로 삼고 있던 모습에 일말의 의심조차 없이 따라가던 일본 국민의 각 계층을 야유하게 된 것이다. 소세키가 『나는 고양이로소이다』에서 보인 유머는 단순한 웃음이 아닌, 비판정신에 가득 찬 것으로 일본 근대를 풍자한 것으로 볼 수 있다.[42]

「박래묘」는 염상섭이 1920년 4월 『삼광三光』 3호에 발표한 우화소설로 미완성의 작품이다. 이 작품의 말미에 '속續'이라는 표현이 있는 것으로 보아 작가가 이 작품을 계속해서 연재할 계획이었던 것으로 보인다. 그러나 이후 더 이상 연재되지는 않았다.

본명은 '고마高麗'이지만 외국(일본)에서 들여 온 고양이라는 이유로 '박래묘'로 불리는 고양이의 시각으로 본 개화기의 사회상이 이 작품의 주제가 되고 있는데 특히 외제품舶來品이라면 사족을 못 쓰는 여성들이나

42 李平, 「夏目漱石のユ―モアの對象－『吾輩は猫である』を中心に」, 『比較文化硏究』 11-2, 경희대 비교문화연구소, 2007, 162쪽.

'소위 현대신사라고 불리는 괴물' 등을 그 풍자의 대상으로 하고 있다.

일본에서 건너온 '고마'라는 이름의 고양이는 외제품이라면 무엇이라도 환영을 받던 당시의 시대상황에서 '박래묘'라고 불리며 대우받는다. 이 '박래묘'는 매춘녀인 시즈코靜子를 따라 온 것이다. 매춘녀 시즈코는 일본의 한국침략을 비꼬는 설정으로 도입된 것으로 일본의 한국침략을 매춘행위에 다름없다고 풍자하려 한 작가의 의도를 엿볼 수 있다. 도쿄 토박이이며 이름 있는 집안의 태생이라는 점을 밝히는 '박래묘'는 당시의 시대상황에 대해서 냉소하고 풍자하는 화법으로 일관하고 있다.

'박래묘'는 도쿄고등공업학교의 실험실에서 집어온 알콜을 '이것이 박래의 향수올시다'고만 하면 앞다투어 사려고 몰려들 정도로 외제품에 대한 비정상적인 선호 세태를 풍자한다. 그리고 자신의 출생과 더불어 가족관계에 대해서 장황하게 설명한 다음 인간들의 몰인정함을 냉소한다.

「박래묘」에 관해 처음으로 주목한 김종균은 「박래묘」를 안국선의 「금수회의록」 계통의 우화소설로 보고 이 글을 통해 염상섭이 의도하고자 했던 것은 대체로 다음과 같다고 밝혔다.

> 첫째, 주인공 '舶來猫'를 통한 일본 침략을 간접적으로 풍자諷刺·비판批判하고 있으며, 식민지적 상황 아래서의 민족적 긍지를 은연히 포용하고 있다는 사실을 지적할 수 있다.
>
> 둘째, 상징적 우화를 통한 현실비평을 가하고 있는데, 특히 당시 조선의 양반귀족과 소위 박래품舶來品이면 사족을 못 쓰는 귀부인들의 생태生態에 대한 풍자의 화살을 던지고 있다.
>
> 셋째, 동물(고양이)의 발상을 통한 자유로운 현실 전개現實展開와 그 능란

한 화술을 특징으로 지적할 수 있다.[43]

풍자성과 반어성은 시대와 인간을 비웃는 자조적 성격이 강한데 이것은 습작기의 「박래묘」의 주제의식과 맞닿은 것으로 보인다. 김종균의 첫 번째 지적, 즉 "일본침략을 간접적으로 풍자·비판하고 있으며, 식민지적 상황 아래에서의 민족적 긍지를 은연히 포용하고 있다"는 주장이 타당성을 얻는 것은 이 작품이 발표되던 해가 1920년으로 3·1독립운동이 일어난 다음 해인 데다, 염상섭이 오사카大阪 텐노우지天王社공원에서 거사[44]를 일으키려다 체포된 뒤 약 5개월을 감옥에서 보낸 후에 나온 작품이며, 작품 곳곳에서 일본 군국주의에 대한 냉소와 반감이 드러나고 있기 때문이다.

「박래묘」는 염상섭이 소설의 형식으로 발표한 첫 작품으로 '사상성' 외에도 그의 작품에서 나타나는 소세키의 영향을 살펴볼 수 있는 귀중한 자료이며, 당시의 우리 사회상의 한 단면을 이해할 수 있다는 점에서도 연구의 대상이 되는 작품이다.

2) 「박래묘」에 나타난 『나는 고양이로소이다』의 영향

두 작품의 시작 부분이 일치하고 「박래묘」 속에서 소세키漱石 이름이 세 번이나 나오며 구체적으로 작품 『나는 고양이로소이다』가 등장하는

43 김종균, 앞의 책, 387~388쪽.

44 염상섭은 1919년 3월 6일 오후 6시에 텐노우지天王社공원 음악당 앞에서 선언서를 낭독하고 거리로 뛰어나가 시위를 하려고 했으나 독립만세 한 번 외쳐보지도 못한 채 잠복하고 있던 형사들에게 체포되고 말았다.

등 소세키의 『나는 고양이로소이다』의 모방으로 지어진 작품이라는 사실이 작품 속에서 그대로 드러나 있다.

두 작품이 보이는 유사성을 검토함에 있어 비교문학의 연구 대상의 하나인 '변형과 발전'[45]에 주목하고자 한다. 이러한 '변형과 발전'은 크게 '모방', '표절', '전용', '번안', '암시' 등으로 구분할 수 있는데 작품에 따라서는 이러한 것들이 혼합되어 있거나 일부만이 적용되는 경우가 있다. 이러한 '변형과 발전'을 자국문학에서 무조건 부정적인 잣대로만 볼 필요는 없다. 염상섭의 「박래묘」는 시작 부분에서 『나는 고양이로소이다』를 전용하고 있으며, 작품 속에서도 적절히 모방한 흔적들을 발견할 수 있다.[46]

---

45 변형이란 수용자가 영향자의 문학 작품이나 사상 혹은 작품의 배경을 차용하여 자기화하는 것을 의미하고, 발전이란 이러한 자기화를 바탕으로 하여 자국문학이 미쳐 인식하지 못한 부분을 발견하여 새롭게 탄생시키게 되는 것을 의미한다. 변형의 방법에는 그것이 부정적인 측면에 관계되든 긍정적인 측면에 관계되든 간에 ① 모방, ② 표절, ③ 전용, ④ 번안, ⑤ 암시 등이 있다(윤호병, 「제3장 비교문학의 영향・수용・변형・발전」, 『비교문학』, 민음사, 2000, 119쪽).

46 소세키는 그가 작품을 인용하거나 변용한 경우 그것을 작품 속에서 직접 밝히는 방식을 취하고 있다. 그 한 예로 「런던탑」에서는 다음과 같이 작품 후기를 기술하고 있다. "그 가운데에서도 엘리자베스가 감옥에 갇힌 두 왕자를 만나러 간 장면과 두 왕자를 살해한 자객들이 나누는 대화 장면은 셰익스피어의 역사극 『리처드 3세』에도 있다. (…중략…) 그러나 그중에 묘사되는 주변 경관들은 순전히 나의 상상으로 만들어진 부분으로 셰익스피어와는 무관하다."(『漱石全集』 2, 岩波書店, 1975, 27쪽) 『나는 고양이로소이다』에서도 이러한 부분이 나온다. 동물을 통해서 인간세계를 전개해 나가는 방법이 특이하고 색다른데 이러한 방법에 관해서 외국소설에서 배운 것이 아닌가 하는 학설도 제기된 바 있다. 그것은 작품이 고양이를 주인공으로 한 서술로 되어 있는 데다 작품 속에서도 다음과 같이 로렌스 스턴Sterne Laurence(1713~1768)의 소설을 언급하고 있기 때문이다. "그 후로 코에 대해 다시 연구를 했는데, 요즈음 『트리스트램 샌디The Life and Opinions of Tristram Shandy』라는 저서에 코론鼻論이 있는 것을 발견했어. 카네다金田네 코도 스턴에게 보였더라면 좋은 재료가 됐을 텐데 유감스러운 일이야."(『漱石全集』 1, 岩波書店, 1975, 168쪽) 영국의 소설가 로렌스 스턴의 소설에 대해서는 이밖에도 스턴이 1760년부터 8년에 걸쳐서 완결시킨 9권의 소설인 『트리스트램 샌디』에 대해서 소세키는 『江湖文學』 1897년 3월 호에 이 작품을 소개하고 있다.(『漱石全集』 1, 岩波書店, 1975, 580쪽

「박래묘」에는 여러 형태로 소세키 작품에서 영향을 받았음이 드러나고 있다. 무엇보다도 두 작품의 주인공이 '고양이'라는 사실에서 일치감을 보이고 있다. 그리고 '박래묘'가 소세키 집안에 있던 고양이의 후손이라고 밝히고 있는 점에서 「박래묘」의 착안이 『나는 고양이로소이다』라는 사실을 확인하게 된다. 한편, 두 작품은 모두 작품의 화자인 고양이의 1인칭 관찰자 시점으로 전개되고 있으며 작품의 시작 부분이 일치한다.

> 나는 고양이로소이다吾輩は猫である
>
> —『나는 고양이로소이다吾輩は猫である』[47]

> 나는 박래묘舶來猫올시다.
>
> —「舶來猫」

자신의 이름 '박래묘'의 본명은 '고마'인데 스스로 '야마토묘족大和猫族'이라고 밝히고는 있지만 스스로 "본명 '고마'를 한자로 쓰면 '高麗'인 것을 보면 고구려시대에 일본에 귀화하여 그 후예가 나일지도 모르겠다"는 추측을 함으로써 조상이 한국계라는 유추를 가능하게 한다. 그러면서 좀더 구체적으로, 자신과 같은 고양이 족속은 족보라는 것이 없어

注解 참조) 이와 관련하여 평론가 이토 세이伊藤整는 "소세키가 로렌스 스턴의 작품을 읽어서 알고 있었던 것은 사실이지만, 중요한 것은 소세키의 『나는 고양이로소이다』는 어디까지나 소세키의 독창성이 인정되는 작품"이라고 말하고 있다.

47 夏目漱石, 『漱石全集』 1, 岩波書店, 1974, 5쪽(이하 『漱石全集』 전 18권에 수록된 작품은 전집의 권수 및 쪽수만 표기).

서 자세히는 알 수 없지만 확인 가능한 족보를 거슬러 올라가면 일본의 소세키 집안과 끈이 이어져 있다고 말하고 있다.

고양이 族屬은 머리쌀압흔 族譜란 것이 업지만은, 第一 갓가운 系統으로만 보아도 僞善 日本의 **一流作家 夏目漱石君**을 書記兼食客으로 生活費를 주어가며 有名한 **「나는 고양이다」**라는 傑作을 지은 無名猫氏가 나의 祖父다.[48] (강조는 인용자. 이하 동일)

여기서 구체적으로 일본작가 소세키의 이름과 『나는 고양이로소이다』가 거론되고 있다. 이것을 보면 「박래묘」의 창작에 소세키의 『나는 고양이로소이다』가 결정적인 역할을 한 것을 알 수 있다. 「박래묘」는 염상섭이 일본에서 1차로 유학을 한 마지막 해인 1920년 4월에 발표(창작은 1919년 11월 26일)되었으며 이때는 염상섭이 소세키와 뚜르게네프의 작품에 심취했던 시기였다. 따라서 소세키의 작품 『나는 고양이로소이다』를 읽고 영향을 받은 염상섭이 소세키와 같은 대작가를 꿈꾸며 자신도 유사한 작품을 구상한 것으로 볼 수 있는데 소세키에 대해서는 이후에도 작품 속에서 계속하여 언급하고 있다.

우리 하라버님의 功績을 자랑ᄒᆞ는 것은 안이나, 眞談의 말이지 中學校敎員으로 月給三四十圓에 목을 매이고 회灰박을 쓰고 一生을 마칠 **漱石君**이, 作故한 뒤까지라도 後生들의게 **漱石先生**へ이라고 敬慕를 밧게 되엿슬 뿐 안이라,

48 염상섭, 「舶來猫」, 『三光』 3, 三光社, 1920.4, 19쪽(이하 작품명 및 쪽수만 표기)

잔돈 兩이라도 모아노코 便安히 瞑目하게 된 것이, 다 — 우리 祖父의 德澤이엿다.

—「舶來猫」, 19쪽

소세키의 죽음 이후 본격적인 작가의 길로 들어선 당시 염상섭에게 소세키는 하나의 우상이었을 수도 있다. 그러나 특유의 풍자와 냉소로 소세키를 '소세키군'이라는 표현으로 폄하하는가 하면 중학교 교사로 분칠을 하며 일생을 마쳤어야 할 소세키가 자신의 조부 '고양이' 덕분에 『나는 고양이로소이다』를 쓰게 되었고 이로 인해 명성과 존경을 얻고 돈도 모았으며 편안히 죽을 수 있었다고 말하고 있다. 「박래묘」에서 소세키를 의도적으로 비아냥대는 어조로 말한 것은, 자신이 비록 대가의 흉내를 내는 작품을 쓰기는 하지만 소세키를 넘어설 때 비로소 일류작가가 될 수 있다는 치기에서 나온 것으로 생각된다. 한편, 염상섭 문학 특유의 풍자성의 출발이 「박래묘」에서 보이고 있음이 주목된다.

「박래묘」는 작가가 구체적으로 이 작품에 대해서 언급한 것이 없어서 자세한 작가의 의도는 알 수 없으나, 말미에 '속續'이라는 표현을 하고 있는 것으로 보아 계속해서 연재할 계획이었던 것으로 볼 수 있다.

이에 비해 『나는 고양이로소이다』는 장편이다. 그런데 이 작품은 소세키가 처음 발표하였을 때[49] 단편소설로 그칠 계획이었다. 그러나 이 작품이 나간 다음 너무 좋은 반응을 얻자 소세키는 『나는 고양이로소이다』를 10회에 걸쳐 계속 연재하여 마침내 장편 작품으로 완성한 것이다.

49 『나는 고양이로소이다』 첫 회분은 마사오카 시키正岡子規가 주창한 하이쿠 잡지인 『호토토기스ホトトギス』 1905년 1월 호에 실렸다.

아직 습작기에서 완전히 벗어났다고 할 수 없을 당시의 염상섭 역시 소세키가 『나는 고양이로소이다』를 통해 거둔 성공의 과정을 잘 알고 있었을 것이다. 따라서 일종의 대가大家 흉내내기로 시작한 글쓰기에 대한 세상의 반응을 기다렸을 것으로 생각된다. 그 뒤 계속 연재가 되지 않은 데는 소세키 작품의 흉내내기라는 좋지 않은 반응도 한몫을 했을 것으로 보이며 또한 독자들의 반응이 그다지 좋지 않았기 때문으로도 볼 수 있다.

한편으로 일본침략을 풍자적으로 엮어내려 했던 작품의 의도를 제대로 살려내기 어려운 시대 상황이었던 것도 작품 연재를 중단하게 된 배경으로 볼 수 있다.

3) 작품에 보이는 내용상의 유사성

『나는 고양이로소이다』와 「박래묘」는 작품 구성뿐만 아니라 내용에 있어서도 일치되는 부분이 있다. 『나는 고양이로소이다』에서 주인공 '고양이'는 다른 고양이들처럼 쥐를 잡을 능력이 없다. 이런 이유로 쥐보다 훨씬 잡기 수월한 사마귀 잡는 훈련을 통해 운동능력을 기르고 있다. 가끔 그것이 성공하여 사마귀를 잡아먹는 고양이답지 않은 고양이로 설정되어 있는데, 「박래묘」의 '박래묘' 역시 쥐를 잡는 능력이 없는 동물로 설정되어 있어 작중 화자인 고양이의 성격이 유사함을 알 수 있다.

> 그 中에도 내가 特別히 그 미장이집을 떠날 때까지 母親膝下에 잇게 되엿든 것은 天幸이든지 내가 막내둥이엿든 故로 稚弱ᄒᆞ야셔 쥐 ᄒᆞᆫ마리 잡을 줄도

몰낫든 때문이엿셧다.

—「舶來猫」, 21쪽

그리고 부뚜막에서 구박을 당하거나 목덜미를 붙잡혀 빙빙 돌려진 다음 내동댕이쳐지거나 아이들의 이불 속에서 함께 잠을 자다가 발각되어 혼이 나는 등의 유사한 예도 볼 수 있다.

이 아이들이란 다섯 살과 세 살짜리로 밤이 되면 둘 다 한 이불 속으로 들어가 한 방에서 잔다. 나는 언제나 그들의 중간에 내 몸이 파고 들 만한 여지를 찾아내어 그럭저럭 비비고 들어가는데 재수 사납게 어린 것 중 하나가 눈을 뜨기만 하면 그만 난리가 난다.

—『漱石全集』 1, 9쪽

나는 二層에 올너가서 어린 兒孩의 발치에 드러누엇다. (…중략…) 이 番에는 엽흐로가서 누을 作定으로 이불을 살작 들고 가만가만 드러가랴니가, 運數가 사나우면 업드러저도 코가 깨여진다더니 일이 안되느라고 몸둥아리가 半도 채 못드러가서 꼬맹이의 왼쪽발[左腕]을 보기좃케 밟는 바람에, 輕風하듯이 발닥 이러나서 킹々대며 째지는 목소리로 어머니를 벼락갓치 부른다.

—「舶來猫」, 22쪽

결과는 비슷하다. 거꾸로 치켜 들리거나 머리에 자루가 씌워져서 내팽개쳐지거나 부뚜막 속에 밀쳐 넣어지기도 하며 심한 경우는 움켜쥔 손에 의해 목덜미가 몇 번 빙글빙글 돌려진 다음 창밖으로 내던져지는 것이다. 때로는 심한 충격과 함께 발톱이 부러지는 상처를 입게 되기도 한다.

또 인간에 대한 혐오감도 보이고 있는데 고양이를 학대하고 몰인정하다는 점에서는 두 작품에서 일치를 보이고 있으며 인간은 제멋대로인 존재라고 고양이가 생각하는 점도 동일하다.

> 원래 인간이란 건, 자기 역량만 믿는 나머지 모두 다 오만해져 있다. 좀 더 인간보다 강한 자가 나와서 바로잡아주지 않고선 앞으로 어디까지 오만해질는지 알 수 없다.
>
> —『漱石全集』 1, 13쪽

> 어머님이 밤이면 늘 나를 끼고 드러누어 젓을 물니며 "사람처럼 末種의 動物은 업셔! 제 慾心채임도 分數가 잇지, 제 子息貴ᄒᆞᆫ줄만 알고 남의 子息貴여운줄 모르나? 앗가만 ᄒᆞ ㅣ도 그럿치, 조고만 꼬맹이가 남의 어린 것을 부둥켜 안고 다니며 別々 오독육갑의 짓을 다— ᄒᆞ야도 가만 내버려두더니, 참다〱 못ᄒᆞ야 손등 위에 生책이 ᄒᆞᆫ아 냇다고, 위로 아ᄅᆞ ㅣ로 집안이 끄러나셔 닷친 兒孩보다 더 법석을 ᄒᆞ며, 내쫏느니 때려주느니ᄒᆞ니 이런 境遇도 잇단 말인가?" ᄒᆞ시며 실셩들닌 兩班 모양으로 잔말ᄒᆞ시더니 그ᄯᆞ ㅣ는 철이 업서 무슨 소리인지 몰낫스나, 只今 生覺ᄒᆞ야보면 참 事理에 合當ᄒᆞᆫ 오른 말슴이다.
>
> —「舶來猫」, 21쪽

이런 식으로 세태에 대한 풍자를 하면서 「박래묘」에서는 인간에 대한 혐오감을 드러내는 한편으로 양반에 대한 풍자도 은근히 곁들이고 있는 것을 볼 수 있다. '미친(실성한)' 사람의 사례로 '양반'을 들고 있는 것이다.

4) 고양이의 눈으로 본 지식인상

『나는 고양이로소이다』에는 다양한 지식인들이 등장한다. 쿠샤미苦沙彌를 둘러싼 지식인들이 작가 자신의 분신이라는 점에서 사회를 지탱하고 발전시킬 의무를 지닌 지식인으로서 학문의 중요성을 강조하고, 애정을 담은 풍자를 하고 있다.

쿠샤미는 여러 인물들과 교제하면서도 그 어느 세계에도 소속될 수 없는 사람이다. 그러나 이러한 인물들이 갖고 있는 무력감, 경박함, 무절조를 만든 적은 갖고 있다. 거기에서의 탈출을 시도하려고도 하지 않는다. 그저 바라보고 있을 뿐이다. 다시 말하면 문제의식도 없다. 따라서 해결 의지도 보이지 않는다.[50]

지식인들은 자신들이 일반인들과는 다르다는 자부를 지니고 있으나 고양이의 시선에서 보면 그들 역시 나름대로 이중적인 모습을 보이고 있다. 그러나 지식인들은 스스로 세상에 대해서 일정한 거리를 두고 세상을 지도하고 조언하는 것처럼 행동하지만 그 본심에는 세상에 대한 집착과 욕망이 도사리고 있다는 사실이 드러나 있다.

이 작품은 자유롭게 인간의 마음속까지 파고들며 이야기를 끌고 가는 이름 없는 '고양이'를 주인공으로 하여 다양한 인간 군상들이 갖가지 에

50 장남호, 「나쓰메 소세키夏目漱石의 유머 연구—『나는 고양이로소이다』의 문명비평을 중심으로」, 『인문학연구』 79, 충남대 인문과학연구소, 2010, 185쪽.

피소드를 엮어가는 것으로 구성되어 있다. 중학교 영어교사이며 세상에 대해 냉소적인 인물인 쿠샤미는 작가 자신의 모델이기도 한데, 그는 동양적인 교양을 소유한 사람으로 고지식하며 고집불통의 성격이다. 이밖에 스스로 미학자라고 하는 쿠샤미의 친구 메이테이迷亭와 캉게츠寒月가 주요인물로 등장한다.

메이테이는 도무지 이치에 맞지 않는 황당한 논리로 자신의 주장을 관철시키는 궤변론자인데 그는 작품의 해학성과 풍자성을 증폭시켜주는 역할을 함으로써 소설의 재미를 더하고 있다. 그리고 쿠샤미의 제자인 캉게츠는 '개구리 눈알의 전동 작용에 대한 자외선의 영향'이라는 제목의 박사논문을 준비하고 있다. 그는 완벽한 원형구슬을 만들어야 한다는 고집으로 계속 유리알을 갈아대지만 끝내 포기하고 결국 학위도 단념하고 마는 인물이다.

러일전쟁 때부터 일본의 자본주의가 급속도로 진전되어 제국주의의 단계에 이르게 되자 지식인이 사회의 한구석에 놓여 있게 되었고 이러한 모습을 소세키 자신에 있어서도 불가피한 문제로 통감하고 있었다. 쿠샤미 선생 집에 모인 그룹들도 역시 '불필요한 자'의 한 부류였다. 그들은 지적, 관념적인 풍부함은 지니고 있으나 실천력에 있어서는 무능력한 집단이었고 생활상 목적의식은 그다지 볼 수 없었다. 이와 같이 '불필요한 자'로서의 존재는 관찰자인 '고양이'에 의해 비웃음의 대상이 되었다.

그러나 작가가 이 작품을 통해 사업가들에 대한 지식인의 비교우위에 의미를 부여하고 있음에도 불구하고 지식인의 이중적인 삶의 구조, 행동도 그대로 드러난다. 책을 펼치면 두세 쪽도 넘기지 못하고 금방 잠이 들면서도 서재에서뿐만 아니라 침실에까지 책을 끼고 도는 모습이나 바둑을 두면 한 수도 양보하지 않고 급기야는 언쟁으로까지 발전하는 일, 자기만을 생각하는 이기주의적 발상, 허영심 등의 지식인에 대한 풍자가 작품의 도처에 나타나 있다.

또한 『나는 고양이로소이다』에는 다양한 세태풍자의 모습이 그려져 있다. 당시 일본은 서구의 귀족계급이 5등급으로 되어 있는 것을 본 따서 다섯 개로 차등화하였는데 나중에는 돈으로 작위를 사는 사람도 생겨날 정도였다. 신흥귀족으로 행세하는 화족華族[51]들에 대한 풍자는 『나는 고양이로소이다』에 잘 나타나 있다. 제3장에서 메이테이가 자신의 백부伯父되는 사람이 마키야마牧山 남작이라고 말하자 좀 전까지 오만했던 하나코鼻子의 태도가 갑자기 정중해지면서 잘 아는 체 하는 대목이 나오는데 이것은 작위爵位의 남발에 대한 풍자로 보인다.[52]

그리고 금력으로 세상을 움직이려는 집안에 대해 거부하고 저항하는 쿠샤미나 메이테이의 모습을 통해 근대사회의 비윤리적인 모습을 풍자하고 있다. 돈이 많고 권력을 지녔고 지위가 높은 이들에 대해서 본능적인 거부감을 보이는 것이다.

---

51 메이지 신정부는 사・농・공・상士農工商 즉 사민四民에 대한 평등을 기치로 내걸어 근대화를 추진해나갔다. 그러나 1869년에 사족士族 위에 있는 황족들에게 화족華族이라는 특수신분을 두게 된다. 화족이라는 호칭은 처음에는 황족皇族과 다이묘大名 신분에 국한된 호칭이었으나 1884년 화족령華族令에 의해 국가에 공훈이 있는 신하와 사업가에게도 화족이라는 호칭을 부여하게 된다. 화족은 일반국민의 상위자로서 작위를 지녔으며 세습되었는데 귀족원 의원의 선거권과 피선거권이 부여되어 천황제 유지의 한 기반이 되었다. 화족에게는 등급에 따라 공후백자남公候伯子男의 다섯 작위가 수여되었으며 특권을 지닌 사회적 신분이 되었다. 이는 1947년 신헌법新憲法이 시행되기까지 지속되었다(平凡社 編輯部, 『日本史事典』, 平凡社, 1991).

52 김난희, 「나쓰메 소세키夏目漱石 텍스트에 나타난 근대비판」, 『日本文化研究』 34, 동아시아일본학회, 2010.4, 43~44쪽.

『나는 고양이로소이다』에서는 학문을 바탕으로 한 지식인 집단과 경제적 이익을 추구하는 사업가 집단을 비교하고 있는데, 여기서는 학문에 대해서는 깊은 의미를 부여하고 있으나 사업가에 대해서는 심한 혐오감을 보이고 있다. 이것은 작가가 평소에 갖고 있던 태도로, 그러한 소세키의 생각이 작품 속에서 그대로 녹아들어 있는 것이다.

> 원래 이 집 주인은 '박사'라든가 '대학교수'라든가 하면 아주 황송해하는 사람이지만, 묘하게도 사업가에 대한 존경도는 지극히 낮다. 사업가보다 중학교 선생 편이 훌륭하다고 믿고 있다.
>
> —『漱石全集』1, 103~104쪽

이렇게 생각하는 쿠샤미는 "사업가는 학교시절부터 아주 질색이었다"라고 하며 그 이유로 "돈만 벌 수 있으면 무슨 짓이든 하는 것이 사업가의 생리"이기 때문이라고 말하고 있다. 따라서 사업가는 의리도 없고 인정도 없고 수치스러움도 없는 존재라고 생각한다.

자본주의의 신봉자라 할 사업가들이 서구 근대의 정신은 무시한 채 실리만을 추구하려고 했던 것에 대해 이것을 그들의 성격 속에 인간, 사회, 나아가 인류, 세계를 불행하게 할 수 있는 요소가 존재한다고 보고, 그 시대의 지식인이었던 작중인물 쿠샤미와 그 주변의 지식인들을 통해 인간으로서의 정당성이 어떠해야 하는지를 풍자적으로 보여주고 있는 것이다.

작가는 제대로 배우지 못하고 교양을 갖추지 못한 채 이윤에만 탐닉해 있는 신흥 자본주의 계급이 사회와 질서를 어지럽히는 존재들이며, 그들이 타락시키는 사회윤리와 도덕성의 참된 의미를 바로 세우고, 그들을 교도할 책임이 지식인들에게 있다는 점을 부각시켜 말하고자 했다.

『나는 고양이로소이다』에서는 돈이면 무엇이든 다 할 수 있다고 생각하는 카네다 집안에서 젊은 학자 캉게츠와 자신의 딸을 결혼시키기 위한 조건으로 '박사학위' 취득을 조건으로 요구하고 있다. 오늘날처럼 돈만 있는 졸부들이 권력이나 명예를 돈으로 획득하기 위한 정략적 결혼의 모습이 근대 초기 일본에서도 그대로 보이고 있는 것이다. 그러나 캉게츠는 박사학위를 포기하고 다른 여인과 결혼하고 만다.

한편, 한국의 당시 결혼 풍습 역시 구시대의 악습에서 벗어나지 못한 상태였는데 이에 대해 「박래묘」에서는 다음과 같이 비꼬고 있다.

> 이곳(조선) 風俗에는, 婚事를 定훌제 當者의 意思는 아조 無視ᄒᆞ고 父母만 主張ᄒᆞᆫ다드니, 나는 나의 主見컨양 우리 父母의 承諾도 업시, 强盜질을 ᄒᆞ다십히ᄒᆞ야 붓드러가기 때문에 엇절수업시 잡혀간 것이엿다.
>
> ―「舶來猫」, 21쪽

그리고 외제품이라면 정신을 못 차리는 당시의 세태를 풍자하는 다양한 모습도 보인다. 외국에서 들여온 것이라면 무엇인지를 따져보지도 않고 그것에 추종하는 귀부인이나 현대 신사 등의 유한계급을 예로 들어 다음과 같이 풍자하고 있는 것이다.

> 東京高等工業學校 學生實驗室에서 집어온 알콜(酒精)瓶을 내여놋코도 "이것이 舶來의 香水올시다"라고만ᄒᆞ면 甘之德之ᄒᆞ야, 武內大臣을 뒤紙감이나던지듯이 한張두張 합부르던지고 사가지고가서, 鏡臺와 씨름을ᄒᆞ는 所謂 現代

> 紳士라는 怪物이 流行ᄒᆞ고, 나막신街家(下駄屋)에셔 너름새조흔 番頭(店員)가 "마々님 이것이 이 番에 新着ᄒᆞᆫ 舶來品이올시다"라고 느러노으면, 나막신(下駄)이 어느곳 特産物인지도 모르고, '舶來'라는 바람에 處女부랄이나 엇은 듯이, 말간, 고치장딱지를 폴々날니는 貴婦人 淑夫人 貞卿夫人이 粗製濫造時代니가, 나도 舶來한나비라면 엉덩츔이나셔 쥐(鼠)마리나 잡을 줄 알고, 비위를 맛치는 酬酌인지 惑은 下關셔 釜山ᄭᅡ지 겨우 十餘時間의 連絡船 신세를 지엇스니가 배로 왓다ᄒᆞ야 和製와 洋製의 分間을 못ᄒᆞᆯ지는 모르나 나를 輕薄ᄒᆞᆫ 現代人種과 同類視ᄒᆞ는 것이 第一 괘심ᄒᆞ다.
>
> —「舶來猫」, 20쪽

흔히 동물을 주인공으로 내세우는 작품[53]은 풍자적인 경우가 대부분이다. 이 경우 그 동물의 특징, 이를테면 늑대는 교활함, 양은 순진함, 곰은 우둔함을 상징한다. 고양이는 예리한 관찰력, 상황에 따른 뛰어난 변신능력을 지니고 있으며 애완동물 중에서는 비교적 얽매이지 않고 자유로운 공간에서 활동한다. 또한 사람의 최측근에서 생활하는 동물이기도 하다. 따라서 인간을 관찰하여 풍자하기에는 가장 적합한 동물이 바로 고양이이다.

이들 작품에 나타나는 '고양이'에 대해서 소세키는 출신성분을 분명하게 밝히고 있지 않지만 염상섭은 짧은 단편에 상당히 긴 지면을 할애하여 고양이의 출신과 가문, 족보를 강조하고 있다. 『나는 고양이로소이

53 김종균은 염상섭의 「똥파리와 그의 아내」(『朝鮮文藝』, 1929.8)를 평하는 글에서 염상섭 문학의 풍자성에 대해서 다음과 같이 말하고 있다. "제목에서 보이는 똥파리란 어휘가 주는 풍자성과 반어성은 시대와 인간(野的인 凡人)을 비웃는 자조성이 무엇보다 강한 인상을 우리에게 안겨주는데, 이것도 어떻게 보면 이미 습작기에 보인 「舶來猫」의 주제의식과 맞닿는 듯하다. 따라서 想涉문학의 풍자성은 어느 속성보다 강하다고 볼 수 있다."(김종균, 앞의 책, 160쪽)

다』에서는 먼저 이름도 출생지도 분명하지 않다는 사실을 밝히고 있다.

> 나는 고양이로소이다. 이름은 아직 없다.
> 어디에서 태어났는지 전혀 알 수 없다.
> (吾輩は猫である. 名前はまだ無い.
> どこで生まれたか頓と見當がつかぬ.)
>
> —『漱石全集』1, 5쪽

그러나 「박래묘」에서는 구체적으로 이름을 밝히고 있다. 자신의 이름은 '고마'이지만 외제품이라면 사족을 못 쓰는 사람들이 자신이 일본에서 들여 온 고양이라는 이유로 '박래묘'라 일컫게 되면서 자신의 이름은 '박래묘'가 된 것이라고 말하고 있는 것이다. 그러면서 자신이 어디에서 태어났는지를 구체적으로 밝히고 있다.

> 이야기가 새여셔 空然ᄒᆞᆫ 분푸리를 ᄒᆞ였지만, 앗가 말ᄒᆞᆫ 것갓치 날로 말ᄒᆞ면 移住者의 後孫인듯ᄒᆞ나, 何如間 祖父代붓허는 純全ᄒᆞᆫ 徐鬱胎生(江戶子)이다. 東京에셔도 '下町'이라면 엇더ᄒᆞᆫ 人種이 살고, 또 엇더ᄒᆞᆫ 氣風이 잇는지를 大槪는 斟酌ᄒᆞ겟지만, 그 中에도 나는 神田區의 엇더ᄒᆞᆫ 미장이집 뒤間 옆헤셔 胎衁을 끈엇다.
>
> —「舶來猫」, 21쪽

소세키가 고양이의 눈으로 인간을 관찰하려는 작품을 구상하게 된 데는 자신의 뿌리에 대한 방황의 경험, 즉 생가生家와 양가養家 사이를 오가며 괴로워했던 어린 시절의 경험이 있다. 그리고 자신이 고양이의 입장이 되어 객관화한 상태에서 인간을 관찰하는 방식을 취하는 이러한 글을 낳은 데는 소세키에게 어릴 때부터 가장假裝의 취미[54]가 있었던 것도 한몫을 했다고 볼 수 있다.

그런데 염상섭의 「박래묘」에서는 뿌리를 중시하는 우리 민족성의 일단을 볼 수 있다. 일본에서 건너온 '박래묘'이지만 자신의 원래 이름은 '고마'이며 따라서 선조가 고구려에서 건너왔을 것이라는 유추와 더불어 적어도 자신의 할아버지까지는 꿰고 있다는 식으로 뿌리를 중요시한다.

> 그러나 우리 先祖中에 ᄒᆞᆫ다못해 어느 고을 守令이라도 한아엇어해서 시골길의 장승[四標]갓흔 善政碑個나 엇어세웟드면 先祖의 墓所를 차질수도잇고, 兩班行勢도 톡々이ᄒᆞ겟지만은 그것조차 업스니 하는수업다. 如何間 무엇으로보든지, 나도 녯적의 朝鮮으로말ᄒᆞ면 奸臣輔國이니 鬻官公이니, 買位大夫니ᄒᆞ는 玉冠子金冠子 짜리의 몟 代孫아모개라는 赫々ᄒᆞᆫ 名門巨族은 안일망정, 白首의 불常놈이 안인 것은 分明ᄒᆞ다.
>
> —「舶來猫」, 19쪽

염상섭은 이 작품을 구상하면서 일본인들은 우리와는 달리 뿌리도 제

54 이즈 토시히코伊豆利彦는 다음과 같이 소세키의 가장假裝 취미에 대해서 밝히고 있다. "쿄오코 부인의 『소세키의 추억漱石の思い出』에는 쿠마모토 시절의 소세키가 여자 옷을 몸에 걸치고 장난을 친 일이 기록되어 있다. 소세키의 가장 취미나 변신 소원은 『나는 고양이로소이다』, 나아가 작가 소세키를 생각할 때 주목할 만한 것이라고 생각한다."(伊豆利彦, 「'猫'の誕生」, 『吾輩は猫である』, 櫻楓社, 1991, 205쪽)

대로 모르는 막된 민족이라는 인식을 말하기 위해서 이러한 족보 부분을 유달리 강조했던 것으로 생각되며, 비록 식민지 백성이기는 하지만 민족적으로 우리가 우월한 혈통을 지니고 있다는 것을 말하고자 했던 것으로도 보인다.

'박래묘'는 자신이 좋은 가문의 후손이지만 '타락한 계집년'을 따라서 조선으로 온 것에 대해 후회를 하고 있다.

> 이러케 赫々ᄒᆞᆫ 名族인 내가 웨 이갓치 墮落ᄒᆞᆫ 계집년을 따라서 朝鮮ᄭᆞ지 굴너왓는지 生覺ᄒᆞᆯ사록 氣가 막힌다. 더구나 여기 온 뒤로는 드러보지도 못ᄒᆞ든, 朝鮮사람이나 淸人의 일흠갓흔 '舶來猫'라는 일흠을 쓰게 된 것은 一代의 恥辱이다.
>
> —「舶來猫」, 20쪽

> 이런 生覺 저런 生覺ᄒᆞ고 보면 背恩忘德의 몹쓸놈이라ᄒᆞ겟지만 내가 애當初에 그까진 淫賣가되다만 靜子란년을 쫏차온 것이 不察이다.
>
> —「舶來猫」, 20쪽

여기에서의 '타락한 계집년'은 일본제국주의의 침략을 우회적으로 표현한 것으로 볼 수 있다. 이런 관점에서 볼 때 매음이라는 표현을 일본의 한국 강제 점령으로 볼 수도 있을 것이다. 당시의 시대상황에서 더 이상의 언급은 곤란했을 것으로 보이는데 염상섭의 반골적인 기질이 작품 속에서도 잘 드러나 있다 하겠다.

5) 염상섭 소설의 소세키 문학 수용 양상

염상섭 문학의 나쓰메 소세키 영향 관계를 고찰해 본 결과 염상섭이 일본 근대소설에서 기교와 더불어 세련미와 근대성을 배운 것을 알 수 있다. 특히 비교의 대상으로 선정한 『나는 고양이로소이다』와 「박래묘」 두 작품에서는 염상섭이 소세키로부터 받은 영향이 직접적으로 확인된다.

염상섭은 일본 작가들에 대해서 대체로 평가 절하하는 태도를 보이고 있지만 유독 소세키에 대해서는 "비교적 넓고 깊은 시야와 관조를 지니고 있는 최고의 작가"라고 높이 평가하고 자신이 "소세키의 작품을 모두 읽었으며 사조 상으로나 수법 상으로나 소세키로부터 영향을 받았다"고 밝히고 있다. 이에 대한 구체적인 사례를 「박래묘」와 『나는 고양이로소이다』의 비교를 통해서 살펴볼 수 있었다.

두 작품은 모두 서구 근대사상은 배제된 채 단지 돈만이 최고의 가치로 인정받던 당시 시대상을 고양이의 1인칭 관찰자 시각으로 풍자한 것이라는 공통점을 지니고 있다.

먼저 「박래묘」에 나타난 『나는 고양이로소이다』의 직접적인 영향을 살펴보면, "나는 고양이로소이다", "나는 박래묘올시다"로 소설을 시작하는 부분이 일치하며, 「박래묘」에는 소세키의 이름이 세 번이나 등장하는데, 이는 작가 소세키에 대한 소개와 '박래묘'가 소세키 집안에서 건너온 고양이라는 사실을 밝히기 위한 내용에서 나타난다.

작품 내용의 비교를 통해서도 직・간접적인 영향을 볼 수 있다. 이에 따르면 『나는 고양이로소이다』에서는 태어난 곳도 족보도 분명하지 않다는 점을 강조하고 있는데 대해서, 「박래묘」에서 '박래묘'는 자신은 고구려의 한 이름 있는 집안의 후손이라는 점을 장황하게 강조하고 있다. 조상을 그다지 중시하지 않는 일본에 비해 뿌리를, 선조를 중시하는 한국인의 자부심을 강조하기 위해 이 부분을 비교적 길게 서술한 것으로 보인다. 또한 다양한 세태 풍자 양상이 나타나 있다. 특히 결혼마저도 돈이면 된다는 금전만능의 풍조에 대해서 냉소하는 점이나 서구근대정신은 무시된 채 이윤만 추구하는 신흥자본주의 계급에 대한 경고 등은 당시의 시대를 볼 수 있는 내용으로 두 작품에서 비슷한 양상을 보이고 있다.

그밖에 내용상의 일치를 보이는 부분도 있는데, 두 작품의 화자인 고양이들은 고양이이면서도 쥐를 잡을 줄 모르며, 잠자리는 아이들과 함께 하고 수시로 내던져지거나 수난을 당하는 등 인간의 횡포에 대해 괴로워하고 있는 점에 있어서도 비슷한 서술로 나타나 있다.

소세키가 고양이의 눈으로 본 지식인들은 아집, 이기심, 허영, 이중적인 삶의 양태를 지닌 존재이며 고지식하고 불통적인 성격에다 이치에 맞지 않는 궤변론자인 한편 사업가들에 대해서 혐오감을 가지고 있었다. 염상섭이 고양이의 눈으로 바라본 사회상은 현대 신사, 현대 인종에 대한 본능적인 거부감이 있었고 유한계급과 당시 양반들의 모습에 대해서 혐오감을 드러내고 있었다. 또 공통적으로 자본의 논리를 앞세운 사업가들이나 신흥자본주의자들에 대한 반감을 보이고 있다.

아직 습작기에서 완전히 벗어났다고 할 수 없을 당시의 염상섭은 소세키가 『나는 고양이로소이다』를 통해 거둔 성공의 과정을 잘 알고 있었을 것이다. 따라서 일종의 대가 흉내내기로 시작한 글쓰기에 의해 「박래묘」 1회분을 『삼광』에 게재한 다음 이 작품에 대한 평단의 반응을 기다렸을 것으로 생각된다. 그러나 더 이상 연재는 되지 않았다. 「박래묘」는 결국 미완성인 채로 끝나고 만다. 이 작품이 완결을 보지 못했던 것에 여러 사정이 있었겠지만 크게 두 가지 이유로 생각해볼 수 있겠다. 첫째로, 소세키 작품의 흉내내기라는 좋지 않은 반응이 연재를 중단하게 되는데 한몫을 했을 것으로 보인다. 이를 의식해서인지 작품 속에서 대작가 소세키에 대해 '중학교에서 분칠이나 하며 일생을 마쳐야 할 존재' 등으로 폄하하는 발언을 하기도 하면서 자신은 소세키를 능가할 작가라는 치기를 은연중에 보이고 있기도 하다. 하지만 당시의 소설 애독가에게는 「박래묘」가 『나는 고양이로소이다』의 아류 정도로밖에 인식되지 않았을 것이다. 다음으로 일본 침략을 풍자적으로 엮어내려 했던 작품의 의도를 제대로 살려내기에는 어려운 시대상황이었던 것도 작품 연재를 중단하게 된 배경으로 볼 수 있겠다.

염상섭이 소세키로부터 영향을 받은 것은 분명한 것으로 보인다. 특히 염상섭 문학의 풍자성이 그의 처녀작이라고 볼 수 있는 「박래묘」에서 출발하고 있으며 이러한 풍자의 양상이 소세키의 그것과 유사하다는 사실은 주목할 가치가 있다. 여기서 염상섭 문학을 보다 종합적으로 이해하기 위해서는 비교문학적 연구가 보다 확대될 필요가 있다는 점을 확인하게 된다.

〈표 1〉『나는 고양이로소이다』와 「박래묘」의 비교

<table>
<tr><th></th><th>『나는 고양이로소이다』</th><th>「박래묘」</th><th>의미</th></tr>
<tr><td>주인공</td><td>나(고양이)</td><td>박래묘(일본에서 들어온 고양이)</td><td>고양이가 주인공</td></tr>
<tr><td>첫 작품</td><td>소세키의 데뷔 작품</td><td>염상섭이 제월(霽月)이라는 필명으로 발표한 첫 작품</td><td rowspan="2">두 작가의 데뷔 작품이며 첫 구절이 유사함</td></tr>
<tr><td>작품의 서두</td><td>吾輩は猫である[나는 고양이로소이다]</td><td>나는 박래묘올시다</td></tr>
<tr><td>漱石의 수용</td><td colspan="2">·「박래묘」에는, 소세키[漱石] 이름이 3번 나옴(一流作家 夏目漱石君, 漱石先生, 漱石君)
· 본문 내용에서 소설『나는 고양이로소이다』를 직접 언급</td><td>구체적으로 소세키를 언급</td></tr>
<tr><td>내용상 유사 부분</td><td colspan="2">· 주인공인 '나'(고양이)는 다른 고양이들과는 달리 쥐를 잡을 능력이 없다.
· 잠자리에 주인집 아이들의 이불 속에 들어갔다가 혼이 난다.
· 인간에 대한 혐오감을 보이며, 인간은 제멋대로라고 생각한다.</td><td>내용상으로도 모방의 흔적이 보임</td></tr>
<tr><td rowspan="5">지식인상 및 사회상</td><td>아집, 이기심, 허영심</td><td>출신성분 강조</td><td rowspan="5">지식인과 사회상에 대해 부정적인 시각</td></tr>
<tr><td>이중적인 삶의 양태
(세상에 거리를 두는 척 하지만 세상에 대한 집착과 욕망 보임)</td><td>경박한 현대신사, 현대인종에 대한 혐오</td></tr>
<tr><td>고지식하며 고집불통의 성격</td><td>당시 조선의 양반귀족에 대한 풍자</td></tr>
<tr><td>이치에 맞지 않는 황당한 논리로 자신의 주장을 관철시키는 궤변론자</td><td>외제품이라면 사족을 못 쓰는 유한계급에 대한 거부감</td></tr>
<tr><td>사업가들에 대한 지식인의 우위(학문의 중요성 강조, 애정을 담은 풍자) 주장</td><td>군국주의에 대한 강한 거부감</td></tr>
<tr><td>영향 관계 및 지식인상 (사회상)의 비교</td><td colspan="3">두 작품은 모두, 서구 근대사상은 배제된 채 단지 돈만이 최고의 가치로 인정되던 당시 시대상을 고양이의 1인칭 관찰자 시점으로 풍자한 것이라는 공통점을 지니고 있다. 소설의 시작 부분이 흡사하고「박래묘」에 소세키[漱石] 이름이 세 번이나 등장하며 작품 내용에 유사한 부분이 있는 등「박래묘」가『나는 고양이로소이다』의 영향을 받았음을 확인할 수 있다.
소세키가 고양이의 눈으로 본 지식인들은, 아집, 이기심, 허영, 이중적인 삶의 양태를 지닌 존재이며 고지식하고 불통적인 성격에다 이치에 맞지 않는 궤변론자로 인식되었다. 이러한 지식인들은 사업가들에 대해서 혐오감을 가지고 있다. 한편 염상섭이 고양이의 시각으로 바라본 사회상은 경박한 현대 신사와 유한계급, 그리고 당시 양반 귀족들의 양태에 대해서 혐오감을 드러내고 있다. 자본의 논리를 앞세운 사업가들이나 유한계급에 대한 거부감은 공통적으로 나타나 있다.</td></tr>
</table>

제3장

염상섭과 소세키 문학의 지식인상 대조

1. 청년 지식인의 근대 체험—『산시로三四郎』와 『만세전萬歲前』

소세키漱石의 『산시로三四郎』(1908)[1]와 염상섭의 『만세전萬歲前』(1922)[2]을 통해 청년 지식인의 근대 체험 양상을 볼 수 있는데 두 작품에서는 이런 모습이 대조적으로 나타나 있다.

---

1 『산시로』는 종래, 청춘 연애소설, 풍속소설, 문명비판적 소설이라 평가되어 왔고, 1970년 이후로는 청춘소설로 보는 견해가 주류를 이루고 있다. 히라오카 토시오平岡敏夫의 「산시로 평가의 통일적 파악의 필요성」(『漱石序說』, 槁書房, 1976), 오치 하루오越智治雄의 「청춘소설의 관점」(『漱石私論』, 角川書店, 1971), 미요시 유키오三好行雄의 「사랑과 좌절에 있어서 허망함에 눈뜨는 산시로의 청춘」(『作品論の試み』, 至文堂, 1967), 이 세 가지 논문이 1970년대 이후의 『산시로』 연구방향을 결정짓고 있는 것으로 보인다(登尾豊, 「三四郎」, 『国文学 解釈と教材の研究』(1月臨時増刊号 『夏目漱石の全小説を読む』), 学燈社, 1994.1, 113쪽).

2 『만세전』은 『신생활』에 1922년 7월 호에서 9월 호까지 「묘지」라는 제목으로 연재되다가 중단된 뒤, 『시대일보』에 1924년 4월 6일부터 6월 7일까지 59회에 걸쳐 연재되다가 다시 중단되었으며, 고려공사에서 1924년 8월에 『만세전萬歲前』이라는 제목의 단행본으로 간행되었고, 1948년 수선사首善社에서 재판이 간행되었다.

근대화를 지향하던 이 시대의 한국과 일본의 청년 지식인이 사회와 인간을 바라보는 관점은 서로 상반된 양상이다. 『산시로』에서는 희망과 긍정과 발전적인 느낌이라면 『만세전』에서는 그와는 반대의 느낌, 즉 절망과 부정과 우울한 이미지로 그려져 있는 것이다. 이는 어쩌면 이들이 서로 다른 시대상황에 처해 있는 젊은이의 정서를 대변해주는 것으로 볼 수 있는데 두 작품에서는 이러한 대조가 확연하게 드러난다.

두 작품은 같은 나이(23살)의 청년 지식인을 주인공으로 하고 있고 근대화를 상징하는 증기기관차를 통한 여로로 작품이 전개되는 점 등 다양한 유사성을 보이고 있으나, 시대를 해석하는 방법이나 주제의식 등에서는 차이를 보이고 있다. 그런 한편 청년 지식인의 고뇌를 다루고 있다는 점, 본격적으로 근대화 작업이 진행되고 있는 도쿄東京에 대해 언급하고 있다는 점 그리고 세대 간의 갈등, 우정과 여성에의 관심 등 다양한 청년의 고뇌를 동시에 보여주고 있다는 점에서는 서로 연결되는 일면 역시 있다. 또한 이 두 작품은 소위 여로형 소설로 생각할 수 있는 작품으로 여행의 과정을 통해서 가치관을 확장하면서 세계관 역시 고양시키고 있음을 볼 수 있다.

두 작품의 비교를 통해 근대화의 여명기에 한국과 일본의 청년 지식인들이 어떠한 고뇌를 보여주었으며, 이들이 이 시대를 어떤 각도로 이해하고 있었는지에 대해서 고찰하는 것은 유의미한 작업이 될 것이다.

먼저 기차 여정을 통한 청년 지식인의 근대 체험 양상을 살펴보고, 이어서 근대도시 도쿄의 의미와 청년에 있어서의 여성의 의미를 비교 고찰해 본 다음 근대 지식인의 주변 상황을 살펴보는 것으로 논의를 전개하고자 한다.

1) 기차 여로를 통한 근대 체험

두 작품은 공통적으로 기차 여로를 통해서 시작된다. 『산시로』는 주인공 산시로가 대학에 진학하게 되어 고향 쿠마모토熊本를 떠나서 도쿄로 향하는 기차를 타면서 소설이 시작된다. 산시로는 설렘과 기대를 동시에 지닌 채 근대화의 상징인 증기기관차[3]를 타고 도쿄로 향하는 것이다. 그러나 『만세전』의 주인공 이인화는 상반된 입장으로 기차를 탄다. 대학의 마지막 시험을 며칠 앞두고 아내가 죽게 되었다는 급전을 받고 기차를 타고 도쿄를 떠나는 형식으로 시작되는 것이다. 산시로에게는 대학의 시작과 더불어 희망과 설렘의 상경이지만, 이인화의 경우는 대학의 마지막 학기에 죽음을 목전에 둔 아내를 만나러 떠나는 상황이 말해주듯 절망과 고통을 향해 떠나는 여정으로 작품이 시작되는 것이다.

두 작품은 한쪽(『산시로』)이 희망을 찾아 앞으로 향하는 직선형 여로로 전개되는 한편, 다른 한쪽(『만세전』)은 결국 원래의 자리로 돌아가는

---

3 김윤식은 증기기관차에 대해서 근대성의 의미를 발견하고 있다. "기계의 일종인 증기기관의 구조는 원동력 장치, 그것을 변환시켜 전달하는 장치, 그리고 협의의 기계(도구) 등 세 부분으로 구성되어 있다. 증기기관이 원동력이 될 경우 모든 생산을 사람의 신체력 또는 개인적 차이에서 해방시킬 뿐 아니라 물이나 바람의 힘을 필요로 하는 지역적 자연조건에서도 해방시키게 된다. 증기기관의 힘으로 말미암아 도시집중, 합리적 생산과 분배 등 자본제 생산이 비로소 가능한 것이었다. 그것은 빈틈없는 논리체계를 이루어 합리주의적 사고를 만들어 내었다."(김윤식, 『염상섭 연구』, 서울대 출판부, 1999, 209쪽) 허석은 근대 사회에서의 철도는 단순한 교통수단 이상의 의미를 갖는다고 말하며 "새로운 우편제도의 출발과 더불어 상상의 공동체를 이루는 두 가지 중요한 수단인 신문과 문학의 전국적인 유통시스템의 확보라는 것이 첫 번째 의미이고 다음으로 철도가 사민평등이라는 새로운 정치체제에서 등장한 면학과 그를 통한 입신출세라는 국민화된 욕망의 표상으로서 기능하는 것이 두 번째 이유이며 평등하게 자리 잡은 좌석배치와 주행 중의 폐쇄된 공간특성에 의한 다양한 커뮤니케이션 공간으로서의 특성이 세 번째 이유"라고 그 이유를 제시하고 있다(허석, 「일본 근대문학에 나타난 국민화의 표상으로서의 철도 연구」, 『일본어문학』 52, 한국일본어문학회, 2012, 104쪽).

원점 회귀형의 여로로 전개된다. 산시로는 시골 쿠마모토에서 도쿄를 향해서 떠나 그곳에서 사랑, 우정, 희망과 함께 실연도 동시에 맛본다. 그러나 이인화는 도쿄를 떠나 고국을 찾았으나 구더기가 들끓는 듯한 무덤의 이미지를 보고 다시 도쿄로 회귀하려 한다.

(1) 직선直線형 여로를 통한 자아 발견 – 산시로

현재도 소세키의 소설은 일본인들에게 가장 많이 읽히는 소설이며 그 가운데에서 『산시로』는 청춘교양소설로 대부분의 청소년들이 읽고 있을 정도로 잘 알려져 있다. 또한 『산시로』는 연애소설로도 읽히며 문학과 회화가 접목되었다고 해서 회화소설로 일컬어지기도 한다.

소세키의 초기 3부작, 『산시로』, 『그리고서それから』, 『문門』 가운데 첫 번째에 해당하는 것으로, 남녀의 만남과 헤어짐을 통해 풋풋한 사랑의 첫 단계를 그린 것이라고 할 수 있다. 『산시로』의 이야기는 아름답고 세련된 신여성 미네코美禰子와의 만남과 헤어짐을 축으로 하여, 작가의 분신인 히로타廣田선생의 넓은 시야와 문명비판이 곁들여지고, 넉살좋고 밉지 않은 친구 요지로與次郎와 학구파 고향 선배 노노미야野々宮, 순진한 처녀 요시코よし子 등이 등장하여 젊음의 방황과 성장을 보여주고 있다. 이러한 청춘소설의 등장인물, 즉 이성, 선생님 또는 선배, 친구는 젊은 시절에 영향을 미치는 3대 요소일 것이다.[4]

쿠마모토에서 대학에 진학하게 된 산시로가 도쿄를 향해 떠나면서 시작되는 소설은 기차 안에서의 경험, 대학에서의 다양한 경험과, 남녀의

4 나쓰메 소세키, 최재철 역, 『산시로』, 한국외대 출판부, 1995, 271~273쪽 참조.

만남과 헤어짐을 통해서 사랑의 의미를 생각하게 한다. 산시로는 기차를 이용한 여정을 통해 그가 꿈꾸던 도시 도쿄로 온다. 그 과정에서 만난 여성과 우연히 하룻밤을 보내게 되지만 아무런 육체적 접촉도 없이 밤을 새게 되자 여성으로부터 '배짱이 없는 남자'라는 말을 듣기도 하고 히로타 선생을 만나 세상 이야기도 함께 듣게 된다. 근대화를 상징하는 '기차'를 타고 오면서 새로운 시대를 알게 되는 것이다. 그러나 노노미야의 집을 찾다가, 달려오는 기차에 몸을 던져 자살하는 여성을 마주치게도 된다. 이 예화는 숨 가쁘게 달려가는 근대화의 모습이 희망만을 상징하는 것이 아니며 절망의 한 모습으로도 나타날 수 있다는 것을 경고하기 위해 소세키가 고안한 삽화로 생각된다.

산시로에게는 세 가지 세계가 있다. 그 하나는 어머니가 계신 고향이고 또 하나는 도서관이 있는 학문의 세계이며 나머지 하나는 아름다운 여성과의 연애이다. 그에게 있어 이 세 가지 세계는 쉽게 조화되거나 융화되지 않는다.

어머니는 구습에 따라 고향의 여인과 결혼하기를 바라지만 부모님과는 다른 세계에 사는 산시로에게는 그것이 부담으로 느껴질 뿐이다. 어머니의 편지에 대해서도 "어쩐지 빛바랜 먼 옛날로부터 배달된 느낌이 든다"고 생각하는 산시로는 그러나 어머니의 편지를 통해 위안을 받는 청년이기도 하다. 한편으로 학구파인 노노미야나 도서관의 책들을 통해서 학문의 세계에 진지하게 접근해보고자 하는 욕망 역시 산시로에게는 있다. 그리고 친구 요지로와 우정을 쌓아간다. 여기에 미네코라는 아름답고 세련된 신여성과의 만남과 헤어짐을 경험하고 그런 한편으로 순진한 처녀 요시코를 만나기도 하는데, 특히 미네코의 애매한 말과 태도로 인해 심한 갈등을 겪기도 한다. 미네코가 던진 '스트레이 쉽(길 잃은 양)'이란 말은 미네코 자신과 산시로는 물론, 방황하는 젊음 그 자체를 상징하는 표현이지만, 처음에 이 말의 의미를 몰랐던 산시로는 미네코와 헤어지고 나서 마지막에 비로소 그 뜻을 깨닫게 되면서 청춘의 방황에 종지부를 찍게 된다.

요컨대 『산시로』는 청춘소설의 3대 요소인 친구, 선생님(선배), 이성을 고루 갖추고 있다. 또한 히로타 선생을 통해서 문명비판의 시각을 보여주고 있는데 히로타 선생은 흔히 작가의 분신으로 여겨진다.

(2) 회귀回歸형 여로를 통한 현실의 자각 – 이인화

『만세전』이 나온 1920년대 초는 일본이 그들의 식민지 한국에 이른바 '문화정치'를 실시하기 시작한 때이다. 3·1운동에서 '무단통치'의 한계를 알게 된 일본은 1920년대 초부터 한국인에게 문화 활동의 자유를 주는 체하면서 오히려 종래의 식민주의 정책을 합법적으로 추진시켜 나갔다. 어쨌든 이 무렵부터 1930년대 초반까지의 약간 벌어진 표현의 틈바구니[5]를 이용하여 염상섭은 그의 대표작들인 『사랑과 죄』, 『삼대』, 『무화과』 등 정치의식을 적절히 삽입한 뛰어난 작품을 여럿 발표하였다. 『만세전』은 이들 작품이 나오게 만든 선도적인 작품이며 이 작품은 그의 식민지 시대의 작품과정에서 매우 중요한 위치를 차지한다. 초기

5 일제의 심한 검열망을 뚫고 이와 같은 작가 정신이 활자화될 수 있었던 것은 그래도 3·1운동 이후 좀 완화된 문화정책의 시행초기였던 까닭이라고 보여진다. 그러나 무엇보다도 작자의 작품적 수법이 크게 암시적인 솜씨를 보임으로써 1910년대의 한국적인 사회상을 포착하여 정확한 조선의 풍속사를 기술할 수 있었다(김종균, 『염상섭 연구』, 고려대 출판부, 1974, 98쪽).

작인 「암야」, 「표본실의 청개구리」, 「제야」에서 『사랑과 죄』, 『삼대』 등으로 넘어가는 과도기적인 작품들의 첫 번째에 위치하고 있어서 초기작의 요소가 아직 남아 있으면서도, 거기서 벗어난 작품 경향을 이 시기의 「E선생」이나 『진주는 주었으나』와 공유하고 있기 때문이다.

그런데 이 중에서 『만세전』이 염상섭의 다른 두 작품과 달리 가장 중요한 위치를 차지하게 된 것은 이 작품이 염상섭의 작품사 뿐만 아니라 한국의 근대소설사에서 최초의 지식인 소설로서 등장했다는 사실 때문이다.[6] 이 작품은 「표본실의 청개구리」와 더불어 식민지 지식인의 고뇌를 그린 대표적인 작품이다.

아내가 위독하다는 급전을 받고, 주인공 이인화는 대학의 마지막 학기 시험을 며칠 앞두고 있었던 것도 하나의 핑계가 될 수 있었지만, 서울로 가야 한다는 당위성과 도쿄에 계속 머물고 싶다는 두 가지 마음으로 갈등을 겪는다. 주인공 이인화의 여로는 다음과 같이 전개된다. 우선, 도쿄에서 기차를 타고 코베神戶까지 가서 관부연락선으로 부산까지 온다. 이어서 부산에서 다시 김천, 대전, 서울역까지 기차로 온 다음 서울역에서 집으로 가서 아내의 장례식을 치르고 다시 서울을 떠나 일본으로 가기 위한 준비를 하는 과정으로 구성되어 있다. 『만세전』은 전형적인 여로형 소설이다.

공간이 도쿄, 코베, 부산, 김천, 서울로 이동할 때마다 '나'는 시즈코靜子, 을라乙羅, 배 안의 사람들, 부산 거리의 사람들, 형님, 아버지 등을 만나면서 다양한 심정의 변화를 맛본다. 시즈코에게서는 이국 여성에 대

6 이보영, 「한국 지식인소설의 출발점」, 『염상섭 문학론』, 금문서적, 2003, 163쪽.

한 동경과 이성적 감정을, 을라에게서는 동포끼리의 연민의 감정을, 일본인 거간꾼들을 통해서는 부당한 노동착취와 인신매매가 어떻게 이루어지는지를 깨닫게 된다. 그리고 김천의 형님에게서는 소시민적인 모습을 보게 되고 서울의 아버지에게서는 전근대성과 타락상을 느끼게 된다. 이것들은 주인공이 여로의 과정을 통해서 1920년대 당시 민족의 현실을 직접 목격한 문제들이다.

옛 양반층의 후예로 일본 유학이라는 선택된 특권을 누릴 수 있었던 주인공은 당시 양심적 지식인 앞에 놓여 있던 두 가지 가능성이었던 독립운동이나 사회주의 운동 어느 것에도 아직 참여하고 있지 않은 문과 대학생이다. 이론상으로는 사회주의 이론에 공명하면서도 구체적인 현실에서는 그 이론의 수익자가 되는 계급에 거리감을 느끼고 있고, 스스로 우국지사를 자처해본 적은 없으나 수시로 민족의식을 촉발받고 있다. 감정상의 민족주의자요, 이론상의 사회운동자이면서 그 사이에 심한 갈등을 지니고 있는 것은 아니고 생활상으로는 유탕적遊蕩的 색채가 농후하다.[7]

이인화는 일본땅 시모노세키下關를 떠나면서부터 서울에 도착하기까지 일제 당국의 감시와 시달림을 경험한다. 그는 일제 관헌들에 의해서 시모노세키에서는 휴대품 수색을 당하고, 부산에서는 파출소로 연행된다. 김천에서는 보통학교 교원인 형 덕택에 쉽게 조사를 받지만 경부선 기차 안에서 계속 미행을 당할 뿐 아니라 서울의 자기 집에 도착한 이후부터는 관할 파출소에 의해 떠날 때까지 감시를 받게 된다. 이인화는 자신이 겪은 이러한 고통이 바로 당시의 민족적 상황에서 기인하는 것임

7 유종호, 「『만세전』과 「일대유업」의 거리」, 유종호 편, 『염상섭』, 서강대 출판부, 1998, 27쪽.

을 인식하게 되는데, 그보다 동족이 당하는 고통과 기만과 모멸에 더욱 큰 충격을 받는다. 시모노세키에서의 경험은 곧 이인화가 줄곧 무관심했던 식민지 조선의 현실에 관심을 두게 되는 직접적인 계기가 된다.

도쿄 유학생으로서 고국의 현실을 애써 외면해온 그가 직접 체험을 통해서 의식이 확장되고 민족현실을 자각하게 되는 것이 여로의 과정을 통해 진행되고 있다.

이인화는 일본의 식민주의와 우리 민족의 타락에 대해서 자각하고 있을 뿐만 아니라, 그 무렵에 일어나기 시작한 사회주의 운동에 대해서도 자신의 입장을 밝히고 있다.

> 나는 그들을 볼 제 누구에든지 極端으로 敬遠主義를 表하고 近接을 안이하랴고 하지만, 그것은 나 自身보다는 몃층 優越하다는 日本사람이라는 意識으로만이 안이다. 單純한 勞動者라거나 無産者라고만 생각할 때에도, 잇삿흘 어울르기가 실타. 德義的 理論으로나 書籍으로는 所謂 無産階級이라는 것처럼, 우리 親舊가 되고 우리 편이 될 사람은 업다고 생각하면서도, 실제에 그들과 마조 딱 對하면 어쩐지 얼굴을 찝흐리지 안을 수 업섯다.
>
> —『廉想涉全集』1, 48쪽

주인공 이인화는 사회주의를 논리적으로는 수긍하면서도 감정적으로는 수용할 수 없는 입장이다. 주인공을 통한 작자의 이러한 태도 표명은 한편으로 소극적인 지식인상을 떠올리게 되지만, 오히려 주어진 상황에 대해서 어떠한 선입견도 배제하고 사실을 있는 그대로 수용하고 비판하려는 객관적인 자세로 이해된다.

일본에 의한 우리의 인력과 물질의 수탈, 한국 내의 일본세력 침투, 우리 민족에 대한 그들의 탄압, 이에 대한 우리 국민의 무기력・무자각・자기상실의 태도 내지 매판적이고 반민족적인 친일행위 그리고 보수적인 가족제도와 가장의 권위주의적인 횡포, 또 그것과 관련된 아내의 죽음 등이 지배하는 현실이란 무덤처럼 암울하다는 것[8]이 이인화가 내리는 결론이다.

기행문 형식이어서 순차적으로 시간 순서에 의해 진행되면서 현재성을 지니고 있는 『만세전』은 훼손된 한 사회를 부정함과 동시에 합리적이고 발전적인 근대사회를 지향하는 한 인간의 모습을 보여주고 있다.

2) 근대 여명기 청년 지식인의 주변

『산시로』가 봄내음이 풍기는 교정이나 미래의 발전과 꿈이 담보된 도서관을 주된 무대로 하는 것, 즉 밝음과 희망을 말하려는 것에 대해 이 작품을 읽은[9] 염상섭은 어둡고 암울한 민족 현실에서 이러한 낭만적인 분위기의 청춘소설을 쓸 여유가 없었다. 그는 어둠과 비극의 색조가 강하게 나타나는 『만세전』이라는 작품을 통해 한국 젊은 지식인의 고뇌를 표현하고자 했던 것이다. 전체적인 분위기는 주로 밤에만 움직이기 때문에 상당히 다급하게 느껴지고 긴장감을 준다. 그와는 반대로 낮에는

---

8 이선영, 「시각상의 진보성과 회고성」, 염상섭, 『廉想涉全集』 1, 민음사, 1987, 389쪽.

9 염상섭의 소세키 관련 언급에 따르면 염상섭은 『산시로』를 두 번 정도 읽은 것으로 보인다. 케이오慶應대학에 진학하여 한 학기를 다녔을 때까지 한 차례 독서하였고 이후 일본 문단에 등단하기 위한 2차 도일을 하고 소세키가 죽은 뒤 10년이 지난 뒤 소세키 소설을 다시 읽은 것으로 염상섭이 밝히고 있다.

느즈러지게 한가한 모습을 보인다. 무엇보다도 처음에 연재되었을 때의 제목이 '묘지'[10]였던 것에서도 상징되듯 어둠, 폐쇄, 닫힌 공간의 느낌, 다시 말해서 답답하고 어두운 느낌으로 일관되어 있다.

여기에서는 먼저 청년 지식인에 있어서의 '도쿄의 의미', 청년에 있어서의 '여성의 의미'로 나누어 살펴보고 이어서 '근대 지식인의 주변 상황'을 고찰해보고자 한다.

(1) 청년 지식인에 있어서의 도쿄의 의미

근대도시 도쿄는 모든 것이 열려있는 곳이며 또한 문화의 중심지일 뿐만 아니라 부패와 타락의 중심지였으며, 메이지 후기에는 전통과 개화가 모순을 내포한 채 교차되고 있었다. 옛 것과 새 것이 조화되지 않은 채 공존하는 곳이었다. 도쿄 사람들은 원래 대부분 시골 사람인데 지방에 대하여 우월감을 가지고 관존민비의 감정을 강하게 지녀 권위주의에 오염되어 있었다.[11]

산시로도 도쿄 유학생의 한 사람이었다. 큐슈九州의 쿠마모토 고등학교를 졸업하고, 대학 입학을 위해 도쿄에 온 산시로는 전차, 많은 사람, 건설 현장 등을 보고 놀랄 따름이다. 이런 격동이 현실 세계라고 한다면 자신은 지금까지 현실 세계에 한 치도 접촉한 적이 없는 셈이 된다. 도쿄의 한가운데 선 산시로는 불안을 느끼게 되고, 메이지 시대의 사상은 서

10 염상섭의 소설에서 '무덤과 같은 삶'의 비유가 곧잘 쓰인다. 「표본실의 청개구리」에서 주인공은 울적한 심정을 달래기 위해 고개 위로 올라갔다가 거기에서 곳집과 무덤에 부딪히는데, 그것이 김창억의 삶의 의미를 요약하는 것으로 느끼는 대목이 나온다. 삶의 허무함, 무덤과 같은 삶의 형태의 비유는 「암야暗夜」와 『만세전』에도 나온다.

11 최재철, 「일본 근대문학의 이해」, 『일본문학의 이해』, 민음사, 1995, 88~90쪽.

양의 역사에서 보이는 400년간의 활동을 단 30년 만에 되풀이하려고 한다고 생각하기도 한다. 이러한 도쿄의 숨 가쁜 변화의 모습에서 근대화의 한 모습을 느끼게 된다.

상경한 젊은이에게 도쿄가 얼마나 놀라운 도시였는지에 대해서는 『산시로』에서 잘 나타나 있다. 도쿄 시내의 엄청난 변화 모습이 다음과 같이 묘사되어 있는 것이다.

> 산시로가 도쿄에서 놀란 것은 많이 있다. 제일 먼저 전차가 땡땡 울리기 때문에 놀랐다. 그리고 그 땡땡 울리는 동안에 아주 많은 사람이 타기도 하고 내리기도 하는데 놀랐다. 그 다음으로 마루노우치에서 놀랐다. 가장 놀란 건, 아무리 가도 동경이 끝나지 않는다고 하는 것이었다. 그런데다 어디를 가나 목재가 방치되어 있었고, 돌이 쌓여 있다. 새 집이 도로에서 4~6미터씩 물러나 있다. 낡은 창고가 철거되어 불안하게 앞 쪽에 남아 있다. 모든 것이 파괴되고 있는 듯이 보인다. 그러면서 동시에 모든 것이 또 건설되고 있는 듯이 보인다. 대단한 활력이다.
>
> —『漱石全集』 4, 23쪽

이를 통해 시골에서 상경한 산시로의 눈에 도쿄가 얼마나 거대한 모습으로 느껴졌는지를 잘 알 수 있다.

소세키의 고향은 도쿄이며, 가까운 곳에 산이나 강이 있는 시골이 아니었다. 그 점이 대부분의 일본 근대문학가들과는 달랐다. 지방을 경멸의 시선으로 본 소세키[12]가 1900년 영국으로 유학을 갔을 때 이방인으로서 런던에서 바라본 일본은 하나의 시골에 지나지 않았다고 밝힌 바 있는데, 소세키에게 있어서의 향리(지방, 시골)는 문화적인 열등지역 내지는 반지성의 이미지로 인식되어 있었던 것으로 보인다.

이러한 소세키의 생각은 『코코로心』[13]에서도 엿볼 수 있는데 이 작품에서 '선생님'과 K, '나' 역시 지방(고향, 시골)에서 정신적, 육체적인 이탈을 보이고 있는 점에서도 소세키의 지방에 대한 정서를 잘 표현하고 있다고 볼 수 있다.

학창시절, '선생님'과 K는 같은 하숙집에서 생활하면서 청운의 꿈을 키워갔다. 그 당시 그들에게 도쿄는 꿈의 대상이었다.

> 두 사람은 도쿄와 도쿄인을 경외했습니다. 그러면서 6조 다다미 방 안에서는 천하를 노려보는 듯한 이야기를 하고 있었던 것입니다.
>
> —『漱石全集』 6, 195쪽

근대화란 도시와 농촌의 대립분화 과정에 다름 아니다. 한편으로 그것은 농민의 농촌이탈로 나타나지만 다른 한편으로는, 근대의식에 눈뜬 자제의 향리이탈로도 나타났다.[14] 그렇다면 젊은이들이 자신들이 나고 자란 향리를 멀리하고 도쿄를 지향하게 된 까닭은 무엇일까? 이시카와 텐가이石川天崖는 『동경학東京學』 속에서, '화려한 도시' 도쿄를 그리며 입신출세를 노려 상경하는 청년들에게 도쿄는 무서운 곳이라고 경고하면서, 경쟁에서 이기기 위해서는 상당한 정력과 건강에 자신이 있어야

12 三好行雄 編, 『夏目漱石事典』, 學燈社, 1992, 141쪽.

13 국내 번역서에서는 『마음』이라고 표기하기도 하지만, 원어의 의미를 다 전달하지 못하기에 여기서는 『코코로』라는 원음 그대로 표기한다.

14 淸水孝純, 「夏目漱石論」, 『漱石』, 翰林書房, 1993, 168쪽.

한다고 말하고 있다.[15]

당시의 도쿄 유학생의 증대에는 몇 가지 이유가 있었다. 먼저, 생존 경쟁을 이기기 위해 교육의 필요성이 생겼다는 점이다. 지방에 사는 학부형들이 이를 통감하고 있었고, 여기에다 일종의 허영적인 경쟁심도 작용하여 무리하게 자제를 도쿄에 보내는 일이 적지 않았다. 또 학비가 싼 관립 학교의 대부분이 도쿄에 집중되어 있었고, 이런 학교에서는 선진적인 지식을 흡수할 수 있었다. 도쿄를 중심으로 서구의 신문화가 일본 전국에 확산되어 갔던 것이다.

근대적인 학문과 예술은 정신문화를 내면에서 충실하게 하는 것이라기보다는 입신출세와 명성을 위한 수단으로 생각되었다. 자연과학도 문명기술을 발달시키는 단순한 도구인 것처럼 일반적으로 인식되어 있었다. 자유발랄한 문화 활동을 충분히 전개하기에는 당시(메이지 시대)의 국가체계가 아직 무겁게 도쿄인을 누르고 있었고, 제도 여하에 관계없이 구시대의 정신은 아직도 여기저기 꿈틀대고 있었다. 그것은 전통이라든지 국수라든지 하는 이름 아래 의미를 부여받고 있었다. 개화와 전통은 교차하고 있었던 것이다.

한편, 이러한 도쿄에 대해서 염상섭 소설에서는 한국 청년 지식인들이 생각하는 도쿄상像이 어떠했는지가 잘 나타나 있다. 당시의 일본 유학은 청장년에게는 선망의 대상이었고 욕망을 채우는 유일한 길이었다. 이와 같은 욕망은 합방 이후 팽배했던 배일사상이나 감정에도 불구하고 새로운 것을 보고 듣고 배우려는 청년들의 욕구를 누르지는 못했다.[16]

15 최재철, 앞의 글, 89쪽 재인용.
16 김종균, 앞의 책, 23쪽.

염상섭 소설에서의 도쿄는, 신문물을 접하고 근대학문을 배우는 장을 의미하는 한편으로 독립운동의 거점 내지 독립운동을 위한 준비의 장소로 되어 있는 것이다. 이런 한편으로 갑갑하고 고통스러운 당시의 한국의 젊은 지식인들에게 도쿄는 꿈의 도시이기도 했다.[17]

염상섭 소설에 나타나는 도쿄 유학의 의미는 양면적이었다. 그의 소설에서 김병화(『삼대』), 김호연(『무화과』), 이인화(『만세전』)와 관련하여 반식민지의 투쟁을 위한 민족의식을 일깨워주고 근대 의식을 불어넣는 문명의 도시로서의 도쿄와 이인화와 조덕기가 기말 시험에 얽매이는 문화적 구속력을 발휘하는 도쿄를 동시에 볼 수 있다.[18]

『만세전』에서 이인화가 아내의 죽음을 확인한 다음 "구데기다"라 외치며 뒤돌아보지도 않고 고국을 등지고 다시 도쿄로 떠나려는 이유를 김윤식은 다음과 같이 말하고 있다.

> 동경東京은 아시아에서는 상해上海 다음으로 영국 런던을 모방한 곳이다. 합리주의 사상은 산업혁명으로 자본주의가 확립되면서 나올 수 있었던 사상이다. 자아의 각성, 개성의 확립은 이러한 합리주의 사상의 산물이다. 동경이야말로 숨통이 트인 곳이다. 염상섭은 이를 가리켜 지상선地上善이라 했

17 염상섭의 단편 「숙박기宿泊記」(『新民』 33, 1928.1)는 도쿄를 배경으로 하고 있는데, 조선인 학생이라는 이유로 하숙을 자주 쫓겨나야 한다는, 천대를 받는 조선인의 모습이 그려져 있다. 관동대지진 이후 조선인들에 대한 차별은 더욱 심해졌다. 조선인을 꺼리는 일본인들의 감정과 비뚤어진 선입견, 식민지 백성과 함께 한집에서 지낼 수 있느냐는 일본인들의 우월감에 맞서 싸우는 조선인 유학생 청년 변창길의 투지가 보이는 작품이다. 당시, 조선인 유학생들은 미래의 꿈을 좇아 도쿄로 향했으나 그곳에서의 시각은 역시 식민지 백성으로 볼 뿐이었다.

18 김종균, 『염상섭』, 동아일보사, 1996, 134쪽.

고 자아 각성, 개성 확립 그리고 자아주의라고 불렀다. 인습에서의 해방, 그것이 인간성의 해방이었던 것도 이 때문이다. 한국유학생들은 주로 동경에서 배웠다. 그들은 근대출장소, 동양의 런던이라 불린 동경에서 중등교육부터 받았다. 그것은 일본식 교육이 아니라 근대교육이었다.[19]

이인화에게 도쿄는 산시로의 도쿄와 마찬가지로 학문이 있고 희망이 있고 여자가 있는, 다시 말해서 젊음의 욕망과 꿈을 실현시켜줄 수 있는 모든 것이 있는 곳이었다.

당대 사회의 전환기적 불안의식이 『만세전』에서는 밤・겨울・무덤으로 나타나 있다. 밤은 곧 광명의 낮을, 겨울은 생명의 봄을, 무덤은 부활의 탄생을 의미한다. 12월은 새해를 맞는 시간대이고, 아내의 죽음은 이인화의 새생활을 의미하며, 이인화가 도쿄를 떠나 서울까지 오는 시간대는 밤・겨울・무덤을 의미하지만 이인화가 서울을 떠나 도쿄로 가려함은 새벽・봄・부활을 의미한다. 이인화의 도쿄에서 서울까지의 기행은 어둠의 시간대이다. 어둠의 시간과 공간은 무엇을 의미하는가. 물론 일제시대를 상징한다.[20] 그러나 어둠은 곧 새벽을 예고하듯이 도쿄로 향하려는 이인화는 끝내 절망 속에서 희망을 찾고자 하는 발버둥질을 한다.

요컨대, 『산시로』의 산시로와 『만세전』의 이인화에게 있어 도쿄는 희망과 꿈을 상징한다는 점에서는 동일하다. 다만 차이가 있다면 그들

19 김윤식, 앞의 책, 214~215쪽 정리.
20 김종균, 「민족현실 대응의 두 양상－『만세전』과 「두 출발」」, 『염상섭 소설연구』, 국학자료원, 1999, 349쪽.

이 떠나온 곳, 다시 말해 고향(고국)은 전혀 다른 의미로 자리매김해 있다는 점이다. 산시로에게 있어 어머니는 마음의 고향이자 안식처이다. 그에게 가장 큰 충격이었을 미네코의 결혼 사실을 안 뒤 고향에 내려가 잠시 몸과 마음을 쉬게 하려는 데서도 잘 알 수 있다. 그러나 이인화에게 있어서의 고국은 다시는 돌아가고 싶지 않은 구더기가 들끓는 무덤과 같은 곳이다. 결국 그들의 마음의 고향이라 할 수 있는 그들의 뿌리에 있어 한쪽은 평화와 안온의 이미지가 자리 잡고 있지만 다른 한쪽은 고뇌와 절망이 자리하고 있다는 점에서 산시로가 도쿄에서 찾고 있는 희망은 미래에의 꿈과 이어지지만 이인화가 도쿄에서 찾으려고 하는 꿈은 절망적 현실에의 도피로 볼 수 있다.

그러나 여행의 과정을 통해 근대적인 자아가 각성되고 개인의 삶에의 안주에서 보다 큰 국가관과 민족의식이 싹트고 자라게 된 이인화의 도쿄행行은 분명 이전과는 다른 삶의 양태로 나타날 수밖에 없다. 그것은 대학에서 공부를 하면서 새로운 삶을 시작하려는 술집 여급 시즈코靜子의 삶을 '신생新生'이라고 표현하면서 자신의 삶 역시 "스스로를 구하지 않으면 아니 될 책임을 느끼고 또 스스로의 길을 찾아가야 할 때를 깨닫는" 데서 알 수 있다.

> 그러나 나는 스스로를 救하지 안으면 안이될 責任이 잇는 것을 깨다랏습니다. 스스로의 길을 차자내이고 開拓하야 나가지 안으면 아니될 自己自身에게 스스로 賦課한 義務가 잇는 것을 깨다랏습니다. (…중략…) 우리는 다만 呼吸하고 意識이 남아잇다는 明瞭하고 嚴肅한 事實을 對할 때에 現實을 正確히 洞察하며 스스로의 길을 힘잇게 밟고 굿세게 살아나가야 할 自覺만을 스스로

自己에게 强要함을 깨다라야 할 것이외다. (…중략…) 全世界에는 新生의 曙光이 가득 하야젓습니다. 萬一 全體의 '알파'와 '오메가'가 個體에 잇다할 수 잇스면 新生이라는 光榮스런 事實은 個人에게서 出發하야 個人에 終結하는 것이 안이겟습니까. 그러면 우리는 무엇보다도 새롭은 生命이 躍動하는 歡喜를 어들 때까지 우리의 生活을 光明과 正道로 引導하십시다.

—『廉想涉全集』1, 105~106쪽

시즈코에게 보내는 이인화의 이러한 편지를 볼 때 이인화의 도쿄행은 보다 넓어진 의식에 바탕을 둔 새로운 시작을, 다시 말해서 그 자신의 세계인식의 장이 확장으로 이어지게 될 것이 분명하다고 생각된다. 다시 도쿄로 돌아갔을 때는 나태하고 안일하며 방탕적이었던 생활을 청산하고 좀 더 진지하게 자신의 삶을 개척해나가려는 의지를 보이고 있는데 이는 여로의 과정에서 그가 경험하게 된 청년 지식인으로서의 자각에 기인한 것이다.

(2) 청년에게 있어서의 여성의 의미

『산시로』와 『만세전』에는 다양한 여성이 나온다. 젊은 남성이 주인공인 만큼 다양한 여성의 등장은 필연이라고 할 수 있을 것이다. 『산시로』에는 어머니, 고향의 여자, 미네코, 요시코 그리고 기차 안의 여자 등 다양한 여성이 등장하여 영원, 에로스, 신비, 구원 등의 의미로 다가오고 『만세전』에는 죽어가는 아내, 도쿄의 술집 여인 시즈코, 그리고 을라가 등장하여 각각 비극, 연애와 선망, 우정 등의 의미로 나타나고 있다.

먼저, 『산시로』에서는 도쿄로 상경하는 기차 안에서 이성에 대한 첫 자각을 하는 모습이 나오고 있다. 산시로는 한창 때인 23살의 나이임에도 불구하고 이제까지 이성에 대해서 제대로 아는 바가 없었다. 시골에서 홀어머니와 단둘이서 생활해 온 산시로가 기차 안에서 여인을 만나게 되고 중간 기착지인 나고야名古屋에서 하룻밤을 함께 보내게 된다. 그러나 '좀 더 가 보았어도 좋았을' 것 같은 상황이었지만 산시로는 그것이 '두려워' 그만두게 된다.

> 원래 그 여자는 어떤 여자일까? 어떻게 그런 여자가 세상에 있는 것일까? 여자란, 그렇게 차분하고 태연할 수 있는 존재일까? 무식한 것일까, 대담한 것일까? 그것도 아니라면 순진한 것일까? 요컨대, 갈 수 있는 데까지 가 보지 않았기 때문에 짐작이 가지 않는다. 과감하게 좀더 가 보았더라면 좋았을 것 같다. 그렇지만 두렵다. 헤어질 때 "당신은 배짱이 없는 분"이라는 말을 들었을 때는 깜짝 놀랐다. 23년간의 약점이 한꺼번에 드러난 듯한 기분이었다.
>
> —『漱石全集』4, 14쪽

다음으로 산시로는 대학의 연못가에서 미네코를 만난 뒤 그녀에게 깊이 기울어지는 자신을 발견하게 된다. 그녀를 본 후 산시로의 이성에 대한 호기심은 더욱 자극을 받게 되지만, 기차의 여자와 마찬가지로 미네코에 대한 관심 역시 두려움을 지니고 있다. 산시로에게 있어서의 이성은 그가 아직 접하지 못한 세계 속에 살고 있기 때문에 그에게 불안과 두려움의 존재로 다가온다. 미네코는 산시로에게 조바심 나게 하고 애태우게 하면서 '무의식의 위선'을 느끼게 하지만 계속되는 저울질 끝에 다른 남자를 선택하여 결혼에 이르고 만다. 한편, 어머니는 다른 여성들과는 달리 항상 산시로에게는 안식의 대상이 되고 있다.

> 산시로에게는 세 가지 세계가 생겼다. 하나는 멀리 있다. 요지로의 이른바 메이지 15년 이전의 향기가 난다. 모든 것이 평온한 대신에 모든 것이 잠이 덜 깨어 있다. 무엇보다 돌아가는 데 수고가 들지 않는다. 돌아가려고 하면 당장 돌아갈 수 있다. 단지, 여간해서는 돌아갈 마음이 생기지 않는다. 말하자면 현실도피처와 같은 것이다. 산시로는 벗어던진 과거를 그 현실도피처 속에 봉해 버렸다. 그리운 어머니조차 거기에 묻었는가 하고 생각하니 갑자기 죄송한 마음이 든다. 그래서 편지가 왔을 때만은 잠시 이 세계를 배회하며 옛 정을 되살려본다.
>
> —『漱石全集』4, 85~86쪽

이러한 어머니와 비슷한 이미지의 여성으로 요시코よし子가 있다. 미네코를 처음 만났을 때는 두려움을 느꼈지만 요시코와의 첫 만남에서 "그때 청년의 뇌리에는 먼 고향에 계신 어머니의 모습이 스쳤다"라고 말하는 데서 알 수 있듯이 그녀에게서는 고향에 계신 어머니의 모습을 떠올리게 되는 것이다.

산시로에게 여성은 불안과 두려움의 존재이기는 하지만 23살의 청년에게 이성과의 만남은 필연적이라고 할 수 있다. 근대를 접하는 기차 안에서 처음 만난 '기차의 여성'에게서 본능의 발로로써의 여성의 이미지를 느꼈다면 미네코는 모성적인 이미지보다는 자의식이 강하고 육감적인 신여성이라 할 수 있고, 요시코는 흰 피부의 서구적 외모이지만 모성애를 느끼게 하는 여성으로서 산시로에게 안식을 주고 있다. 그런 한편

어머니는 산시로에게 돌아갈 수 있는 영원한 안식처이다. 이 밖에도 어머니가 산시로와 맺어지길 바라는 '순박한' 고향의 처녀도 있다.

『만세전』에서 이인화가 고국으로 돌아가야 하는 이유는 아내가 출산 후유증으로 사경을 헤매고 있다는 전보를 받았기 때문이다. 그에게 있어서 고국, 가정은 안식과 평화의 공간이 아니라 돌아가고 싶지 않은 고통의 현장으로 느껴질 뿐이다. 따라서 아내가 죽음을 앞두고 있다는 사실을 알면서도 귀국을 할까 말까 망설이면서 그 전보와 함께 온 돈에 더욱 의미를 두는 것이다. 이 무렵은 조혼의 폐습이 존속되어 있었던 시기였으므로 일본 유학생의 대부분은 이미 결혼을 하여 가정을 꾸리고 있는 상태였다. 이인화 역시 가정을 가지고 있었으나 아내에 대한 애정은 전혀 보이지 않는다. 서울로 돌아온 다음에도 죽어가는 아내에 대해서 냉담한 반응을 보이다가 주위의 권유로 가까스로 숟가락으로 아내의 입에 미음을 떠 넣어주는 정도로 겨우 남편의 흉내를 내었을 뿐이다. 일본을 떠나기가 싫었지만 인간의 도리라든가 의무에 이끌려 억지로 귀향했다는 사실이 작품의 도처에 나타나 있다. 더욱이 아내가 죽은 뒤에도 되도록 빨리 장사를 치르고 도쿄로 돌아가려 한다.

> 그러나 屍體를 淸州까지 끌고 나려간다는 데에는 絶對로 反對하앗다. 五日葬이니 어쩌니 하는 것도 極力 反對를 하야 三日만에 共同墓地에 파묻게 하앗다. 妻家便에서 온 사람들은 실쭉해 하기도 하고 내가 죽은 것을 시원히나 아는 줄 알고 야속해 하는 눈치엇으나 나는 내 고집대로 하앗다.
>
> —『廉想涉全集』 1, 98~99쪽

그 뒤 아내가 죽고 장사를 치르기가 무섭게 곧바로 도쿄로 돌아갈 채비를 하고 일본의 시즈코에게 편지를 쓰는 것이다. 이인화에게 있어서의 아내, 가정은 천국도 아니요 행복의 공간도 아닌 고통의 현장일 뿐이며 조혼한 아내가 죽으면서 낳은 아이 역시 자신의 짐으로만 느낄 뿐이다.

다음으로 도쿄의 술집에서 만난 시즈코가 있다. 여학교까지 나와 집안과 주위 환경에 순종치 않고 자기의 삶을 스스로 개척하고자 하여 도쿄로 와서 M헌軒 여급 노릇을 반년이나 한 문학소녀인 시즈코는 집안과 타협하고 자기의 뜻을 관철하여 고향 교토京都의 도시사同志社대학 여자부에 입학하게 된 여자다. 식민지 청년 이인화는 술집에서 시즈코를 만나 때로는 주정도 하고 또 때로는 연애 감정을 보이기도 하였는데, 그것은 시즈코 쪽에서 식민지 청년에 대한 연민의 정을 가졌기 때문에 가능한 일이었다. 시즈코는, 식민지 청년이 괴로워하는 것이 일본 청년이 괴로워하는 것보다 훨씬 진지하고 가치 있다고 생각했던 것이다.

그리고 도쿄에서 시즈코와 헤어져 서울로 돌아온 이인화가 서울서 시즈코의 새 출발에 대한 편지를 받고 그것에 대해 쓴 답장을 통해 시즈코와의 관계를 단절하고 새로운 삶으로 나아가는 모습을 엿볼 수 있다.

이인화에게 있어서의 시즈코는 일종의 구원의 여성이다. 이인화는 시즈코에게 사랑 고백도, 자신의 처지를 하소연하기도 하였으며 그런 한편으로 연민의 감정을 동시에 보내고 있는 것이다. 그런데 이러한 대상이 일본 여성이라는 것은 어쩌면 식민지 청년의 일그러진 자화상의 한 모습이 아닐까 생각할 수도 있다.

다음으로 순수하게 우정으로만 일관되는 을라가 있다. 『만세전』의 경우 청년 지식인을 주인공으로 하고 있으면서도 동성同性과의 우정이나 선배 등 청춘소설이 일반적으로 지향하는 바와는 달리 우정・선배 등에 관해서는 거의 언급하고 있지 않은 점이 특이하다. 친구 병화가 잠시 등장하지만 이는 을라를 설명하기 위한 장치 정도에 불과하다. 을라는 코베에서 대학을 다니며 음악을 공부하고 있는데 병화와는 내연의 관계이다. 그녀는 이인화의 친구이며 이인화의 삶의 구조를 누구보다도 잘 이해하는 여성으로 나온다.

지루한 여행에 지친 이인화는 갑자기 한국에 있을 때부터 친하게 지냈던 을라를 만나볼까 하는 생각으로 코베에 내린다. 을라를 그곳 음악학교의 기숙사로 찾아갔을 때, 그녀는 반가워하면서도 뜻밖이라는 표정을 짓는다. 이인화는 그녀를 둘러싸고 있는 갖가지 풍문을 연상하면서 병화와의 관계에 대해서 물어보기도 하고 자신의 처지도 이야기 한다. 이인화에게 있어서 을라는 비슷한 나이의 여성이지만 동족의 아픔을 나눌 수 있는 우정으로서만 존재한다. 시즈코에게서 보였던 그러한 감상적인 분위기는 전혀 보이지 않고 단지 현실적인 아픔을 공유하는 대상으로만 느끼는 존재이다.

청년을 주인공으로 한 만큼 두 작품에는 다양한 여성이 등장한다. 『산시로』에서는 청춘소설의 일반적인 특성들을 고루 갖춘 인물들이 등장한다. 고향의 어머니, 성적인 자극을 주는 기차의 여자, 미네코, 그리고 따뜻한 여성적 이미지를 지닌 요시코가 그들이다. 그러나 『만세전』에서는 식민지 청년의 일그러진 모습만이 보인다. 조혼으로 결혼한 아내는 아이를 낳다가 죽음을 앞두고 있다. 그런데 그 아이의 아버지이자 한 여자의 남편이기도 한 주인공은 그것에 대해 외면하고 귀국을 망설이면서 일본 여급 시즈코와 만나 사랑을 나누고 있다. 정상적인 우정의 모습도 보이지 않는다.

두 작품에서 만나게 되는 청년상은 이렇듯 대조적이다. 결국 본격적으로 근대적 삶이 시작되었다고 할 수 있는 20세기 초 일본 청년의 한 모습인 '산시로'는 지극히 보편적인 청춘을 누리고 있었지만[21] 한국 청년 이인화는 일그러지고 고뇌에 찬 젊은 지식인의 모습을 보여주고 있다.

(3) 근대 지식인의 주변 상황

부모에 의한 결혼 강요 또는 조혼 등 양국에는 구습이 여전히 존재하고는 있었으나 일본 청년 산시로는 그것을 약간의 부담 정도로 느끼고 있는데 반해서 한국 청년 이인화는 당연한 것으로 받아들여 이미 결혼을 하였고 그 결혼을 커다란 굴레로 여기고 있는 점에서도 서로 다른 양상을 보이고 있다.

산시로에 있어서의 어머니와 고향은 "돌아가려고 하면 당장 돌아갈 수 있는" 곳이다. 또한 어머니는 구습에 의해서 고향의 여인과 결혼하기를 바라지만 어머니와는 다른 세계에 사는 산시로에게 그것이 부담으로 느껴질 뿐이다. 고향과 어머니, 여인을 생각하면 약간의 부담을 느끼기는 하지만 대체로 따뜻한 이미지로 다가오는 것이다. 어머니로부터의 편지를 받으면 "어쩐지 빛바랜 먼 옛날로부터 배달된 느낌이 든다"고 생

21 물론 이러한 주장에 대한 반론도 있다. 코보리小堀桂一郎는 『산시로』에 보이는 청년상은 1910년대의 일본현실과는 다소 거리가 있다고 말한다. "소세키가 산시로에 그려 보인 청년상은 너무 이상적으로 묘사되어 있다. 1910년 전후(메이지 40년대)의 일본의 현실은 그와 같이 충실하고 긴장된, 멋진 청춘남녀의 생활이 도쿄의 어딘가에서 전개되고 있었으리라고는 좀 믿기 어렵다는 점이다. 이상적인 상을 그려놓고 이것으로써 모범을 삼는다는 것은 당대를 대변하는 문학이라고 보기 어렵다."(小堀桂一郎, 「解說」, 『鷗外選集』 第2卷, 岩波書店, 1978, 310쪽)

각하는 산시로는 그 편지에서 때론 위안을 받고 평화로운 마음을 갖게 된다.

그러나 이인화의 경우는 부모의 권유로 이미 결혼을 하고 아이까지 둔 상태이다. 그러나 전혀 사랑이 없는 결혼이므로 아내가 죽음을 앞두고 있다는 전보를 받았으나 '아내의 죽음'보다도 그 전보와 함께 온 백 원이라는 돈에 더 큰 의미를 부여하고 있음에도 알 수 있듯이 이들의 결혼생활은 불행하다.

아내가 위독한 이유가 아이의 출산 후유증임에도 불구하고 아내와 아이에 대한 애정은 전혀 보이지 않는 '나'의 비인간적인 모습이 여실히 드러난다. 조혼이 기승을 부리고 있었던 이 무렵, 대부분의 유학생들은 이미 결혼을 하여 가정이 있었으나 자신의 의지와는 상관없이 맺어진 결혼에 대해서 강한 거부감을 보이고 있었기 때문에 아내가 아이를 낳은 후유증으로 세상을 떠나게 되었다는 급한 전보에 대해서도 지극히 냉담한 모습을 보일 수 있는 것이다. 또한 오히려 술집 여급에게로 가서 집에서 보내온 돈으로 선물을 하는 등 상식 밖의 행동을 보이는 '나'는 "무이상적이고 감상적인 기분에 사로잡히기 일쑤"라고 스스로를 규정하고 있다. 그런 그가 시즈코에게 빠지는 이유는 "애수에 가득찬 시선을 가지고 있으며, 자기감정을 제약 압축할 만한 교양이 있고 신선하게 느껴지는 언동 등이 있기 때문이라는 것"으로 다분히 감상적인 이유에서다.

다음으로 이 작품에는 청년 지식인을 주인공으로 한 소설인 만큼 학문과 지식인에 대한 다양한 모습이 나온다. 『산시로』에 있어서의 이 세계는 세 가지 세계 중 두 번째 세계에 해당한다.

> 두 번째의 세계 속에는 이끼 낀 벽돌건물이 있다. 한 쪽 구석에서 다른 쪽 구석을 둘러보면 반대편 사람들의 얼굴을 잘 모를 정도로 넓은 열람실이 있다. (…중략…) 이 속에 들어가는 자는 현세를 모르기 때문에 불행하고, 이승의 번뇌를 벗어나기 때문에 행복하다. 히로타 선생님은 이 속에 있다. 노노미야군도 이 속에 있다. 산시로는 이 속의 공기를 대강 이해할 수 있는 곳에 있다. 나오려면 나올 수도 있다. 그러나 모처럼 알기 시작한 흥미를 과감히 버리는 것도 애석하다.
>
> —『漱石全集』4, 86쪽

노노미야는 열정적으로 학문에 몰입하고 산시로는 학구적인 노노미야에 대해서 열등감을 느끼고 있다. 히로타는 러일전쟁 후의 사회에 대해 날카로운 비판을 보이지만 산시로의 눈에 조차 "세상에 살면서도 세상을 방관하고 있는 사람"의 모순을 느끼게 하는 '비평가'로 등장한다. 어쨌든 『산시로』에서 보이는 지식인들은 저마다 학문적이거나 세상을 비평하는, 보편적인 정서를 지닌 지극히 안정된 모습의 지식인들이다.

한편, 『만세전』의 이인화는 귀국 후 기차를 통해 서울로 향하면서 다양한 인물들을 만나게 되는데, 그는 비참한 현실을 조선인들의 탓으로 돌리고 있으며 이러한 이인화의 생각은 결코 변하지 않고 어떤 면에서는 더욱 집요하게 주장된다. 이는 이인화가 여행 중에 만나는 김천 형님과 갓장수의 삽화에서 두드러진다. 김천 형님은 당시 조선에서 그나마 개화한 지식인이라고 할 수 있지만, 가치관은 여전히 봉건적인 상태에 머문 채 오로지 자신과 집안만을 위해 애쓰는 이기적인 인물인 동시에, 자신의 행위를 이기적이지 않은 것으로 합리화하여 강변하는 위선적인 인물이다. 그는 마을에 일본인들이 들어와 살면서 집값이 두 배로 뛴 것에 대해서 만족해하고 아들을 얻어야겠기에 첩을 얻는 것은 당연하다고 생각하는가 하면 세상에 대해서 너무 외곬수가 되는 것보다는 굴러가는 대로 함께 굴러가는 것이 바른 처신이라고 처세술을 이야기한다. 종손이라는 덕택에 무위도식하면서도 종손의 긍지를 잃지 않으려는 종형 역시 전통적인 것을 고수하려는 자세를 보인다. 또한 갓장수는 상투머리 차림의 외모에서 드러나듯 김천 형님보다 더욱 더 봉건적인 가치관을 고수하면서도, '천대를 받아도 맞는 것보다는 낫다'고 생각하면서 일제의 억압에 굴종하는 인간의 모습을 보인다. 이인화는 이들의 처신이 비굴하다고 생각한다. 당장의 핍박을 면하기 위하여, 그리고 조금이라도 평안하기 위하여 일제 관헌들에게 굴종한다고 생각하기 때문이다.

그러나 노동자들에 대한 이인화의 시선은 너그럽다. 노동자들은 자랑할 것도 없고 숨길 것도 없으며 또한 부끄러울 것도 없는 대신 있는 그대로의 자기自己와, 동정과, 소수의 적에 대한 방어적 단결이 있을 뿐이라고 이인화는 생각한다. 그들은 생활의 양식으로는 제일 진실되고 아름다운 존재들이어서 다른 사람을 만날 때 결코 응시하거나 탐색하지 않는다. 다만 그들의 병은 무지하다는 정도의 차이는 있을지 모르나 진실하고 순수한 것은 분명하다. 이에 반해 근대 지식인에 대한 이인화의 생각은 부정적이다.

> 하고보면 結局 사람은, 所謂 怜利하고 敎養이 잇스면 잇슬스록, (程度의 差는 잇슬지모르나) 虛僞를 反覆하면서 自己 以外의 一切에 對하야, 同意와 妥協업시는, 손한아도 움즉이지 못하는 利己的動物이다. 物的 自己라는 左岸과 物

的 他人이라는 右岸에, 한발 式 걸처노코, 빙글빙글 뛰며 도는 것이, 所謂 近代人의 生活이요, 그러케 하는 어릿광대가 사람이라는 動物이다.

—『廉想涉全集』 1, 23쪽

결국, 이인화는 자주 부끄러운 지식인이다. 부끄럽다는 것은 경멸스럽다는 뜻인데, 그것은 그가 자기 자신에게 성실했기 때문에 받는 대가이다. 「암야」와 「표본실의 청개구리」의 주인공도 그와 비슷한 지식인들이었다. 지식인 소설의 주인공이 모두 불행한 앤티 히어로적 인물인 것은 지식인으로서 지니지 않을 수 없는 내면분열과 그의 이상의 비현실성과 그가 소시민계층에 속한다는 사실로 인한 기회주의적 이중성 탓이다.[22]

한편, 이 두 작품을 통해 근대적인 모습을 다양하게 찾을 수 있으며 무엇보다도 근대를 상징하는 증기기관차를 통해 작품이 시작된다는 점이 이들 작품이 근대적임을 시사한다. 『산시로』에는 개인주의에 대한 언급이 있고 신여성이라 할 수 있는 미네코가 등장하는 것도 근대적이다. '입센류'로 표현되는 이런 부류의 여성은 남편에게 다소곳이 순종하는 봉건적인 여성상과는 판이하게 다른 것이다.[23] 그리고 지식인의 피난처이자 학문을 위한 공간인 도서관과 서재 등이 나오고 있는 점도 근대적인 모습으로 볼 수 있다.

22 이보영, 앞의 글, 182쪽. 이보영은 『만세전』의 주인공 이인화가 그 자신을 부끄러워한 것을 자신에게 성실했기 때문에 받는 대가라고 하면서 이런 관점에서 이광수 소설과 염상섭 소설은 큰 차이가 있다고 말한다. 이보영은 이광수에게는 지식인소설이 없다고 단정한다. 선각적 계몽가를 자처하는 작가는 지식인소설의 지식인과 인연이 없기 때문이라는 것을 그 이유로 들고 있다.

23 최재철, 「일본 근대문학의 이해」, 『일본문학의 이해』, 민음사, 1995, 131쪽.

주인공 이인화가 일본 여급 시즈코에게 이중적인 감정을 지니는 것에서 볼 수 있듯 이인화는 이중적인 성격을 보여주고 있는데 이것은 근대적이다. 근대적 성격이란 복잡성과 갈등구조 위에 구축된다. 그것은 제도적 장치의 복잡성에서 필연적으로 말미암은 것이다.[24] 한편, 이인화는 주변 사람들의 시선을 의식해서 가족들이 아내의 장례를 5일장으로 치러야 한다고 주장하지만 끝내 3일장을 관철시킨다.

김윤식은, 5일장이라야 아내를 더 사랑했다고 말할 수 있는 증거가 아님과 마찬가지로 3일장이라고 해서 아내를 결코 미워한 것은 아니라는 심정, 이것은 곧 근대적 성격의 한 모습이라고 본다.

주인공은 심리상태가 안정되어 있지는 않지만 고집은 분명하다. 그것은 지식인이 갖추고 있는 허위의식에 대한 적의이다. 특히 비굴한 타협과 자기에의 동화, 이기적인 삶의 구조에 대해서는 철저한 거부를 보이고 있는데 그러한 잣대는 타인뿐만 아니라 자신에게도 그대로 적용되고 있다. 주인공은 곳곳에서 지식인의 허위의식, 나아가 인간이 갖추고 있는 허위의식에 관해 견딜 수 없는 혐오감을 거침없이 내비치고 있다.

> 그러나 問題는 善도 안이요 惡도 안인 그 어름에다가 발을 걸치고 잇는 것이다. 죽거나 살거나 눈 한아 깜작어리지도 안으면서 하는 工夫를 내던지고 보라 간다는 것이 僞善이다. 더구나 여기 술 먹으랴 오는 것을 무슨 큰 罪나 짓는 것가치, 망서리는 것부터가 큰 矛盾이다. 목숨 한아이 업서진다는 것과, 내가 술 먹는다는 것과는 個別한 問題다. 그 사이에 아모 聯絡이 잇슬 理가 업

24 김윤식, 앞의 책, 202쪽.

다. 그러면서도 '내 妻가' 죽어가는데 술을 먹다니? 하는 所謂 '良心'이 머리를 들지만, 그것이 眞正한 良心이 안이라 '觀念'이란 惡魔가, 목을 매서 끄는 것이다. 사람은 그릇된 觀念의 奴隷다. 그릇된 道德的 觀念으로부터 解放된 거기에 眞正한 生活이 잇는 것이다.

—『廉想涉全集』 1, 20쪽

이인화는 결국 "위선 없이 살지 못하리라는 것이 오늘날 우리의 운명"이라고 체념하지만, 생활풍속의 허위성이 언어 자체의 악마성이나 가면성에도 기인한다고 여긴 점이 중요하며, 그 점에 언어적 표현의 문제를 통해서도 문제를 근본적으로 따져보려고 하는 지식인의 속성이 드러나 있다.[25]

『만세전』에 있어서는 작품 세계의 비관적・자조적 양상에도 불구하고 미래에 대한 전망이 있다. 어두운 오늘을 극복하려는 내일에의 소망이 있다. 인간으로 하여금 역사와 진보를 있게 한 내일에의 눈짓이 있다. 오늘의 비참이 강요한 비록 수동적인 것이라 하더라도 그것은 미래로 열린 세계다.[26]

3) 한・일 근대 청년 지식인의 두 자화상

소세키의 『산시로』와 염상섭의 『만세전』을 통해 지식인 청년의 근대 체험 양상을 살펴보았다.

25 이보영, 앞의 책, 167쪽.
26 유종호, 앞의 글, 54쪽.

먼저 근대 체험 속의 청년 지식인의 양상을 살펴보았는데, 『산시로』에서의 산시로에게는 근대화를 상징하는 기차를 통해 상경하는 길이 시작에 대한 희망과 설렘으로 가득 차 있었지만 『만세전』의 이인화의 기차를 통한 여로는 죽음과 절망이 기다리는 것으로 나타나 있듯이 결국 서로 대조적인 이미지로 근대화의 상징인 증기기관차에 오르고 있음을 알 수 있다.

다음으로 두 작품을 세 가지 관점, '도쿄의 의미, 청년에 있어서의 여성의 의미, 근대 지식인의 주변'으로 나누어 비교하여 보았다. 도쿄는 산시로에게 있어서도 이인화에게 있어서도 꿈과 희망의 공간, 다시 말해 선망의 대상임에는 분명하다. 다만 그들이 두고 온 고향에 대해서는 서로 반대되는 입장을 보이고 있다. 산시로에게 어머니가 계신 고향은 평화와 안온의 이미지로 느껴지고 있다. 그러나 이인화에게 있어서의 고국은 마치 구더기가 들끓는 '무덤'의 이미지로 느껴지는 곳이다.

다음으로 '청년에 있어서의 여성의 의미'를 살펴보았다. 산시로에게는 고향의 어머니, 육감적인 여성 미네코, 따뜻하며 모성적인 이미지의 요시코 등 다양한 여성들을 통해 그리움, 실연, 감사 등의 다양한 감정을 맛보게 된다. 그러나 이인화는 식민지 청년의 질곡의 모습으로 여성을 만난다. 조혼으로 애정 없이 결혼한 아내는 아이를 낳은 후유증으로 사경을 헤매고 있다. 일본 여급 시즈코에게 사랑과 동정의 감정을 느끼지만, 그 역시 이 여인에게 동정받고 싶어하는 식민지 청년의 이중적 모습이다. 다만 코베에서 공부하는 을라라는 한국 여성에게만은 우정의 감정으로 자신의 아픈 마음을 털어놓을 수 있을 뿐이다. 결국 산시로가 만나는 여성은 지극히 정상적인 구조를 지니고 있는 반면에 이인화는 여성을 통해서 자신의 고통을 확인하는 비정상적인 구조로 이루어져 있다.

이어서 근대 지식인의 주변을 살펴보았다. 산시로 주변의 인물들은 모두 저마다 열심히 살아간다. 조금은 덜렁대기는 하지만 무엇인가 열심히 추구하는 대상을 찾고 있는 친구 요지로, 학문의 세계에 몰입해 있는 노노미야, 그리고 세상을 향해 나름대로의 비평의 눈을 가지고 있는 히로타 선생 등 모두가 자신의 삶에 충실한, 다시 말해서 깨어 있는 의식을 가지고 현재를 열심히 살아가는 인물들이다. 그러나 이인화의 주변 인물들에게는 이와는 대조적인 느낌을 받게 된다. 지식인이랄 수 있을 김천형님은 일본인들 덕분에 집값이 오른 것을 만족해하고 있고, 아들을 낳기 위해서 첩을 얻는 것을 당연하게 생각하고 있으며, 종손이라는 덕택으로 무위도식하면서도 종손의 긍지를 잃지 않으려는 종형의 모습에서 볼 수 있듯이 미래를 향하고 있다기보다는 현실에 안주하거나 오히려 과거를 지향하는 모습으로 나타나고 있는 것이다.

다음으로 주인공의 주변에서 보이는 근대성에 대해서 살펴보았다. 『산시로』에서는 개인주의, 신여성의 등장, 서재, 도쿄의 변화 등을 통해서 근대적인 모습을 살펴볼 수 있고, 『만세전』에서는 주인공 이인화가 보여주는 성격의 이중성, 주변의 체면이나 격식에서 벗어나 5일장葬을 3일장으로 고집하여 치르는 것 등 근대적인 성격을 볼 수 있다. 무엇보다도 여로의 수단이 증기기관차라는 것이 작품의 근대적 성격을 잘 나타내고 있다.

이상의 고찰을 통해 확인해 본 바, 『산시로』와 『만세전』에서 보이는 청년 지식인의 양상은 대조적인 이미지로 나타나 있다. 산시로의 삶은 지식인 청년의 지극히 보편적인 삶의 모습으로 볼 수 있지만, 이인화의 삶은 식민지 백성의 왜곡되고 일그러진 자화상을 보여주고 있다는 점에서 개인의 삶은 결코 국가와 유리해서는 생각할 수 없으며, 소설은 시대

정신에서 벗어날 수 없다는 사실을 다시금 일깨워주고 있다.

두 청년은 모두 절망을 맛본다. 산시로의 아픔이 실연으로 인한, 개인적인 아픔이라면 이인화의 그것은 시대와 정체성의 아픔이다. 그 어느 것도 개인에게 있어서는 소중한 것이다. 그러나 이들 청년 지식인들의 아픔은 자의식이 성장하는 단계에서 느끼게 되는 건강한 아픔으로 보인다.

산시로에게는 청춘의 아름다움과 학문의 세계에 몰입하고 문명에 대해 판단하거나 풋풋한 연애를 갈망하는 청년 지식인상이 보인다. 이것은 근대화의 상징인 기차를 타고 도쿄로 이동한 뒤, 대학과 도서관, 연구실, 강의실, 전시관 등을 전전하면서 얻어지는 지식인상이다.

반면, 아내의 죽음과 일본 제국주의의 감시 속에서 도쿄를 떠나, 코베, 시모노세키, 부산, 김천, 대전을 거쳐 서울로 향하는 이인화의 여정은 암울한 현실과 맞닥뜨리고 있다. 이인화는 다양한 사람을 만나고 부당한 현실을 직접 체험함으로써 민족의식에 대한 자각과 더불어 인식의 확장, 실천력을 키워가는 청년 지식인상을 보인다.

『산시로』를 두 번 읽은 것으로 생각되는 염상섭은 암울한 시대의 청년 지식인의 자화상을 결코 『산시로』에서처럼 낭만적으로 그릴 수는 없었다. 오히려 그와는 정반대의 양상이 당시 한국 청년 지식인의 정서에서 나타난다고 생각하고 당시의 한국 현실을 『만세전』을 통해 표현한 것으로 볼 수 있다.

〈표 2〉『산시로』와 『만세전』의 비교

<table>
<tr><th></th><th>『산시로(三四郞)』-산시로</th><th>『만세전(萬歲前)』-이인화</th><th>의미</th></tr>
<tr><td>주인공</td><td>산시로(23세, 도쿄제대 문과 학생)</td><td>이인화(23세, 도쿄 W대 문과 학생)</td><td>도쿄로 유학온 23살의 문과 대학생</td></tr>
<tr><td rowspan="2">작품 시작의 모티프</td><td>입학, 봄, 희망, 시작</td><td>졸업, 겨울, 밤, 죽음</td><td>상호 대립적 색조</td></tr>
<tr><td colspan="2">기차</td><td>증기기관은 곧 근대화, 근대를 상징</td></tr>
<tr><td>東京</td><td>근대화의 현장, 꿈과 희망의 공간</td><td>탈출, 해방의 공간</td><td>당시 도쿄는 문화의 중심지이자 부패와 타락의 중심지. 그러나 산시로와 이인화의 東京은 憧憬의 동음이의어</td></tr>
<tr><td rowspan="2">여로의 과정</td><td>쿠마모토[熊本] → 나고야[名古屋] → 도쿄(東京)</td><td>도쿄(東京) → 코베[神戶] → 시모노세키[下關] → 부산 → 김천 → 대전 → 서울 → 도쿄[東京]</td><td rowspan="2">대조적인 심리상태의 여정</td></tr>
<tr><td>자유의지에 의한 직선형 여로</td><td>감시와 미행 속의 불안한 회귀형 여로</td></tr>
<tr><td>여성</td><td>어머니(영원한 안식처)
미네코(육감적 신여성)
요시코(모성애적 안정감)</td><td>부인(조혼의 희생자)
시즈코(사랑과 연민의 대상)
을라(순수한 우정)</td><td>산시로의 여성은 보편성을 지니지만, 이인화의 여성은 식민지 청년의 어두운 그림자의 모습</td></tr>
<tr><td>결혼</td><td>구습에 따른 결혼 권유
(부담을 느끼는 정도)</td><td>조혼의 폐습, 첩</td><td>인습, 구습과의 갈등 정도에 차이가 남</td></tr>
<tr><td>지식인의 양상</td><td>노모미야가 보여주는 과학적 학문의 세계와 도서관, 미술 작품 등의 다양한 근대적인 모습, 히로타 선생의 문명비판, 입센의 '노라'에 대한 언급 및 신여성의 모습에서 근대 지식인의 양상이 보임.</td><td>지식인이면서도 현실에 안주하거나 무위도식하는 김천형님이나 형의 모습에서 탐욕적인 지식인의 모습이 보이는 한편, 개성이 확실한 이인화는 성격의 이중성을 지니고 있으며 장례식을 3일장으로 고집하는 등 근대적인 양상을 보임.</td><td>· 작품 도처에 근대 소설로서의 특징이 나타남
· 자아각성, 아이덴티티 확립
· 미래지향과 현실 갈등의 대조적 양상</td></tr>
<tr><td>영향 관계 및 지식인상 비교</td><td colspan="3">염상섭 문학에서의 소세키의 영향에서 볼 수 있듯이 염상섭은 소세키를 높이 평가하고 있으며 두 차례에 걸쳐 『산시로』를 읽었음을 알 수 있다. 염상섭은 『산시로』와는 상반된 색조의 모티프로 『만세전』을 그려나가면서 암울한 당시 한국의 현실을 적나라하게 드러내고 있다.
산시로에게는 청춘의 아름다움과 학문의 세계에 몰입하고 문명에 대해 판단하거나 풋풋한 연애를 갈망하는 청년 지식인상이 보인다. 반면, 암울한 현실과 맞닥뜨려 있는 이인화는 여정의 체험을 통해서 민족의식에 대한 자각과 더불어 인식의 확장, 실천력을 키워가는 청년 지식인상을 보인다.</td></tr>
</table>

2. 학교 교사로서의 근대 지식인

—『도련님坊っちゃん』과 「E선생」

근대사회의 도래와 더불어 국민교육 기관으로서 근대화된 학교가 생겨나게 되었다. 이러한 시기에 소세키와 염상섭은 각각 1년 정도의 중등학교 교사 생활을 한 바 있으며, 그들의 교사 경험을 토대로 교육현장을 모델로 한 소설을 남기고 있다. 소세키와 염상섭은 학교를 무대로 한 소설, 『도련님坊っちゃん』(1906)[27]과 「E선생」(1922)[28]을 통해 근대교육이 행해지던 학교를 보여주고 있는데 교사들의 정의로운 지식인상을 보여주는 한편 비윤리적이고 타락한 지식인상도 함께 보여주고 있다.

그런데 이 두 작품은 교사 유형의 묘사나 교사들 간의 알력, 직원회의를 통한 문제해결 등의 양상에서 유사성을 보이고 있어, 소세키의 거의 모든 작품을 읽었으며 그의 작품에 대해 깊이 경도되어 많은 영향을 받은 것으로 알려져 있는 당시의 염상섭이 소세키의 『도련님』을 읽고 「E선생」을 착안한 것으로 유추해 볼 수 있다. 이에 대해서는 본론을 통해 구체적으로 밝혀 나갈 것이다.

소세키는 1895년부터 다음해까지 1년간 에히메현愛媛県의 마츠야마松山중학교에서 영어교사로 교편을 잡은 적이 있다. 그 무렵 존경받는 학사였으며 고등사범에서 교편을 잡고 있었던 소세키가 왜 도쿄에서 먼 곳에 있는 시코쿠四國의 마츠야마로 부임했는지를 의아하게 생각하는

27 1906년 4월, 『나는 고양이로소이다吾輩は猫である』의 제10장과 동시에 잡지 『호토토기스ホトトギス』에 발표되었다.

28 1922년 9월 17일부터 12월 10일까지 잡지 『동명東明』에 게재되었다.

사람도 있었다.

당시 소세키의 그러한 결정은 문학이나 인생의 괴로움으로부터 해방된 장소를 찾고 싶었던 것이 주된 이유가 된 것[29]으로 보이지만 또 다른 이유[30]가 원인으로 거론되기도 한다. 이 학교에서 영어를 가르친 그는 학생들과 교사들로부터 존경을 받았고 그의 강의는 알기 쉽고 열심이었으며, 정확하고 어휘력이 풍부했던 것으로 평가되었다.

두 번 일본에 유학한 염상섭은 첫 번째 일본 유학을 다녀온 뒤 그의 후견인격인 진학문秦學文과 함께 1920년 『동아일보』를 창간하고 정경부 기자를 맡았다. 그러나 6개월여의 기자생활을 한 뒤 『동아일보』를 사퇴하고 같은 해 오산五山학교로 가서 이듬해인 1921년까지 교사로 근무한 적이 있다.

신문사를 그만 둔 것이 자기의 의지에 의한 것이 아니라 은인과 진퇴를 함께 함이었고, 그 뒤 유학의 길도 신문사의 길도 금방 뚫리지 않은 염상섭이 겨우 찾은 돌파구가 오산행이었다. 신경증이 무기력한 허무주의로 침전하느냐, 주변을 향한 공격용으로 퉁겨져 나가느냐에서 작품 「E선생」은 후자 쪽을 보여준 것이다.[31]

여기서는 두 작품의 영향 관계를 살펴보고 이어서 각 작품이 지니는

---

29 綱野義紘, 『夏目漱石』, 清水書院, 1991, 42쪽.

30 마츠야마松山로 떠난 원인으로는 신경쇠약 관계설이 유력하다. 이밖에도 감기가 초기 폐병으로 진단되어 생긴 건강상 불안감, 안과에서 만난 여성에 대한 연애감정(짝사랑), 경애하던 형수登世의 갑작스런 죽음 및 친족에 대한 부정적 기분 등의 의견이 있다. 다만 소세키가 친구 사이토齊藤阿具에게 보낸 편지에는 "당지當地(마츠야마)로 가는 목적은 돈을 모아 서양행 여비를 만들기 위함이다"(1895.7.26)라고 쓰여 있을 뿐 다른 이유 즉 건강이나 연애 등에 관한 내용은 쓰고 있지 않다(後藤文夫, 『漱石・子規の病を讀む』, 上毛新聞社出版局, 2007, 44쪽).

31 김윤식, 앞의 책, 162쪽.

의미를 살펴본 다음 비교문학적 관점에서 유사성의 비교와 더불어 주인공 도련님과 E선생의 근대 지식인상을 살펴보는 순서로 논의를 전개하고자 한다.

1) 개혁의지와 그 역풍

중학교를 배경으로 하고 있는 두 작품은 참된 교육의 자세와 정의감을 지닌 교사와 이를 시기하는 교사들 사이의 알력을 보여주고 있다는 점에서 유사성을 보이고 있다. 또한 현재에도 그러한 세태가 있듯이 학교가 세워지던 초기 무렵에도 교사들에게 별명을 붙이는 점이나 작중인물의 묘사에서 유사한 설정이 보이고 있는 한편 교직원회의를 통해 문제를 해결해 나가는 과정에 있어서도 공통적인 모습이 나타나 있다.

주인공으로 설정된 '도련님'과 'E선생'은 불의와 타협하지 않고 정의로움을 최고의 덕목으로 생각한다는 점에서 공통점을 지니고 있다. 이런 한편으로 비교적 도덕적 우위를 점하고 있다는 교직사회에서조차 조금 힘이 있다고 여겨지는 세력에 빌붙거나 아첨을 하여 자신의 입지를 강화하려는 나약하고 비윤리적인 지식인의 속성을 드러내는 인물들도 보인다.

(1) 타협 없는 정의감 - 도련님

『도련님』은 1906년 4월 잡지 『호토토기스ホトトギス』에 발표되었다. 세부묘사에는 그 체험이 반영되어 있어 리얼리티가 높지만 친구 마사오카 시키正岡子規에게 보낸 편지[32] 등에 나타난 마츠야마라는 지역에 대한 혐오감이 작품에 나타나 있을 뿐이고 소설 속에 있었던 일이 현실적으로 있었던 것은 아니다.

'제멋대로 쓴 여기余技, 唐木順三'라는 평과 '줄거리와 유머의 손실이 없는 통쾌한 걸작伊藤整'이라는 평가로 나뉘는 작품이며 '예상보다 위치 매김이 어려운 작품佐藤泰正'이라는 평도 있어 다른 소세키의 작품과 통하는 어둠을 파악하려는 작업도 계속 되는 작품으로, 단순명쾌한 주제와 마지막까지 책을 덮지 못하게 하는 긴장된 묘사는 많은 독자를 모으게 했다.[33] 『도련님』은 소세키의 작품 가운데 가장 독자층이 광범위하며 널리 읽히는 소설이다. 이 소설의 성공은 '도련님'의 소박하고 명쾌한 성격의 창조에 있지만 여기에다 좋은 이해자인 하녀 키요清가 있음도 인상적이다.

소학교 시절 2층에서 뛰어내려 허리를 삐기도 하고 칼로 자기 손을 베는 등 장난꾸러기로 살아온 도련님은 부모와 형의 사랑도 별로 받지 못하지만 키요는 도련님의 모든 것을 받아들이고 인정한다. 도련님은 가족 누구로부터도 사랑받지 못한다. 하지만 키요는 도련님의 성격을 "대나무를 쪼개듯이 똑 부러진 성격"이라며 존중하고 귀하게 여긴다.

부모님이 돌아가신 뒤 유산으로 물려받은 6백 엔을 학자금으로 하여 물리학교에 입학한 도련님은 졸업과 함께 시코쿠四國의 중학교에 수학 교사로 부임하게 된다. 시코쿠는 험한 곳이고 교사들도 다양한 성격을

32 1895년 11월 7일 자로 마사오카 시키正岡子規에게 보낸 편지 중에는 다음과 같은 내용이 있다. "요즈음 에히메현에는 점점 정나미가 떨어지고 있어 어딘가로 둥지를 옮겨야겠다고 생각하고 있소. 지금까지는 무척 의리라고 생각하고 참아왔지만 이제는 말만 있으면 당장에 움직일 작정[此頃愛媛縣には少々愛想が盡き申候故どこかへ巣を替へんと存候今迄隨分義理と思ひ辛防致し候へども只今では口さへあれば直ぐ動く積りに] (…후략…)"(夏目漱石, 『漱石全集(書簡集)』 第14卷, 岩波書店, 1976, 75쪽)

33 三好行雄 編, 『夏目漱石事典』, 學燈社, 1992, 40쪽.

지니고 있다. 닳아빠진 교육론을 주창하는 교장은 너구리, 모략가인 교감은 빨간셔츠, 아첨꾼인 미술교사는 알랑쇠, 그밖에 수학선생 홋타堀田는 산돌풍, 영어선생 고가古賀는 끝물 호박이라는 식으로 도련님은 잽싸게 별명을 짓는다. 학생들도 하나같이 음험하고 악질적인 짓거리만 해대어서 어떻게 할 수가 없다. 좁은 지역에서 어묵을 먹거나 경단을 먹거나 온천을 간다거나 하게 되면 다음날 여지없이 칠판에 그런 동정이 묘사되어 있다. 학생 전체가 도련님을 감시하고 있는 듯한데 급기야 숙직하는 첫날에도 메뚜기를 집어넣은 녀석마저 있어서 한바탕 큰 소란이 일어난다. 도련님은 이 일에 수학선생 홋타가 관여하였다고 생각하여 홋타와 절교하지만 이 사건에 대한 처분과 관련하여 홋타가 정의로운 판단을 내리는 것을 보고 도련님은 홋타에 대해서 다시 생각하게 된다. 이 과정에서 학생들을 제대로 교육시키고자 했으나 학생들의 비열한 자세는 좀처럼 개선이 되질 않는다.

점차 사정을 파악하게 되어갈 무렵 교감이 동료 영어선생 고가의 아름다운 약혼자 마돈나를 중간에 끼어들어 빼앗은 뒤 고가를 한적한 시골마을 노베오카延岡로 전임시키려고 획책한다. 러일전쟁의 승전 축하의 밤 교감의 동생으로부터 춤 구경을 권유받은 도련님과 홋타는 그 현장에서 중학생과 사범학생의 싸움에 휘말려 혼이 난다. 다음 날 그 사건이 신문에 나는데 그것을 신문에 낸 것 역시 교감이다. 도련님과 홋타는 교감과 그의 추종자 미술선생에게 천벌을 내리기로 작정하고 며칠간 잠복하고 있다 마침내 교감과 미술선생이 여관에 머무는 현장을 포착하고 혼을 낸다.

도련님은 결국 사표를 내고 '부정한 연못不浄の池'을 떠난다.

(2) 진보에의 의지 - E선생

「E선생」은 염상섭이 동아일보를 사퇴하고 정주 오산五山학교에 근무하고 있을 무렵의 생활을 배경으로 하여 쓰인 단편소설로 1922년 『동명東明』을 통해 발표되었다. 이 작품은 당시 염상섭의 체험을 바탕으로 하고 있어 당시 작가의 생활과 감정과 환경을 이해할 수 있는 좋은 자료가 되고 있다.

염상섭의 처음이자 마지막인 이 짧은 교직생활은 작품을 통해서 볼 때 결코 즐겁게 끝나지 않았음을 미루어 짐작할 수 있다. 교직에서 물러난 뒤 염상섭은 신문・잡지 편집인으로 생활했는데 염상섭의 교사상과 그가 교사보다 신문인에 보다 매력을 갖게 된 동기나 원인들도 이 작품에 잘 나타나 있다.

「E선생」의 주인공 E선생은 일본 도쿄에서 공부하고 돌아와 미국인 경영의 중학교 교사로 취직한 소위 개화 지식인으로 염상섭 자신으로도 볼 수 있는 인물이다. E선생은 서울에서 온 동서양사 선생으로, 머리를 짧게 깎은 고집이 세고 정의감에 불타는 젊은 교사이다. 학생들은 그를 '고슴도치 선생'이라고 부르며 그의 교육방식에 대해 호감을 보인다. 그러나 E선생이 학생들에게 인기가 있는 것을 체조선생 A와 지리선생 T는 시기한다. E선생은 재단의 앞잡이 체조선생 A와 사사건건 대립을 한다. E선생의 정의로움과 체조선생 A의 간사함은 대조적이다.

학교에서는 이웃의 민가를 헐값으로 사들여 운동장과 기숙사를 확장하려고 한다. 그러나 동민들은 한데 뭉쳐 완강히 반대한다. E선생은 동민들 편에 서서 저들의 주장을 옹호한다. 시험출제에 대해서도 E선생은 객관식 출제가 아닌 서술형 시험답안 작성을 학생들에게 요구, 단순 암기에 의한 시험의 노예가 되지 않아야 한다고 주장하는가 하면 교육에 있어서 가장 중요한 것은 인간성이라는 점을 강조한다.

이런 와중에 체조선생이 E선생 때문에 학교생활을 못하겠다며 사표를 낸다. 그러나 그의 사표는 학교를 그만두겠다는 뜻보다도 E선생을 난처하게 만들어, E선생을 학교에서 쫓아내야겠다는 생각에서 한 행동이었다. 평소에 체조선생 A의 태도를 좋게 여기지 않았던 교사들은 체조선생의 의도와는 달리 교직원회의에서 체조선생 A의 사표를 수리하는 쪽으로 결론을 내리게 된다. 이후 학교를 그만두게 된 체조선생은 뒤에서 체육부 학생들을 선동하게 되고 체조선생 A의 사주를 받은 체육부 학생들이 E선생 배척운동을 펴는 한편 졸업시험을 거부하고 농성에 들어간다.

교사들 간의 알력과 보이지 않는 질시 및 암투는 교직에 대하여 환멸을 안겨다 주었고, 학생들이 보이는 이기적인 태도는 E선생에게 교직에 회의를 느끼게 했다. E선생은 시험에 관한 사건이 학생 동맹 휴학으로 번지자 교감과 함께 사직서를 내고 이 학교를 그만둔다.

2) 인물 설정의 유사성과 민주적 절차

염상섭의 「E선생」이 소세키의 『도련님』에서 영향을 받은 것에 주목한 평자는 이보영인데 그는 다음과 같은 단정적인 표현으로 이 작품이 소세키의 영향을 받았다고 말한다.

> 염상섭은 「E선생」을 쓸 때 나쓰메 소세키夏目漱石의 『도련님』의 영향을 받

았다. E선생을 비롯한 몇몇 교사들의 유형적 묘사와 동료교사 간의 알력 및 직원회의에 상정된 학교행정상의 문제의 처리에 대한 의견의 대립 같은 사건의 구상에서 『도련님』과의 유사점이 발견되기 때문이다.[34]

이 영향과 관련하여 이보영은 소세키의 작품을 거의 다 읽었다는 염상섭의 「문학소년시절의 회상」에서의 술회를 근거로 하고 있다. 하지만 그는 결론적으로 "그러나 「E선생」에 대한 『도련님』의 영향은 주요 인물들의 모습과 성격 및 중요한 사건의 부분적 유사성 이상의 것은 아니다"[35]라고 말하면서 이 작품의 독창성을 인정하고 있다. 이보영의 '독창성'에의 강조는 비교문학적 관점에서 「E선생」이 『도련님』에 영향을 받은 것만 강조될 경우 자칫 염상섭 문학의 가치가 훼손당할 수 있다는 우려에서 나온 것으로 보인다.

두 작품의 비교는 이처럼 영향과 수용이라는 비교문학의 1차적 관점 이외에도 당시 교육현장을 중심으로 한 지식인 사회의 단면과 속성을 이해할 수 있을 뿐만 아니라 그 시대 근대학교의 모습을 그대로 보여주고 있는데서 사료적 가치 또한 확인할 수 있다.

(1) 인물의 성향과 묘사

두 작품에는 특징적으로 교사들의 외모나 성향에 대한 묘사가 비교적 세밀하게 나타나 있다. 주인공인 도련님과 E선생에 대한 묘사를 비롯하여 그밖의 인물들에 대해서도 유머스런 별명과 성격의 묘사가 눈길을

34 이보영, 『난세의 문학』, 예림기획, 2001, 160쪽.
35 이보영, 『염상섭 문학론』, 금문서적, 2003, 161쪽.

끈다.

『도련님』에서 주인공 '도련님'은 다음과 같이 묘사되어 있다.

> 천성적으로 타고난 덤벙거리는 기질 때문에 어렸을 때부터 손해만 보고 있다.
>
> —『漱石全集』 2, 241쪽

이런 '도련님'은 가족으로부터 귀여움을 받기는커녕 늘 혼이 난다. 따라서 가족 모두에게 좋지 않은 사람으로 평가를 받는다. 아버지는 '눈곱만큼도 귀여워하지 않았고 어머니는 형만 두둔' 했으며 "앞날이 캄캄하다"거나 "이 녀석은 변변한 인간이 못 될 게 뻔해"라는 말조차도 서슴없이 했다. 그리고 어머니가 돌아가시자 형은 "어머니를 빨리 돌아가시게 한 불효자"라는 막말까지 했다. 이렇듯 장난꾸러기에 집안의 천덕꾸러기이지만 하녀 키요는 다른 생각을 하고 있다. "도련님은 솔직하고 좋은 성격을 가지셨어요"라고 칭찬해주는가 하면 '욕심이 없고 깨끗한 마음을 가졌기 때문에' 도련님을 훌륭한 인품의 소유자라고 생각하고 있다.

『도련님』에는 주요 등장인물의 외모나 목소리, 성격 등을 종합하여 적당한 별명이 붙여져 있다. 여자같이 가늘고 이상한 목소리를 내는 데다 더운 날씨인데도 빨간 모직셔츠를 입고 있는 교감은 빨간셔츠, 안색이 별로 좋지 않으며 퉁퉁 부은 얼굴에 창백한 낯빛의 영어 선생은 끝물호박, 건장한 체격에 짧게 깎은 머리를 하고 있는 수학 선생은 산돌풍이라 불리는데 이 수학선생(홋타)은 E선생의 외모와 유사하다.

그리고 나와 같은 수학 교사인 홋타라는 자가 있었다. 그는 건장한 체격에 빡빡머리를 하고 있어서 에이산의 악승이라고 해도 좋을 낯짝이다.

—『漱石全集』 2, 258쪽

그밖에도 교장은 너구리, 미술선생은 알랑쇠라는 별명을 붙이고 있다. 이러한 별명은 작품 전체적인 구성상 흥미를 더할 뿐만 아니라 그 자체로 의미를 지니고 있다. 미술선생의 경우는 교감에게 아첨하는 저질스런 인물이다. 도련님은 빨간셔츠에 대해서는 다음과 같이 경멸하는 태도를 보인다.

맞아요. 그놈 생각으로 기생 데리고 노는 것은 정신적인 오락이고 튀김이랑 경단은 물질적 오락으로 보이겠지요. 정신적인 오락이라면 좀 더 정정당당히 사람들 앞에 내놓고 할 일이지. 그 뭡니까. 단골 기생이 들어오니 도망치듯 나가다니 어디까지 사람을 속일 셈이니까, 마음에 안 들어. 그러고는 남이 공격하면 자신은 모르겠다느니, 러시아문학이라느니, 하이쿠가 신체시의 형제쯤 된다느니 하면서 정신을 쏙 빼놓는다니까요. 그런 겁쟁이는 사내가 아니죠. 완전히 궁중 나인의 환생이라구요.

—『漱石全集』 2, 358쪽

한편, 「E선생」에서도 주인공 E선생에 대해서 인물의 묘사를 구체적이고 특별하게 하고 있는데, 이것은 마치 『도련님』에서의 도련님과 수학교사 홋타를 합친 듯한 인상이다. 외모에 있어서 E선생은 도련님과 비슷한 모습이다. 작은 키에 다부진 체격, 겉모습은 그다지 매력적이지 않지만 올곧은 성격의 소유자이다.

E선생의 그 광대뼈가 펴진 검으무트레한 相이며, 밧짝 깍근 거센 머리털이, 어푸수수하게 자란, 그야말로 천연 밤송이가튼 대가리며, 말하자면 좀 부대한 듯한 짤딱막한 체구體軀가, 어대로 보던지, 오만傲慢한 듯도 하야 보이고 심술구저도 보이엇스나, 그 곱살스럽은 눈짜위에는, 어쩐지 온유溫柔한 맛이 잇서 보이엇다. 더구나 종용從容히 나즉나즉하게 이약이하는 음성은, 명쾌하기도 하고 사람의 온정溫情을 끌을 만한 힘이 잇는 것 가타얏다.

(…중략…)

그의 늘 하는 입버릇으로,

"아모리하거나 그것은 제군諸君의 자유自由다. 그러나 제군이 진정한 『人間의者』가 되어야하겟다는 것마는, 어느 때든지 니저서는 아니되겠다"고, 厲聲大喝할 때의, 그 원시인原始人의 피가 그대로 쏘다저 나오는 듯한 만성蠻聲에는, 사람을 壓頭하랴는 듯한 위력威力이 잇섯다.

—『廉想涉全集』 9, 111쪽

이러한 특징적인 묘사만으로도 E선생이 어떤 사람인지에 대한 추측이 가능하다. 체구는 작지만 온화하고 사람에게 호감을 주는 인상임을 느끼게 하는 것이다. 이런 E선생은 염상섭의 젊은 시절의 자화상과 같은 모습이다.

E선생의 별명은 고슴도치이며 이밖에도 영어선생을 '뱀장어'라는 별명으로 부르거나, 수학선생을 '뚱뚱이'라고 부르는 등 『도련님』에서처럼 교사를 별명으로 부르는 모습이 나타나 있는데, 이러한 풍습은 근대

초기의 학교에서 비롯되어 오늘까지 이어지는 학교의 흥미로운 한 단면이다.

E선생의 밤송이 같은 머리모양이나 고집스럽고 타협할 줄 모르는 성격은 정의감에 사로잡혀서 물불을 가리지 않는 도련님과 일맥상통하는 면이 있다. 그리고 이러한 성격은 수학선생 홋타에게서도 일부 발견된다. 이들과 대립관계인 교무주임 빨간셔츠는 「E선생」의 생도감 체조선생 A와 흡사한 성격의 인물이고 빨간셔츠에 아첨하는 미술선생과 체조선생 A를 추종하는 지리교사 T 역시 유사한 성격을 지닌 인물이다. 따라서 인물의 성격이나 외모 묘사 등에서 두 작품은 유사한 모습을 보이고 있다. 결국, 두 작품의 인물 구조는 정의감과 교육의 열정을 지닌 인물을 주인공으로 내세우고 이에 대해서 기회주의적이고 비교육적인 인물을 대립시키는 양상이다.

(2) 토론을 통한 민주적 절차 – 교직원회의

근대사회의 한 장치로서의 제도교육이 행해지던 학교가 근대시민을 양성하는 책임을 지닌 교육기관이었던 만큼 두 작품에는 이러한 부분에 대해 강조하고 있다. 그리고 민주시민으로서 갖추어야 할 자질의 핵심이라 할 수 있는 민주적 질서와 토론을 중시하고 있다.

「E선생」의 중요한 사건의 하나인 체조선생 A의 사표제출과 그 수리 여부에 대한 직원회의에서의 찬반토론은 『도련님』의 숙직실 사건과 관련된 학생처벌 여부에 대한 토론의 변형[36]으로 볼 수 있는데 토론은 비

36 이보영, 『난세의 문학』, 예림기획, 2001, 161쪽.

교적 자유로운 분위기에서 전개된다.

『도련님』에서는 도련님이 학교에 부임하여 처음 숙직을 하게 된 날 밤 모기장 안으로 상당히 많은 메뚜기가 들어온 사건이 생긴다. 메뚜기 소탕이 일단락되자 이번에는 이층에서 마루가 꽝꽝 울려서 잠을 자지 못하는 일이 발생한다. 이때 도련님이 그 주동자를 잡으려고 뛰어 올라갔지만 어느새 조용해져 있다. 그러기를 몇 차례, 이런 소란은 새벽까지 계속되었고 도련님이 잠복해 있는 줄 모르는 학생 몇 명이 또 장난을 치다가 결국은 들키게 되는데 이 학생들의 징계를 위해 직원회의가 열린 것이다.

교직원회의는 비교적 민주적인 절차로 진행되었다. 먼저 전체적인 내용에 대해 교감의 말이 있었고 이어서 교감은 개인적인 의견이라는 전제를 달고 "사정을 참작하여 될 수 있는 대로 관대한 처분을 내리기 바랍니다"라고 언급한다. 교장의 하수인 노릇을 하는 미술선생 역시 "아무쪼록 관대한 처분을 바라는 바입니다"라고 교감의 비위를 맞추는 듯한 말을 한다. 그러나 도련님의 생각은 다르다. 그는 연루된 학생 모두가 나쁘기 때문에 반드시 사과를 받아야 하며 퇴학을 시켜도 무방하다는 입장이다.

한편, 과학선생은 '너무 엄하게 처벌하면 역효과가 난다'는 주장을 하면서 역시 교감의 의견에 찬성한다는 입장을 보인다. 또한 한문선생 역시 온건한 의견에 찬성한다는 쪽이다. 이때 수학선생 홋타가 창문이 흔들릴 정도로 큰 목소리로 교감과 다른 교사들의 의견에 반대하며 다음과 같은 이유로 학생처벌을 단호하게 해야 한다고 주장한다.

아무런 이유 없이 새로 오신 선생님을 우롱하는 듯한 경박한 학생을 관대히 처분해서는 학교 위신에 문제가 된다고 생각합니다. 교육의 정신은 단지 학문을 전달하는 것만이 아니라 고상하고 정직한 무사적인 정신을 고취시킴과 동시에 야비하고 경망스러우며 난폭한 악풍을 소탕하는 데 있다고 생각합니다. 만약 반발이 무섭다는 둥 소란이 커진다는 둥 하는 임시변통으로만 대처하는 날에는 이런 악습은 언제 개선될지 모릅니다. 이러한 나쁜 풍습을 완전히 근절시키기 위해서 우리는 이 학교에서 일하고 있는 것이므로, 이를 간과한다면 애당초 교사가 되지 않는 편이 낫다고 생각합니다. 저는 이상과 같은 이유로 기숙생 일동을 엄벌에 처하고 해당 교사 앞에 공개적으로 사죄시키는 것이 바른 조처라고 생각합니다.

—『漱石全集』2, 306~307쪽

홋타는 이번 사건에 가담한 기숙생 전원에게 엄벌을 내리고 신임교사인 도련님의 면전에서 진심으로 사죄의 뜻을 밝히는 것이 지당한 조치라고 웅변하듯이 자신의 의견을 내놓는다.

이 모든 의견을 종합한 뒤 교장은 "학생의 풍기는 반드시 교사의 감화로써 바로잡아야 합니다"라고 말하고 최종적으로 기숙생에게 일주일간 외출을 금하는 벌을 내림과 동시에 도련님 앞에서 사죄하도록 하는 조치를 내린다. 『도련님』에서는 전체적인 사태의 설명, 다양한 의견 개진과 토론, 그리고 결론에 이르는 과정이 비교적 민주적인 모습으로 전개되고 결정 역시 구성원들이 모두 수긍하는 쪽으로 난다.

「E선생」에서는 학생의 처벌이 주제가 아니라 교무주임이자 체조선생인 A의 거취와 관련된 문제가 회의의 주제이다. A선생은 사무집행상에 간섭과 장애가 있어서 체면을 유지할 수 없다면서 사표를 내는데, A

선생의 사표처리를 놓고 교직원회의가 열린 것이다. 회의를 주재한 교감은 온건한 결론이 나올 수 있도록 회유하고 무마하려고 시도한다. 교감은 피차 용서하고 관용으로 서로 이해하자는 입장을 보이면서 A선생과 다른 교사들의 눈치를 살피지만 모두 눈치만 볼 뿐 쉽게 입을 열지 않는다. 교감의 재촉에 A선생은 "어느 분이 너무 간섭을 하기 때문에 생도들 보기도 부끄럽고, 벌써 나이 사십이나 된 놈이 체조를 가르치느니 생도를 감독하느니 하는 것은 너무 염치가 없는 것이기에 그런 적당한 분께 대신하여 줍시사는 것에 지나지 않습니다"라고 자신의 의견을 말하지만 그 말에는 뼈가 있다. 그렇다면 어떤 선생님이 그 사람이냐는 교감의 추궁에 "교감선생은 모르셔도, 그런 분이 한 분 …… 계심다" 하고 말한다. 이때 E선생은 참다 못하여 시뻘건 얼굴을 쳐들며 벌떡 일어나서 한마디 하는데 이것은 『도련님』의 직원회의에서 홋타가 보이던 모습과 흡사하다.

> "여러분은 날더러 A先生의 職務에 對하야 干涉하고 또는 障碍가 되게 하얏다 하시는 모양이나, 나는 거긔 對하야서 一言半辭라도 辯明하지는 안켓습니다. 나는 가는 사람이니까, 여러분과 밋 學校의 健康을 祝福할 다름입니다" 하고 自己冊床으로 가서 冊褓를 싸기 始作하얏다.
>
> —『廉想涉全集』 9, 130쪽

E선생이 자리에서 일어나 교무실 밖으로 나가버리자 이런 돌발행동에 교사들은 모두 할말을 잃고 어찌할 바를 모른다. 이때 나이가 지긋한 한문선생이 "이런 일은 직원회의에서 다룰 문제가 아니며 교감과 교장

선생이 상의하여 처리할 문제"라는 발언을 한다. 그러자 A선생 편에서 아첨하던 지리교사 T선생이 이때가 E선생을 내쫓을 절호의 찬스라고 생각하고 자리에서 일어나 '평소의 E선생의 태도는 방자하다'고 말하면서 E선생의 험담을 늘어놓는다.

이어서 영어선생, 대수산술선생, 박물선생의 말들이 이어지는데 그들은 T선생의 입장과는 반대로 오히려 A선생을 이번 기회에 축출하였으면 하는 희망을 드러내는 발언을 한다. 그리고 도화圖畵선생 역시 비슷한 발언을 한다. 직원회의에서는 한문선생의 주장대로 교감선생에게 이 문제를 일임시키기로 결론을 내린다.

직원회의는 이것으로 일단락이 되었으나 A선생 편에 선 T선생과 뚱뚱이 수학선생을 제외한 나머지 교사들은 직원회의가 끝난 뒤에 교감선생과 A선생을 내보내기로 뒷공론을 하게 되고 최종적으로 A선생의 사표를 수리하고 E선생은 다시 다음날부터 학교로 출근하도록 결정을 내리게 된다.

두 작품에서는 한쪽은 학생의 징계문제를, 다른 한쪽은 교사의 사퇴를 직원회의의 주제로 하는 점이 다르기는 하지만 민주적 절차와 토론과정을 거쳐 최종 결론에 이르며 이러한 결정에 대해 구성원들이 동의하는 점이 유사하다. 또한 결론이 교육적인 쪽 내지는 정의로운 쪽으로 내려졌다는 점에 있어서 근대교육이 행해지던 학교는 그 존재 가치가 있다는 점을 암시적으로 말하고 있다. 그러나 『도련님』에서는 교직원회의에서 모든 결정이 마무리되지만 「E선생」에서는 직원회의가 끝난 뒤 뒷공론을 거친 다음 최종 결정이 내려진다는 점에 있어서 씁쓸한 뒷맛을 남기고 있다.

(3) 직선적이고 대쪽 같은 도련님과 E선생

도련님과 E선생은 정의롭고 대쪽 같은 지식인상을 보이고 있다. 도련님은 꾸밈이 없는 사람이다. 입만 번지르르하다거나 뒷담화를 늘어놓는다거나, 또는 실천이 없이 말만 앞세우는 것보다는 당당하게 앞에서 자기의 의견을 말하기를 원한다.

도련님은 그다지 배짱이 두둑하지는 않으면서도 한번 마음먹으면 그대로 밀어붙이는 성격이다. 이 학교에서 잘리면 금방 다른 곳으로 가면 되지 하는 각오로 학교에 있었기 때문에 교장(너구리)이건 교감(빨간셔츠)이건 조금도 무서워하지 않는다. 하물며 학생들에게 잘 보일까 해서 그들을 치켜세우거나 하는 일 따위를 할 생각은 전혀 하지 않는다. 이런 가치관을 지닌 도련님은 학교는 좀 더 정직할 필요가 있다고 생각한다. 그것은 다음의 진술을 통해서 확인할 수 있다.

> 생각해보면 이 세상 많은 사람들은 나쁘게 되는 일을 장려하고 있는 듯이 생각된다. 나쁜 것에 물들지 않으면 이 사회에서 성공할 수 없다고 믿고들 있는 것 같다. 가끔 정직하고 순수한 사람을 보면 '도련님, 동자승' 하면서 경멸하기도 한다. 그렇다면 초등학교나 중학교에서 '거짓말하면 안된다. 솔직해야 된다'라고 가르치지 말아야 한다. 차라리 '거짓말하는 법' 이라든가 '사람을 의심하는 기술'이나 '사람을 등치는 술책'을 가르치는 편이 세상을 위해서도 그 사람을 위해서도 도움이 될 것이다.
>
> —『漱石全集』 2, 292쪽

도련님은 "나는 이력서에 끄적이는 글자 몇 자보다 의리를 더 중요하게 생각하는 사람"이라고 말하고 "아무리 네 놈들이 번드르르하게 입에 발린 소리를 해도 정의는 항상 승리하는 법이다"라고 말하는, 정의를 신봉하는 사람이기도 하다.

『도련님』은 지력, 지략을 배경으로 이기주의로 변화하는 개인주의의 행태・현상을 문제시한 작품으로 볼 수 있다. 신교육의 성격이 '서구 도취 속에서 공리적・실제적으로 개인주의에 가까운 것'에 대한 비판적인 의식, 다시 말해 소세키의 일본 근대화에 대한 비판과 회의가 숨김없이 나타난 작품인 것이다.[37]

한편, E선생은 활달하고 외향적이며, 직선적인 감정과 행동의 힘을 그대로 가지고 있다. 그는 한편으로는 넓은 이해심과 도량을 갖고 있으면서 다른 한편으로는 엄격한 규율을 옹호한다. E선생의 품성은 그의 근원적인 생명관, 거기에서 나오는 민주적 철학에 이어져 있다. 그는 자신을 "이 우주에 충일한 생명의 아름다움과 기쁨에 도취한 자일 뿐"(『廉想涉全集』 9, 123쪽)이라고 말한다.

채소밭을 짓밟은 학생들로 인하여 학교 이웃의 노인과 말썽이 생기게 된 뒤, 체조선생 A는 강압적으로 학생들과 학교의 권위를 옹호하려 하지만 E선생은 노인에게 사과하고 싸움을 말린 후, 기도회 시간을 이용하여 생명의 소중함을 일깨운다.

그러나 植物이라도 感覺이 업는 것은 아니요. 存在의 理由와 權利가 업는 것

---

37 부백, 「나쓰메 소세키夏目漱石 『봇찬坊っちゃん』론—개인주의로부터 전통윤리로의 전환」, 『일본문화연구』 8, 동아시아일본학회, 2003(인용 부분은, M・B・ジャンセン 編, 『日本における近代化の問題』, 岩波書店, 1977, 345쪽).

이 아니요. 어느 때든지, 무엇이든지 그 存在의 理由와 權利를 主張하고 抵抗하지 안는다고, 우리에게는 그것을 蹂躪할 權利는 업는 것이요. 한 폭이의 풀 한 송이의 꼿에 對할 때에 우리는, 그 自然의 妙理를 敬歎하며, 그 生命과 美에 對하여 敬虔한 마음으로 愛撫와 感謝의 뜻을 表치 안흐면 아니될 義務는 잇서도, 그 存在를 無視하고 生命을 蹂躪할 權利는 조금도 업소

—『廉想涉全集』 9, 122쪽

E선생은 기독교인은 아니지만 번갈아가면서 기도회를 인도하기로 되어 있는 학교의 규정에 따라 자신이 주재하게 된 기도회 시간을 이용해 설교형식으로 자유롭게 자신의 세계관을 언급한 것이다. 그리고 기도만 번지르르 하고 양심적 행동이 뒤따르지 않으면 바리새교인에 다를 것이 없다고 일침을 가한다.

萬一 今後의 여러분으로서 이만한 道德的 良心의 自覺이 업다하면, 여러분은 祈禱를 아모리 잘하드라도 結局 여러분은 파리새敎人 밧게 아니될 것이요

—『廉想涉全集』 9, 123쪽

E선생은 이처럼 생명의 철학과 윤리를 추상적으로 가르치려 하는 것보다도 그것의 현실적 적용의 결과를 보여주려고 한다. E선생은 아무리 미미한 풀 한 포기, 나무 한 그루라 할지라도 생명이 있는 것은 모두 소중하게 생각해야 한다고 주장한다.

「E선생」에서 중요한 두 사건 중 하나는 학생들에 의한 채소밭 침해 사건이고, 다른 하나의 사건은 시험을 둘러싼 분규이다. E선생은 학교

의 여러 종류의 시험에 대해서 한편으로는 학생들의 입장을 이해하지만 다른 한편으로는 시험의 폐해에 대해서 깊이 고민하는 모습을 보인다. 주입식 교육의 폐해를 지적하면서 그는 이러한 폐단을 극복하는 방법으로 서술형 문제를 출제한다.

그가 시험문제로 '18세기 후반의 구주歐洲에 관하여 아는 대로 써라'라는 문제를 내었을 때 난감해했던 학생들 가운데 운동부 학생들을 주축으로 한 일부 학생이 시험 거부행동을 하자 E선생은 다음과 같이 훈계를 한다.

> 試驗의 奴隷, 돈의 奴隷, 名譽의 奴隷, 虛榮心의 奴隷 …… 그런 더럽은 그런 末種들을 길러내랴고 이 學校를 세운 것은 아니다. 오늘 아츰에 너희들은 무어라고 祈禱를 하얏는지 모르지만 '예수 크리스트'는 試驗에 挾雜을 하라고는 아니 가르치셧슬 것이다. 試驗에 방맹이질을 하는 놈은 足히 나라도 팔아먹을 놈이다. ……그런 썩은 생각 썩은 魂을 가진 놈을 가르칠 必要도 없다. A, B, C가 教育이 아니오 試驗에 滿點을 하는 것이 壯한 것이 아니다…….
>
> —『廉想涉全集』9, 138쪽

E선생은 학교의 각종 과목 시험에 있어서, 한편으로는 학생들이 이 시험을 얼마나 고통스럽게 받아들이고 있는지에 대해 깊이 동정하고 다른 한편으로는 학생들이 그것에 얽매여 전전긍긍하면서도, 또 그것을 부당한 방법으로 해결하려 한다거나 교사에게 쉬운 문제를 내주기를 바라거나 하는 등으로 시험의 엄격성을 이완시키려고 하는 것은 옳지 않다고 생각한다. 무엇보다도 그는 근본적으로 시험 자체의 의의에 대하

여 큰 회의를 가지고 있다.

오늘날 試驗이라는 것은 그 動機는 조흐나 그 結果는 玉石을 가리고 秀才를 기른다는 것보다 僞善을 가르치는 弊에 빠진다. (…중략…) 그러나 僞善에서 求하지 안흐면 人類는 결국 滅亡하리만치 사람은 타락하얏다. 함으로 오늘날 우리의 敎育이라는 것은 이 僞善으로부터 救한다는데에 第一義가 잇는 것이다. 몇 千년 동안 우리의 觀念은 이 僞善과 虛飾虛禮에 固定되엇다. 그리하야 우리에게는 '生活'이라는 것을 일허버렷다. 그러나 固定한 낡은 觀念은 流動하는 새 觀念으로 밧구어 넛는 것 外에 아모 治療法도 업는 것이다.

—『廉想涉全集』 9, 145쪽

시험 사건은 E선생에게 좋은 아이디어가 부패한 현실 속에서 어떠한 운명에 처해지는가를 잘 가르쳐 준 셈이다. 이러한 아이디어와 부패한 현실의 괴리는 E선생이 소중히 생각하는 남녀관계의 윤리에도 그대로 해당되는 것이었다. 염상섭 자신에게 그랬던 것처럼, 남녀관계가 자율적이면서 윤리적이어야 한다는 것은 E선생에게 매우 중요한 신조 중의 하나이다. 그는 자율의지가 없는 오늘의 결혼이 강간과 다름없다고까지 말한 바 있다.[38]

E선생은, 시험이 곧 그 사람의 운명을 결정하는 관계로 오늘날의 교육은 곧 시험 점수를 위해서 존재하는 것이라고 탄식한다.

38 김우창, 「리얼리즘에의 길」, 『廉想涉全集』 9, 민음사, 1987, 449쪽.

오늘날의 敎育은 '사람'을 맨드는 게 아니라, 機械나, 그러치 안흐면 機械에게 使役할 奴隷를 맨들엇다. 그리하야 學問이라는 것은 一種의 懲役가티되엇다. (…중략…) 오늘날의 敎育은 試驗을 爲하야 存在하얏다고 하드라도 過言은 아니다. 웨 그런고 하니 試驗의 點數라는 것은 곳 그 사람의 運命을 決定하고 그 사람의 收入의 多寡를 意味하고 그 女子의 婚處를 選擇할 權利를 주게 하기 때문이다. 함으로 오늘날 學生의 工夫는 學問을 爲함이 아니라 試驗點數를 위함이다.

—『廉想涉全集』 9, 145쪽

학생들의 수업거부는 E선생을 학교 내에서 난처한 입장에 놓이게 한다. 그리고 이 수업거부 사태는 결국 그로 하여금 학교를 그만두게 하는 원인이 된다. 그러나 이러한 사건의 전개에서 역설적인 것은 그것이 반드시 E선생의 고매한 교육적 이상의 직접적인 결과가 아니라는 점이다. 학감으로서 학생들의 시험 거부를 만류하려는 E선생에게 학생들은 그가 마땅히 언행을 일치시켜 학생들을 지지하여야 한다고 말하지만, 실제 학생들의 동기가 되어 있는 것은 시험이나 교육의 참 이상에 대해 그들이 이해하고 있기 때문에 동조한다기보다는 단순히 시험의 고통이 싫다는 안이한 이기심의 발로에서 시험 거부를 하고 있기 때문이다. 그리고 정작 시험 거부사태를 야기한 장본인은 채소밭 사건으로 학교를 그만두게 된 체조선생 A이다. 그리고 A의 사주를 받은 운동부학생들이 시험 거부를 주도하였던 것이다.

교육제도라는 일정한 규율을 통한 훈련소와 같은 성격을 띤 것이 학교이다. 이런 근대 학교에서 교사의 존재란 무엇인가. 그는 인간이기 앞서 조직의 한 사람이다. 「E선생」에서 작가는 이러한 조직 속의 인간의 무력함에 항변하여 인간으로서의 자기를 고집하는 것을 드러내고자 애쓰고 있다. 그리고 그러한 애씀의 부질없음을 스스로 증명하고 있기도 하다. E선생이 두 학기도 못 채우고 쫓겨남에서 이 점이 확인된다.[39]

(4) 그 밖의 유사, 혹은 대조적인 구조

두 작품에는 이밖에도 작가의 삶과 관련한 유사한 구조가 있고 군국주의에 대한 서로 대조적인 견해도 볼 수 있으며 도련님과 E선생이 결국 1년도 채우지 못하고 학교를 떠나게 되는 공통된 모습도 볼 수 있다.

두 작가는 모두 서울(도쿄) 토박이이며 시골생활을 하지 않았던 사람들이다. 그런 그들이 시골중학교로 부임하여 겪게 되는 짧은 교사 생활의 경험[40]이 이 작품의 배경이 되었다는 공통적인 양상도 주목된다. 작가가 근무했던 학교의 이름도 '마츠야마松山', '오산五山'에서 보듯 유사한 일면이 있다.

『도련님』의 '도련님'은 소세키와 일치하지는 않는다. 물론 이 작품 속에서 소세키의 교육관이 보이고 있고 소세키가 마츠야마중학교에서 교편을 잡으면서 그 학교를 무대로 만든 작품이기는 하지만 이 소설은 당시 일본에서 유행하던 사소설의 형태로 쓰인 작품은 아니다. 그러나 「E선생」의 'E선생'과 염상섭은 비슷하다. 외모 묘사도 흡사하며 성격이나

39 김윤식, 앞의 책, 225~226쪽.

40 염상섭이 주로 다룬 사회문제를 구체적인 작품주제를 통하여 살펴보면, 나와 사회와의 부적응에서 이루어지는 자기비판적 고뇌가 울분으로 나타나는 것이 그 한 특징이다. 이것은 염상섭의 모든 초기작품의 주류를 형성하고 있다. 초기작품 중에서도 자기생활을 소설화한 기록성을 띤 작품에 보다 노골적으로 나타난다. 「표본실의 청개구리」, 「闇夜」, 「E선생」, 「惡夢」 등이 그 예이다(김종균, 『염상섭 연구』, 고려대 출판부, 1974, 283쪽).

언행 등 상당 부분이 일치[41]하고 있다. 주인공만 보더라도 E선생은 강직하면서도 관용적인 성격인 반면, 도련님은 도쿄내기답게 직정적이요 도전적이다.

E선생과는 달리 도련님은 도쿄 토박이라는 자부심과 우월감에 사로잡혀 있으며 시골사람들을 경시하고 있다. 그는 교직을 천직으로 선택한 것이 아닌 무모한 성격으로 선택한 첫 사회생활이었다.

> 동경 토박이는 패기가 없다는 말을 듣는 것은 유감이다. 숙직을 하면서 콧물이 줄줄 흐르는 까까머리들한테 골탕이나 먹고, 어쩔 수 없으니까 울면서 잠자리에 든다고 하면 일생의 수치다. 이래 뵈도 태생은 하타모토다. (…중략…) 이런 시골 백성들하고는 그 태생부터가 다르다.
>
> —『漱石全集』 2, 279쪽

염상섭이 오산학교를 그만두게 된 것도 자기 뜻은 아니었다. 동맹휴학 사건의 수습 차원에서 어쩔 수 없는 일이었다. 왜냐하면 그의 형도 이 사건으로 사직을 했기 때문이다. 말하자면 사직하는 자기 형을 따라 염상섭도 이 학교를 그만두지 않을 수 없었다. 이는 동아일보사 사직 때와

41 "씨가 술을 마셔야 김군, 이군, 최군에게 그 반딧불 같은 눈을 반짝이며 붉은 입술을 자주 연다. 씨는 앞으로 보나 뒤로 보나 그저 둥글둥글할 뿐, 조물주가 가공을 아니했지만 소위 안경을 안 쓰면 지척을 몰라도 그 눈동자, 그 흰 이, 그 붉은 입술은 거기에 횡보의 매력이 있고 이것이 그분의 일생을 좌우하는 격이다."(안석영, 『안석영 문선』, 관동출판사, 1984, 126쪽). 참고로 소세키의 체격은 '신장이 5척 3촌이 안되고, 체중은 1907년 9월 시점에서 12관반에서 13관'이라는 기록이 있는 것으로 보아 160센티미터 정도의 키에 50킬로그램이 조금 못되는 체중의 왜소한 체격이었던 것으로 보인다(高橋正雄, 『夏目文學の物語るもの』, みすず書房, 2009, 103쪽).

꼭 같았다. 염상섭은 그해 여름 정주 산골을 떠나 자기의 본거지인 서울로 돌아왔다. 이는 1년 만의 일이었다. 도시인은 역시 도시에서밖에 살 수 없었다. 그는 그렇듯 순연한 서울 사람이었다.[42]

한편, 두 작품에는 일본의 군국주의에 대한 극명하게 대립된 인식이 나타나 있기도 하다.『도련님』은 러일전쟁[43] 승리를 축하하는 행사가 말해주는 것처럼 일본의 군국주의를 찬양하는 데 동조하고 있지만, 「E선생」은 당연히 군국주의를 강력히 비난하고 있다.[44] 이것은 다음 진술에서 잘 드러난다.

> 나는 軍國主義라는 것을 極力 排斥한다. 그것은 侵略主義이기 때문이다. 아모리 힘이 세우다 하기로 행낭사리 하는 놈이 남의집 안房에 들어가서 잣바지지 못할 것은 分明한 일이 아니냐. 그러치만 사람이, 人間業을 罷工하기 前에는 사람 답은 意氣, 志氣가 업스란 것은 안이다. 自覺잇는 奉公心이라는 것은 軍國主義의 世界에서는 볼 수 업는 것이지만, 사람답은 사람이 사는 世界에는 업지 못할 最大한 根本要素다. 이것은 비록 社會主義니 共産主義니 하는 主義가 — 여러분은 몰라드를 사람도 잇겟지만 — 實現된다 하드라도 가장

42 김종균,『근대인물한국사 염상섭』, 동아일보사, 1995, 71쪽.

43 소세키의 러일전쟁에 대한 관점은, 개전 초의 「종군행從軍行」 등에서 보이는 바와 같이 전쟁에 동조하고 적극적으로 참전병사들의 사기를 격려하는 군국주의적 입장에서, 전쟁 중의『나는 고양이로소이다』에서는 승전보에 고무된 국민들을 의식한 듯 러일전쟁의 에피소드를 적절히 삽입하면서 시대상을 재미있게 풍자하여 독자를 확보한 결과 국민작가로서의 기반을 잡았고, 승리 후에 집필한 후반부로 갈수록 사회 비판이 늘어나는 경향을 보이며, 「취미의 유전趣味の遺傳」에는 전쟁에 대한 부정적 이미지가 포함되어 있다(최재철, 「근대 일본작가의 전쟁체험과 그 영향」,『日本硏究』23, 한국외대 일본연구소, 2004, 310쪽).

44 이보영,『난세의 문학』, 예림기획, 2001, 162쪽.

必要한 것이다.

—『廉想涉全集』 9, 144쪽

「E선생」에서 작중 사건은 학교행정의 부조리와 그를 적대시하는 동료교사와의 알력에 치중되고 있어서, 정치색이 거의 없는 작품이다. 그러나 E선생은 수업시간에 반봉건적, 반군국주의적 사상을 학생들에게 심어주려고 하는 다분히 반체제적인 인물이다. E선생의 반군국주의적인 태도는 『사랑과 죄』의 항일 지하투쟁을 예고한 것으로 볼 수 있다.

도련님과 그와 성미가 맞는 홋타가 옹호하는 정의가 비록 그 윤리적 의미의 보편성은 인정될지라도 주로 학내문제와 관련된 것이요 비정치적인 것인 반면, 「E선생」의 경우 정의는 식민지의 역사적 현실과 관련된 정치적인 성질의 것임을 주목해야만 한다는 점에 있어서 E선생이 보이는 정의의 성격은 보다 폭이 넓은 반군국주의 사상으로 나아갈 성질의 것이다.

근대적인 학교가 정착되어가는 과도기의 교직사회에서 정의로운 교사상은 뿌리를 완전히 내리기에는 아직 무리가 있는 모습을 보이고 있었고 이러한 구조에서 두 교사는 모두 학교를 떠날 수밖에 없었다. 결론적으로 E선생과 도련님은 근대적 장치의 하나인 학교에서 타협하지 않은 올곧은 지식인상을 보이고 있었다.

3) 근대적 교사의 진면목

학교를 중심으로 전개되며 소설의 제목이 곧 주인공이라는 유사성을 보이고 있는 『도련님』과 「E선생」은 두 작품 모두 작가의 짧은 시골 중학교 교사 체험을 바탕으로 하여 쓰인 작품이라는 공통성을 지니고 있다. E선생을 비롯한 몇몇 교사들의 유형적 묘사와 동료교사 간의 알력 및 직원회의에 상정된 문제의 처리에 대한 의견의 대립 같은 사건의 전체적 구상에서 『도련님』과 「E선생」은 다양한 유사성을 보이고 있다. 염상섭이 소세키의 『도련님』을 읽고 이에 영향을 받아 「E선생」을 착안한 것은 분명한 것으로 보인다. 그러나 작품의 경향성이나 내용에 있어서는 차별성을 보이고 있고, 특히 염상섭이 소설 창작을 독립운동의 한 방편으로 생각하였던 것처럼 「E선생」 속에서도 이러한 모습이 그대로 드러나고 있다는 점에서, 「E선생」은 염상섭의 독창적인 작품으로 인정할 수 있다.

두 작품을 비교 고찰한 바 다음과 같은 내용을 알 수 있었다.

먼저, 두 작품에서는 공통적으로 주요 등장인물을 별명으로 부르고 있으며 교사 간에는 이해관계에 따라서 알력이 형성되어 있는 구조를 보이고 있는데 정의롭게 사태를 대처하려는 교사들과 『도련님』에서의 빨간셔츠와 알랑쇠, 「E선생」에서의 체조선생과 지리선생 T가 보이듯 아첨꾼의 모습을 한 교사 간의 대립구조를 이루고 있다. 이런 대립구조의 결말은 일단 정의가 승리하는 쪽으로 나 있지만 결국은 주인공(도련님, E선생)들이 학교를 떠나고 마는 공통된 구조로 되어 있다.

다음으로 근대교육이 행해지던 학교라는 구조 속에서 가장 민주적인 방식으로 진행되는 교직원회의를 볼 수 있다. 결국, 이러한 토론의 장은 지식인으로서의 교사들의 모습을 가장 잘 볼 수 있는 곳으로 『도련님』에서는 학생들의 난동에 대한 책임을 묻는 징계의 한 절차로써, 「E선생」에서는 체조선생의 사퇴를 결정하는 한 방식으로 교직원회의가 진행된 것인데 다양한 발언과 토론 등을 통해서 비교적 합리적인 결론에 도달하고 있다. 그러나 「E선생」에서는 직원회의에서 모든 것이 결정되지는 않고 직원회의에서 나온 결론을 바탕으로 뒷공론이 이루어진 다음 최종적인 결론을 내리는 형태로 이루어지고 있어 다소의 차별성을 보이기도 한다.

무엇보다도 직선적이고 격정적이며 대쪽 같은 성미를 지닌 도련님과 E선생의 지식인으로서의 성격이 유사하다. 도련님은 다소 언변이 어눌하기는 하지만 불의에는 결코 타협하지 않는 성격을 보이고 있고, E선생은 도련님과는 달리 웅변가이며 역시 정의로운 삶을 추구하고 있다. 이런 이유로 학생들의 사랑을 받게 되는데 이것을 질투, 시기하는 교사들과 대립하는 양상 역시 비슷한 모양새로 나타난다.

그밖에도 소세키가 도쿄 토박이이고 염상섭이 서울 토박이인 것이 작품 속 주인공의 성격에 반영되어 있으며, 결국 두 주인공 모두 짧은 교사생활을 끝으로 학교를 등지게 되는 것 또한 유사한 형태를 보이고 있다.

한편, 서로 다른 양상을 보이는 것도 있는데 그것은 이들 작품이 비교적 정치적인 색깔이 적은 작품임에도 불구하고, 러일전쟁 승리를 축하하는 행사에 긴 지면을 할애하여 결과적으로 군국주의에 동조하는 인상을 보이는 『도련님』과는 달리, 「E선생」의 곳곳에는 반봉건주의, 반군국주의의 색채가 농후하게 드러나 있다는 점이다. 이것은 두 작가가 처한 상황이 대조적인 이유로 말미암아 주인공으로 선택한 교사가 지식인으로서 가지고 있는 사회의식의 차이를 반영하는 것이라 생각한다.

〈표 3〉『도련님』과 「E선생」의 비교

	『도련님』-도련님	「E선생」-E선생	의미
근무처, 담당과목	시코쿠[四國]중학교, 수학	X학교, 동서양사	소세키는 마츠마야[松山]중학교에서, 염상섭은 오산(五山)중학교에서 1년 남짓 근무
외모와 성격	다소 왜소한 체격, 짧은 머리, 대쪽같은 성격, 웅변은 못 하나 꾸밈이 없음 별명 : 도련님	왜소한 체격, 밤송이같은 머리, 나직한 음성, 웅변가, 명쾌하고 온정적인 성격 별명 : 고슴도치	· 유사한 외모 · 강직하고 타협을 하지 않는 성격
인물의 대립양상	대립 : 교감, 미술선생 존경 : 한문, 물리, 수학선생	대립 : 체조선생 A, 지리선생 T 존경 : 박물, 사회학, 사학선생	정의롭게 교육에 임하는 교사와 대립관계에 있는 교사 간의 갈등
교직원 회의	민주적 진행, 토론에 의한 합리적인 결론 도출, 학생징벌문제 논의	비교적 민주적이고 자유로운 토론, 교사의 신상문제 논의	「E선생」에서는 회의 후 뒷공론에 의해서 결론 도출
지식인상	· 러일전쟁 승리축하 행사에 긴 지면 할애. 결과적으로 일본 군국주의 찬양, 동조 · 도쿄토박이의 특성 · 정의로운 삶 추구 · 타협할 줄 모르는 직정적인 인물	· 반봉건주의, 반군국주의적 자질의 인물 · 강직하고 타협하지 않는 성격 · 서울토박이 · 웅변가적 자질, 온정적 성격 소유	비슷한 지식인상을 보이고 있으나 군국주의에 대해서는 대조적인 모습
영향 관계 및 지식인상 비교	학교를 중심으로 전개되는 두 작품은, 제목이 곧 주인공의 이름인 것에서부터 유사성을 보이고 있다. 또한, E선생을 비롯한 몇몇 교사들의 유형적 묘사와 동료교사 간의 알력 및 교직원회의에 상정된 학교행정상의 문제 처리에 대한 의견의 대립과 같은 사건의 구상, 그리고 교사들에게 별명을 지어 부르는 일 등 많은 유사성을 보이고 있다. 염상섭이 소세키의 『도련님』을 읽고 이에 영향을 받아 「E선생」을 착안하였으며 유사한 주인공을 창안한 것은 분명하다고 보인다. 직선적이고 격정적이며 대쪽 같은 성미를 지닌 도련님과 E선생의 지식인으로서의 성격이 유사하다. 도련님은 다소 언변이 어눌하기는 하지만 불의에는 결코 타협하지 않는 성격을 보이고 있고, E선생은 도련님과는 달리 웅변가이며 역시 정의로운 삶을 추구하고 있었다. 교사로서의 두 지식인은, 군국주의에 대해서는 서로 대조적인 입장을 보이고 있다. E선생과 도련님은 근대적 장치의 하나인 학교에서 타협하지 않은 올곧은 지식인상을 보이고 있다. 그러나 근대적인 학교가 정착되어 가는 과도기의 학교에서 정의로운 교사상은 뿌리를 완전히 내리기에는 아직 무리가 있는 모습을 보이고 있었고 이러한 구조에서 두 교사는 결국 학교를 떠날 수밖에 없었다.		

3. 자본주의에 억압받는 중년 지식인

—『노방초道草』와 『삼대三代』

소세키의 『노방초道草』[45]의 주인공 켄조健三와 염상섭의 『삼대』[46]의 조상훈은 여러 가지 면에서 비교연구의 대상이 될 수 있다. 두 인물은 서구 유학을 다녀왔으며 근대적 삶을 지향하나 근대 자본주의의 표상이라 할 '돈에 짓눌리는 가장'이라는 유사한 양상을 보이고 있다.

『노방초』는 소세키의 유일한 장편 사소설私小說로 일컬어지는데, 이 소설 속 이야기처럼 소세키가 돈에 강하게 구애받았던 작가였던 것은 잘 알려져 있다. 또 소세키만큼 돈이라는 것에 천착하고, 그 마력에 대해 이야기한 작가는 메이지 이후 없었다고 해도 과언이 아니다.[47]

소세키가 통찰한 자본주의 제도의 부작용은 인간성의 타락, 배금주의, 정경유착, 물질만능주의이다. 그는 인간과 사회를 근본에서 통찰함으로써 삶의 방향을 재고하게 만들고 있다. 소세키는 근대 자본주의 제

45 1915년 6월 3일부터 9월 14일까지 모두 102회에 걸쳐서 東京・大阪의 양 『아사히朝日신문』에 연재한 후 같은 해 이와나미岩波서점에서 단행본으로 간행하였다.

46 1931년 1월 1일부터 9월 17일까지 215회에 걸쳐 『조선일보』에 연재되었으며 일제에 의해 '불온'하다는 이유로 출간되지 못하다가 해방 후 1947년 을유문화사에서 단행본으로 펴냈다

47 『나는 고양이로소이다吾輩は猫である』 이후, 『이백십일二百十日』, 『그리고서それから』, 『코코로こころ』, 『노방초道草』, 『명암明暗』으로 전개되는 문명비평과 밀접하게 연결되어 있는 '돈의 논리', 그것들을 보강하는 '돈'(『영일소품永日小品』), 『도락과 직업道樂と職業』, 『나의 개인주의私の個人主義』나 『유리문 안硝子戶の中』 또는 일기, 단편, 편지 등에서 보이는 소세키의 금전관에는 깊이의 차이와 변화가 있기는 하지만 기본적인 인식에서는 일관되어 있다고 보아도 좋을 것이다. 즉, 교양 없는 신흥부르주아지가 사회의 질서나 도덕을 어지럽히는 원흉이며 그 문명의 타락을 저지하고 이것을 바른 방향으로 이끌어가는 것이 지식인의 책임이라는 것이 그 기본일 것이다(上田正行, 「金錢感覺」, 『漱石事典』, 學燈社, 1992, 132~133쪽).

도가 정당화한 물질에 대한 인간의 욕망을 근원에서 해부한 작가이다. 소세키의 주제는 메이지 시대에만 국한되지 않으며 오늘날의 문제이기도 하다.[48]

작품에서의 켄조와 소세키의 삶은 유사한 점이 많다. 켄조가 어린시절에 맺었던 인연과 돈의 문제로 평생을 괴로워하는 것처럼, 소세키 역시 어린 시절 양자로 갔던 시마다島田 집안과 맺은 인연으로 인해 그 뒤에 무척 시달리게 된다. 켄조는 자신의 의지와 무관하게 어린시절 양자로 보내어진 인연으로 인해 많은 고통을 겪는데, 그것은 일시적인 것이 아닌 한쪽이 세상을 떠날 때까지 계속되는 끈질긴 것이다. 그 문제는 결국 돈의 문제와 연관이 되는데 켄조는 그 타개책을 지식인답게 자신의 지적인 능력으로 해결한다.

그러나 『삼대』의 조상훈은 켄조와는 달리 스스로의 생활력은 없고 부친의 재산에 기식하는 무능력하고 타락한 인간이다. 조상훈도 애초에는 개화기의 개혁 사상에 동조한 창조적 개성이 살아 있는 인간이었다. 그런 개성적인 인물은 가정과 단절되고 사회적 고립을 감수[49]하는 것이 일반적이다.

흔히 『삼대』를 논할 때 조덕기를 중심으로 한 연구가 주를 이루었으나 조의관-조상훈-조덕기로 이어지는 삼대의 중간인물인 조상훈의 연구는 그다지 이루어지지 않은 것이 현실이다. 단지 '타락한 인물'로만 정의되고 있을 뿐 더 이상의 의미부여 작업은 이루어지고 있지 않은 것

48 김난희, 「나쓰메 소세키夏目漱石 텍스트에 나타난 근대비판」, 『日本文化研究』 34, 동아시아일본학회, 2010.4, 56쪽.

49 이보영, 『한국 현대소설의 연구』, 예림기획, 1998, 271쪽.

이다. 그러나 조상훈이 보여주는 부정적인 지식인상은 식민지 시대인 당시의 위선적이고 비윤리적인 인물의 한 전형으로 볼 수 있다. 또한 선대의 재산으로 삶을 영위해나간 무기력하고 비생산적인 당대 지식인의 한 사례라고 생각한다. 따라서 조상훈에 대한 탐색은 그 당시의 지식인을 이해하는 데 하나의 모델이 될 수 있다.

염상섭은, "'만세' 후의 허탈 상태에서 자타락自墮落한 생활에 헤매던 무이상・무해결인 자연주의 문학의 본질과 같이 현실 폭로를 상징한 부정적 인물"[50]로 조상훈을 설정했다고 밝힌 바 있다.

서구에서 선진 민주교육을 받은 지식인이 봉건사회의 잔재가 남아 있는 일본과 한국의 사회분위기 속에서 어떤 삶의 양태를 보이고 있는지를 대조하여 살펴보기로 한다. 여기서는 자본주의에 억압받는 지식인의 양상을 살펴보는 것을 주된 논점으로 하고, 이와 더불어 근대 지식인의 주변에 대해서도 고찰하고자 한다.

1) 금전에 고통받는 지식인

두 작품에는 공통적으로 돈에 의해서 고통받는 지식인[51]이 나온다. 돈은 근대자본주의의 표상이다. 인간을 종교의 속박으로부터 자연의 수준으로 환원시킨 르네상스를 계기로 근대자본주의가 형성, 발달되면서

50 염상섭, 「횡보문단회상기」, 『염상섭 연구』 12, 민음사, 1987, 237쪽.
51 『코코로心』에서 소세키가 '선생님'의 입을 빌려 "많은 선한 사람이 결정적인 순간에 갑자기 악한이 되니까 방심해서는 안 됩니다"고 말하면서 그 계기가 바로 돈이라고 하는 장면(『漱石全集』 6, 168~169쪽)이 나온다. 이때 '선생님'은 "돈을 보면, 어떤 군자라도 금방 악인이 되는 거요"라고 말해, 돈에 관한 한 이미 지식인의 도덕적 우위성은 존재하지 않는다는 것을 말한 바 있다.

급격한 자본의 화폐화가 이루어진다. 자본의 화폐화와 함께 돈이 중요한 의미를 띠면서 기존의 다른 가치들을 대신하여 점차 세계질서를 규율하는 존재로 떠오르게 된 것이다.

근대자본주의의 완숙기에 이르면 돈은 마침내 세속적인 신의 위치를 점유하게 되고 따라서 돈에 대한 소유욕이 근대 자본주의 사회를 움직이는 유일한 동력이 된다. 본래는 수단으로 기능했던 화폐가 진정한 힘으로서, 그리고 유일한 목적으로서 자리 잡음에 따라 가치의 전도가 이루어지고, 인간은 소외되어 점차 참된 인간성, 즉 정당한 본래적 가치를 탈취당하고 마는 것이다.[52]

『노방초』에서 켄조가 번잡한 인간관계 속으로 던져지는 가장 기본적인 동기는 돈이다. 주변 친척들은 모두 돈을 통해 켄조와 관련된다. 친척들은 대학에서 강의를 하는 켄조가 사회적인 지위를 지니고 있으며, 그러한 사회적 지위는 경제적인 면에서 자신들보다 훨씬 나은 입장에 놓여 있을 것으로 미루어 짐작하고, 그러한 이해관계를 근간으로 하여 그를 압박해오는 것이다. 『노방초』에는 인간관계가 금전으로 엮이는 다양한 모습이 나타나 있다.

개인의 삶이 가족이라는 복잡다기한 관계 속에 얽매여 꼼짝달싹 못하는 모습이 『노방초』에는 잘 묘사되어 있다.[53] 『노방초』는 크게 두 가지 문제를 축으로 전개된다. 하나는 일곱 살 때까지 켄조를 키워준 양부 시마다島田가 갑자기 나타나 14년 전 켄조가 쓴 증서를 근거로 복적復籍과 금품을 집요하게 강요하는 문제이다. 다른 하나는 켄조의 일상을 끊임

52 정문길, 『소외론 연구』, 문학과지성사, 1979, 80~81쪽 참조.
53 최재철, 「일본 근대소설의 근대적 성격」, 『일본문학의 이해』, 민음사, 1995, 123쪽.

없이 괴롭히는 아내와의 갈등이다. 아내와의 갈등의 출발 역시 돈에 대한 문제에서 비롯된 것이다. 결국, 『노방초』는 돈에 의해 고뇌하는 지식인 켄조의 모습으로 요약된다.

여기에 출세한 켄조에게 걸핏하면 손을 내미는 형제들, 몰락한 장인 등 그를 둘러싼 인간관계가 얽히고설킨다. 이러한 문제들로 켄조는 지식인으로서의 높은 자존심에 상처를 입게 되고, 그는 좁은 현실의 인간관계에 얽매여 몸부림친다. 이러한 모습들이 작품의 도처에서 잘 나타나 있다. 유학에서 돌아왔을 때 무엇보다도 필요한 것이 돈이었다.

> 켄조는 외국에서 돌아왔을 때 이미 돈의 필요성을 느꼈다. 오랜만에 자기가 태어난 고향 동경에서 새살림을 차리게 된 그의 품에는 한 푼의 은화조차 없었다.
>
> —『漱石全集』 6, 454쪽

켄조의 귀국은 인간관계로의 회귀, 일상성에로의 귀환이었다. 그는 금전만이 유일한 관심사이자 희망인 친척들과는 달리 의미 있는 미래를 지향하지만, 한편으로는 그들과 동떨어질 수 없는 인간관계 속에서 자신의 모습을 보아간다.[54]

켄조는 유학에서 돌아온 사람으로, 이러한 그의 지위는 메이지 당시로서는 거의 특권에 가까웠다. 메이지 초기의 유학은 곧 입신출세를 의미했으며 일반 대중의 선망의 표적이었던 것은 자명했다. 또 유학을 하

---

54 三好行雄 編, 『漱石作品事典』, 學燈社, 1992, 59쪽.

고 돌아왔다는 특권은 개인의 명예임과 동시에 그 개인이 속한 크고 작은 집단의 명예이기도 했다. 다시 말해 그는 가족의 기대와 의존을 짊어질 수밖에 없었다. 켄조 역시 예외가 아니어서 장인, 형 부부, 누나 부부로부터 기대를 갖게 만들었다. 그러나 다른 유학자들과는 달리 입신출세를 목적으로 유학길에 오르지 않았던 켄조에게는 이러한 기대는 완전히 예상치 못한 요구였다. 그의 유학은 출세의 보장도, 경제적 지위의 향상도 의미하고 있지 않았기 때문이었다.[55]

고급공무원이었던 장인은 투기적 거래를 하다가 실패하였고 정치적으로도 실패하여 파산 지경에 이르게 되면서 가재도구를 팔아서 생활할 정도로 가난해졌으며 형 쵸타로長太郎는 말단공무원이다. 쵸타로는 신분이 안정된 상태가 아니어서 언제 직장에서 해고될지 모르는 불안한 생활을 하고 있다. 외국에서 유학을 하고 돌아와 대학에서 강의를 하는 켄조의 사회적 지위가 이용할 만한 가치가 있다고 생각한 장인은 경제적인 돌파구를 마련하기 위해 연대보증을 요구하고, 형 역시 자신의 안정된 지위를 위해 보증 서주기를 부탁한다. 이런 와중에 고리대금업을 하려고 계획하고 있는 켄조의 양부 시마다와 매형 히다比田는 켄조에게도 고리대금업과 연관지어 관계를 형성하려는 등 켄조의 사회적 지위를 그들의 금전적 이해관계로 이용하려든다.

그는 오늘날까지 증서를 쓰고 남에게서 돈을 빌린 경험이 없는 사내였다. 무심코 의리로 도장을 찍어준 게 화근이 되어 훌륭한 능력을 지녔으면서도

55 吳京煥, 「『道草』論－論理の生と日常の生」, 『인문논총』 28-1, 부산대 인문대학, 1985, 91쪽.

평생 사회 밑바닥에 가라앉은 채 허우적거리는 사람의 이야기는 아무리 세상물정에 어두운 그의 귀에도 숱하게 들려왔다. 그는 가능하면 자신의 미래와 관계될 것 같은 행동은 피하고 싶다고 생각했다. 그러나 완고한 그의 한면에는 여전히 약하고 단호하게 끊어버리지 못하는 어떤 것이 곧잘 작용하고 싶어 했다. 이 경우 단호하게 보증을 거절한다는 것은, 그에게 매정하고 냉정한 일이어서, 괴로웠다.

—『漱石全集』6, 502쪽

친척들의 불합리한 돈 요구에 대해 압박감을 느끼는 켄조는 그들의 요구가 불합리하다는 것을 알면서도 마음이 약하고 우유부단한 성격상 그것을 단호하게 거절하지 못하고, 그들의 요구를 충족시키기 위해 강의와 글쓰기 등 그의 고유한 업무 이외에도 과외 소득을 얻기 위해 과중한 업무를 떠맡게 되며 괴로워한다.

그는 자주 돈 문제를 생각했다. 왜 물질적인 부를 목표로 지금까지 일하지 않았던가 하고 의심하는 날도 있었다.

'나라고, 전문적으로 그쪽만 하면 못해내겠어?'

마음속에는 이런 자만심도 있었다.

그는 궁상끼가 흐르는 자신의 생활 상태가 바보 같이 느껴졌다. 자기보다 가난한 친척들이 더 절박한 형편으로 고생하고 있는 게 딱하게 여겨졌다. 지극히 저급한 욕망으로 아침부터 밤까지 악착을 떨고 있는 듯한 시마다마저도 측은하기 그지없어 보였다.

'모두 돈을 탐낸다. 그리고 돈밖에는 아무것도 바라지 않는다.'

이렇게 생각하자, 자신이 지금까지 무엇을 해왔는지 알 수 없게 되었다.

—『漱石全集』 6, 453쪽

켄조는 원래 돈벌이에 서툰 사람이었고 돈을 버는 일에 큰 관심을 가진 사람이 아니었다. 돈을 벌어도 거기에 드는 시간을 아까워했다. 졸업 직후에는 다른 일자리를 전부 마다하고 오직 한 학교에서 40엔을 받아 그걸로 만족하고 있었다. 그 절반은 아버지가 가져갔고 나머지 20엔으로 쓰러져가는 방 한 칸을 빌려 고구마나 두부만을 먹고 살았다. 그러면서도 그는 학문을 생각하는 이외에 다른 방식으로 돈을 벌려고 하지 않았다.

그때의 그와 유학을 다녀와서 대학 강의를 하고 있는 지금의 그는 여러모로 상당히 달라져 있었다. 그렇지만 경제적 여유가 없다는 것과 어떻게 해보려 하지 않는다는 점에서 만큼은 달라진 게 하나도 없어보였다. 켄조는 부자가 될까, 높은 사람이 될까, 두 가지 중 어느 한 쪽도 확실한 방향을 잡지 못하고 엉거주춤 하고 있는 듯한 자기 자신을 정리하고 싶었다. 하지만 이제 와서 부자가 된다는 것은 세상물정에 어두운 그에게 이미 너무 늦은 감이 있었다. 높은 지위에 오른다는 것 또한 자신의 성격상 힘겨운 세상살이에 부대껴 이겨나갈 자신이 없었다. 그 힘겨운 세상살이의 원인을 곰곰 생각해보니 역시 돈이 없다는 게 제일 큰 원인처럼 느껴졌다. 시마다가 찾아와 손을 벌린 뒤로는 더욱 돈에 대해서 생각하는 시간이 많아졌다.

그는 곧장 본론으로 들어갔다. 그리고 켄조가 예상하고 있던 대로 돈을 요구하기 시작했다.

"두 번 다시 이 집에는 발길을 않겠다니까요."

"일전에 돌아가시며 이미 그렇게 말씀하셨습니다."

"그래서 말입니다만, 어떻습니까? 그만 이쯤에서 깨끗이 끝을 보시는 게. 그렇지 않으면 아무리 시간이 지나도 당신이 귀찮아지실 테니까."

켄조는 성가신 걸 생략해줄 테니 돈을 내라는 식의 상대방 말투가 좋게 생각되지 않았다.

"아무리 못살게 굴어봤자 성가시지 않습니다. 어차피 세상일이란 그런 것 투성이니까요. 설혹 성가시다 할지라도 돈으로 해결 지을 정도라면 돈을 안 주고 성가신 걸 참고 있는 쪽이 저는 훨씬 낫겠습니다."

—『漱石全集』6, 568쪽

가족들이 켄조에게 보이는 의지적 성격은 대부분 금전적인 욕구에서 기인하지만, 그러나 그들의 요구가 부당함에도 불구하고 켄조는 그들의 요구를 단호히 거절하지 못하고 우유부단한 모습으로 일관하고 있다. 그러면서 되도록 그들의 요구를 들어주려고 애쓴다. 이것은 서구에 유학하여 서양문물, 특히 합리주의와 개인주의를 체험한 지식인의 논리로는 이해가 되지 않는 부분이다. 이런 점에 있어서 켄조는 봉건적 인습에서 완전히 벗어난 지식인으로는 볼 수 없다.

"그래도 돈을 주고 인연을 끊은 이상 의리고 뭐고 할 계제가 아닐 테니까요."

이 절연의 돈이란 어릴 때 양육비라는 명목하에 켄조의 부친이 시마다에게 건네준 것이었다. 그것은 분명 켄조가 스물두 살 때 봄이었다.

"게다가 그 돈을 주기 14, 15년이나 전부터 당신은 이미 당신 집에서 돌보고 계시지 않았어요?"

몇 살 때부터 몇 살 때까지, 그가 완전히 시마다의 손으로 양육되었는지, 켄조로서도 알 수 없었다.

—『漱石全集 』第六卷, 341쪽

이런 경우, 켄조는 아내의 말 속에 과연 어느 정도로 진실이 깃들여 있는지를 헤아리려 하기보다, 지식의 위력으로 얼른 그녀를 억누르려고 하는 남자였다. 실제 사실을 떠나 논리상으로 간단히 본다면 이번에도 아내 쪽이 진 것이었다. 열에 들떴을 때, 사람이 반드시 자기가 평소 생각하고 있는 것만 이야기한다고는 할 수 없는 것이다. 하지만 이런 논리로는 끝내 아내의 마음을 사로잡을 수 없었다.

시마다로부터 증서를 넘겨받고 이 증서라는 명확한 문건이 있으니 이제는 시마다와의 관계는 완전히 끝났다고 안심하는 아내에 대해 켄조가 "이 세상에 결말이 완전히 매듭지어지는 경우는 없다"라고 잘라 말하는 것이 『노방초』의 마지막 장면에 나온다.

세상에 결말이 나는 따위의 일은 거의 있지 않아. 한번 일어난 일은 언제까지고 계속되는 거야. 그저 여러 가지 모양으로 변하니까 다른 사람도 자신도 알 수 없게 될 따름인 거지.

—『漱石全集』6, 592쪽

이 대목은 『노방초』의 사상을 관통하는 모티프인데 여기에는 소세키가 그의 일생을 걸고 추구한 '인간이란 무엇인가'에 대한 근본적인 질문이 집약되어 있다. 인류가 존재하는 한 인간은 계속 태어나고 늙고 죽어간다. 그 생의 과정에서 서로 얽히고 서로 사랑하고 서로 미워하고 서로 싸우며 살아가는 것이다. 어떤 해결도 없으며, 더욱이 자기가 생각한 대로의 인생이란 있을 수 없다. 저마다 미완未完의 삶을 짊어진 채 생의 한가운데를 걸어갈 수밖에 없다. 그것은 어쩌면 인간이 짊어진 숙명인지 모른다.[56]

인간관계, 가족관계라는 것은 한번 그 관계가 형성되면 그 삶이 다할 때까지 완전한 단절이 이루어지기 어렵다는 사실을 깨닫고 있는 켄조이기에 이런 말을 하게 되는 것이다. 모든 것을 돈으로 해결하려는 주변 인물들에 대해서 그러한 방식이 옳지 않다는 것을 알면서도 켄조 역시 달리 방도가 없음을 깨닫는다.

한편, 염상섭은 이미 오래전부터 자본주의는 인간을 기계로 전락시킨다 하여 자본주의의 악마성에 주목한 바 있다. 여기에 더 나아가 염상섭은 이 자본주의가 인류의 역사 자체를 암흑의 구렁텅이로 몰고 간다고 진단한 바도 있다. 그는 일찍이 「표본실의 청개구리」(1921)에서 자본주의의 폐단에 대해 김창억의 입을 빌려 다음과 같이 말하고 있다.

> 이 世上은 物質萬能, 金錢萬能의 時代라, 仁義禮智도 업고, 五倫도 업고, 愛도 업는 것은, 이 物質 때문에 사람의 마음이 慾에 더럽혀진 까닭이 아닙니까 …… 父子兄弟가 서로 反目嫉視하고 夫婦가 不和하며, 이웃과 이웃이, 한 마을

56 김정숙, 「해설」, 나쓰메 소세키, 김정숙 역, 『한눈팔기道草』, 문학과의식, 1998, 10쪽.

과 마을이, …… 그리하야 한 나라와 나라가 서로 다투는 것은, 結局 物慾에 사람의 마음이 가리웟기 때문이 아니오니까.

—『廉想涉全集』9, 25쪽

『삼대』의 조상훈 역시 돈에 짓눌리는 삶의 모습을 보여주고 있다. 조상훈은 미국에 유학을 다녀온 지식인이지만 무기력하고 무능하다. 서구의 근대적인 교육은 사회인으로서, 생활인으로서 그에게 거의 의미를 갖지 못한다. 스스로 경제적인 능력이 없이 아버지(조의관)의 재산을 조금씩 탕진하면서 생활하고 있고, 실천하려고 하는 근대사회사업은 그가 돈의 힘을 잃으면서 아무런 실천 의지조차 갖지 못하게 되는 성격의 것이며, 그의 이중생활 역시 부정적이고 음성적인 것이 되어버리고 말았다. 무기력한 이상주의 지식인인 조상훈은 일제강점기라는 정치적, 사회적 봉쇄상황 속에서 가부장제 가족으로부터 배척당하게 되자 자포자기 하여 타락의 길을 가게 된다.

이 무렵의 조상훈은 기독교인이면서 동시에 학교 교원의 신분으로, 초기에는 같은 교역자이면서 운동가인 홍경애의 부친을 물심양면으로 돕고 사회적인 운동에 열의를 가졌던 개화기 인사였다. 그랬던 까닭에 부친이 돈을 주고 양반 행세를 하는 것에 대해 굴욕감을 지닐 만큼 깬 의식을 소유하고 있기도 했다.

상훈이란 사람은 물론 시정의 장사치도 아니요 매사를 계획적으로 앞길을 보려는 속따짐이 있어서 소금 먹은 놈이 물 켜겠지 하는 따위의 딴 생각을 먹고 이런 일을 할 사람은 아니었다. 도리어 나이 사십을 바라보도록 세상

고초를 모르느니만치 느슨하고 호인인 편이요, 또 그러니만치 어려운 사정을 돕는다는 데에 일종의 감격을 가지고 더욱이 저편이 엎으러질 듯이 감사하여주는 그 정리에 끌려서 이편도 엎으러졌다 할 것이다.

—『廉想涉全集』4, 66쪽

『삼대』는 물론이거니와 그의 문학 전체에 걸쳐 염상섭은 이 같은 돈의 사상을 문제 삼았다. 돈이 최고의 가치로 군림하는 자본주의 사회의 핵심, 본질을 꿰뚫어보고 이를 진지하게 다루었다는 점에서 염상섭 문학은 근대적이다.[57] 이미 염상섭은 1920년대 중반 날카로운 현실감각을 통해 현실을 지배하는 실체에 대해 간파한 바 있다. 그 실체란 바로 돈이다. 염상섭의 소설에 하층민이 등장하지 않는 것도 이와 연결된다. 화폐를 둘러싼 인간군상의 적나라한 양상이라는 측면에서 볼 때 하층민 역시 속물의식을 지닌 군상의 하나일 뿐일 것이다.[58] 초기의 몇 작품을 제외하고 염상섭 소설의 문제의식은 돈을 둘러싼 인간군상의 속물의식을 드러내는 데 있었다. 염상섭에게 현실의 논리 가운데 최상층에 위치해 무소불위의 힘을 발휘하는 것은 돈이었다는 것이다. 조씨 삼대뿐만 아니라 『삼대』의 등장인물 대부분의 의식과 행위를 지배하는 것은 돈이다. 『삼대』에는 작품 전반적인 흐름에 보수적 현실주의의 한복판에 돈에 대한 욕망과 집착, 돈이 최고의 가치라는 '돈의 사상'이 은밀하게 깃들어 있다. 평생을 금고지기로 살아온 조의관의 최대 욕망은 돈을 향한

57 김윤식 · 정호웅, 『한국소설사』, 문학동네, 2000, 188쪽.
58 박현수, 「식민지 지식인의 내면에 비친 조선의 풍경」, 『20세기 한국소설－염상섭』, 창비, 2005, 270쪽.

것이었고, 양반의 족보에 오르려는 그의 허위의식(열등감)을 충족시킨 것도 돈이었다. 조덕기로 하여금 조부에게 품은 불만을 밖으로 드러내지 못하게 막은 궁극적인 요인도 돈이며, 조상훈이 아들인 덕기의 비위를 맞추려 애쓰게 되는 것도 돈 때문이다.

> 그래도 노영감으로서는 손주 내외가 귀여워서 데려온 것일지 모른다. 또 덕기도 저 아버지보다는 조부에게 따랐던 것이다. 게다가 재산이 아직도 조부의 수중에 있고 단돈 한 푼이라도 조부가 치하를 하는 터이라 조부의 뜻을 맞추어야 하겠다는 따짐도 있었다.
>
> —『廉想涉全集』 4, 25쪽

아들을 뒤로 하고 손자에 금고 열쇠를 맡기는 아버지에 대한 조상훈의 반감은 곧 타락으로 이어지는데 그의 아들 조덕기 역시 일본 유학을 한 지식인이면서도 돈에 굴복하는 모습을 보이기는 부친과 마찬가지다. 그들은 땀 흘려 돈을 모은 조의관과는 달리 돈을 직접 벌어보거나 불려본 적이 없는 무능한 지식인인 것이다.

조상훈은 미국 유학을 다녀온 개화기 지식인으로 기독교인이며 교회 계통의 학교에 깊이 관여하고 있는 인물이다. 젊어서는 신념 있는 지사로서 뭇 사람의 추앙을 받았으나 3・1운동 이후 일제의 식민지 지배체제가 공고화되자 타락하여 여자와 술과 노름, 마침내는 아편에까지 빠져들고 말았다.[59]

59 조상훈의 타락에 대해 이보영은 일제의 한국지배와 연결하여 생각하고 있다. "그는『삼대』에서 개화기의 과도기적인 고민을 대표한 인물이다. 그의 타락의 계기가 된 경애와의

특히 3·1운동의 실패는 지식인들에게 깊은 좌절을 주었다. 당시의 한 좌담회는 3·1운동 이후 뚜렷이 나타나는 퇴폐적 징후들을 지적하고 있는데 특히 '인텔리겐치아 청년이나 중류 이상의 생활을 영위하는 계급'에 그 경향이 더욱 심하였고 육영사업에 몸담고 있는 교육자, 종교가, 기타 우리 사회의 지도자로 자타가 인정하는 선배며 사회를 걱정하고 민족의 장래를 염려하는 지사 선배들까지도 낮과 밤을 달리하여 일락을 찾아 요정주사로 헤매이는 경향[60]이 늘어갔다. 이런 타락에 대해 그들 스스로 기계적 유물론과 데카당티즘의 유입 때문이라고 말하고 있지만 이보다 정치적이고 사회적인 원인이 더 많았다. 그와 부친 조의관과의 대립은 봉제사 문제, 족보 제작 문제 등 봉건적 관습에 국한되고 있을 뿐, 이념적인 성격과는 상관없는 것이었다. 그렇기 때문에 그는 조의관-조덕기로 이어지며 완강하게 고수되는 조씨 집안의 보수적 현실주의에 아무런 영향도 끼치지 못하는 무기력한 인간으로 전락하고 만다.

조상훈의 처신에 동정할 여지는 없다. 돈에 의한 집착은 도덕률을 흐리게 해 타락한 성으로 연결된다. 조상훈은 돈에의 집착이 야기할 수 있는 극한의 어둠을 그대로 보여주고 있다. 돈에 의해 타락한 부친에 대해 자신 역시 크게 다르지 않음을 자각하는 아들 조덕기도 돈의 무서움을 깊이 깨닫는다.

관계도 사실은 경애 부친의 3·1운동으로 인한 입옥入獄으로 어려워진 그녀의 집안 살림을 도와주고 경애를 자기 학교에 입학시킨데 그 발단이 있었던 만큼 그의 타락의 근인根因은 여색에 잘 빠져 들고 간계를 써서 여자를 꼬이는 교활한 성격과 아울러 일제의 한국 지배에도 있었던 것이다."(이보영, 『난세의 문학』, 예림기획, 2001, 329~330쪽)

60 김진송, 『현대성의 형성』, 현실문화연구, 2003, 126쪽(원문은 「원탁만담회圓卓漫談會」, 『신민』, 1931년 1월 호에 게재).

얼굴이 비칠 듯이 어른거리는 금고문에 손자국이 몹시 난 것을 자세자세 들여 보다가 덕기는 별안간 겁이 버쩍 났다. 사랑문이 열린 것을 보면 어떤 놈이든지 뺑소니를 쳤을 것 같기는 하나, 이 넓은 속에 또 누가 어디 숨어서 엿보고 있는지도 모를 것 같다. 뒤로 달려들어서 깩 소리도 못 치게 하고 나면 금고만이 멀뚱히 서서 모든 사실, 모든 비밀을 알 것이다. 이 자리에서 자기가 없어지면 역시 영원한 비밀이고 말 것이다. 돈이란 — 재산이란 이렇게도 무서운 것이요, 더러운 것인 줄을 덕기는 비로소 깨달은 것 같다. 금고문이 유착스럽게 빠긋이 열리자, 덕기는 차근차근히 뒤지기 시작하였다.

—『廉想涉全集』 4, 266쪽

조상훈은 아들이 감옥에 가 있는 동안에 가짜 형사를 대동하여 금고문을 열고 금고 속의 땅 문서와 부친의 도장을 훔친다. 땅 문서 가운데 일부는 현금으로 바꾸고 부친(조의관)이 자신에게 정미소를 남겨주었다는 유서를 따로 작성한 것처럼 꾸며 조의관의 도장을 누른다. 그러나 이 모든 것은 조상훈의 가짜 형사질과 금고털이 강도짓이 들통 나면서 세상에 알려지고 만다. 취조를 받는 동안 조상훈은 아들이 보는 앞에서 젊은 일본인 경관에게 갖은 수모를 겪게 되는데, 돈에 의해 타락한 인간의 적나라하고 치욕적인 모습이다.

2) 서구 유학 지식인의 두 양상

(1) 편벽하고 소극적인 인물 – 켄조

서구 유학을 다녀온 켄조는 강의와 저술을 통해서 생활하는 학자이다. 그러나 자신의 강의에 대한 확신을 갖지는 못한다. 그는 눈은 초롱초롱한데 비해서 머리는 맑지 못했다. 그는 사색의 끈이 끊긴 사람처럼 생각을 가로막는 막연한 두려움 속에서 괴로워했다.

> 그는 내일 아침 많은 사람들보다 한층 높은 곳에 서야 하는 가련한 자기의 모습을 떠올려 보았다. 그 측은한 자신을 열심히 바라보며, 또 서툰 자신의 말을 열심히 듣고 필기하는 청년들에게 미안한 기분이 들었다. 자신의 허영심과 자존심을 다치는 것도, 그것을 초월할 수 없는 것도 그에게 커다란 고통이었다.
>
> —『漱石全集』6, 434쪽

켄조는 즐거운 마음으로 공부를 했던 것은 아니었다. 세상에서 얻을 수 있는 지위를 확보하기 위해 자신이 잘할 수 있는 일이 공부였고, 힘들어도 어쩔 수 없이 그 길을 걸어왔던 것이다. 자신이 걸어온 학문의 세계를 감옥생활에 비유할 만큼 힘든 고난의 시기로 말하고 있는 데서도 이를 잘 알 수 있다.

> "그러나 남의 일이 아니라구, 자네. 실은 나도 청춘시절을 완전히 감옥에서 보냈으니까."
>
> 청년이 놀란 얼굴을 했다.
>
> "감옥이라니요? 무슨 말씀입니까?"
>
> "학교 말이야. 그리고 도서관. 생각하면 양쪽 다, 아이고, 감옥 같은 곳이야."
>
> 청년은 아무 말도 하지 않았다.

"그러나 내가 만약 그렇게 오랫동안 감옥생활을 계속하지 않았더라면 오늘의 나는 결코 존재하지 않았을 테지."

켄조의 말은 반은 변명조였다. 반은 자조적이었다. 과거의 감옥생활 위에 현재의 자기를 쌓아올린 그는, 그 현재의 자기 위에 반드시 미래의 자기를 쌓아올려야 했다. 그게 그의 방침이었다.

—『漱石全集』6, 371쪽

그의 입장에서 보면 옳은 방침이었음에 틀림없다. 그러나 그 방침에 의해 앞으로 전진해간다는 것이 지금의 그에게는 헛되이 늙어간다는 결과 외에 다른 아무것도 아닌 듯이 느껴졌다. 또한 그는 자기의 감정을 쉽게 드러내지 못하는 인물이었다.

한편, 그는 부부싸움 후에 다시 그 순간을 회상하면서도 분석과 논리로 재해석한다. 부부생활이란 학문 탐구에서 요구되는 합리성과 논리와는 다른 측면이 있다. 애정이나 사랑은 이성적인 판단이 요구되는 경우보다 감성이 작용하는 경우가 더 많다. 이런 점이 아내에게는 힘든 부분이다. 아내가 칼을 들고 한 차례 소동을 일으킨 뒤에도 아내의 입장에서 그 사건을 이해하기보다는 이성을 앞세운 분석으로 아내의 행동을 이해하려고 한다.

그녀는 정말로 정에 굶주려 면도칼을 집어 들었을까, 아니면 병 때문에 발작을 일으켜 저도 모르게 무의식중에 칼을 들어보았을까, 그것도 아니라면 단지 남편을 겁주려는 여자의 책략으로 이렇게 사람을 놀라게 하는 것일까? 놀라게 할 참이었다 하더라도 진심은 과연 어디에 있는 걸까? 자신을 대하는 화평하고 친절한 사람으로 바꾸어놓으려는 심산에서일까 아니면 그저 얄팍한 정복욕에 사로잡힌 걸까. 켄조는 자리에 누워 하나의 사건을 대여섯 항목으로 나누어 분석했다.

—『漱石全集』 6, 444~445쪽

아내는 켄조를 꽉 막힌 인간으로 생각한다. 친정과 남편의 관계를 떠올릴 때 그것은 더욱 분명해진다. 둘 사이에는 본질적으로 차이가 있어서 서로 거리감을 느꼈다. 고집불통인 남편은 결코 그것을 뛰어넘으려고 하지 않았다. 틈을 만든 쪽에서 그걸 메우는 게 당연하다는 식으로 완강히 버티었다. 친정은 또 반대로 남편이 제멋대로 그 틈을 파기 시작했으므로 그의 쪽에서 그걸 메우는 게 도리라는 생각을 하고 있었다. 그녀는 물론 친정 식구 편이었다. 그녀는 켄조를 이 세상과 조화할 수 없는 편벽한 학자로 해석했다.

아내의 대꾸에는 남자답지 못하다는 의미로 켄조를 비난하는 기색이 있었다. 속으로 생각하는 게 있어도 그것을 좀체 입에 올리지 않는 성격인 그녀는, 친정과 남편 사이가 별로 좋지 않다는 것조차 말로 표현해서 이러쿵저러쿵하지 않았다. 그러니 자기와 관계없는 시마다 일 따위야 모른 척 지나치는 날이 적지 않았다. 그녀의 심상에 비치는 신경질쟁이 남편의 그림자는 언제나 배짱이 전혀 없는 꽉 막힌 남자였다.

—『漱石全集』 6, 463쪽

아내는 친정에서 비교적 자유로운 공기를 호흡했다. 하지만 학교는 초등학교를 졸업하고 그만이었다. 그녀는 켄조처럼 생각하지는 않았지만 생각한 결과를 본능적으로 잘 느끼고 있었다. 그녀는 가장 가까운 곳에서의 관찰로서 켄조를 잘 파악하고 있었다.[61]

그의 아내는, 사회적으로 훌륭한 남편보다는 '마누라를 애지중지해주는 사람이라면 어떤 남편이라도 괜찮다. 그저 자신한테 잘해주기만 한다면 도둑놈이라도 괜찮다'고 생각하는 그런 여자다. 아무리 훌륭하고 존경받는 인간이라 할지라도 집에서 불친절하면 여자한테는 아무짝에도 소용없다고 생각하는 그런 사람인 것이다.

묘하게도 공부를 많이 한 켄조 쪽이 그 점에 있어서는 오히려 구식이었다. 켄조는, 자기는 자신만을 위해서 살아간다는 주의主義를 원칙으로 정하고 남편만을 위해서 존재해야 하는 아내를 처음부터 원했다. 따라서 켄조는 자신이 정한 원칙에 따라 아내를 대했으며 '모든 의미에서 아내는 남편에게 종속해 마땅한 존재다'라고 생각하는 사람이었다. 그는 최고의 지성을 지니고 서구 유학[62]까지 다녀왔으나 여전히 봉건적인 시대의 가부장적인 사고방식을 가지고 있었던 것이다. 두 사람이 충돌하는 근본은 여기에 있었다. 결국 자기 입장의 이면을 생각할 줄 모르는 편

61 쿄오코鏡子 부인은 『노방초』의 내용에 반발하여 『소세키의 추억漱石の思ひ出』(1928)을 통해 남편 소세키를 일관되게 신경쇠약과 위장병이 심한 병자로 다루며 자신은 소세키의 간병자로서 충실했다고 주장한 바 있다(内田道雄, 『夏目漱石－「明暗」まで』, おうふう, 1998, 243쪽).

62 소세키는 1900년 문부성 파견 유학생으로 선발되어 2년간 영국 유학길에 올랐다. 당초 케임브리지 대학교에 등록할 예정이었으나 포기하고 런던 소재 유니버시티 칼리지에서 영문학 강의를 청강했다. 소설 속의 켄조와 오스미お住는 소세키와 쿄오코鏡子 부인과 일치하는 것은 아니지만 상당히 비슷한 상황인 것은 분명하다. 귀국 후 소세키는 도쿄제국대학의 영문과 강사가 되어 거의 매일같이 학교를 나갔다(佐古純一郎, 『夏目漱石の文學』, 朝文社, 1990, 230쪽).

협한 지식인의 전형이 켄조였다. 켄조는 자신도 이것을 인정하면서 괴로워했다.

> 불합리한 걸 싫어하는 켄조는 마음속으로 그것을 괴로워했다. 하지만 특별히 이렇다 할 묘책은 생각나지 않았다. 그의 성격은 꽉 막히고 외곬이기도 한 동시에 무척이나 소극적인 경향이 있었다.
>
> ―『漱石全集』6, 517쪽

『노방초』의 부부상像의 근원적 위기를 켄조의 병적인 심리에만 귀착시키는 것은, 소세키가 제기한 문제의 본질적인 해결이 될 수 없다는 것을 충분히 인정해야 한다. 또 에고이즘이나 아집이라는 말에 의해서 남녀 양성간의 애정의 불협화음을 해석해 보더라도 역시 본질적인 해결은 되지 않는 것이다.[63]

한편, 근대적 지식인의 삶에서 불가분의 관계에 있는 장소인 서재는 『노방초』의 주요 무대다. 소위 '서재의 사람'이라고 일컬어지는 켄조는, 타자와의 대립이 있거나 세상, 사회, 제도와의 갈등이 있으며 그리고 그것들에 '피와 육肉과 역사'가 얽혀 있는 경우 그 소용돌이 속에서 '현재'를 살아가기 위한 하나의 수단으로써 소세키는 '서재'의 기능을 도입하고 있는 것이다.[64]

서구유학을 다녀온 켄조의 유일한 안식처요 도피처는 서재였다. 강의 준비와 저술이 필요할 때도 그랬지만 혼자만 있고 싶을 때 역시 그랬다.

63 石崎等,『日本文學硏究叢書 夏目漱石』III, 有精堂, 1989, 243쪽.
64 小林一郞,『夏目漱石の硏究』, 至文堂, 1991, 214쪽.

아내와의 말다툼 뒤에는 언제나 서재로 향했다. 켄조는 좀처럼 타협을 할 줄 모르는 독단가였다. 더 이상 아내에게 설명할 필요가 없다고 처음부터 믿고 있었고, 아내도 그 점에 있어서는 남편의 권리를 인정하는 만큼 속으로는 언제나 불평이 있었다. 서재는 즐거울 때나 괴로울 때나 켄조의 도피처였다.

서재는 켄조의 본래적 목적, 학자로서의 학문연구나 강의, 집필, 독서 등의 목적이 있었다. 다음으로, 아래의 예에서 보듯, 아내와 다투었을 때 가족 또는 복잡한 세상일과의 절연을 위한 2차적 목적의 장소이기도 했다.

> 아내는 켄조가 하는 말을 잘 이해할 수 없었다.
>
> "어차피 당신 눈으로 보면 마누라따위야 바보로 보이겠죠."
>
> 켄조는 그녀의 오해를 지적하는 것조차 귀찮아졌다. 둘의 감정이 어긋날 때는 이런 대화조차 주고받지 않았다. 켄조는 시마다의 뒷모습을 배웅한 뒤 곧장 묵묵히 서재로 들어갔다. 그리고는 펜을 팽개친 채 죽은 듯 가만히 앉아 있었다. 아내는 또 아내대로 가정과 절연한 듯이 고독한 그를 전혀 상대하지 않았다. 남편이라는 자가 제 좋아라 감옥 같은 방에 들어가 있는 걸 내가 어떻게 할까 보냐는 투로 깨끗이 무시했다.
>
> —『漱石全集』6, 451쪽

이러한 인물유형인 켄조는 신앙이 없다. 자신의 도덕률은 항상 자신에게 있었으며 따라서 자신의 선택에 대한 모든 책임은 자신이 짊어지는 자세로 살아갔다.

> 신앙이 없는 그는 도저히 '신만은 잘 알고 있어'라는 말은 할 수 없었다. 만약 그렇게 말할 수 있다면 얼마나 행복할까, 라는 생각조차 들지 않았다. 그의 도덕은 언제나 자기로부터 시작했다. 그리고 자기로 끝날 뿐이었다.
>
> —『漱石全集』 6, 452~453쪽

모든 것의 출발과 끝을 자신에게서 찾는 이러한 삶의 구조이기에 켄조는 다른 사람들보다 훨씬 무거운 삶의 무게를 느낀다. 문제를 해결하기 위해서 아내나 다른 가족, 친구 등을 의지하지 않는 그는 편벽한 삶을 살아간다.

(2) 위선적이고 타락한 인물 - 조상훈

일제강점기 속에서 의미를 잃어가는 봉건적 사회질서를 뒤쫓는 조의관이지만 아들 조상훈과 손자 조덕기를 각각 미국과 일본에 유학시킨다. 그러나 조의관이 아들과 손자를 외국으로 유학을 보내는 것은 근대지향 의식이 있었기 때문이 아니라 자신이 돈으로 사서 일군 양반가문과 재산을 지켜내기 위한 방편일 뿐이다.

『삼대』의 조상훈의 경우와 마찬가지로 염상섭 소설에는 유학한 지식인이 타락한 인물로 그려진 경우가 종종 있다. 『사랑과 죄』의 류택수는 일본과 미국 유학을 거친 인텔리로, 한때는 지사이기도 했지만 지금은 돈과 정욕의 노예가 되고 만 친일적 자본가로 그려지고 있다.[65] 타락한 뒤의 류택수는 의식과 생활 전반에 걸쳐 돈에 지배되고 있다. 이러한 결

65 유종호 편, 『염상섭』, 서강대 출판부, 1998, 147쪽.

함된 인물 유형은 『광분狂奔』[66]에서 류택수와 거의 유사한 인물인 민병천의 존재방식을 통해서도 나타나고 있다. 민병천은 미국 유학을 거친 지식인으로 공장을 두 개나 경영하고 있는 자산가이다. 돈은 곧 그릇된 성으로 이어져 그는 돈의 힘으로 젊고 아름다운 숙정을 후취로 받아들인다. 돈에의 욕망은 곧 타락의 정도와 정비례하는 것이 일반적이다.

유학에서 귀국했을 당시의 조상훈의 이미지는 뭇 여성의 시선을 사로잡기에 족할 그런 인물이었다. 그의 무대는 웅변이 통하는 학교와 교회였다.

> 이태 동안이나 미국 다녀온 사람 그리고 도도한 웅변으로 설교하는 깨끗한 신사 — 그때는 덕기의 부친이 사십이 아직 차지 못한 한창때의 장년이요 호남자이었다. 게다가 뒤에는 재산이 있으니 교회 안의 인기는 이 한사람의 독차지였다. 이십 전후의 젊은 여자의 추앙이 일신에 모인 것도 사실이었을 것이다.
>
> —『廉想涉全集』 4, 59쪽

또한 조상훈은 서구에서 유학한 지식인답게 봉건질서에 대해 깨어있

66 『광분狂奔』은 1929년 10월 3일부터 1930년 8월 2일까지 231회에 걸쳐 『조선일보』에 연재된 장편소설로 인간의 한없는 욕망으로 인해 무너지는 한 가정의 이야기를 전하고 있는 작품이다. 이 소설은 경옥과 계모 숙정의 갈등을 기점으로 하여 숙정의 불륜과 그로부터 발생되는 파멸의 과정을 그리고 있다. 이 소설의 인물들은 대부분 도덕적으로 타락한 인물들이고, 사회에 대한 걱정 없이 개인들의 문제에만 열중한다. 경옥이나 정방은 자신들의 사랑에만, 숙정과 변량은 자신들의 이익에만 몰두하고 있다. 더구나 경옥의 아버지는 딸의 죽음 앞에서 집안의 명예만을 생각해 진실을 밝히기를 꺼려하는 비겁한 모습을 보인다.

는 의식을 보여주기도 한다. 조의관이 의문의 죽음을 당한 뒤 그 죽음에 대한 보다 분명한 사인 규명이 이루어져야 하는 단계에서, 조상훈은 의사가 부검을 암시했을 때 아무도 선뜻 말도 꺼내지 못했지만, 시체 부검에 동의함으로써 근대 지식인의 한 모습을 보여준다. 물론 선친에 대한 반감도 그러한 결정을 하는 데 일조했음은 분명하지만 아들인 덕기도 속내는 부검에 찬동하였으나 입 밖으로는 내지 못하였음에도 상제인 그가 그러한 주장을 했다는 것은 봉건적 인습에서 탈피하는 근대적인 모습임에는 분명하다. 발상을 할 때도 "어이, 어이" 하며 곡을 하는 다른 사람들과는 달리 조상훈은 형식적인 곡조차 하지 않았다. 그러나 한편으로 조상훈은 다른 사람의 시선을 지나치게 의식하거나 조선시대의 양반처럼 허세를 부리는 등 구태를 완전히 벗어나지 못하는 모습을 보여 봉건적 인습에서 완전히 벗어나지 못한 과도기의 지식인상을 드러내고 있다.

조상훈이 식민지 조선사회에서 근대적 가치를 지향하며 사회사업, 교육사업에 힘쓰지만 좌절하여 타락하게 된 것은 그 출발이 부친의 재력에서 출발한 데서 있었으며 자신의 도덕성을 기독교의 가면을 쓰고 있었기 때문[67]으로 보인다.

염상섭은 특히 기독교에 대해서 부정적인 인식을 가지고 있는 것 같다. 그것은 그의 다음 진술을 통해서도 확인할 수 있다.

종교와 정의는 개별시하여야 할 것이다. 우리는 종교 없이는 살 수 있으나

---

67 『광분』에서의 숙정은 신학교 출신이다. 이 점을 작가는 특히 강조하고 있다. 그러나 그 행동은 신앙인답지 않게 악랄하다. 그 이중적인 허식에 혐오를 느끼게 한다. 그리고 그의 정욕생활은 말할 수 없이 문란하다(김종균, 『염상섭 연구』, 고려대 출판부, 1974, 146쪽).

정의의 公道 없이는 어떠한 경제적 조직, 사회구성하에서도 살 수 없기 때문이다. 내가 「미해결」을 쓸 때에 비상한 곤란을 받은 것은 선과 악의 암투에 있어서 결국 선이 승리하더라도 그것이 종교적 신앙으로 해서 報償된 것이 아니라는 것을 어떻게 하면 독자에게 명백히 전할까 하는 것이었다. 종교적 신앙이 정의감을 유발하기는 하지만 그 정의감의 내용을 절대로 결정하지는 못할 뿐만 아니라 그 결과는 종교의 힘이 아니라 정의공도 그 자체의 위력이라는 것을 명백히 하여 종교와 정의를 혼동치 않는 것은 필요한 일이다.[68]

또한 「미해결」 등의 그의 다른 작품을 통해서도 기독교인의 이중성을 고발하고 있다.[69] 조상훈은 또한 난세의 종교적 신앙이, 성실한 윤리의식이 없는 상태였을 때의 허약함을 대표로 드러낸 인물이기도 하다. 조덕기는 다음과 같이 그의 아버지를 정확히 판단한다.

그것도 만일 그(아버지)가 요샛말로 자기청산自己清算을 하고 어떤 시기에 거기에서 발을 빼냈더라면 그가 사상으로도 더 새로운 시대에 나오게 되었을 것이요, 실생활에 있어서도 자기의 성격대로 순조로운 길을 나가는 동시

68 염상섭, 「文藝時評」, 『朝鮮文壇』 20, 1927.3, 32쪽.

69 「미해결」에서 기독교계 인물들에 대한 염상섭의 시선은 곱지 않다. 반드시 그들의 약점이 폭로된다. 김장로는 물론이요, 조장로도 집안 체면문제를 신앙에 앞세우는데 있어서는 김장로와 다를 게 없고 그로 인한 최후통첩이 딸의 자살을 초래한 것이다(그 최후 통첩에서 그는 친정으로의 귀가에 대한 절대적인 거부를 내세우면서 不義의 씨가 현재 남편과의 혼전관계의 결과로 위장함으로써 시집에서 계속 살아갈 것을, 그것만이 그녀와 친정집 명예를 유지할 수 있는 유일한 방법이라고 하여 강력하게 권유하고 있다). 홍장로는 이중인격자요, 외국인 선교사(브라우닝)는 다소 경망해 보이고 그의 수족인 임호식은 간교한 인물이다(이보영, 「한국 지식인소설의 출발점」, 『염상섭 문학론』, 금문서적, 2003, 197쪽).

에 그러한 위선적 이중생활僞善的 二重生活 속에서 헤매지는 않았을 것이다.

—『廉想涉全集』 4, 36쪽

조상훈은 자기의 신앙의 허위를 성실하게 반영하지 않기 때문에 기독교의 가면을 쓴 세속적 향락의 생활을 청산할 수 없다.

조덕기는 이후 부친과 돈 문제로 한바탕 싸움을 겪고 난 후 아버지의 처지를 냉정한 시각으로 진단하는데 이에 따르면 조상훈은 이미 아버지로서의 권위를 완전히 상실하고 있다. 아들(조덕기)의 아버지에 대한 분석에 의하면, 르네상스文藝復興 이후 하느님(신앙)을 잃고 산업혁명으로 빵(밥)을 잃은 현대인에게는 그래도 싸워 빼앗겠다는 의기戰取的 意氣도 있고 희망도 있다. 적어도 새로운 신앙을 얻었다. 그 신앙은 싸움을 시도하고 싸움 속에서 빵이 나올 것을 다시 신앙케 하였다. 그러나 자신의 아버지는 신앙과 빵을 차차 잊어버려 가는 도중에 있는 양반이다. 모든 것을 완전히 잃어버린 사람보다 한 끝을 아직 붙들고 있는 사람은 어떻게 생각하면 행복하다 할지 모르겠지만 결코 그런 것도 아닌 모양이다. 완전히 잃어버린 사람은 일시는 절망하고 방황할지는 몰라도 어떤 길이든지 새로운 길이 열리는 것이지만, 잃어버려 가는 도중에 있는 자에게는 절망이나 방황이나 단념만이 있을 뿐이다. 새로운 진취나 희망이 없는 대신에 불안과 초조와 자탄과 원망 속에서 옷에 불붙은 사람 모양으로 쩔쩔 맬 따름인 인간이 바로 부친이라는 것이다.

절망도 없는 한편 희망도 없다. 진취적 기력도 없는 한편으로 이왕이면 모든 것을 내던지겠다는 용단도 없다. 어떻게 하면 이대로라도 끌어나갈까 하는 초조와 번민과 애걸뿐이다. 이러한 불안을 잊어버리자니

주색 밖에는 위안이 없게 되는 것이다. 그러나 마시면 마실수록 쾌락을 얻으면 얻을수록 고통은 더하여질 것이다. 아들 조덕기는 부친이 몰락의 운명을 앞에 두고 화에 뜨이니까 이런 모양으로 살아가는 것이라고 진단[70]한다. 그런데 이렇게 생각하고 보면 오히려 가여운 마음도 들지 않은 것은 아니지만 그것은 조상훈 일개인의 운명만도 아니다. 아들 조덕기의 생각은 조상훈의 고통은 전 유산계급의 공통한 고통이라는 결론에 다다른다.

이런 아들의 생각과는 달리 조상훈은 속 좁은 생각을 한다. 부친의 호령은 언제나 박박 할퀴는 것 같이 느껴졌고 심장 밑이 찌르르하였다. 그런 호통을 당할 때마다 하속배나 어린 며느리자식 보기에도 창피한 생각이 들었다. 여생이 얼마 안 남은 부친이니 그야말로 '양지養志는 못할 망정 자식된 자로서 제 속마음으로라도 향의만은 정성껏 하리라'는 생각을 하다가도 부친에 대한 반감으로 그가 '세상을 떠날 때까지 참자' 하는 앙심을 품고 있다.

제대로 된 삶의 길을 포기한 뒤 위선적 삶을 살아가는 조상훈은 난봉꾼의 모습이다.

> 부친은 신경질이 일어났는지 별안간 달려들더니 주먹으로 뺨을 갈기려는 것을 덕기가 벌떡 일어서니까 주먹이 어깨에 맞았다. 병적인지 벌써 망령인지는 모르겠으나 점점 흥분하게 해서는 아니 되겠다 하고 마루로 피해 나와

70 아들(조덕기)의 아버지(조상훈)에 대한 '진단'에 해당하는 소설 속 내용은 1931년 『조선일보』에 연재될 당시에는 비교적 자세하게 서술되어 있었으나 해방 후 1947년 을유문화사에 단행본으로 출간한 이후에는 그 부분이 누락되어 있다. 그 뒤에 나온 민음사의 『廉想涉全集』(1987)이나 창작과비평사의 『삼대』(1995)에도 이 부분이 누락되어 있다.

버렸다. 그러나 금시로 정이 떨어지는 것 같고, 그 속에 앉은 부친은 딴세상 사람같이 생각이 들었다. 신앙을 잃어버리고 사회적으로 활약할 야심이나 희망까지 길이 막히고 보면야, 생활이 거칠어가는 수밖에는 없을 것이라고 동정도 하는 한편에, 이미 신앙을 잃어버린 다음에야 가면(假面)을 벗어버리고 파탈하고 나서는 것도 오히려 나은 일이라고도 하겠으나, 노래에 이렇게도 생활이 타락하여갈까 하고, 덕기는 부친에게 반항하기보다도 다만 혼자 탄식을 하는 것이었다.

—『廉想涉全集』 4, 342쪽

다음으로 조상훈에게서 타락한 지식인의 한 전형을 볼 수 있다. 염상섭 소설에 나타나는 지배적인 '성'의 모습은 '타락한 성'이다. 많은 경우 염상섭 소설에서의 타락한 성은 돈과 밀접하게 관련되어 있는데, 그것의 의미는 단순히 그러한 윤리적인 데 머무는 것이 아니다. 염상섭은 이 같은 성의 자본주의화를 다음처럼 직접적으로 지적한 바 있다.[71]

物質的 캐핔탈리즘은 性生活에도 그 暴威를 떨치는 것이 사실이다. 性의 資本主義라는 것이다. 貧者의 연애가 金力에 빼앗기는 例는 로맨틱한 옛 이야기가 아니다. 貧者의 연애가 金力에 本質이 아니라고 하지만 本質이든 아니든 事實이 그러한 것이야 어찌하랴.

그리하여 貧者는 一生涯에 性生活 연애生活을 犧牲하는 一例에 富貴의 特權階級은 一夫多妻主義를 實行한다. 이것은 餘談이지만 금일의 宗敎는 一夫一妻

71 정호웅, 「식민지현실의 소설화와 역사의식」, 『廉想涉全集』 2, 민음사, 1987, 466쪽.

를 信奉하면서 그 反對의 結果로 낳은 現代의 組織을 支持擁護하므로 여기에 도 現代의 宗敎를 否認할 이유가 감추어 있는 것이다. 卽 現代人의 연애生活은 金錢으로 賣買되는 것이다.[72]

정치 방면으로 나갈 수 없는 식민지 인텔리로서 기독교 신자가 된 그의 타락은 여색의 유혹에 약한 탓이었다. 3·1운동 때 활약한 수원교회의 한 애국지사의 유가족 모녀를 친절히 돌보아준 동기는 그에 대한 존경심이었지만 그 이면에는 그의 딸 홍경애의 미모의 유혹이 있었다.[73]

조상훈이 무엇보다도 여색과 도박과 심지어 아편까지 탐닉하게 된 것은 여자관계가 복잡했던 탓이다. 봉제사를 기독교 정신에 의하여 등한시함으로써 아버지에게 냉대를 받았는 데다 유산 분배 때도 버린 자식 취급을 받은 데 원인이 있었다.

그 당시 교회의 교역자로서 재산가요 호남아로 이름이 났던 기혼자인 그와 경애의 불행한 관계는 어느 겨울 밤 육조 앞길에서 그녀를 교묘하게 유혹하는 과정을 통해 시작된다. 그 장면은 인간심리에 대한 작자의 통찰에 의하여 아주 미묘하게 취급되고 있다.

조상훈은 처음에는 홍경애에 대한 연정을 나름대로 잘 제어했으나 어느 순간 욕망을 이기지 못하고 그녀와 동거를 함으로써 개화인사로서의 명예를 저버리게 되었다. 그 이후로는 내친걸음이라 계속해서 여색과 마작, 그리고 술에 탐닉하면서 겉으로는 점잖은 교역자이자 교원의 행세를 하는 이중적이고 위선적인 행태를 반복한다. 그러다가 부친이 거

72 염상섭, 「감상과 기대」, 『조선문단』, 1924.7.
73 이보영, 『난세의 문학』, 예림기획, 2001, 329쪽.

의 모든 유산을 덕기에서 물려주자 자신의 방탕한 첩치가로 인한 금전적 어려움을 모면하기 위해 거짓 형사질을 꾸미면서까지 부친의 재산을 빼돌려 달아나는 파렴치한으로 전락하는 것이다. 성의 문제는 결코 돈과 유리된 것이 아니다. 이러한 양상은 염상섭의 다른 소설에서도 그대로 적용[74]된다.

켄조와 조상훈은 둘 다 서구(영국, 미국)에 유학을 하여 선진 학문과 문물을 경험한 지식인이지만 아직은 봉건적 잔재가 남아 있던 시대에 살고 있었으므로 그들의 삶 역시 완전한 근대인에 이르지는 못한 과도기적인 지식인상을 보이고 있다.

3) 과도기의 중년 지식인

『노방초』의 켄조와 『삼대』의 조상훈은 서구 유학을 다녀온 가장이라는 공통점을 갖는다. 돈에 의해서 질곡을 겪는 점도 유사하다. 그러나 켄조의 경우는 자신의 지식으로 이에 대한 문제를 타개하려고 애쓴다. 물론 완전한 해결이란 켄조 스스로 말하듯이 삶이 지속되는 한 계속될

74 『사랑과 죄』에서도 돈과 밀착된 성의 문제가 나온다. "계집 앞에서는 지표ㅅ장만 몇 장 날리우면 고삐를 마음대로 부릴 수가 있다"(『廉想涉全集』 2, 민음사, 1987, 115쪽)고 생각하는 류택수는 정마리아 등 다른 여자들에게도 그러했듯 '돈'으로 순영을 사고자 하며, 로태로와 지덕진은 '돈'을 바라 온갖 음모와 술수를 동원하여 결혼을 성사시키고자 한다. 또한 여기에는 해주댁이 개입되어 있는데, 그녀 또한 돈에 이끌린 것이다. 류택수가 구혼에 응하지 않는 순영을 끝까지 포기하지 않는 것은 40대 유복한 부르주아지의 정욕 때문이지만, 그것 또한 돈에 근거하고 있다. 그러니까 류택수 일당의 행위를 가능하게 하고 또 그것을 이끈 것은 다름 아닌 '돈'인 것이다. 뿐만 아니라 류택수와 정마리아의 타락한 관계를 매개하는 것도 돈이다. 돈에 의해 맺어진 두 사람의 관계는 일종의 매춘으로 인간의 가장 치명적인 타락을 드러낸다(정호웅, 「식민지현실의 소설화와 역사의식」, 위의 책, 466쪽).

것이다. 한편으로 역시 유학을 다녀온 개화기 인물인 조상훈의 경우는 켄조와는 전혀 다른 삶의 모습을 보여준다. 조상훈이 보여주는 일그러진 지식인상은 식민지 지식인이기에 겪을 수밖에 없는 일반적인 고뇌와는 다소 성격이 다르다. 그는 부친(조의관)의 재산에 기식하면서 사회사업이나 교회 등에서 존경받는 인물의 행색을 하였지만 부친으로부터 인정받지 못하고 돈의 유입이 차단되는 순간 위선적이고 방탕한 삶으로 전락하는 것이다. 스스로의 경제력이 없는 조상훈의 경우, 언젠가는 한순간에 몰락할 수밖에 없는 삶의 구조이므로 애당초 위태로운 상태의 사회생활이었다. 결국은 부친의 유산 대부분이 아들에게로 넘어가는 수모를 당하고 부친에게 외면당하면서 사회적으로나 종교적, 도덕적, 성적으로 타락한 모습으로 전락하고 만다.

켄조는 즐거운 마음으로 학문을 한 것이 아니었으며 강의를 하는 지금도 힘겨워한다. 그런 한편으로 부인에게는 편벽하고 외골수이며 아내의 마음도 잘 알지 못하는 답답한 인물로 설정되어 있다. 그의 유일한 안식처는 서재이다. 서재는 본래의 목적, 즉 학자로서의 학문 연구나 강의, 집필, 독서 등의 목적을 위한 장소였을 뿐만 아니라 아내와 다투었을 때나 가족 또는 복잡한 세상사와의 절연을 위한 2차적 목적의 장소이기도 했다.

어쨌든 켄조의 삶은 학자로서의, 지식인으로서의 삶의 영역에서 크게 벗어나지는 않는다. 하지만 조상훈의 삶은 시정잡배보다 더 못한 삶의 양태이다. 그는 교육 사업에 종사하는 한편으로 종교적으로도 중요한 위치에 있다. 교육과 종교는 다른 어떤 분야보다도 도덕성과 윤리의식이 요구되는 곳이다. 그러나 조상훈은 부친의 재산에 기식하면서 기독교의 가면을 쓴 채 성적, 윤리적으로 타락된 생활을 한다. 급기야 재산을 갈취하기 위해 거짓 형사질까지 꾸며 강도짓마저 서슴지 않는다.

켄조의 경우는 가족과 돈이라는 일상성의 굴레에서 벗어나지 못하는 지식인의 한계를 보이고는 있지만 강의를 준비하고 그 강의를 통해 보수를 받는 한편 지식인답게 원고를 써서 금전문제를 해결하는 등 서구 유학이 자신의 삶을 발전시키고 자본주의 체제에서 살아가는 데 도움이 된 것은 분명하다. 그러나 조상훈의 경우는 미국에서 유학한 지식인이라는 것은 허울뿐이고 그 가면의 뒤에서 온갖 추악한 행위를 자행하고 있을 뿐, 미국에서의 유학은 자신의 삶을 발전시키는 데 아무런 도움이 되지 않으며 오히려 부정적인 행위에 악용되고 있다. 무엇보다도 그의 유학은 자신이 돈에 억압받고 있으면서도 아무런 도움이 되지 못한다.

근대 여명기의 두 지식인의 양상을 비교해 본 결과 돈이 근대자본주의 사회에서 어떠한 의미를 지니는 것인지를 알 수 있었다. 한편 서구 유학을 하였다고는 하지만 금전 문제나 부인을 대하는 자세에서 켄조가 보여주는 모습이나, 체면을 중시하고 남의 시선을 지나치게 의식하여 허식에 치우치며 위선적인 삶을 살아가는 조상훈의 모습에서 여전히 봉건적인 잔재가 남아 있는 과도기적인 중년 지식인의 모습도 확인할 수 있다.

〈표 4〉『노방초』의 켄조와 『삼대』의 조상훈의 비교

	『노방초』-켄조	「삼대」- 조상훈	비고
유학	영국	미국	서구 유학을 통한 선진 민주교육 체험
직업	대학 강사	· 교육자(교육 사업) · 개화기 인사, 교회 장로	교육 관계 직업에 종사
성격	· 소심하고 치밀하며 다른 사람을 잘 믿지 못함 · 고지식하고 융통성이 없는 인물 · 외골수, 내성적 성격	· 호방하며 여러 곳에 관여하기를 좋아함. · 타인의 시선을 지나치게 의식하는 위선적인 성격	대조적인 성격
돈의 마련	강의, 원고 쓰기	부친의 재산에 기식	조상훈은 무능력자
근대 지식인의 주변	학문과 서재	기독교와 사회운동	내면 충실과 외화(外華) 추구의 대조적 양상
지식인상	· 일상성의 늪에서 고뇌하는 지식인의 양상 · 돈 문제를 해결하기 위해서 자신의 지적인 능력을 발휘하여 해결 · 서구 유학을 통한 합리주의적 사고방식을 가지고는 있으나 봉건적 잔재가 남아 있는 가장(아내를 대하는 자세, 금전 문제)	· 무슨 일을 하든 쉽게 타락, 변질 · 초기에는 부친이 돈을 주고 양반을 산 것에 굴욕감을 느끼는 깬 의식의 소유자 · 부친 사망원인을 밝히기 위한 시체 부검에 찬성할 정도로 진취적 사고방식. 곡(哭) 거부 · 위선적 이중생활, 이중성격 · 체면 중시, 남의 시선 의식, 허식적 태도 등 봉건적 잔재	서구 유학을 하였다고는 하나 근대적 사고가 아직은 부족한 과도기적인 지식인상
지식인상 비교	켄조의 경우, 강의와 원고 집필로 살아가는 전형적인 지식인의 삶을 살아가고는 있으나 가족 관계나 금전관계에 있어서는 봉건적인 인습에서 완전히 벗어나지 못하고 있다. 한편, 조상훈의 경우는 젊었을 때는 지조도 있고 신망이 두터운 삶을 살았으나 부친의 재물에 기식하면서 스스로는 아무런 경제력이 없는 삶이 지속되는 가운데 점차 타락하고 위선적인 지식인으로 전락하게 된다. 근대 여명기, 일본의 지식인은 자신의 본분에 충실하면 되었으나 한국의 중년 지식인은 자신의 의지대로 살아가는데 무리가 따르는 식민지배의 시대였으므로 룸펜으로 전락하거나 위선적인 삶을 살아갈 수밖에 없을 가능성이 많았다. 그렇다고는 하더라도 조상훈의 처신은 지나칠 정도로 타락한 모습이다. 두 지식인은 서구 유학을 하였으나 아직은 봉건적 잔재가 남아 있던 시대에 살고 있었으므로 그들의 삶 역시 완전한 근대인에 이르지는 못한 과도기적인 지식인상을 보이고 있다.		

4. 상반되는 신여성의 등장

—『산시로』와 『사랑과 죄』

소세키와 염상섭이 그들의 문학 속에서 신여성이라 불리던 지식인여성에 대해서 어떤 인식을 가지고 있었는지에 대해서 고찰하고자 한다.

신여성新しい女은 일본에서는 일반적으로 메이지明治(1867~1912) 말기부터 다이쇼大正(1912~1926) 초기에 걸쳐 근대교육을 받고 출현한 새로운 사고를 갖는 여성, 즉 봉건적이지 않은 사고와 이상을 갖는 여성을 말한다.

한국의 경우 자율적인 현대여성 운동은 여성교육과 함께 출발한 것으로 볼 수 있다. 1886년 여성교육기관으로 이화학당이 설립된 이후 정신여학교, 배화학당, 숭의학교 등 선교사나 민간의 교육기관이 설립되면서 이른바 교육받은 신여성이 등장하고 이들에 의해 여성 운동이 시작되었다.

당연히 이 시기에 작품 활동을 한 소세키와 염상섭의 작품이나 평론 등에도 이들에 관한 내용이 등장하고 있다. 소세키는 신여성의 이중성과 감춤과 드러냄에 대해서 주목한 반면 염상섭은 신여성의 긍정적인 면도 다루었으나 대부분의 작품에서는 부정적인 이미지를 강조했다.

지식인 신여성의 두 양상을 알아보기에 앞서 우선 두 작가는 여성에 대해서 어떤 시각을 가지고 있었는지에 대해서 살펴보고 이어서 소세키와 염상섭 문학에서의 신여성의 대표라 할 『산시로』의 미네코美禰子와 『사랑과 죄』[75]의 정마리아를 비교해서 살펴봄으로써 여성 지식인상을 밝혀보고자 한다.

1) 소세키와 염상섭 문학의 여성상

소세키 작품의 초기 여성의 이미지에는 '부모미생이전父母未生以前'의 여성이 존재한다. '운명의 여인'이라고 바꿔 말해도 좋을 그런 여인상이다. 『열흘 밤의 꿈夢十夜』의 여자가 이에 해당하는데 그녀는 "백 년 동안, 내 무덤 옆에 기다려 주세요. 언젠가 만나러 올테니까"라는 말을 사내에게 남기는 '갸름한 얼굴형'의 여성이다. 이 여성은 『영일소품永日小品』, 「마음心」편에 나오는, 단 한 남자를 위해서 태어난 그런 여인상이다.

다음으로 생과 사의 경계에 서 있는, 또는 꿈과 현실과의 경계에 서 있는 아름다운 여성이 있다. 이 여성은 초기 작품인 「환영의 방패幻影の盾」, 「취미의 유전趣味の遺傳」, 「하룻밤一夜」 그 밖의 작품에 나타난다. 『산시로』의 히로타廣田 선생의 꿈에 나타나는 소녀도 그 한 사람으로 볼 수 있다.

소세키는 한 여성의 존재가 남자의 의식을 결정적으로 바꾸는 상황을 가정했는데 이런 관점에서 보면 소세키가 말하는 '부모미생이전'의 여자의 이미지는 남성이 일반적으로 동경하는 '어머니'라는 존재, 다시 말해 무한하게 수용하고 구제하는 존재로서의 이미지와는 다른 것이다.

소세키 작품에서의 여성상, 특히 후기 작품의 여성들이 타자他者로서 자립하기 시작한 것은 아마도 이것과도 무관계한 것이 아닐 것이다. 『피안 저편까지彼岸過迄』의 치요코千代子, 『행인行人』의 오나오お直, 『노방초』의 오스미お住, 『명암明暗』의 오노부お延 등, 『그리고서それから』의 미

---

75 1927년 8월 15일부터 1928년 5월 4일까지 257회에 걸쳐서 『동아일보』에 연재된 본격 장편 소설의 첫 작품.

치요三千代와는 대조적인 그 여자들에게는, 원상原象으로 소세키의 아내 쿄오코鏡子를 상정하는 것이 보통이다. 쿄오코는 당시로써는 풍요롭고 자유로운 환경에서 자랐으나 악처로 명성이 자자했는데 만일 그녀가 부덕婦德에 충실한, 얌전하고 고풍스러운 아내였다면 소세키는 오늘날의 소세키가 될 수 없었을 것이다.[76] 『도련님』의 키요清 는 예외의 인물이다. 소세키의 영원한 여성상에 어머니라는 그림자가 옅은 하나의 이유로 쿄오코 부인의 존재를 설정할 수 있다. 여기에다 소세키가 어린 시절에 양자로 보내어진 관계로 친어머니와의 유년의 추억이 없기 때문에 구원의 여성으로서의 '어머니'라는 존재는 설정되기 어려웠을 것으로 보인다.

소세키 작품에서의 대표적 신여성으로는 『산시로』의 미네코를 들 수 있다. 소세키는 미네코를 통해 신여성의 속성으로 '무의식의 위선僞善'과 '우미한 노악露惡'을 들고 있다. 소세키는 선이라거나 악이라는 도덕적 판단도 없이 거의 무의식적 천성의 발로로 사내를 가두는 여성을 '무의식의 위선가'라 하고, 위선을 위선 그대로 상대편에 통용시키는 여성을 '우미한 노악가'라고 규정하고 있는데 이에 대해서는 구체적으로 살펴볼 것이다.

한편 김종균은 염상섭의 작품에 나타나는 여성을 크게 구여성형, 자립여성형, 창부형으로 구분하고 있다.[77]

먼저 구여성형은 주부타입으로 유교적 구식여인처럼 내면생활이 단순하고 비활동적이다. 『만세전』의 아내, 『너희들은 무엇을 어덧느냐』의

76 中山和子, 「女性像」, 『夏目漱石事典』, 學燈社, 1992, 164~165쪽.
77 김종균, 앞의 책, 322쪽.

화가 아내, 『삼대』의 조덕기의 처를 들 수 있다. 염상섭은 『너희들은 무엇을 어덧느냐』에서 "역시 드러안진 부인네가 낫지 않어요?"라고 이러한 유형의 여성형에 대해 직설적으로 말하고 있다.

또한 염상섭은 자립여성형을 창출하는 데 주력했다. 이들은 건실한 생활태도와 능력으로 남자의 세계에 적극 참여하여 자기를 희생시킬 수 있는 실천적, 생산적 여성으로 그려져 있다. 청신한 미혼 여성형(『사랑과 죄』의 지순영, 『삼대』의 필순)과 이미 가정을 떠나 사회적 활동을 통해 자기 생활을 하는 마담형(『삼대』의 홍경애, 『무화과』의 원애)을 등장시켜 한 시대의 전형적 여인상을 창조했는데 자립여성에 수반되는 조건은 남성으로부터의 경제적 독립이다.

세 번째의 부정적 인물형은 창녀형으로 소위 신여성이다. 이들은 시대의 첨단을 걷는다는 우월의식과 허영에 차서 돈과 성욕만을 좇는 부정적 인물로 조형되었다. 「제야」의 정인, 『진주는 주엇스나』의 인숙, 『광분』[78]의 민경옥,[79] 『사랑과 죄』의 정마리아가 그 주인공들이다. 이들이 이 시대에 흔히 일컬어지던 신여성이다.

염상섭은 책임과 자유를 구분 못하는 방종한 신여성들을 지양해야 할

78 염상섭은 『광분狂奔』이 연재되기 하루 전인 1929년 10월 2일 『조선일보』에 "저는 이제 인생의 큰 문제의 하나인 성욕문제를 중심으로 하여 인생의 한 구절을 그려보려 합니다. (…중략…) 그런 가운데에도 이 시대상을 말하는 소위 모던 걸이라는 현대적 여성의 생활에 많은 흥미를 가지려고 합니다"라고 밝힌 바 있다.

79 김종균을 비롯한 기존의 평론가들은 『광분』에서의 민경옥을 방종한 신여성이라고 보는 입장인데 반해 김경수는 "이 작품의 어느 대목에서도 성욕의 문제가 전면적으로 취급되지는 않았다. (…중략…) 『광분』이 이렇듯 성욕의 문제를 전면적으로 취급하고 있지 않음에도 불구하고 그런 각도로 취급된 것은 기왕의 논자들이 염상섭 자신의 말에 너무 매달린 탓이라고밖에 볼 수 없다"라고 말해 민경옥이 성욕에 눈먼 여성이 아니라는 다른 시각의 해석을 내놓았다.(김경수, 「염상섭 소설의 전개 과정과 『狂奔』」, 염상섭, 『광분』, 프레스21, 1996, 504쪽)

존재로 보고 있다. 이들은 참다운 자기생활이 없으므로 천박해지고 지상의 현실적 생활인식력이 약하므로 늘 부동하며, 사회와 생활에 아무런 기여를 못한다. 이들을 대표하는 인물은 '정마리아', '혜숙', '숙정' 등으로 그의 장편마다 반드시 등장하고 있어 이 시대에 흔히 볼 수 있는 지식인 신여성의 한 유형으로 인식된다.

2) 『인형의 집』 '노라'의 영향

여성해방에 관한 관심은 1차적으로 평등사상에 기초한 여성의 사회적 지위에 관한 것이었지만 여성의 변화는 남성의, 가족의, 사회의 변화를 이끄는 동인이 되었다. 그것은 전근대적인 속박에서 벗어나 현대성의 성취를 위한 적극적인 면모를 드러내는 과정에서 필연적으로 다가와야 할 현대적 사유방식의 핵심이었다.[80]

소세키는 「모방과 독립模倣と獨立」[81]에서 "입센은, 여자라는 존재는 안중에 두지 않고 강한 남자들이 자신들의 권리를 마음껏 휘두르기 위해서 자신들에게만 편리한 대로 설계했기 때문에, 일종의 제재나 법칙 같은 것을 만들어서 약한 여자를 무시하고 그들을 철창 속에 가두어 놓은 것이 오늘날까지의 도덕"[82]이라고 입센의 주장에 대한 자신의 견해를 밝힌 바 있다. 소세키는 입센의 입장으로 볼 때 도덕에 대해 두 가지 종류로 나누어 생각할 수밖에 없다고 보았다. 그것은 남자의 도덕과 여자

80 김진송, 앞의 책, 202쪽.
81 1913년 12월 12일 제일고등학교第一高等學校에서의 강연.
82 夏目漱石, 「模倣と獨立」, 『漱石全集』 16, 417~418쪽.

의 도덕으로 구분하는 것으로, 이것은 여자 쪽에서 보면 지금까지의 도덕은 전복되지 않으면 안 되는 성격이라는 것이다.

『산시로』에도 히로타 선생과 산시로가 대화하는 도중에 입센에 대해 구체적으로 언급하는 내용이 나온다.

"딱딱하네."

"딱딱하지만 맛있지요? 잘 씹어야 합니다. 씹으면 맛이 우러나요."

"맛이 날 때까지 씹고 있으면, 이가 아프겠어. 뭐하러 이런 옛스런 것을 사왔지?"

"안됩니까? 이건 어쩌면 선생님께는 나쁠지 모르지만, 사토미 미네코양이라면 괜찮을 거예요."

"왜?" 하고 산시로가 물었다.

"그렇게 차분하면 맛이 날 때까지 반드시 씹고 있을 것임에 틀림없어."

"그 여자는 차분하면서도 거칠어"라고 히로타가 말했다.

"예 거칠어요. 입센의 여자[83] 같은 데가 있죠."

"입센의 여자는 노골적인데, 그 여자는 속이 거칠어. 하긴 거칠다고 해도

---

83 입센의 여자 : '입센의 여주인공(예컨대, 『인형의 집』의 '노라'와 같은 신여성)'이란 뜻이다. 입센Henrik Ibsen(1828~1906)은 노르웨이의 극작가이며 근대극의 창시자로, 자아의 확립과 구습타파를 주장한 문제극이 많으며 특히 『인형의 집』, 『유령』, 『헤다 가브라』 등이 유명하다. 일본에 소개된 입센극은 모리 오오가이森鷗外가 번역한 『존 가브리엘 보르크만』이 1909년 11월 '자유극장'의 제 1회 공연 작품으로 무대에 올려진 것이 최초이며 이후 잇달아 수없이 번역, 상연되었다. 소세키는 『인형의 집』, 『헤다』, 『보르크만』 등 영역판 입센집(9권)을 소장하고 애독한 흔적이 여기저기에 보인다. 한국에도 1920년대 초부터 『인형의 집』 등 입센극의 번역, 소개가 활발해졌다. 입센이즘으로 상징되는 서구의 근대적인 문예사조가 동양권에 미친 영향은 대단한 것이었다(나쓰메 소세키, 최재철 역, 『산시로』, 한국외대 출판부, 1995, 127쪽).

보통 거칠다는 것과는 의미가 다르지만. 노노미야의 여동생이 언뜻 보면 거친 것 같으면서도 역시 여자다워. 묘한 일이야."

—『漱石全集』 4, 147쪽

인간을 대표하거나 짐승을 대표하는 경우도 있지만 입센만은 입센을 대표하고 있다고 해도 좋을 것이라고 본 소세키는 입센은 결국 입센이라고 하는 편이 더욱 적당할 것이라고 말하면서 "입센은 특수한 인간이었다"고 자신의 견해를 밝힌 바 있다. 소세키는 『인형의 집』은 입센이라는 인간이 대표자임과 동시에 그 자신의 대표자라는 특수한 설정이며, 이것은 결코 모방이 아니므로 가치 있다고 생각했다.

지금까지의 도덕이 모두 그러했기 때문에 설령 그 도덕이 적절하지 않다고 생각되더라도 달리 방도가 없으므로 그것을 따르겠다는 보수적인 자아가 아니라는 것이다. 이것은 좀 더 특별하고 맹렬한 자아라고 입센의 주장에 의미를 부여했다.

이러한 소세키의 생각은 산시로의 친구 요지로與次郎의 입을 빌어 다음과 같이 말하고 있는데 이를 통해 당시에 입센이 미친 영향이 얼마나 대단했는지를 알 수 있다.

"이렇다 저렇다 할 점이 있긴 뭐가 있어. 현대 여성은 모두 다 거칠게 마련이야. 그 여자뿐만이 아니지."

"너는 그 사람을 입센의 인물과 닮았다고 했잖아."

"그랬지."

"입센의 누구와 닮았다는 거야?"

"누구든……, 닮았어."

산시로는 물론 납득이 가지 않는다. 그러나 더 추궁하지도 않는다. 말없이 조금 걸었다. 그러자 갑자기 요지로가 이렇게 말했다.

"입센의 인물과 닮은 것은 사토미양뿐만 아니야. 요즘의 일반 여성은 모두 닮았어. 여성만이 아니라, 적어도 새로운 공기를 쐰 남자는 모두 입센의 인물과 닮은 데가 있어. 단지 남자든 여자든 입센처럼 자유행동을 안 할 뿐이지. 마음속은 대부분 물들어 있어."

—『漱石全集』4, 148~149쪽

한편, 염상섭도 당대에 발표한 몇 편의 평문 속에서 『인형의 집』 및 작품의 여주인공인 노라에 관한 개인적인 생각들을 피력한 적이 있다. 염상섭 소설에서 『인형의 집』이 처음으로 언급된 작품은 그의 초기 삼부작의 한 편인 「제야」(1922)이다. 이것만으로도 『인형의 집』에 대한 염상섭의 관심의 정도가 어떠했는가를 알 수 있다.

그러나 只今 생각하면, 그것도 아즉 아름답은 感情으로거나, 淨化한 靈魂의 最高 歡喜로 그런 것은 아니엇습니다. 가장 不純한 利己的動機로 이엇습니다. 노라의 借用證書를 스토-프에 불지른 뒤의 헬머-의 깃븜이엇습니다.

—『廉想涉全集』9, 109쪽

최정인은 다른 사람의 아이를 가진 채 그것을 감춘 상태로 결혼을 했다. 시간이 흘러 결국 그 사실이 들통이 나게 되었고, 이후 남편과 헤어져 친정에서 살고 있었다. 이런 정인에게 남편이 기독교적인 사랑으로 자신을 용서하겠다는 편지를 보내왔다. 이에 감격한 정인이 유서를 통해 자신의 심경을 밝히고 있는데 여기서 노라가 언급되고 있는 것이다.

또 1922년 7월 『신생활』에 발표한 「지상선을 위하야」라는 글에서, 염상섭은, 그 서두 부분에서부터 『인형의 집』의 주인공인 노라와 관련된 제반 문제를 심도 있게 논의하고 있다.[84]

> 五分 十分前에 奴隷이엿고 弱者이엿고 被征伏者이엿든 노라는 드대여 人形의 탈을 버서버리고, 雲雀의 鳥籠에서 스사로 解放대얏다. 沒我的 奴隷思想, 機械的 因習道德의 牢乎한 檻內에서, 낡은 觀念의 鐵鎖를 보기조케 끈어버리고 赤裸々한 人間界로 向하야 一大飛躍을 試한 것이 이때의 노라이엿고 解放의 全野에 邁進하는 正義롭은 叛逆者가 이때의 노라이엿다.
>
> —『廉想涉全集』 12, 44쪽

『너희들은 무엇을 어덧느냐』에 대해 유양선은 이 작품에만 논의를 한정시킨 글에서, 이 작품이 근대의식, 그중에서도 주로 연애감각으로 다루고 있으며 식민지 지식청년들의 타락한 생활상을 그려내고 있다고 지적하면서 궁극적으로는 이 작품에 등장하는 지식청년들이 타락하게 된 원인을 식민지 사회라는 현실의 탓으로 돌리고 있다.[85] 여기에서도 노라에 대해 언급하는 부분이 나온다. 덕순은 원치 않는 결혼 생활을 청산

84 같은 시기 채만식을 포함한 여러 작가들도 이 작품에 대한 독서체험을 직접적으로 또는 작품을 통해서 언급하고 있는데, 이 점에서 입센의 이입사 및 영향의 연구는 한국 현대소설의 형성기에 대한 연구에서 하나의 중요한 주제가 된다고 할 수 있다(김경수, 『염상섭 장편소설 연구』, 일조각, 1999, 24쪽).

85 김경수, 앞의 책, 26쪽.

하고 새출발을 하고 싶다는 의지가 담긴 편지를 자신이 흠모하는 명수에게 보내는데 여기서 '노라'가 언급되고 있는 것이다.

> 지금까지 나는 노라를 찬미하여 왓습니다. 그러나 언제두 한번 말슴한 것과 가치 사회의 비난은 업지 안타 하드라도 '노라'보다는 B녀사에게 동정이 갑니다. 가만히 생각하면 '노라'도 남편의 품에서 빠저 나온 뒤에 B녀사와 가튼 길을 발밧슬지도 모를 것임니다.
>
> 만일 그러타 하면 '노라'의 편이 돌이어 순리요 또 비난할 점이 업다고 하겟지요. 하여간에 우주의 만물과 만법이 兩性의 합리뎍 결합合理的 結合으로 비로소 '완성完成'이라는 것을 엇는다 할 지경이면 '노라'와 가튼 극단의 리지뎍 개인주의理智的 個人主義보다는 B녀사의 예술뎍 련애생활藝術的 戀愛生活에 가치가 잇지 안은가 합니다. 선생님! 선생님은 어떠케 생각하십니까? 선생님의 놉흐신 의견이 듯고 십습니다.
>
> —『廉想涉全集』1, 301쪽

류리수는 염상섭이 『인형의 집』의 '노라'를 언급한 것에 대해 '우리 민족의 운명을 노라에 빗대어 표현한 것'이라는 주장을 하여 주목된다. 일제의 검열을 피하기 위해, 민족의 운명을 입센의 『인형의 집』의 노라에 빗대어 논하는 것으로 보고 염상섭이 "노라와 갓치 타협妥協하지 마라"라고 외치며 노예적 남녀관계부터 여성이 자각하여 독립할 것을 말한 것은 곧 민족 자각을 촉구한 것[86]이라고 본 것이다.

---

86 류리수, 「아리시마 타케오有島武郎와 염상섭 문학의 '근대적 자아' 비교연구」, 한국외대 박사논문, 2004, 89쪽.

3) 사회상을 반영한 신여성형

일본 최초의 여성해방운동 기관지인 『세토青鞜』(제3권 제1호, 1912)에서 히라츠카平塚らいてう[87]는 「신여성新しい女」이라는 제목의 글을 통해 "본디 여성은 태양이었다", "나는 태양이다"라고 선언하여, 스스로 빛을 발하는 여성, 즉 자신의 자아에 따른 주체적 삶을 사는 독립적 인격체로서의 여성상을 주장하였다. 또 "신여성은 남자의 이기심 때문에 무지無智나 노예奴隷, 육괴肉塊 취급당하던 구여성의 생활에 만족하지 못하고 하루하루 여러 유령幽靈과 싸워, 남자의 이기심 위에 구축된 구도덕이나 법률을 파괴할 뿐 아니라 신종교, 신도덕, 신법률이 행해지는 신왕국을 창조하기 위해 미 혹은 선보다 힘을 추구한다"[88]라고 신여성의 역할과 과업을 정의하였다. 그녀의 신여성 선언은 당대의 지식계층에 커다란 파문과 충격을 남기면서 수용되어 신여성상을 정립하고 전파하는 데 지대한 영향을 미쳤다.

소세키는 '위선'과 '노악'의 대립개념을 『산시로』의 작중인물의 조형에 적용하고 있다. '무의식의 위선가'임과 동시에 '우미優美한 노악가'인 신여성 미네코가 바로 그 주인공이다. '우미한 노악가'라는 말은, 위선

87 히라츠카 아키코平塚明子와의 동반자살 미수 사건 이후 소세키의 집으로 와서 '신여성' 아키코를 주인공으로 하는 『매연煤煙』을 쓰기 시작하고 있던 모리다 소오헤이森田草平에게 소세키가 "그렇다면 나는 '무의식적인 위선가'를 써 볼까 하고 농담 섞인 말을 했다"라고 전해지고 있다(「早稻田文學」, 『文學雜話』, 1908.10). 염상섭의 소설 『너희들은 무엇을 어덧느냐』에도 이 사건과 관련된 내용이 나온다. "B녀사! 당신과 가튼 처디에서 신음하는 녀자가 얼마나 잇슬 줄 아십니까. 또한 당신과 가튼 의사를 가지고 당신과 가치하야 보앗스면 — 하는 생각을 가지고 잇는 사람이 얼마나 되는지 아십니까. 그러나 당신은 — 그 취하신 바 수단이 잘 되엿든 못 되얏든 어떠튼지 용자勇者이였습니다. 당신과 가튼 용긔가 잇고 당신과 가튼 경로經路를 발분 사람이 잇드라도 당신은 그중의 누구보다도 용감하얏다고 하지 안을 수 업습니다."(『廉想涉全集』 1, 223쪽)

88 新フェミニズム批評の会 編, 『「青鞜」を読む』, 学芸書林, 1998.11.26, 298~301쪽 참조.

을 위선 그대로 상대편에 통용시키는 모습으로 규정되는데, 이 말은 표면상은 '어디까지나 선'이라는 행위언어야말로 "아주 신경이 예민해진 문명인종이, 가장 우미하게 노악가가 되려고 하는 가장 좋은 방법"이라고 산시로에게 언급하는 히로타 선생의 말에서 나타난다.

한편, 한국에 있어서 신식교육을 받은 여성의 등장은 당연한 결과로써 봉건적 가치관과 충돌하였다. 또한 새로운 서구의 가치관은 지향해야 할 현대적인 관념이기도 하였고 자유와 해방은 그들이 지향해야 할 부분이었으며 여성해방과 남녀평등은 가장 분명한 도덕적 지침인 동시에 그들의 구호였다.[89]

염상섭은 『이심二心』[90]의 두 여인을 대조시킴으로써 당시의 신여성형을 창조하고자 했다. 즉 그의 모든 작품에서 취급된 신여성형이 부정적으로 형성되고 있음에 반하여 새로운 타이프의 여성을 보여 현실을 타개하고 건실한 사회윤리를 조성할 수 있다고 믿었기 때문이다. 자기 나름의 시대가 요청하는 여인형을 창조했던 것이 순영형과 우영애형이었다.[91] 결국, 염상섭은 지식인 여성이 아닌 순진하고 성실한 여성에게서 새로운 여성상을 찾으려 했다. 그리고 항상 경제적 독립을 역설하고, 그것이 없이는 진정한 여성해방이란 있을 수 없음을 여기서도 보였다.

염상섭 장편소설의 신여성은 대부분 경박하고 비윤리적이며 소비적인 인물이다. 심지어 그에게 있어 신여성은 유행병 환자로 경멸의 대상이기도 했다. 그만큼 그의 신여성 혐오증은 심했다. 그러나 공장 직공,

89 김영민, 「춘원 근대성 연구」, 『민족문학과 근대성』, 문학과지성사, 1995, 351쪽.
90 1928.10.22~1929.4.24까지 『매일신보』에 172회에 걸쳐 연재되었다.
91 김종균, 앞의 책, 143쪽.

간호부, 교사, 카페 걸, 기생 등은 긍정적 인물로 되어 있다. 이들은 직업 여성으로서 조선의 전통성과 당대의 사회성(진보적)을 지니고 있다.[92] 하지만 부정적 여주인공은 부잣집 딸로서 도쿄 음악학교나 미술학교 출신들이다. 이들은 근대의 유행성과 소비성을 지니고 있는 여성이다.

염상섭의 작품에 등장하는 신여성은 일반적으로 고등교육을 받았으며 근대라는 미명하에 자유분방한 자유연애를 탐닉하고 나아가 돈으로 성을 거래하는 부정적 양상을 띠고 있다. 이렇게 신여성을 묘사한 데는, 당시는 남자와 교섭이 있는 여성을 그리려면 신여성이나 기생을 주요 등장인물로 삼을 수밖에 없었던 시대적 상황도 크게 작용했을 것으로 보인다.

한편, 「제야」의 최정인, 『너희들은 무엇을 어덧느냐』의 마리아, 『삼대』의 홍경애 등은 모두 성적으로 자유분방한 신여성이었지만 단순히 방탕한 삶에 그치지 않고 남다른 고뇌를 통해 자각한 여성으로 되살려 내고 있다.

그런가 하면 『사랑과 죄』의 정마리아는 남성 편력이 호화롭고 돈에 대한 집착이 악착같으며, 새로운 것이면 무엇이나 따라 쫓는 허영심 많고 부박한 신여성[93]으로 염상섭의 작품 중 부정적 이미지를 대표하는 지식인 여성의 모습을 보이고 있다.

물론, 염상섭 소설에서의 신여성이 모두 성적으로 타락하고 부도덕한 여성인 것만은 아니다. 『불연속선』[94]에서의 경희는 막스걸이라 불릴 정

92 김종균, 『근대인물한국사 염상섭』, 동아일보사, 1995, 14쪽.

93 정호웅, 「식민지현실의 소설화와 역사의식」, 유종호 편, 『염상섭』, 서강대 출판부, 1997, 147쪽.

94 1936년 5월 18일부터 같은 해 12월 30일까지 196회에 걸쳐 『매일신보』에 연재하였으

도로 혁명적 기질이 있는 고등사범 출신으로, 사회주의자 최종묵과의 과거를 지니고 있다. 그녀는 타의에서지만 처녀성을 상실한 생활인으로 카페 폼페이를 경영하는 24살의 여인이다. 또한 『사랑과 죄』의 '한희'와 같은 인물은 남성 못지 않은 혁명적 인물로 그려진다.

> 한희라는 여자는 상해로 망명하야 간 여자 ××단당이다. 순영이를 김가의 병원에서 빼여내다가 간호부 학교에 넛코 자긔도 세브란스 병원의 간호부로 잇게 되는 그 이듬해 봄에 조선에는 '만세'가 일어낫섯다. 간호부 노릇은 할망정 신사상에 눈을 뜨고 텬성이 다혈질로 생긴 한희는 가만히 잇슬 수가 업섯다. 그의 풍부한 상상력과 남에 굽지지 안는 자부심은 '잔따―크'를 꿈꾸게 하엿다. 그리하야 그에게 모혀드는 동지와 가치 뎨 일차의 만세 사건을 뒤바다서 여자편의 수령으로 대대뎍의 음모를 평양과 서울을 중심으로 하야 계획하엿섯다.
>
> ―『廉想涉全集』 2, 70쪽

사회주의가 팽배하고 지하 운동을 하던 지식인들의 주변에는 소위 '막스껄', '엥겔스 레듸'라 불렸던 신여성들이 있었다. 사회주의적 연애관을 신봉했던 여성들을 말하는 것이었지만 맑스 걸, 엥겔스 레이디라는 말 속에는 세인과 차별된 특수한 지식계급으로서의 속물적 특권을 부여하고 있었던 것도 사실이다.[95] 어쨌든 이들은 사상운동에 동참하면서 진보적인 의식과 실천으로 세인의 주목을 받았다. 특히 그들은 성에

며 만주滿洲 신경新京으로 떠나면서 연재를 마쳤다.

95 김진송, 앞의 책, 214쪽.

대한 가치관에서도 진보적인 신여성들이었으며 그들의 자유분방하면서 투쟁적인 동지적 연애는 프롤레타리아 연애라 불리기도 했다.

한편, 염상섭은 이 '신여성'의 문제와 관련하여 그의 시대감각을 보여주고 있다. '신여성'은 일본에서도 있었고 한국의 경우는 그 여파인데 일본의 경우 '신여성'은 근대화 과정의 필연적 산물이지만 한국의 경우는 여기에 겹친 것이 반봉건적 식민지에 사는 지식인의 허무주의이다. 「제야」에서 최정인이 자살 직전에 쓴 유서의 한 대목에서도 이것은 잘 드러나 있다.

> 가만히 누어서 오늘까지 經驗한 것, 눈으로 본 事實, 귀로 들은 所聞들을 낫나치 硏究하야 보고 比較하야 보면, 結局에 善 도 업고 惡도 업고 正도 正이 안인 것 갓고 邪도 邪가 안인 것 가틀뿐 아니라, 모든 것을 善이라 하고 正이라 하야 肯定할 때도 잇습니다.
>
> —『廉想涉全集』9, 61쪽

자살로 생을 마감하려는 이때의 심경으로 삶에 대해서 생각해보면 모든 것은 허무할 뿐 선도 악도 그 무엇도 긍정할 수도 부정할 수도 없으며 거기에서 의미를 찾을 수 없다는 허무주의에 빠져 있는 자신의 심경을 그대로 드러내고 있는 것이다.

(1) 위선僞善과 노악露惡 - 미네코

소세키 작품에서의 대표적인 신여성이라 할 수 있는 『산시로』의 미네코는 미모와 지성을 아울러 갖추고 있는 여성이다. 산시로가 미네코를 처음 만난 곳은 연못가였다. 그는 미네코의 눈매에 강렬한 인상을 받고 이성적인 호감을 느끼게 되는데 그것은 아직 여성과의 성적인 경험이 없는 순진한 청년의 관찰이어서 여성의 육체와 외모에 관심이 집중이 되는 그런 성격의 것이다.

> 그때 미학 교수가 이 사람이 그린 여자의 초상은 완전히 버랍츄어스한(육감적인) 표정이 풍부하다고 설명했다. 버랍츄어스! 연못의 여자의 이 때의 눈길을 형용하는 데는 이 말밖에 다른 표현이 없다. 뭔가 호소하고 있다. 요염한 그 무엇인가를 호소하고 있다. 그리하여 확실히 관능에 호소하고 있다. 그렇지만 관능의 뼈를 뚫고 골수에 통하는 호소법이다. 달콤한 것을 견딜 수 있는 정도를 넘어, 격렬한 자극으로 변하는 호소이다. 달콤하다고 하기보다는 고통이다. 천박하게 교태를 부리는 것과는 물론 다르다. 마주보고 있는 쪽이 반드시 교태를 부리고 싶어질 만큼 잔혹한 눈매다. 그렇더라도 이 여자에게 그뢰즈의 그림과 닮은 곳은 한군데도 없다.
>
> —『漱石全集』 4, 90~91쪽

이것은 시골에서 상경해서 아직 두 달밖에 지나지 않은 산시로의 감성이라기보다 남성의 의식하에서 환상화된 여성상이라고 볼 수 있다. 여성의 덕목이라고 간주되는, 남성이 여자에게 바라는 모든 것을 부드럽게 껴안는 포용성, 희생을 마다하지 않는 헌신성에 대해 이와는 대립 요소인 강한 개성, 마魔, 창부성 등이 여성의 속성이기도 한데 이러한 것에 대해서는 부정, 비판, 혐오하면서 여성에게 매혹되어버리는 경우가 있는 것이다. 결과적으로 남성이 제멋대로 여자를 묘사해버리는 경우가 많이 있는데 산시로의 미네코 묘사가 바로 그렇다. 여성을 있는 그대로의 모습으로 그리는 것이 아니라 과장되게 묘사하고 있는 것이다.[96] 아직 여성의 경험이 제대로 없는 산시로이기에 미네코를 바라보는 시각은 다소 과장될 수밖에 없었다.

미네코를 처음 만났을 때 받았던 인상은 이후의 만남에서도 계속 이어지는데 산시로에게 미네코의 눈은 강렬하면서도 묘한 힘과 여운을 느끼게 한다. 미네코의 눈을 바라볼 때면 차분하게 마음이 가라앉게 되면서 그녀에게 기울어져 있는 자신을 느끼게 되는 것이다.

산시로는 미학 강의시간에 프랑스의 화가 그뢰즈[97]의 그림을 본 적이 있다. 그는 미네코를 바라보면서 그 그림을 떠올리며 미네코의 관능적인 아름다움에 대해 묘사하고 있는데 그뢰즈의 초상에 비하면 미네코의 눈은 반 정도 작은 편이다. 그는 이것을 서양적 미인의 얼굴과 일본적 미인의 얼굴의 차이로 느꼈다. 미네코는 적게 말하는 편이나 그녀가 입을 열어 말을 할 때면 산시로가 생각하기에 지성미가 묻어나는 언어를 사용하며 그림 등 예술에 대한 견해도 수준이 높다. 그녀는 자신의 속마음도 직접적으로 표현하지는 않고 암시적인 그림과 언어로 나타내기도 한다.

> 뿐만 아니라, 엽서의 뒷면에 길 잃은 양을 두 마리 그리고, 그 한 마리를 넌지시 자신을 빗대어 준 것에 대하여 아주 기쁘게 생각했다. 길 잃은 양 중

96 渡邊澄子, 『女々しい漱石、雄々しい鷗外』, 世界思想社, 1996, 51~52쪽.

97 장 밥티스트 그뢰즈Jean Baptiste Greuze(1725~1805) : 프랑스의 화가. 일반시민 생활을 묘사하는 데 힘썼다. 의상, 실크나 레이스 등의 섬세한 질감의 교묘한 표현은 대중적인 생활화가로서의 그의 위치를 굳혔다. 도덕적인 교훈을 주제로 삼아 감정적인 공감을 불러일으키는 작품으로 격찬을 받았다. 18세기의 대표적인 화가의 한사람이다.

에는 미네코뿐 아니라 자신도 처음부터 들어 있었던 것이다. 그것이 미네코의 속셈으로 보였다. 미네코가 사용한 stray sheep(스트레이쉽)이라는 말의 의미가 이제 드디어 분명해졌다.

—『漱石全集』 4, 143쪽

이 부분은 대단히 중요한 의미를 지닌다. 미네코가 산시로에게 "미아迷兒라는 말 영어로 알고 있어요?"라고 말하고 산시로가 잠시 아무 말도 하지 않고 있자 '스트레이쉽'이라는 말을 했던 것이다. 그것은 산시로에게 있어서 대단히 쇼킹한 일이어서, 그 뒤 잘 때도 일어나서도 스트레이쉽, 스트레이쉽이라고 중얼거리면서 마음 속에 새기고 있었다. 그렇게 해놓고 엽서를 내민 것이다. 그리고 그 엽서에는 두 마리의 양이 그려져 있었다. 미네코도 자신을 길 잃은 양이라고 생각하고 있었고 "당신도 길 잃은 양이에요"라고 말하고 있는 것이다. 그래서 산시로는 인간은 길 잃은 양의 상태에 있는 존재라는 것을 알게 된다.

소세키는 이후, 이러한 길 잃은 양의 상태에 있는 근대인이 어디로 가야만 할 것인가를 탐구해갔다. 스트레이쉽의 상태는 근대적인 인간 이해의 속에서는, 근대의 에고에 질문하고 에고를 절대화하여 자기중심적으로밖에 살아갈 수 없는 존재상황의 문제이다. 산시로가 미네코로부터 스트레이쉽이라는 말을 듣게 되었을 때 아직 산시로의 단계에서는 산시로 자신은 그렇게 심각하게는 자신이 길 잃은 양이라고 자각하지 않았지만 미네코는 그것을 심각하게 자각하고 있었던 것으로 보인다.[98]

98 佐古純一郎, 『夏目漱石の文學』, 朝文社, 1993, 73~74쪽.

이러한 미네코의 행동은 순진한 청년 산시로를 혼란에 빠지게 하는 계기가 되기도 한다. 또한 미네코의 이러한 애매한 태도에서는 남성을 두고 저울질하는 여성의 이기적인 모습이 드러난다. 그것은 당사자인 미네코가 누구보다도 잘 알고 있다. 이것은 나중에 미네코가 산시로에게 혼잣말처럼 하는 말에서 드러난다.

> 대저 나는 내 죄과를 아오니, 내 죄가 항상 내 앞에 있나이다.[99]
>
> ―『漱石全集』 4, 306쪽

소세키는 『산시로』에서 '노악露惡'이라는 표현을 사용했다. 히로타 선생이 예전과 현대의 청년을 비교하는 대화에서 사용하고 있는 말이 '위선과 노악'이다. 히로타 선생의 설명에 따르면 위선僞善은 메이지 이전의 유학사상이 배양한 타他본위의 언동을 가리키는 것으로, 항상 타인을 의식하기 때문에 형식은 그럴 듯하게 갖추어져 있지만 자아의 본질과는 상반된 삶의 자세를 말한다. 이에 대해서 노악은 메이지 이후의 서양적 근대사상이 낳은 자기본위의 언동으로 세상의 시선을 아랑곳하지

99 『구약성서』 시편 51장 3절(성서에는 잃어버린 양의 비유가 도처에서 보인다. 『구약성서』 이사야서 53장 6절에도 "우리는 다 양 같아서 그릇 행하여 각기 제 길로 갔거늘 여호와께서는 우리 모두의 죄악을 그에게 담당시키셨도다"라는 구절이 있고, 예레미야서 50장 6절에도 "내 백성은 잃어버린 양 떼로다 그 목자들이 그들을 곁길로 가게 하여 산으로 돌이키게 하였으므로 그들이 산에서 언덕으로 돌아다니며 쉴 곳을 잊었도다"라는 구절이 나온다. 『신약성서』에서는 마태복음 15장 24절에 "예수께서 대답하여 이르시되 나는 이스라엘 집의 잃어버린 양 외에는 다른 데로 보내심을 받지 아니하였노라 하시니"라는 구절이 보이고 누가복음 15장 4절에는 "너희 중에 어떤 사람이 양 백 마리가 있는데 그중의 하나를 잃으면 아흔아홉 마리를 들에 두고 그 잃은 것을 찾아내기까지 찾아다니지 아니하겠느냐"라는 예수의 말이 나온다).

않고 본성을 그대로 드러내는 이기주의의 생활방식이라는 것이다.

위선과 노악이라는 대립개념은 타본위와 자기본위, 이타주의와 이기주의, 낭만주의와 자연주의, 동양과 서양 등 다양하게 표현을 바꾸면서 소세키 문학을 관류貫流하는 중요한 사상이 되고 있다.

"어머님이 하시는 말씀은 될 수 있는 대로 들어드리는 게 좋아. 요즘 청년들은 우리 시대의 청년과 달라서 자아의식이 너무 강해서 안 돼. 우리들이 학생시절에는 하는 일 모두가 어느 것 하나 남을 떠난 적이 없었지. 모든 것이 천황이라든가 부모라든가 국가라든가 사회라든가, 모두 자기본위(自己本位)였었네. 그걸 한 마디로 말하면 교육을 받는 자가 하나같이 모두 위선자였지. 그 위선이 사회의 변화로 마침내 지속될 수 없게 된 결과, 점점 자기본위를 사상행위(思想行爲)로 받아들이자, 이번에는 자아의식이 지나치게 발전해 버렸어. 옛날의 위선자에 대하여 요즘은 노악가(露惡家)[100] 투성이인 상태가 됐지. — 자네 노악가라는 말을 들어본 적이 있나?"

"아니오."

"방금 내가 즉석에서 만든 말이네. 자네도 그러한 노악가의 한 사람 — 일지 어떨지. 글쎄. 아마 그럴 거야. 요지로와 같은 자가 가장 좋은 예지. 그 왜, 자네가 알고 있는 사토미라는 여자 있지. 그녀도 일종의 노악가이고, 또 노노미야의 여동생 말이야. 그녀 또한 나름대로 노악가여서 재미있어."

100 노악가 : 자기의 결점을 필요 이상으로 숨김없이 있는 그대로 드러내는 사람을 뜻한다. 소세키가 위선僞善에 대한 대칭어로 위악僞惡 대신에 만들어 쓴 말이 노악露惡이다. 소세키는 평론 「문예와 도덕文藝と道德」(1911)에서 "요즘 젊은이는 의외로 담백하고, (…중략…) 대개 바람이 잘 통하는 빈 통으로 뭐든지 숨기기 않는 점이 좋다"라고 쓰고 있다. 근대인의 한 단면을 보여주고 있다(나쓰메 소세키, 최재철 역, 앞의 책, 154쪽).

—『漱石全集』4, 178쪽

또한 소세키는 이 위선과 노악의 대립개념을 『산시로』의 작중인물의 조형에 적용하고 있다. 그것은 '무의식의 위선가'[101]이면서 동시에 '우미한 노악가'인 여주인공 미네코가 바로 그 주인공이다. 여기서 미네코가 '무의식의 위선가', 다시 말해서 윤리적 판단 이전의 여성 특유의 생리적, 심리적인 요소에 의해서 스스로는 의식하지 못하면서 다른 사람이 되는 '무의식의 연기자', '천연의 유혹자'로 간주되기도 한다.

"응, 아직 또 있어. 이 20세기가 되고나서부터 묘한 게 유행하네. 이타본위利他本位의 내용을 이기본위利己本位로 채운다고 하는 까다로운 수법인데, 자네 그런 사람을 만난 적이 있나?"

"어떤 사람 말입니까?"

"다른 말로 하면 위선을 행하는데 노악으로 한다는 것이야. 아직 이해가 안 가지? 설명 방법이 좀 나쁜 것 같네. — 옛날의 위선자는 말이야. 뭐든 남에게 좋게 보이고 싶다는 것이 우선 했어. 그런데 그와는 반대로 남의 감정을 해치기 위해서 일부러 위선을 행하지. 옆에서 보나 모로 보나 상대방에게는 위선으로밖에 생각되지 않도록 만들어가는 거야. 상대는 물론 언짢은 기분이 들지. 거기서 본인의 목적은 달성된다네. 위선을 위선 그대로 상대방에

101 소세키는 『산시로』 집필 당시, 주더만Hermann Sudermann(1857~1928)의 희곡 「사라지지 않는 과거(Undying Past)」(原題 : Es War)의 여주인공 펠리시타스의 성격에 강한 관심을 보였다. "그 교언영색이 애써서 만들어 내는 것이 아니라" "물론 위선이라든가 악이라든가 도덕적 관념도 없으며" "거의 무의식적으로 천성의 발로인 채 남자를 사로잡는" 그녀를 '무의식의 위선가'라고 평하고 있다.

게 통용시키려고 하는 정직한 점이 노악가의 특색이며, 게다가 표면적인 행위 언어는 어디까지나 선善임에 틀림없기 때문에, — 말하자면 이위일체二位一體라는 것과 같은 말이 되지. 이 방법을 교묘하게 이용하는 자가 요즘 꽤나 늘어난 것 같아. 아주 신경이 예민해진 문명 인종이 가장 우아하게 노악가가 되고자 한다면 이것이 제일 좋은 방법이지."

—『漱石全集』4, 181쪽

히로타 선생의 말투는 마치 안내원이 옛 전적지를 설명하는 것 같아서 실제를 멀리서 조망하는 위치에 스스로를 두고 있다. 그게 매우 낙천적인 분위기가 있다고 산시로는 생각한다. 마치 교실에서 강의를 듣는 것과 같은 느낌을 불러일으키게 하는 것이다. 그러나 산시로에게는 와닿는 것이 있었는데 그것은 그의 마음속에 미네코라는 여자가 있어 이 이론을 금세 적용할 수 있었기 때문이다.

'우미한 노악가'라는 말은 '위선을 위선 그대로 상대방에게 통용시키는 모습'이면서 표면상으로는 '어디까지나 선善'이라는 행위언어야말로 "지극히 신경이 예민해진 문명인종이 가장 우미하게 노악가가 되려고 하는 가장 좋은 방법"이라는 히로타 선생의 설명은 미네코가 '우미한 노악가'로 설정되어 있다는 것을 보여주는 것이다.

히로타 선생과의 대화 이후 미네코의 말과 행동에 대해 좀 더 주의를 기울이는 산시로는 더욱 진지한 태도로 미네코를 관찰하게 된다.

미네코는 제멋대로 자라온 것이 분명하다. 그리고 가정에서 보통 여성 이상의 자유를 누리며 매사 뜻대로 행동하고 있음에 틀림없다. 누구의 허락도 거치지 않고 자기와 함께 거리를 걷는 것도 산시로로서는 쉽게 납득이 가지 않았다. 연로한 부모가 안 계시고 젊은 오빠가 방임주의니까 이렇게 개방적인 자세로 생활할 수 있겠지만, 이것이 시골이었다면 필시 곤란한 일일 것이다. 이 여자에게 미와타三輪田에 있는 오미츠御光와 같은 생활을 하라고 한다면 어떻게 할 셈일까 그것을 알 수 없다. 도쿄는 시골과 달라서 매사가 개방되었기 때문에 여기 여자는 대개 이런 건지도 모르겠지만, 어쩌면 산시로 자신이 더 구식인 것 같기도 하다. 산시로의 생각이 여기에 이르자 요지로가 미네코를 입센류라고 평한 것도 과연 그렇구나 하고 공감되는 부분이 있었다. 다만 산시로로서는 세상에서 통용되고 있는 예의범절에 구애받지 않는 점만이 입센류인지 아니면 마음속 깊은 사상까지도 그런 건지 그 점은 알 수 없었다.

미네코 역시 산시로에 대해 사랑의 감정을 가졌음에 분명했다. 그러나 계속된 저울질 끝에 아직 학생 신분인 산시로보다는 보다 장래가 보장된 배우자를 선택했던 것이다. 그런 미묘한 느낌을 자신의 초상화에서 드러냈고 산시로는 그것을 알게 된다.

산시로와의 연못이나 병원에서의 해후 장면에서 두드러지게 나타나듯이 이성에 대한 무의식적인 유혹술이 미네코에게는 몸에 배어있다. 이것이 나고야名古屋에서 산시로와 같이 지냈던 여자에게도 공통하는 '무의식의 위선'이다. 유교 도덕이 정절을 표방하던 시대에도 확고하게 존재했던 '여자의 본능'이며, 남자가 여성을 성의 대상으로 의식했을 때 비로소 보여지는 '여자의 수수께끼'이다. 그러나 미네코는 그러한 스스로의 속성을 위선으로 자각할 수 있는 근대여성이기도 하다. 그리고 이 자각이 만들어내는 죄악감에서, 그녀는 고의로 자신의 행위가 위선이라는 것을 상대방이 알 수 있도록 하는 노악적 언동을 한다(산시로를 이용한

노노미야에의 도발행위가 그것에 해당한다). 여기서 미네코가 '우미한 노악가' 라는 말이 성립된다.[102]

위선적이면서 노악적인, '우미한 노악가' 미네코의 모습은 그의 초상화에 그대로 드러난다.

> 과연 그렇게 생각해 보면, 어떻게 된 듯싶기도 하다. 안색이 좋지 않고 눈꼬리에 참기 어려운 나른함이 보인다. 산시로는 이 살아있는 인물화(人物畵)로부터 받은 위안의 느낌을 잃었다. 동시에 혹시 자신이 이 변화의 원인이 아닐까 하는 생각이 들었다. 불현듯 강렬하고 특이한 자극이 산시로의 마음을 엄습해왔다. 변해가는 미를 덧없이 여긴다고 하는 일반적인 정서는 아주 자취를 감춰버렸다. ―난 그만큼의 영향력을 이 여자에 대해 갖고 있다.― 산시로는 이런 자각 하에 자신의 모든 것을 의식했다.
>
> ―『漱石全集』 4, 258쪽

미네코는 산시로의 연못이나 병원에서의 해후 장면에 두드러지듯이 이성에의 무의식적인 유혹이 몸에 배어있다. 미네코는 그러한 속성을

102 『노방초草枕』의 나미那美나 『양귀비虞美人草』의 후토미藤尾와 같은 자의식에 눈뜬 '무의식의 위선가'인 메이지 지적 여성의 모순과 비극을 그려온 소세키는, 미네코에게 확실히 자기의 이면성을 자각시키게 함으로써 역시 위선과 노악의 이면성을 가지는 일본의 현실과 주인공의 인생의 접점을 찾아내었다. 그리고 이 접점이 돌파구가 되어 소세키는, 이 후 위선과 노악이 공존하는 일본의 현실과 그 현실의 속에서 위선과 노악에 혼란스러워하는 메이지 지식인의 고뇌를 정면에서 그려나가기 시작한다. 『그리고서それから』의 다이스케나 『코코로こころ』의 '선생님先生'에게는 이미 미네코와 같은 현실과의 접점은 없고, 그들은 위선과 노악의 틈바구니에서 자멸해가고 있는 것이다. 소세키는 위선과 노악이라는 대립개념을 근대일본이 담당하는 제일의 난제로 생각하고 있었다. 위선의 일반적 대립어인 위악에 대해서 노악이라는 말을 창조한 점에도 소세키의 깊은 문제의식이 엿보인다(神田由美子, 「僞善と露惡」, 『夏目漱石事典』, 學燈社, 1992, 127쪽).

위선으로 자각할 수 있는 근대여성이다. '무의식의 위선가'임과 동시에 '우미한 노악가'이기도 한 자기의 양면성에 의해서 미네코는 위선적인 이성과 노악적인 이성의 양자에게 사랑을 느낀다.

다시 말해서 메이지 이전의 위선적 도덕이 잔존하는 시골에서 상경한 시골 청년 산시로에의 동정적 사랑과 과학이라는 노악적 세계의 최첨단을 자기본위로 질주하는 물리학자 노노미야에의 경애이다. 미네코는 여자의 본능이라는 위선적 부분으로는 아직 '자기'를 파악하지 못하는 '길 잃은 양(스트레이쉽)'인 산시로에게 모성애를 느끼게 하면서 근대여성으로서의 노악적 부분에 있어서 명료한 자의식을 지니고 있는 노노미야의 초속적超俗的인 생활방식에도 빠져들고 있는 것이다.

이와 동시에 미네코는 서양근대주의라는 노악을 지향하면서 유교적 위선을 다분히 남기고 있었던 20세기 초반의 일본 현실을, 결혼이라는 현실을 앞둔 여성의 입장에서 정확하게 인식하고 있었다. 그러므로 그녀는 일본의 과거에 속하는 산시로도 서양 현실에 직립한 노노미야도 뿌리치고 위선과 노악이 공존하는 자기의 자질에 가장 걸맞는 메이지 일본의 현실에 부합되는 사람과 결혼했던 것이다. 다시 말해 자신과 마찬가지로 메이지 부르주아 사회라는 현실을 사는, 현실이 멋지게 보증된 위선적이면서도 노악적인 사내를 선택한 것이다.

(2) 타락과 방종 – 정마리아

염상섭은 그의 작품을 통해 대부분의 소위 신여성이라는 여성 지식인에 대해 강한 거부감을 보이고 있다. 「악몽惡夢」(1926)[103]에는, 신여성이라면 턱밑에 침을 질질 흘리며 쫓아다니는 남자들의 몰골에 대한 반동적 감정과 정조에 대한 관념이 거의 없는 신여성들의 타락한 모습에 대해 이 작품의 주인공 '나'가 강한 거부감을 보이는 장면이 나온다. 여기서 주인공은 스스로 "나는 일생을 독신으로 지낼지도 모르지만 만일 결혼을 한다면 시골의 행세한다는 집안에서 상당히 한문공부를 한 여성이 아니면, 반절(한글)을 깨치려다 깨치려다 못하여 소지를 올려서 물에 타 먹은 계집을 구하련다"라고 말한다. 그리고 그러한 사람도 못 구하면 "매춘부든지 여직공을 데려올지언정 얼치기의 신학문 소유자인 신여성에 대하여는 반감을 버릴 수 없다"고 말해, 신여성에 대한 강한 반감을 드러내고 있다.

이와 같은 염상섭의 태도와 심사는 극단을 가는 반항적 심리에서 나온 것이다. 이 작품의 주인공인 '나'의 결혼관과 반항적 심리는 곧 염상섭의 생각과 일치된 것으로 볼 수 있다. 신여성들의 무분별한 정조관념에 대해 부정적인 생각을 가지고 있는 염상섭은 『너희들은 무엇을 어덧느냐』[104]에서 아직 순수한 사랑을 꿈꾸는 경애를 통해 돈에 사랑을 파는 것은 갈보의 행위라고 말하고 있다.

"사랑이란 두 가지가 있다 하얏지!"하며 언제인지 한규가 제멋대로 천박한 리론을 부처서 이약이하야 들녀준 말을 문득 생각하야 보앗다.

"응! 돈으로 살 수가 업는 사랑과 돈에 파라 먹을 수 잇는 사랑이 잇다 하엿지. 령靈이라는 옷에 육肉을 싼包 사랑은 돈으로 살 수 업지만 령을 육의 껍

---

103 「악몽惡夢」은 염상섭이 1926년 1월 『시종時鐘』 창간호를 통해 발표한 단편소설이다.

104 『너희들은 무엇을 어덧느냐』는 1923년 8월 27일부터 1924년 2월 5일까지 129회에 걸쳐 『동아일보』에 연재되었다.

질로 싼 사랑은 돈만 가진 작자가 나스면 어느 때 든지 덤々히 덤여서 팔 수 잇는 것이라고 하얏겟다. 하지만 기생이나 갈보가 안인 다음에야 돈에 눈이 어두어서 사랑을 하고 몸을 내던질 년이 어데 잇드람!"

경애는 기생과 갈보나 돈에 사랑을 덤여 판다는 결론에 만족할 수밧게 업섯다.

—『廉想涉全集』 1, 197~198쪽

『사랑과 죄』의 정마리아는 염상섭 소설의 부정적 여성상을 대표하는 신여성이라고 해도 좋을 것이다. 여기에는 당시 사회의 첨단을 걷는다는 자부심 아래에서 벌어지는 부도덕한 정마리아의 연애상이 나온다. 부도덕과 방종의 끝은 비극일 수밖에 없다. 정마리아는 「제야」의 정인의 분신적인 여성형으로도 볼 수 있다. 『사랑과 죄』는 신여성 또는 개화한 신식신사들이 급진적이고 수박 겉핥기식의 근대적 의식 밑에서 행동하는 생태를 파헤쳐 보임으로써 그 본질의 허점을 캐 낸 작품[105]으로도 볼 수 있다.

염상섭은 정마리아와 동일한 인물유형의 신여성들을 빈번히 등장시켜 통렬하게 그 허위성을 드러냄으로써, 맹목적인 서구지향에 대한 그의 부정적 시각을 거듭 보여준 바 있는데, 이러한 시각은 곧 당대 사회의 서구화 · 일본화에 대한 비판을 뜻한다. 『사랑과 죄』에서는 스스로 조선통이라 자처하는 일본인 심초매부深草埋夫의 입을 빌려 당대 한국사회가 다음처럼 진단되고 있다. 혼돈의 한복판에 있는 민족이 아닌 제3자의

105 김종균, 『염상섭 연구』, 고려대 출판부, 1974, 101쪽.

눈이 좀 더 냉정하고 정확할 때가 있는 것이다.

> 당신네들은 '정말 조선'이 어떠한 것을 아시오. 지금 조선은 '틔기'입넨다. 진짜 조선은 거의 다 헐려 나가고 지금 남은 것은 조선인지 일본인지 서양인지 까닭을 몰를 반신불구가 되엇소. 인제는 조선에 더 살 흥미조차 일헛소
>
> —『廉想涉全集』2, 309쪽

타락한 인물이 나올 수밖에 없는 이러한 시대적 상황에서 부정적 인물의 대명사로 설정된 정마리아는 극빈한 고아 출신으로 서양선교사와 총독부 고관의 도움으로 수학하여 성악가로 성장하였다. 그녀는 '원래 공상적·희극적으로 생긴' 재치 있는 음녀이다. 자신의 음악가로서의 명성을 색정과 허영심을 충족시키기 위하여 이용하는 그녀는 목적을 위해서라면 어떤 범죄적 행동도 서슴지 않는다.

정마리아는 자기의 사고방식을 밝히는 데도 거침이 없다. 이런 점에 있어서는 서구 유학을 다녀온 신여성다운 면이 보인다.

> "누구를 놀리시는 세음이야요? …… 하지만 언제던지 선진자라는 것은 우매한 속중의 공격도 밧고 박해도 밧는 게 아니야요! 남은 무어라거나 남 위해 사는 세상인가 나 허고 십흐면 아모건 못할라고! 대관절 조선 사람도 단조한 평면덕 생활을 깨트리고 립톄덕立體的으로 좀 더 자극잇고 활긔잇는 생활을 웨 못하는지?……" 하며 마리아는 개탄하듯이 큰 소리를 한다.
>
> —『廉想涉全集』2, 226쪽

이런 선진적이고 근대적인 사고방식을 지닌 한편으로 연애에 있어서도 자유를 갈구하는 데 조금의 주저함도 없는 정마리아는 스스로 음탕한 여자라는 것을 밝히는 것도 주저하지 않는다. 그런 그녀는 돈을 주면 몸을 파는 창녀와 다름없다. 그것은 소설의 곳곳에서 발견된다. 정마리아는 류택수뿐만 아니라 이해춘에게도 몸을 허락하는데 그녀는 성적인 언어구사에도 막힘이 없다.

> 그런 직업부인인가 하는 것이 간혹 하나 둘 잇다손 치드래도 놀아난 녀학생 퇴물 가튼 것들일 께니까. 정말 처녀의 육톄미肉體美가튼 것은 차질 수 업겟지요? …… 녀자가 남성을 알게 되기 전과 그 후가 육톄의 곡선부터 달으다지요? 또 한참 상관을 끈흔 녀자와 음탕한 녀자의 육톄가 모다 뒤틀린다지요?
>
> —『廉想涉全集』2, 29쪽

류택수는 순영의 미모에 반해 순영의 오빠 지덕진을 통해 순영을 첩으로 맞으려는 공작을 하고 있다. 류택수는 한때는 스무살까지는 미국에 있다가 이후 미국에도 두세 번 다녀온, 예전에는 지사志士로 불리던 사람이었으나 돈에 맛이 들인 후로는 타락한 인물이다. 그는 순영을 차지하기 위해 다이아몬드 반지를 주어 우선 약혼이라도 하려는 수작을 벌이고 있는 와중에 정마리아를 만나 육체를 탐하는 것이다. 정마리아는 이런 류택수가 지저분한 삶을 살아가는 사람이라는 것을 잘 알고 있다. 그러면서도 "사십이 넘은 남자란 정말 계집맛을 알고 계집을 사랑하야 줄 줄 아는 게다!"(116쪽)라고 생각한다. 따라서 돈만 준다면 류택수에게 몸을 맡기는 것도 나쁠 것은 없다는 생각이다.

이런 정마리아의 생각은 사랑이 있다면 성에 대해서 너무 봉건적일 필요가 없다는 신여성의 사고방식이라기보다는 단지 돈에 몸을 사고파는 창녀의 모습에 다름 아니다. 그녀는 천 원 한 장만 내놓으면 자신의 몸을 허락하겠다는 것을 암시적으로 말한다. 돈을 받은 정마리아는 요염한 성적 행동도 서슴지 않는다.

> "증서보다 더 급한 것 말얘요. 천 원 한 장만 떼세요! 또 딴 소리를 하면 어느 귀신이 잡아가는 줄도 몰을 테니 정신 반짝 차려요!"하며 마리아는 남자의 넓적다리를 꼬집는다.
>
> 류택수는 인제는 하는 수 업다는 듯이 입맛을 쩍쩍 다시다가 오백원 소절수 한 장을 떼어주며 부족한 것은 차자오면 치러 주마고 얼쯤얼쯤 매만젓다. 사오 개 삭 데리고 노는 동안에 실상은 양복 한 벌 밧게 해준 것이라고는 업스니 오백 원쯤 준다 하여야 악갑지는 안핫다. 마리아는 실쭉하얏스나 넘어 민하게 굴 수도 업서서 위선 바닷다.
>
> …… 그 날은 여름날이 점은 뒤에 자동차로 종로까지 와서 헤어젓다
>
> —『廉想涉全集』2, 121쪽

이렇게 돈을 받고 류택수와 몸을 섞은 정마리아는 이해춘과도 육체적인 관계를 맺는다.

정마리아는 이해춘과 함께 밤을 보낸 뒤 감격에 겨워 이해춘에게 편지를 보내는데 그 편지의 내용은 순영을 모델로 그리는 그림을 없애 줄 것과 자신을 진정으로 사랑한다는 표적으로 더 이상 그림을 그리지 말

아달라는 것이다. 그녀는, 이해춘의 예술은 자신에게 불행의 씨앗 같은 것이므로 더 이상 예술을 하지 말 것과 자신은 투기심이 강한 여자이므로 예술과 사랑이 동시에 생명의 중심이 될 수 없는 것이니 온전한 이해춘의 모두(육체와 정신과 생명)를 자신만이 가질 수 있도록 그림을 그만두라고 요구한다. 자신 역시 사랑을 위해서 머리를 잘랐으며 피아노와 악단과도 결별하겠다고 결연한 의지를 밝힌다. 정마리아의 편지는 다분히 사랑에 빠진 감상적인 여성의 모습이다.

> "이 밤을 새이면 우리의 사랑의 첫 삼일을 맛습니다. 첫날의 긔념으로 여자의 목숨인 머리를 베혀 버리지 안핫습니까. 삼일마지의 긔념으로 선생님은 예술을 버려주십시오. 선생님의 손이 지순영씨의 얼굴을 그리기 위하야 화필을 붓드시게 내버려 둘 정마리아는 아닙니다. (…중략…)
> 나도 음악을 버립니다. 오늘부터 피아노에 열쇠를 채입니다. 악단樂團과도 '애듀―'입니다. 그래도 일체를 버리시고 정마리아를 붓드는 것이 억울타 하시랍니까?……"
> 해춘이는 표정 업는 얼굴로 읽어나가다가
> '희곡덕 공상戱曲的 空想이 심한 여자다!'라고 혼자 생각하얏다.
>
> ―『廉想涉全集』 2, 234~235쪽

류택수와의 관계를 끊고 이제는 정말 이해춘에게 매달려서 구정물에서 발을 건지는 심경이었던 정마리아는 정신적으로나 육체적으로 새 생활에 들어가기로 단단히 마음을 먹고 자신의 모든 것을 바쳐 이해춘을 사랑하고자 다짐했던 것이다. 그러나 정작 이해춘은 이러한 정마리아에 대해 진정한 사랑의 마음은 없었고 여느 남성들처럼 단지 그녀의 육체에만 관심이 있었다.

> 마리아는 입으로는 비쌔어 보얏스나 벌서 칠팔 분이나 눅으러젓다. 목욕이나 하고 편히 쉬자는 말이 이 아름다운 동물에게는 환락의 공상을 자아내는 유혹의 감로이엇다. 해춘이도 마리아의 이 음분한 성격과 습관이 무엇을 찾는가를 잘 알앗든 것이다.
>
> —『廉想涉全集』2, 327쪽

정마리아는 서구적인 것이면 무조건 추종하는 부박한 서구지향적 인물이다. 서구적인 것은 그 낯섦으로 해서 그녀의 부박한 허영심을 채워주는 것인데, 성악가로서 예술을 하는 데 대한 대단한 자부심 또한 이와 다르지 않다. 실제로 그녀는 돈에 지배되며, 자유연애와 성의 해방이란 미명 아래 정욕에 눈먼 타락한 인물일 뿐이다. 염상섭의 표현에 의하면 '성적 박테리아의 감염자'인 것[106]이다. 결국 명백히 맹목적인 서구지향성에 대한 작가의 비판의식을 잘 드러내고 있는 인물이 정마리아이다.

정마리아는 이해춘에게 자신을 구원해달라고 감상적이 되어 이해춘의 손을 붙잡고 소리를 낮추어 말한다. 타락한 자신의 삶, 구정물을 뒤집어 쓴 듯한 자신의 삶에서 새로운 삶에 대한 갈망을 보이는 것이다. 그러나 이해춘의 마음은 이미 정마리아에게서 떠나 있었다.

106 정호웅,『한국문학의 현대적 해석－염상섭』, 서강대 출판부, 144쪽.

"나부터 구원을 바다야 하겟소이다"

해춘이는 동안을 두어서 그러한 소리를 풀업시 하얏다. 마리아는 이 말 한 마듸에 선듯한 생각이 들며 남자의 손을 스르를 노핫다.

자긔와의 관계를 일종의 타락으로까지 생각하기에 나부터 구원되어야 하겟다는 말을 긔탄업시 하는 것이 아니냐— 고 생각하자 마리아는 분한 생각을 니기지 못하얏다. 류택수와의 관계까지 마즈막으로 끈코 난 오늘날에는 몸이 갓든도 하야젓거니와 인제는 정말 해춘이에게 매달려서 과거의 구정물에서 발을 건저내랴는 것이다. 물질뎍으로 생활보장이라는 것보다도 정신뎍으로 신 긔축을 세워서 새 생활에 오늘부터 들어간다고까지 단단히 마음을 먹엇든 것이다. 그러나 남자의 마음이 점점 더 돌아서는 눈치를 보고는 또다시 속이 뒤집히는 것 가트엇다.

—『廉想涉全集』2, 326쪽

한때 모든 부정한 것을 청산하는 삶의 자세로 남자의 사랑에 자신의 모든 것을 걸고 매달렸지만 그것이 수포로 돌아간 것을 안 다음의 정마리아의 삶은 서구에서 유학을 한 지성을 지닌 예술가와는 전혀 어울리지 않는 추하고 사악한 모습의 연속이다.

류택수의 아들 류진은 정마리아를 혐오한다. 하지만 정마리아는 "나는 네 아비의 친구다"라는 일종의 우월감이 있어서인지 류진에게 함부로 대한다. 성격이 불같은 류진이 자신의 감정을 자제하지 못하고 정마리아를 축대 아래로 끌어내리려고 어깨를 잡자 정마리아가 앙버티는 바람에 겉옷인지 속옷인지가 쭉 찢어지는 소리가 나는 상황까지에 이르는 일이 벌어졌다. 이러자 정마리아는 발악을 한다.

"이 놈의 쌔기 눈ㅅ갈에 보이는 게 업나 보구나!"

마리아는 여전히 교묘한 서울말을 썻스나 급한 때에는 제 고장 사투리가 나오는지 말씨가 달라젓다. 마리아는 전후사정 업시 껑충 뛰어 달라부트며 멱살에 매어달렷다. 여자의 옷은 목숨에 둘재ㅅ길이다. 옷이 뜨더지는 소리에 정신이 앗즐한 만치 치가 떨리엇다.

마리아의 입에서 무슨 악담이 쏘다지는지 뜨더 말리는 호연이 귀에도 들리지 안햇다.

—『廉想涉全集』 2, 392쪽

이러한 정마리아의 태도는 성적 타락뿐만 아니라 도덕적으로도 타락한 지식인 신여성의 적나라한 모습이다. 정마리아는 류택수에게 매음하여 피아노 값을 받아내고 평양에서 이해춘을 빼돌림으로써 순영이 류택수의 농간의 대상이 될 수 있도록 해 준다는 조건으로 거금을 보수로 받는다. 이런 정마리아가 예술가답지 않게 이해춘이 그린 순영의 초상화의 눈에 잉크칠을 하고 해주집을 죽인 것은 얼른 납득할 수 없을 것 같지만 실제로 그런 사건은 그녀의 절조 없는 '왜장녀' 같은 행색과 스파이질, 매음, 공상적인 연애지상주의, 이기적인 허영심 등으로 충분한 동기부여가 되어 있다.

나중에 무엇인가에 홀린 듯이 살인을 저지를 때도 치밀한 계산이 깔려 있다. 정마리아가 충동적, 감상적으로 살인을 한 것만은 아니다. 해주댁을 만나고 주변 사람들과 접촉하여 알리바이를 만든 다음 손수건에 순영을 상징하는 'S, Y'를 새겨 넣고 그것을 사건 현장에 슬그머니 놓고 와 순영에게 모든 죄를 뒤집어씌우려는, 치밀하게 범죄를 계획하고 그것을 실행에 옮겼던 것이다.

타락하고 방종적인 삶을 살아가는 정마리아라는 지식인 여성의 삶이 어떤 비극으로 끝나게 되는지를 보여줌으로써, 작가 염상섭이 신여성의 과잉된 감정과 타락된 삶의 자세는 결코 바람직하지 않으며 그 말로가 비극적일 수밖에 없다는 것을 경고하기 위해 쓴 메시지가 바로 『사랑과 죄』라고 읽을 수 있다.

4) 상반되는 신여성의 특질 대조

소세키는 여성을 부모미생이전父母未生以前의 여성인 운명적인 여성, 생과 사의 경계 또는 꿈과 현실의 경계에 서 있는 아름다운 여성 그리고 무의식적인 위선가이면서 우미한 노악가인 여성으로 구분하고 신여성을 세 번째 부류의 여성으로 보았다. 한편, 염상섭 소설의 여성은, 봉건시대에 어울리는 구여성형, 실천적이며 생산적인 자립여성형 그리고 돈과 성욕만을 쫓는 부박한 신여성형의 세 부류로 나뉜다.

『산시로』의 미네코美禰子는 소세키 작품의 대표적인 신여성이라고 할 수 있는데 그녀는 지성미를 갖추고 있을 뿐만 아니라 육감적이고 관능적인 미모 또한 갖추고 있다. 또한 자신의 이기심으로 남자를 혼란하게 한 다음 그것으로 인해 양심의 가책도 느낄 줄 아는 지극히 정상적인 지성을 지닌 여성이다. 그러나 그녀는 윤리적 판단 이전의, 스스로도 의식하지 못하면서 다른 사람이 되는 '무의식의 위선가'이기도 하며 그런 한편으로 다른 사람의 시선을 두려워하지 않고 자신의 위선적인 모습을 당당하게 표현할 수도 있는 '노악가'이기도 한 그런 신여성이다.

그녀는 메이지 이전의 위선적 도덕이 잔존하는 시골에서 상경한 시골 청년 산시로에의 동정적 사랑과 과학이라는 노악적 세계의 최첨단을 자기본위로 질주하는 물리학자 노노미야에의 경애를 동시에 보인다. 미네코는 여자의 본능이라는 위선적 부분으로는 아직 '자기'를 파악하지 못하는 '길 잃은 양(스트레이쉽)'인 산시로에게 모성애를 느끼게 하면서 근대여성으로서의 노악적 부분에 있어서 명료한 자의식을 지니고 있는 노노미야의 초속적인 생활방식에도 빠져들고 있는 것이다. 이와 동시에 미네코는 서양근대주의라는 노악을 지향하면서 유교적 위선을 다분히 남기고 있었던 20세기 초반의 일본 현실을, 결혼을 앞둔 여성의 입장에서 정확하게 인식하고 있었다. 그러므로 그녀는 일본의 과거에 속하는 산시로도 서양 현실에 직립한 노노미야도 뿌리치고 위선과 노악이 공존하는 자기의 자질에 가장 어울리는 메이지 일본의 현실에 부합하는 사람과 결혼했던 것이다.

염상섭은 책임과 자유를 구분하지 못하는 방종한 신여성들을 지양해야 할 존재로 보고 있다. 염상섭 소설에서 대부분의 신여성들은 시대의 첨단을 걷는다는 미명하에 우월의식과 허영에 차서 돈과 성욕만을 좇는 부정적 인물로 조형되었다. 이들은 참다운 자기 생활이 없으므로 천박해지고 현실적 생활인식력이 약하므로 늘 부동하며 사회와 생활에 제대로 기여하지 못하는 존재들이라는 것이다. 물론 염상섭 소설에서의 신여성이 모두 성적으로 타락하고 부도덕한 여성인 것은 아니다. 『불연속선』의 경희나 『사랑과 죄』의 한희와 같은 여성은 남성 못지않은 혁명적 인물로 그려지기도 한다. 하지만 염상섭은 그의 작품을 통해 대부분의 신여성에 대해서 강한 거부감을 보이고 있다.

부정적인 신여성의 대표라고 할 인물이 바로 『사랑과 죄』의 정마리아이다. 미국에서 유학을 한 음악가 정마리아는 좋은 몸매와 화술을 지니고 있으며 성적인 개방성을 지닌 여성이다. 그녀는 서구 것이면 무엇이나 추종하는 부박한 신여성이다. 어쭙잖은 신문화 사조에 물들어 과거의 인습에 무조건 반항하고 자유연애와 정조에 대한 자유방매가 곧 새로운 성도덕인 양 착각하며 살아가는 신여성인 것이다.

염상섭은 정마리아와 동일한 유형의 신여성들을 빈번히 등장시켜 통렬하게 그 허위성을 드러냄으로써 맹목적인 서구지향에 대한 그의 부정적 시각을 거듭 보여준 바 있는데, 이러한 시각은 곧 당대 사회의 서구화・일본화에 대한 비판을 뜻한다. 성악가인 그녀의 예술을 한다는 데 대한 자부심 또한 이와 다르지 않다. 실제로 그녀는 돈에 지배되며 자유연애와 성의 해방이란 미명 아래 정욕에 눈먼 타락한 인물일 뿐이다. 맹목적인 서구지향성에 대한 작가의 비판의식을 잘 드러내고 있는 인물이 바로 정마리아이다. 돈과 사랑에 눈이 먼 정마리아는 타락한 삶을 살아가다 욕망의 늪에서 헤어나지 못하고 급기야 사람을 죽이는 살인자가 되고 만다.

안정되고 모든 것에 활기가 넘치는 도쿄에서 살아가는 신여성 미네코는 건강한 청춘을 보내고 몇 남자를 자신의 잣대로 잰 끝에 자기에게 가장 어울린다고 생각하는 남성과 결혼에 이르지만 나라 잃은 땅 서울에서 청춘을 보내는 식민지 지식인 정마리아의 삶은 왜곡되고 일그러져 비극에 이르고 말았다.

〈표 5〉 소세키와 염상섭 문학의 여성상 비교

	漱石	廉想涉	의미
두 작가의 여성상	부모미생이전(父母未生以前)의 여성. 예) 『열흘밤의 꿈[夢十夜]』의 여성, 『영일소품(永日小品)』, 「마음[心]」편의 운명의 여성	구여성형–주부 타입(유교적 구식 여인) 예) 『만세전』의 아내, 『너희들은 무엇을 어덧느냐』의 화가 아내, 『삼대』의 조덕기의 처	고전적 품성의 여인상
	생과 사의 경계 또는 꿈과 현실의 경계에 서 있는 여성 예) 「환영의 방패[幻影の盾]」, 「취미의 유전[趣味の遺傳]」, 「하룻밤[一夜]」 등의 초기 작품에 나오는 아름다운 여성	자립여성형(실천적, 생산적 여성) 예) 『사랑과 죄』의 지순영, 『삼대』의 필순, 『삼대』의 홍경애, 『무화과』의 원애	미적 아름다움으로 여성을 보는 소세키와는 달리 염상섭은 자립여성을 높이 평가함
	'무의식의 위선가'이면서 '우미한 노악가'인 신여성 예) 『산시로』의 미네코	신여성형(돈과 성욕만을 쫓는 부정적 인물) 예) 『진주는 주엇스나』의 인숙, 「제야」의 정인, 『사랑과 죄』의 정마리아	염상섭은 신여성을 대체로 부정적인 시각으로 봄
	『산시로』–미네코	**『사랑과 죄』–정마리아**	**의미**
인물의 성향	· 이성적인 호감을 갖게 하는 강렬한 눈매의 소유자 · 육감적 외모, 관능적인 미모	· 좋은 몸매와 화술을 지니고 있으며 성적 개방성을 가진 여성 · 서구에서 유학한 성악가	둘 다 관능미를 지니고 있으나 정마리아는 육체적 개방성을 지님
신여성의 양상	· 자신의 이기심에 대한 양심적 반성을 하는 인물 · 무의식의 위선가. 윤리적 판단 이전의, 스스로는 의식하지 못하면서 다른 사람이 되는, 무의식의 연기자, 천연의 유혹자 · 노악가. 위선을 위선 그대로 상대편에게 통용시키는 사람	· 부박한 서구지향적 인물 · 어줍잖은 신문화 사조에 물들어 과거의 인습에 무조건적인 반항 · 탐욕과 성욕. 자유연애, 성의 해방을 주장하나 정욕에 눈먼 타락한 생활 양식	지성미와 노악미를 갖춘 신여성과 부박하고 서구 문화만을 추종하는 타락한 신여성의 대조
지식인상의 비교	미모와 지성미를 고루 갖춘 미네코가 이기적인 잣대로 배우자를 고르는 모습을 보이지만 자신으로 인해 상처받은 산시로에 대한 배려도 할 줄 아는 양심적인 모습을 보이는 반면 서구 유학을 한 음악 재원으로 관능미와 예술적 재능을 함께 갖추고 있으나, 자신이 가진 외모와 능력을 오로지 돈과 권력을 가진 남자에게 사용하는 부박한 삶의 자세를 보이는 정마리아는 대조적인 여성 지식인상을 보인다. 정마리아는 타락한 삶을 살아가다 사랑에 눈이 멀어 사람을 죽이는 살인자가 되고 만다. 안정되고 모든 것에 활기가 넘치는 근대 도시 도쿄에서 살아가는 여성 지식인 신여성 미네코와 나라를 잃은 땅 서울에서 살아가는 식민지 백성인, 지식인 신여성 정마리아의 삶은 이렇듯 대조적인 양상을 보이고 있다.		

제4장
한·일 지식인상의 대비

1. 일본의 '고등유민'과 한국의 '심퍼사이저'

1) '고등유민'과 '심퍼사이저'의 설정 배경

한일근대문학에서 지식인들의 가치 지향의 모습을 살펴봄에 있어 소세키가 1910년경 일본의 그 당시 분위기에서 만들어낸 '고등유민高等遊民'은 염상섭이 1920년대~1930년대 초반 우리나라의 시대 분위기를 반영하여 만들어낸 '심퍼사이저sympathizer, 同情者'와 여러 가지 면에서 비교 고찰의 대상이 될 수 있다고 생각한다. 그들이 대학교육을 받은 지식인이지만 돈을 버는 직업을 갖지 않고 사회 참여에는 일정한 거리를 두고 있는가 하면 표면상 사회발전에 아무런 역할을 하지 못하는 무능한 모습으로 나타나는 것이 유사하다. 그러나 '고등유민'이 사회에 대해서 방관자의 입장이라면 '심퍼사이저'는 겉으로는 방관자의 자세를 견지하지만 음성적으로 사회변혁에 참여하는 자세를 보이고 있어 차별성이 나타나기도 한다.

소세키 작품 『나는 고양이로소이다吾輩は猫である』에서 '태평일민太平逸民'이 나온 뒤로 여러 형태의 '고등유민'이 나오는데, 대표적인 인물로는 『그리고서それから』[1]의 다이스케代助와 『코코로心』[2]의 '선생님先生'을 들 수 있다. 다이스케는 대학을 졸업하고 수년이 지나 당시로서는 꽤 많은 나이라고 볼 수 있는 서른 살이나 되었음에도 불구하고 직업을 갖고 있지 않다. 더욱이 결혼도 하지 않았으며 고상한 교육에 의한 정신적 가치를 인정하며 서생書生[3]과 가정부까지 두고 독립된 생활을 하고 있다. 또한, 경제적으로도 풍요로운 생활을 하고 있다. 물론 이 풍요로움은 아버지와 형의 도움에 의한 것이지 자신이 직접적으로 경제활동을 한 결과는 아니다.

소세키는 이런 생활자에게 '유민遊民', '상등인간上等人間'이란 명칭을 부여하였는데 이것이 소세키가 독창적으로 창안한 '고등유민' 유형이다. 『그리고서』에서 '고등유민'이란 경제적 여유, 미적 향유, 문명비판의 세 가지 조건을 갖춘 자발적 고등실업자를 말한다. 이러한 생활을 가능하게 하는 원동력은 구시대의 일본을 초월하는 '근대적 지식인'이라

---

1 1909년 6월 27일부터 10월 14일까지 110회에 걸쳐서 東京・大阪의 양 『아사히신문朝日新聞』에 연재하였으며 1910년 3월 슌요토春陽堂에서 단행본으로 간행하였다.

2 1914년 4월 20일부터 8월 11일까지 100회에 걸쳐서 東京・大阪의 양 『아사히신문朝日新聞』에 연재하였으며 같은 해 9월 이와나미서점岩波書店에서 소세키 자신의 표지 디자인으로 출간하였다.

3 서생書生 : 메이지・다이쇼明治・大正시대에는 학생의 별칭으로 사용되었으며 정치가나 학자 등의 집에 기식寄食하며 집안일을 돕는 한편 면학에 힘쓰던 학생들을 가리키기도 했다.

는 점과 더불어 경제적 뒷받침을 갖추었기 때문으로 보인다.

흔히 『그리고서』는 세 가지 방향에서 연구되어 왔다. 이 작품에 대한 기존 연구방법은 자연주의 문학과 구별되는 '문명비판소설'이라는 것, 근대소설 중 가장 순수한 '연애소설'이라는 것,[4] 그리고 자아의 행방에 중점을 둔 '실험소설'[5]이라는 것이 큰 축을 이루고 있다. 이 세 축을 중심으로 독특한 성격의 소유자로서 주인공 다이스케를 조명하는 경우가 대부분이었다.

소세키의 거의 모든 소설이 그러하듯 이 작품의 주인공도 지식인이다. 소세키가 이 소설에서 처음 사용한 고등유민이란 말은 '고학력의 한량' 쯤을 의미하는 것이다. 다이스케는 소세키가 창조한 지식인 중 가장 고답적이면서 냉소적인 인물이며 스스로 '빵과 관련된 경험'을 하는 것을 가장 저급한 것으로 여기고 자신을 '직업에 의해 더럽혀지지 않은 고귀한 부류'로 규정한다. 그의 언행에는 일종의 '게으를 수 있는 권리'에 대한 주장이 일관되게 묻어 있다.[6]

한편, 소세키 소설에서의 또 한 사람의 대표적 고등유민을 들자면 『코코로』의 '선생님'을 들 수 있다. 다이스케가 청년 고등유민을 대표한다면 '선생님'은 중년 고등유민을 대표한다고도 할 수 있을 것이다. '선

---

4 猪野謙二, 「『それから』の思想と方法」, 『漱石作品集成』 第六券, 桜楓社, 1991, 16쪽.

5 平岡敏夫, 「それから」, 『夏目漱石』 I, 国書刊行会, 1989, 184~200쪽 참조.

6 고전적 마르크스주의자 폴 라파르그Paul Lafargue는 지금으로부터 백이십여 년 전, 노동이 생존을 영위하기 위한 의무로서가 아니라 '게으름의 쾌락을 위한 양념'으로 전환되어야 한다는 주장을 자신의 논문 「게으를 수 있는 권리」(1880)에서 전개했다. 물론 '고등유민' 다이스케의 자기 옹호의 논리는 라파르그의 그것과는 성격을 달리한다. 그러나 노동과 생산을 기본적인 가치 질서로 삼고 있는 자본주의적 세계관에 대해 이의를 제기하고 있다는 점에서는 서로 유사하다(윤상인, 「작품 해설」, 나쓰메 소세키, 윤상인 역, 『그 후』, 민음사, 2003, 357쪽. 『그 후』는 본문의 『그리고서』와 같은 작품이다).

생님'은 다이스케와 마찬가지로 지식인이면서도 직업을 가지지 않은 채 부모가 물려준 유산을 가지고 기식하는 점에서는 같은 유형의 고등유민이다. 다만 다이스케가 고등유민의 특성 중 하나인 '미적美的 향유享有'에 많은 시간을 보내는 존재임에 비해서 '선생님'은 미적 향유에는 그다지 많은 의미를 두지 않고 독서를 통한 진리 탐구에만 몰입하는 점에서는 약간의 차이를 보이고 있기는 하다.

염상섭의 작품 속에서도 소세키가 즐겨 사용한 '유민', 또는 '고등유민'이라는 용어가 자주 나오고 있다. 염상섭 문학에서의 '심퍼사이저'의 발상이 소세키의 '고등유민'에서 착안한 것이 아닌가 하는 관점을 갖게 되는 것도 연구의 대상이다.

염상섭은 소세키 문학에서의 '고등유민'적 삶에 대해 소세키가 생각하던 것과는 다른 인식을 지니고 있었던 것 같다. 소세키는, 경제적으로 여유가 있어서 먹고 살기 위해 직업을 갖지 않아도 자유로운 생활을 할 수 있어야 한다는 것을 전제로 하고, 여기에다 권력으로부터 거리를 두고 사회적 조직에 들어가지도 않고 정신적으로 자유로운 입장을 견지하며 문명비판의 시점을 가질 수 있었던 상류계급의 부류들을 가리켜 '고등유민'이라고 일컬었다. 그러나 염상섭은 '고등유민'에 대해서 '고등실업자, 고등교육을 받고도 일정한 직업이 없이 놀며 지내는 사람'[7]으로만 생각하였던 것으로 보인다. 따라서 이러한 삶의 자세는 바람직하지 않다고 생각한 것 같다.

염상섭 문학의 '심퍼사이저'의 발상은 소세키 문학의 '고등유민'에

7　곽원석 편저, 『염상섭 소설어사전』, 고려대 출판부, 2002, 50쪽.

대해 일부만을 받아들인 결과 만들게 된 '창조적 변용'의 소산으로 볼 수 있다. 염상섭이 소세키의 문학용어인 '고등유민'에 대해서 관심을 가지고 있었다는 것은 그의 소설에서 이 용어가 여러 번 사용되고 있는 데서도 확인할 수 있다. 염상섭 소설에 나타나는 '유민', '고등유민'은 일본문단에 진출하기 위하여 2차로 도일하였을 때 이후의 작품에서 볼 수 있다. 이때는 이미 염상섭이 소세키의 작품을 거의 대부분 읽었다고 밝힌 이후가 되며, 따라서 염상섭은 소세키의 작품에서 다양한 유형의 '고등유민'을 만나게 되었을 것이다. 이를 통해 염상섭 소설의 '심퍼사이저'의 발상이 소세키 문학의 '고등유민'에서 비롯되었을 수도 있다는 개연성을 유추할 수 있다. 염상섭의 소설에 보이는 '고등유민'의 일부를 살펴보면 다음과 같다.

> '朝飯後의 낫잠은 胃弱'이라는 **高等遊民階級**의 流行病에나 걸닐가보아서, 대패ㅅ밥 帽子에 煙鏡이나 쓰고, 아츰 전역으로 홈이자루를 잡는 것이 幸福스럽지 안코 詩的이 아니라는 것이 아니다. (강조는 인용자. 이하 동일)
>
> —『廉想涉全集』 1, 40쪽

> 마장인가 하는 그 따위 **고등유민**—유한 계급의 소일거리 판을 차려놓고 어중이 떠중이 모아들이시지 말고 그런 돈을 좀 유리하게 쓰시는 게 어때요?
>
> —『廉想涉全集』 4, 111쪽

> 그게 '뿔조아-지' 중에도 **유민계급**의 마즈막 오락(娛樂)의 한아란 것이지요
>
> —『廉想涉全集』 9, 261쪽

> 남자냐 여자냐는 말이지. 그야 신경질의 인텔리 룸펜(직업 없는 지식인 계급 즉 **무산고등유민**이라는 말이니 봉익이를 가리킨 말이다)이 아니면야 아무나 자살할라구.[8]

> 한 오년 한 고생이야 남에게 말 못할 일도 하도 많으나 어쨌든 또 어쩐둥 하여 소원대로 삼등비행사가 되었다. 그러나 이제는 돈 있고 길이 있어야 더 발전을 하는 것이지 삼등비행사쯤 어디 가서 명함도 못 내놓을 세상이 되었다. 비행사라는 이름을 띠고 전같이 우유배달 신문배달을 할 수가 있나, 비행계에도 어중된 **고등유민**은 디굴디굴한 것이다. 나와서는 할 게 무어 있나![9]

염상섭 소설에서는 『사랑과 죄』의 이해춘과 『삼대』의 조덕기를 통해 대표적인 심퍼사이저의 모습을 볼 수 있다. 특히 『사랑과 죄』의 이해춘은 정치의식뿐만 아니라 예술 분야에서도 고등유민적 심퍼사이저이다. 이해춘은 한국 근대소설에서 볼 수 있는 대표적인 지식인이라 할 수 있다. 그는 자기 향상심과 도덕적 성실성, 진실성 등의 미덕을 갖추고 있다.

또 한 사람의 심퍼사이저로 「남충서南忠緖」(1927)[10]의 류진을 들 수 있다. 그는 심퍼사이저로서 사회주의자와 독립운동가들을 돕고 있지만 동료들로부터는 의심을 받기도 하고 비웃음의 대상이 되기도 한다. 한편으로 그는 허무주의자이기도 한데 그가 허무주의자가 된 원인은 민족적 감정이 그 저변에 숨어 있는 혈통문제 때문이다. 그의 아버지는 한국인

---

8 염상섭, 『무화과無花果』, 동아출판사, 1996, 573쪽.
9 염상섭, 『불연속선不連續線』, 프레스 21, 1997, 9쪽.
10 1927년 1월과 2월 『동광東光』 제9호와 10호를 통해 발표되었다.

이지만 어머니는 일본인이다. 류진은 이로 인한 실존적인 고민에 빠져 있다.

『삼대』의 조덕기의 경우는, 일본에서 유학한 지식인이지만 특별한 직업을 가지지 않고 조부가 축적해둔, 그리고 조부가 물려준 유산으로 기식한다. 친구이자 사회주의자인 김병화를 돕는 조덕기를 통해 염상섭 소설의 심퍼사이저의 진면목을 볼 수 있다.

이해춘과 조덕기 그리고 류진은 모두 일본의 도쿄에서 유학을 하고 돌아왔으며 집안이 부유하여 따로 직업을 갖지 않아도 생활에는 아무런 지장이 없다는 공통점을 지니고 있다.

한일 근대소설에서 보이는 지식인의 독특한 양상인 소세키 문학의 '고등유민'과 염상섭 문학의 '심퍼사이저'가 어떠한 의미를 지니고 있으며 어떠한 공통점과 차이점이 있는지를 비교하고자 한다. 이러한 비교를 통해 이 시대 지식인상의 한 모습을 이해하게 되는 한편 이러한 지식인들의 양상을 설정하게 된 작가의 의도가 어디에 있었는지를 아울러 살펴보게 될 것이다.

2) 1910년경 일본 지식인의 한 양상—고등유민

『그리고서』, 『코코로』 등에는 지식인의 독특한 양상이 나타나 있다. 그것은 사회발전이나 가정을 위해서 아무 일도 하지 않으면서도 나름대로의 명분을 찾으면서 자신을 합리화하는 한편, 지식인으로서의 사회적인 책무를 방기한 채 '고등유민'의 형태로 존재하는 유형이다. 『그리고서』에는 다음과 같은 구절이 나온다.

그래 인간은 자기만을 생각하는 것이어서는 안돼. 세상도 있어. 국가도 있지. 조금은 다른 사람을 위해서 무엇인가 하지 않고서는 마음이 편치 않은 거야. 너 역시, 그래, 빈둥빈둥하고 있어서야 마음이 편할 리가 없지. 그래서야 하등사회의 교육을 받지 못한 사람이라면 어쩔 수 없다고 하지만 최고의 교육을 받은 자가, 결코 놀고 있으면서 재미있을 이유가 없어. 배운 사람은 현실에 적용을 해야 비로소 취미가 나오는 법이니까 말이야.

—『漱石全集』4, 344쪽

다이스케가 직업도 없이 빈둥대고 있는 모습을 보는 아버지의 말이다. 아버지가 생각하는 지식인의 사회적 사명은 곧 세상의 일반적인 인식이기도 하다. 그를 가르쳐 준 가족과 사회와 국가에 일정한 공헌을 하여야 하며 배운 만큼 그것을 실천할 때만이 진정한 지식인의 자격을 갖추는 것이라는 그의 아버지의 생각은 지식인에게 기대하는 일반적인 관념이기도 하다. 그러나 이러한 아버지의 생각에 대해 다이스케는 자기 나름의 논리로 자신의 생활에 대한 정당성을 찾으려고 한다.

"서른 살이나 되어서 유민으로 빈둥대고 있는 것은, 정말로 창피한 노릇이야."

다이스케는 결코 빈둥대고 있다고는 생각하지 않는다. 다만 직업으로 인해 더러워지지 않는 많은 시간을 갖는, 상등上等 인종이라고 자신을 생각하고 있을 뿐이다. 아버지가 이런 말을 할 때마다 실은 딱하게 여겨진다. 아버지의 유치한 머리로는 이렇게 의미 있게 시간을 이용하고 있는 결과가 자기의 사상정조 상으로, 결정체로 분출하고 있는 것이 전혀 비쳐지지 않는 것이다.

—『漱石全集』4, 345쪽

다이스케는 직업을 갖는 것은 자신의 영혼을 더럽게 하는 것이라는 생각을 가지고 있다. 그리고 이러한 자기의 생각을 이해해주지 못하는 아버지에 대해서 '유치한 머리'라는 표현을 쓰고 있다. 이처럼 대학교육을 받은 젊은 지식인이 아버지에 대해서 반감을 가지고 무시하는 장면은 소세키의 다른 작품에서도 볼 수 있다. 『코코로』에서 화자인 '나私' 역시 아버지에 대해 이러한 관념을 지니고 있다. 다이스케의 이러한 생각이 바로 소세키가 말하는 '유민'의 개념으로, 이것에 '고등'을 붙여 독자적인 인간상이 된 것이 『피안 저편까지彼岸過ぎまで』에서 보여지는 신조어 '고등유민'이다.

> 타구치[田口]가 왜 사람을 즐겨 만나는지 물어보세요. 타구치는 세상에 추구하는 바가 있는 사람이기 때문입니다. 다시 말해서 나 같은 고등유민이 아니기 때문입니다. 아무리 다른 사람의 감정을 해친다 해도, 괴로워하지 않는다는 여유가 없기 때문입니다.
>
> ―『漱石全集』 5, 162쪽

소세키가 생각하는 '고등유민'은, '세상에 구할 곳이 없는 사람'이거나, '아무리 다른 사람의 감정을 해친다 해도 괴로워하지 않는다는 여유'가 있는 사람을 말하는 것으로 보인다. 『나는 고양이로소이다』의 '태평일민'[11]도 이 '고등유민'을 희화화한 초기의 용어로 볼 수 있다.

---

11 세상으로부터 떠나 자유롭고 편안하게 사는 사람들. 국가 고급관료가 되는 것을 싫어하는 민간인도 그렇게 부른다. 물질적 이해득실에 신경 쓰지 않는, 또한 지위나 명예를 원하지도 않고 정신의 자유라든가 마음의 즐거움 같은 것을 소중하게 생각하는 유의 사람들이다. 태평일민은 당시 지식인들의 무력감, 경박함 그리고 무절조를 나타내는 상징에

이들 인물의 공통점은, 경제적으로 여유가 있어서 먹고 살기 위해 직업을 갖지 않아도 자유로운 생활을 할 수 있어야 한다는 점을 먼저 들 수 있다. 즉, 권력으로부터 거리를 두고 사회적 조직에 들어가지도 않고 정신적으로 자유로운 입장을 견지하며 문명비판의 시점을 가질 수 있었던 상류계급의 부류를 일컫는 말이었다.

고등유민의 필수조건인 정신적으로 자유롭고 여유롭기 위해서는 육체적인 건강이 무엇보다 선행되어야 하는데 다이스케의 경우는 "그는 태어나서 지금까지 아직 큰 병이라고는 앓아본 적이 없을 정도로 건강에 있어서 축복받은 사람이었다. 그는 그래야만 사는 보람이 있다고 믿고 있었기 때문에, 그의 건강은 그에게 있어서 다른 사람보다 배 이상의 가치를 지니고 있었다"(『漱石全集』 4, 470쪽)라는 진술에서 확인할 수 있듯이 건강한 신체를 소유하고 있었다.

다이스케와 더불어 소세키 작품의 대표적 고등유민의 한사람으로 『코코로』의 '선생님'을 들 수 있다. 이 작품에서 '선생님'은 전형적인 고등유민의 모습으로 나타나 있다. 다이스케의 경우와 마찬가지로 『코코로』에서의 '선생님' 역시 육체가 건강하다는 점이 강조되고 있다. 그것은 "선생님은 이렇다 할 병을 앓은 적이 없는 사람이었다"(『漱石全集』 6, 59쪽)라고 표현된 구절을 통해서 알 수 있다. 작은 병조차 치르지 않고 심신이 건강하다는 것은 풍요로운 생활이었음을 암시하는 것이다.

'선생님'은 생활의 어려움, 고달픔을 경험하지 않고 어린 시절을 보내

지나지 않는다. 『나는 고양이로소이다吾輩は猫である』 제11장에서는 태평일민에 대하여 "속 편하게 보이는 사람들도 마음속을 두드려보면 어딘지 서글픈 소리가 난다呑氣と見える人々も, 心の低を叩いて見ると, どこか悲しい音がする"라는 구절이 보인다.

왔다. 손에 흙을 묻히지 않은, 가진 자의 모습으로 살아온 것이다. 이후 숙부에게 재산을 횡령당하는 정신적인 고통이 있기는 했으나 학생 시절 이후 자살을 하기로 결심할 때까지 이렇다 할 직업을 가지지 않은 채 살아갈 수 있을 만큼 경제적으로 안정되어 있었다.

건강한 신체를 가졌으며 고상한 취미를 가진 '선생님'이 아무 일도 하지 않고 놀고 있다는 사실을 이 집을 출입하는 '나'는 뒤늦게 알게 된다. '선생님'은 부인과 자신이 살아가는 데 큰 지장이 없을 정도로 재산이 있는 만큼 굳이 직업을 가질 필요가 없다고 생각한다.

> 나는 아무래도 책 속에 마음을 묻고 싶어졌습니다. 나는 또한 팔짱을 끼고 세상을 바라보기 시작했던 것입니다.
>
> 아내는 그것을 당장에 곤란하지 않으니까 마음에 느슨함이 생기는 것이라고 관찰하고 있는 듯했습니다. 아내의 집에도 두 사람 정도는 아무 일도 하지 않고 그럭저럭 살아갈 수 있는 재산이 있는 이상, 나 역시 직업을 구하지 않아도 지장이 없는 형편에 있었던 것이니까, 그렇게 생각하는 것도 당연합니다.
>
> —『漱石全集』6, 277~278쪽

'고등유민'의 1차적 조건이 경제적 안정인데 '선생님'의 경우 자신뿐만 아니라 부인에게도 일정한 재산이 있었던 까닭에 이 부분에 있어서의 자유로움은 쉽게 달성될 수 있었다. 그러나 '선생님'은, 직업의 선택이 반드시 경제적인 안정만을 지향하는 것이 아니며 교육에 상응하는 사회에의 기여 및 자아실현과 보람을 위해서도 아울러 이루어진다는 점은 완전히 무시하고 있다.

이러한 '고등유민'으로서의 자세는 '선생님'을 존경하는 '나'에게도 영향을 미치게 된다. '나'는 졸업한 뒤 무엇을 선택할 것인지를 망설이며 난처해 하면서도 졸업하기 전에 이미 교사 자리 등을 찾아 적극적으로 사회 참여 내지는 가족의 부양의무를 지는 친구들과는 달리 구체적으로 직업에 대한 관심을 갖지 않는다. 그러면서 자신의 그러한 사고방식은 '선생님'의 영향 때문이라고 말한다.

이러한 경향은 『그리고서』의 다이스케 집에서 서생으로 기거하고 있는 카도노門野라는 청년에게서도 나타나는데 카도노는 다이스케처럼 "놀고 먹을 수만 있다면 더 바랄 것이 없다"는 입장이다. 결국 고등유민적 삶은 젊은이들에게 결코 좋은 영향을 미치지 않는 지식인 유형임은 분명한 것 같다.

『코코로』에서 '선생님'의 부인 역시 이러한 '선생님'의 생활에 대해 부정적인 입장을 보이고 있다. '선생님'처럼 아무것도 하지 않고 빈둥대어서는 안 된다는 충고를 작중 화자인 '나'에게 하는 부인의 말에서도 부인 역시 '선생님'의 이러한 생활방식을 바람직하게 생각하지 않고 있다는 것을 알 수 있다. '나'의 아버지 또한 부인과 같은 생각을 하고 있다. 여기서 '고등유민'적인 삶은 당사자 이외에는 그 누구에게도 환영받지 못하는 불합리한 삶의 형태라는 것을 확인하게 된다. 또한 '고등유민'은 주변 사람들도 그런 방식으로 삶을 살아가게 하는 감염적인 요소도 지니고 있음을 알 수 있다.

'선생님'의 학문이나 사상에 대해서는 '선생님'과 밀접한 관계를 유지하고 있는 '나' 이외에는 경의를 표할 사람은 아무도 없었다. 그것을 '나'는 항상 아쉽게 생각했다. 정신적인 삶을 추구하는 고등유민적인 삶에 있어 아무리 높은 사상을 갖추었다 하더라도 사회발전을 위해서는 무의미할 수밖에 없다는 사실을 잘 보여주고 있는 것이다. 어엿한 '대학출신'[12]이며 뛰어난 능력과 학식까지 겸비했으면서도 아무것도 하지 않고 놀고 있는 고등유민으로서의 무기력한 지식인의 모습[13]을 목도하게 되는 것이다.

또한 '선생님'은 사회생활은 하지 않았으나 처음 얼마간은 나름대로의 사회의식을 지니고 살아갔다. 그러나 그런 생활이 길어짐으로 인해 더 이상의 사회의식도 잃어버린 채 자신을 나약하고 무기력한 존재로 인식하는 지경에 이르고 만다.

> 이전엔 말이죠. 남 앞에 선다거나 남에게 질문을 받는다거나 할 때 모르면 창피한 것처럼 기분이 좋지 않았는데, 요즘 들어서는 모른다는 사실이 그다지 부끄럽지 않게 느껴지기 때문에, 그만 무리하게 책을 읽어보려는 의지가 나오지 않는 탓이지요. 뭐 간단히 말하면 늙어가고 있는 거죠.
>
> —『漱石全集』第六卷, 69~70쪽

'나'는 '선생님'의 이 말에 늙어간다고도 위대하다고도 느끼지 않는다. '선생님'은 세상에 대해 치열하게 살아야겠다는 열정이 없다. 살아있으나 항상 죽음을 생각하는 그런 존재인 '선생님'은 과거의 기억에만

---

12 도쿄제국대학東京帝國大學의 졸업생을 가리킨다. 메이지 말기까지 京都(1897), 東北(1907), 九州(1910)제국대학이 창립되었으므로, 교토제국대학 설립 이전以前의 제국대학은 단 하나였기 때문에 도쿄제국대학 출신자에게만 '大學出', '大學出身'이라고 부르는 습관은 나중에까지 남게 되었다.

13 『夏目漱石の全小說を讀む』, 學燈社, 1994, 183쪽.

매여 사는 노인과 같은 황혼의 존재이다.

『그리고서』의 다이스케와 마찬가지로 '선생님' 역시 특별한 직업을 갖지 않은 고등유민의 한 사람이지만 다이스케와는 달리 '선생님'이 사회적인 활동을 피하고 있는 것은 문명비판적인 이유에서가 아니다. 존재론적인 이유 때문[14]이다.

'고등유민'이란 이른바 자발적 실업자이니까, 그러기 위해서는 경제적 여유, 미적 향수, 문명비평의 세 가지 조건을 갖추어야 할 것이다. 다이스케의 경우는 이러한 조건을 골고루 갖추고 있는 고등유민이다. 『코코로』의 '선생님'도 고등유민에 다름없지만, 그는 미적 향수에도 문명비평에도 어두운 독특한 편벽이 있으며, 자신이 범한 '인간의 죄'에 갇혀 있기 때문에 고등유민으로서의 공적인 성격[15]은 결여되어 있다고 생각하는 시각도 있다. 그러나 '선생님'의 경우도 앞에서 본 것처럼 고상한 취미와 적당한 비평은 있다. 하지만 그것이 대 사회적이지 않고 자신의 내부의 목소리로 그치는 한계가 있는 '고등유민'이다.

소세키가 작품에서 '고등유민'이라는 독특한 인물을 내세우게 된 데는 대역사건大逆事件[16]에 대한 소세키의 반발이 있다고 생각되기도 한다.

---

14 三好行雄 外編, 「漱石の作品(下)」, 『講座 夏目漱石』 第3卷, 有斐閣, 1980, 133~134쪽.

15 소세키가 말하는 '고등유민'은 일반적으로 '자발적 실업자'인 경우에 사용되었지만 한편으로 '고등유민'이라는 용어는 러일전쟁 후 고등교육을 받으면서도 취직하지 못해서 도시를 배회하는 청년들에 대해서도 적용되었다. 이들은 일상생활에 궁핍한 일반서민으로부터 질투와 모멸의 복잡한 시선을 받아야 했으며, 한편으로 청년들 자신의 내면에 존재하는 자조적 감정을 부정 할 수 없었다(三好行雄 編, 『夏目漱石事典』, 學燈社, 1992, 138쪽).

16 1910년 5월 일본 각지에서 수많은 무정부주의자와 사회주의자가 메이지明治 천황의 암살계획을 이유로 검거・기소되어 그중 26명이 처벌당한 사건. 코토쿠 사건幸德事件이라고도 한다. 처음에 무정부주의자 미야시타 타키치宮下太吉를 체포했고 이어 코토쿠 슈스이幸德秋水등 7명을 검거했지만 형법 제73조, 즉 대역죄大逆罪로 기소하는 데 그쳤다. 그

사회주의는 두말 할 필요도 없고, 개인주의, 자유주의 등 국가주의 이외의 모든 사상을 탄압하는 시대의 도래에 대해서 "그렇다면 우리들은 체제에 참가하는 것이 불가능한 '고등유민'이라도 되지 않으면 살 길은 없지 않은가"하는 태도 표명이었다고 보는 것이 바로 그 시각이다.

소세키는 1914년 11월 학습원에서 '나의 개인주의'라는 제목으로 강연을 했다. 이 강연에서 소세키는 '국가와 개인'의 문제를 거론하면서 메이지 일본의 특징인 '국가주의'가 개인의 자유와 독립을 억압하는 것에 반대하며 개인주의 도덕을 확립할 것을 주장한다. 이 무렵은 엄격한 사상통제가 이루어지던 시기였으나 귀족 자녀들이 다니는 학습원에서 개인의 자유를 억압하는 국가에 대해 비판을 한 것이다.

소세키가 생각하는 개인주의란 맹목적으로 단체를 위해 활동하는 것이 아니라, 외로움에도 불구하고 '뿔뿔이' 흩어져 제각각 자신의 길을 가는 것이다. 이렇게 홀로 길을 가는 외로움에 대해서 코모리 요이치小森陽一는 "이 외로움은 어떠한 감상주의와도 관계없으며, 기존의 모든 사람(타자)의 사고방식을 끝까지 회의하고 철저하게 그 시비를 밝힌 다음 스스로 주장하는 것이 있다면 비록 외톨이가 될지라도 감히 실천한다는

러나 같은 해 6월 중순경 내각에서 사건 확대 방침이 결정됨에 따라 9월까지 총 26명이 검거되었다. 형법 제73조란 "천황 · 황태후 · 세자 · 세손에 대하여 해를 가하거나 가하고자 하는 자는 사형에 처한다"는 규정이다. 이 죄의 재판은 대심원大審院(대법원)만이 할 수 있었기 때문에 단 한 번의 재판으로 모든 것이 결정되었다. 당시 담당검사의 취조와 예심판사의 조서는 유도심문에 의해 이루어졌으며 그 심리와 재판(1910.12.10)은 일체 비공개로 속행되어 5일만에 구형이 내려졌다. 구형은 피고 26명 전원이 사형이었다. 판결(1911.1.18)은 24명이 대역죄로 사형, 나머지 2명은 폭발물 단속법 위반에 의해 각각 11년과 7년의 유기징역이었다. 일본의 국가주의는 제국헌법(1889)과 교육칙어(1890) 등을 통해서 일본인의 사상, 도덕, 신앙의 영역까지 침투했는데 이는 청 · 일, 러 · 일 전쟁 때에 극에 달하게 된다. 일본정부는 1910년의 대역사건을 계기로 본격적인 사상통제를 시작했다.

단독성을 품고 살아가겠다는 각오"[17]라고 말한다.

일본사회와 일본 국가를 위한 삶이 목적이 된 이 시기에, 소세키는 근대적 개인인 다이스케를 통해서, 국가주의에 편입되지 않고, 철저하게 고독하게 살아가는 개인의 모습을 그리고 있는 것이다.[18]

3) 1920년~1930년대 초 한국 지식인의 한 유형－심퍼사이저

3·1운동이 좌절로 끝나고 난 뒤인 1920년대, 소위 부르주아 집안의 자녀들은 일본으로 유학을 떠나는 경우가 많았다. 유학을 끝내거나 유학 도중 귀국한 이들 지식인들은 정신적으로 혼란한 상태에 놓이게 된다. 이들은 앞선 세대(할아버지, 아버지 세대)에 대해서 반역을 할 수도 없는 한편으로 사회주의 운동(당시에는 사회주의 운동과 독립운동의 경계가 모호하던 시기였다)에 곧바로 뛰어들 수 없는 애매한 입장에 놓여 있었다. 이러한 지식인들이 스스로에게 존재의미를 지니게 하는 한편으로 사회의 변혁에 일정한 공헌을 하는 한 방편으로 염상섭이 생각해낸 처세 방식이 바로 '심퍼사이저(동정자)'였다.

염상섭 문학에서의 심퍼사이저의 공통점 중 하나가 부르주아 계급이라는 것, 일본에서 공부하고 귀국한 젊은이이며 아직 뚜렷한 직업을 가지고 있지 않거나 직업을 가지고 있다고 하더라도 거의 자유업에 가깝다는 데 있다. 또한 조국 해방, 독립운동을 위한 단체나 개인을 도와주

17 코모리 요이치小森陽一, 한일문학연구회 역, 『나는 소세키로소이다』, 이매진, 2006, 214쪽.
18 김언정, 「나쓰메 소세키夏目漱石의 『그 후それから』와 이광수의 『무정無情』에 나타난 근대적 개인의 형성과정과 성격 비교 연구」, 『日本文化硏究』 39, 동아시아일본학회, 2011.7.

면서도 고마움의 대상이 되는 것이 아니라 오히려 오해나 빈정거림의 대상이 될 수도 있는 특이한 위치에 있는 경우도 있으며 생활이 안정되지 못하고 불안과 갈등의 연속이라는 삶의 형태를 이루고 있는 것도 비슷하다.

염상섭 소설에서의 심퍼사이저는 대학교육을 받은 지식인이며 특별한 직업 없이 부자인 선친의 유산으로 살아간다는 점에서는 고등유민과 유사성을 보이고 있다. 그러나 사회주의자들(여기서는 독립운동자도 역시 이 그룹에 포함된다)에 동조함으로써 사회주의자들 및 독립운동가들을 돕는 역할을 하고 있는 점은 고등유민에게서 볼 수 없는 모습이다. 염상섭은 「횡보문단회상기橫步文壇回想記」[19]에서 『삼대』의 등장인물을 설명하면서 심퍼사이저라는 인물 유형을 만들어내게 된 계기에 대해 언급하고 있다.

> 이 祖・父・孫의 三代를 다시 명확히 규정한다면, 祖父는 '萬歲'前 사람이요, 父親은 '만세'後의 허탈상태에서 自墮落한 생활에 헤매던 無理想・무해결인 자연주의문학의 본질과 같이, 현실폭로를 상징한 '否定的'인 인물이며 孫子의 代에 와서 비로소 제 갈길을 찾아 들려고 허덕이다가 손에 잡힌 것이, 그 소위 '씸퍼다이저'라고 하는, 즉 左翼에의 동조자 혹은 동정자라는 것이었다. 작품을 떠나서 실제로 보더라도 이것이 三・一運動後 한 귀퉁이에 나타난 時代相이자, 동시에 인텔리層의 一部가 가졌던 사상적 경향이었었으며, 어떠한 그룹에 있어서는, 대중을 끌고 나가는 지도이념으로 생각하였던 것이다.
>
> —『廉想涉全集』 12, 237쪽

19 염상섭, 『廉想涉全集』 12, 민음사, 1987, 225~240쪽(原文은 『사상계思想界』, 1962.11~12).

그런데 이러한 사상은 염상섭이 독립운동으로 오사카大阪 감옥에 갇혀 있다 나올 무렵, 요시노 사쿠조吉野作造 박사의 제자들이 독립운동을 정면으로 부닥칠 것이 아니라 노동운동(넓은 의미로는 무산자해방운동)으로 방향과 수단을 돌려서 간접적인 방법과 행동을 취하는 것이 상책이라고 시사했던 것과 부합되는 것이었다. 염상섭이 이 제안에 대해서 그대로 추종한 것은 아니지만 자신의 애국사상과 이에 따르는 모든 행동을 좌익에 동조하는 길로 돌려 독립운동을 잠행적으로 실천하는 길, 다시 말해서 지하공작이라고 할 수 있는 이러한 행동을 통해서 속에서 치밀어 내뿜는 열과 울분을, 이 '심퍼사이저'라는 창구멍으로 내뿜으려고 하였던 것이다. 그는 이것이 실천의 현실적이고 바람직한 수단방법이라 믿었던 것이라고 밝힌 바 있다.[20]

이에 대해 김윤식은 당시 상황에서 단재의 사상에 서지 않는 한 심퍼사이저가 되는 수밖에 없었을 것이라고 말한다.

> 이 심퍼사이저(sympathizer) 이론은 『사랑과 죄』, 『삼대』, '남충서'를 꿰뚫고 있는 염상섭의 기본태도이다. 이 태도의 평가기준은 염상섭 개인의 생각에서 오는 것이 아니고 당시의 현실에서 말미암는다. 상대주의적 세계관

20 식민지 중산층 지식인층은 그 계층적 속성으로 인해 외부 상황이 악화되는 1930년 무렵에 이르면 현저하게 대응력을 상실, 식민지 지배체제에 급속도로 편입되면서 민족해방운동선상에서 이탈하는 양상을 광범위하게 보여준다. 강화된 검열로 인한 표현의 한계에도 일면의 원인이 있겠지만, '현실타파'의 실천주체로 생각했던 중산층 지식인층이 이러한 양상으로 변질해 갈 때, 염상섭은 더 이상 『사랑과 죄』 같은 작품을 쓸 수 없었던 것이다. 『사랑과 죄』에 표출된 작가의식의 이같은 한계는 염상섭 리얼리즘의 한계를 또한 뜻하는 것이기도 하다(정호웅, 「식민지현실의 소설화와 역사의식」, 『廉想涉全集』 2, 민음사, 1987, 477쪽).

> (민족주의 · 제국주의 · 자본주의)에 섰을 때, 이 심퍼사이저 이론은 움직일 수 없는 진리이다. 이러한 진리를 비판하고 그 허위성을 까발길 수 있는 이론은 단재사상(아나키즘)밖에 없다. 단재사상 쪽에 서지 않는 한 심퍼사이저 이론은 움직일 수 없는 진실이다.[21]

염상섭은 고독했다. 그의 이념을 뒤쫓아 준 작가들이 없었으며, 또한 현실적 운동에서도 염상섭의 이념과 같은 운동형태를 찾을 수가 없었다. 그 시대에 존재했던 당대의 부정성을 넘어서기 위한 운동형태는, '물산장려운동'이거나 '적색농조' 혹은 '적색노조'였다. 염상섭은 당대에 존재했던 어떤 운동형태에도 합류해 들어갈 수 없었다. 염상섭은 자신의 자리와 현실적 운동 간의 거리를 '심퍼사이저' 의식으로 메운다.[22]

이러한 논리에 의해 생겨난 심퍼사이저는 결과적으로 프로문학을 여는 계기가 되었으며 염상섭이 이러한 생각을 한 것은 그 시대상을 반영한 것이다.

> 그리하여 이러한 심파다이즈를 작품에 취급한 문학은 우연히도 뒤미쳐 나

21 김윤식, 『염상섭 연구』, 서울대 출판부, 1999, 428쪽.

22 류보선은, "'물산장려운동'은 '민족'이란 이름을 내걸었지만 자본주의적 삶의 방식과 맞닿아 있는 것이어서, 자본주의적 논리에 대해 비판적이었던 염상섭은 이 운동 형태에 끼어들 수 없었다. 또 '적색농조'나 '적색노조' 등의 사회주의 운동형태는, 염상섭에게는 자본주의의 논리를 근본적으로 비판한다는 점(『사랑의 죄』)에서 '물산장려운동'의 형태보다는 긍정적인 의미를 지닌 것이나 이것은 '습관적으로 굳어 버린 (…중략…) 융통성 없는 조그만 투쟁감정'일 뿐이다. 염상섭에게 비친 당대의 사회주의 운동은 각자의 꿈이나 가족(혹은 민족)의 중요성을 인정하지 않는(『삼대』) 우를 범했던 것이다."라고 말하면서 염상섭의 당대의 두 운동 형태에 대한 비판은 나름대로 날카로운 통찰임에 틀림없지만 염상섭은 고독했고 여기서 심퍼사이저를 낳았다고 보았다(류보선, 「차디찬 시선과 교활한 현실」, 염상섭, 『無花果』, 동아출판사, 1995, 861쪽).

온 푸로문학의 前奏的 役割을 한 셈쯤 되었던 것이기는 하나, 그것은 그 시대상을 반영한 것일 따름이다. 그리고 여기에서 말하는 曙海 崔鶴松은 그 유형의 첫손을 꼽을 사람이다.

—『廉想涉全集 』 12, 231쪽

이러한 이념이 『사랑과 죄』에서는 다소 거친 모습으로 나타나 있다. 『사랑과 죄』는 일본 제국주의의 수탈 아래 급속도로 황폐화되어 가고 있었으며, 근대사회로 이행해 나아가고 있던 당대 한국사회의 실상을 깊은 안목으로 폭넓게 보여주고 있다. 그러한 사회에서도 좌절하지 않고 진정한 가치를 찾아 나아가는 순결한 청년들의 정신적 고뇌와 갈등, 그리고 그 극복 과정을 진지한 모습으로 형상화하고 있는 소설인 것이다.

작품의 주인공으로 설정된 이해춘은 왕손인 이자작의 아들로 도쿄 미술학교를 나와 봉건사회에서 근대사회로 나아가는 이행기에 점진적으로 개화되어가는 인물이다. 그는 사회주의자인 친구 김호연을 도와준다. 김호연의 세브란스 병원 위장 입원을 뒤에서 도와주거나 김호연이 보낸 행동대원 최진국에게 인삼을 비싼 값을 주고 사는 형태로 자금을 지원한다. 그는 그가 귀족이며 부르주아라는 사실이 독립운동을 하는 친구 김호연에게 이용당할 수 있다는 사실을 알고 있으면서도 끝내 거절할 수 없는 입장이다.

호연이만 하드라도 자긔가 귀족인 것을 리용하랴든 것인 것은 모르는 게 아니나 우정으로 보든지 무엇으로 보든지 이용되는 수밧게 업섯던 것이다. 하여간 이러케 된 다음에야 호연이도 벌서 오늘 붓들려 갓슬 것이다.

—『廉想涉全集』 2, 272쪽

이해춘은 김호연, 적토 등이 평양사건을 일으키고 자신도 연루되어 어려운 상황에 처하게 되지만 어디까지나 금전적 지원에 그치고 직접적으로 사회주의 운동에 뛰어들지는 않는 심퍼사이저로서의 본분을 다하고 있다. 그러나 그는 안정적인 모습을 보이지는 않고 자신의 사상, 가치관에 대해서 갈등적인 모습을 보이는 확신이 없는 심퍼사이저다.

> 나는 무슨 주의니 무슨 주의니 하는 것은 실혀요. 될 수 잇스면 남의 머리우흐로 거러단이지 안코 남의 입에 부튼 밥을 노리지 안하도 제각긔 먹고 자유롭게 지낼 수 잇는 사회에서 사라 보고 십흘 따름이얘요.
>
> —『廉想涉全集』 2, 35쪽

인간의 존재와 가치를 내면적 고통을 거쳐 정치적인 폭력을 비판적으로 대면하는 면모를 보여주는 데서 염상섭의 민중적 의식을 찾을 수 있다. 그러나 봉건적 가족 질서로부터 새로운 삶의 개척을 시도하는 이해춘은 그러한 민중의식의 실천을 스스로 보여주지 못하고 친구 김호연의 사상을 추수하는 데 그치는 심퍼사이저다. 그는 적극적인 사회주의자도 독립운동가도 아니요 다만 사회주의나 민족운동 세력에게 금전적인 지원을 하는데 그치는 존재인 것이다.

「남충서」에서는 『사랑과 죄』에서보다는 좀 더 진전된 모습의 심퍼사이저를 만날 수 있다. 서울 상류계급, 일본에서 10여 년간 망명생활을 보낸 노론 출신의 혁명가이지만 이제는 친일파로 떵떵거리는 남상철의 복잡한 가족 이야기 속에서 갈등하는 아들 남충서가 이 소설의 주인공이다.

소설은 기생 출신 일본인 왜마마美佐緖와 그의 아들 남충서의 대화 장면으로 시작되어 다소 지루하리만치 가족사가 길게 이어지고 있다. 그런데 이 모자 관계도 평범한 것은 아니다. 남충서는 미좌서의 아들이지만 일찍이 큰어머니 앞에서 조선식으로 자라나 이 집안의 상속자의 위치에 있기 때문이다. 남충서는 아버지가 친일파이며 어머니는 일본인이다. 그는 『사랑과 죄』의 이해춘처럼 예술가적 자질이 있지만 실업계에 종사하라는 부친의 말에 따라 경제학을 공부하였다.

> 다만 예술가적 천품이 잇는 그가 실업계에 발전하라는 부친의 말을 짤아 경제학을 공부하는 동안에 사회문제에 더욱 더 힘을 쓰기 때문에 그는 지금 사상적 전향긔轉向期에서 번민을 하고 또 그만치 자긔의 긔이한 운명과 '뿌르조아—지'의 자제인 자긔 처지를 몹시 예민한 비판으로 돌려다 보고 잇기 때문에 (…후략…)
>
> —『廉想涉全集』 9, 271쪽

도쿄제대 경제과를 나와 사회주의 계열인 P・P단의 재정책으로 활약하지만 항상 정체성의 위기에 시달리는 남충서를 비롯하여 재산을 매개로 속으로 치열한 암투를 벌이는 이 집안사람들 전체를 작가는 연민 속에 그려낸다. 그런 그가 무산계급의 저항단체인 P・P단에 자진하여 자금책으로 나선다. P・P단이란 무산계급Proletariat을 머리글자로 한 단체이다. 이 단체는 물론 일본에 대해서 적대적인 단체[23]이다. 그것은 이 당시의 성격상 작품 속에서 직접적으로 내세울 수는 없었을 것으로 보인다.

P・P단의 동지들은 남충서가 그들의 동지인데도 남충서의 이름이 남충서, 미나미 다다오, 야노 등 여러 가지로 불리는 것을 조롱하듯 말하기도 한다.

> 언젠가 P・P단의 동지의 한 사람이 별안간 "여보게 '야노'군… '미나미군'… 남군!" 하며 혀가 돌을 새도 업시 연거퍼 불러노코 나서
>
> "……온 자네 가튼 '뿔조아-지'는 성姓도 만흐니까 한참 부르고 나면 숨이 차이 그려!" 하며 여러 사람을 웃긴 일이 잇섯다. 여러 사람은 웃엇스나 충서는 쓰린 웃음을 체면에 못 이기어서 딸아 웃을쑤밧게 업섯다.
>
> "하지만 말하자면 나는 '야노矢野'도 아니요 '미나미'도 아니요 남가南哥도 아닐새마는 그러나 그중에 제일 적절히 나我라는 존재를 설명하는 것은 '미나미'라고 부르는 것이겠지! '야노'도 아니요 남가도 아닌 거긔에 내 운명은 긔묘한 전개를 보여주는 걸세"하며 진담도 아니요 자조自嘲하는 농담도 아닌 소리를 할 제 여러 사람은 걸작일세 걸작야! 하고 웃었다.
>
> —『廉想涉全集』 9, 286쪽

P・P단의 동지들이 자기를 악의로 놀리거나 무슨 편견을 가지고 자기에게 마음을 주지 않거나 하지는 않지만 간혹 충서를 동지의 모반자謀

23 일본제국에 적대되는 것은 천황제(이른바 國體에 해당되는 것)를 부정하는 공산주의・허무주의・아나키즘이라는 삼각동맹이거나 조선독립단이다. 여기서 P・P단이란 조선독립단과는 관계없는 것으로 볼 수밖에 없는데, 그 이유는 당시의 조선 및 일본 국내에서 어느 정도 활동이 가능했던 것은 공산주의・아나키즘・허무주의이기 때문이다(김윤식, 앞의 책, 424쪽).

反者인 듯이 경계를 하는 눈치를 보일 때는 자신의 존재가 보잘 것 없다는 생각을 하게 된다. 자기 부친의 과거 내력은 당당한 혁명가로 십여 년을 일본에 망명했을 정도였으니까 믿을 수 있지만 지금의 부친이 진짜인지 가짜인지 친일파로 인정되는 상태인 데다 어머니가 일본인이라는 자가 P・P단의 재정을 부담하고 있으니 이런 내용을 아는 사람이라면 모두가 기괴하게 여길 것이 빤하다. 이런 혼란스러운 환경에서 남충서는 자금책이 되어 있는 것이다.

> 충서는 더구나 일녀의 소생이라니까 이러한 P・P단 운동에 재정을 부담한다는 것부터 내용을 아는 사람은 괴괴하게 알 일이요, 또한 동지끼리도 늘 경계를 하는 것이겠지마는 그보다도 충서에게 괴로운 모욕은 이러한 자기의 처지가 그들의 이용거리로 되는 것이다.
>
> —『廉想涉全集』 9, 287쪽

이렇듯, 남충서는 아버지의 조국인 한국의 독립을 위한 운동을 도와주면서도 어머니가 일본인인 관계로 동료들의 의심을 항상 의식하지 않을 수 없는 가운데서 심퍼사이저 역할을 하고 있다.

『삼대』[24]의 조덕기를 통해서 또 한사람의 전형적인 '심퍼사이저'를 만날 수 있다. 조덕기는 그와 이념적으로 대립적 관계에 있는 친구 김병

24 『삼대』는 조의관・조상훈・조덕기 삼대를 수직 축으로 하는 가족사적 의미와 김병화・홍경애・피혁・장훈을 수평 축으로 하는 사회주의적 이념문제를 리얼리즘 수법으로 형상화한 30년대 걸작이다. 역사적 의미나 당대의 이념적 필연성을 포괄적으로 수용하여 성공적으로 소설화하였다는 점은 누구나 공통적으로 인정하는 바다(한승옥, 「『삼대』의 다성적 특질」, 『염상섭 소설연구』, 국학자료원, 1999, 185쪽).

화와 지적인 의견교환과 함께 물질적인 도움을 주는 한편 일제의 탄압을 막아주기도 한다. 그런데 이러한 금전적인 지원은 부르주아 집안인 자신의 가문을 사회주의자나 독립운동가로부터 보호받는 보험의 성격 역시 지니고 있는 것이기도 했다.

염상섭 소설에서의 심퍼사이저의 형식이 보다 정리되고 안정된 모습으로 볼 수 있는 『삼대』의 조덕기를 통해서 염상섭이 추구한 심퍼사이저의 전형적인 모습을 발견하게 된다. 조덕기의 조부 조의관이 의문의 죽음을 당한 뒤 그 아들인 조상훈이 유산을 물려받는 것이 아니라 손자인 조덕기에게 재산의 대부분이 넘어가게 되자 고등계 형사 금천 주임은 조덕기를 조부의 독살 주범으로 생각하고 그 교사자教唆者를 김병화라고 생각한다. 물론 그의 가정假定은 잘못된 것이지만 금천 형사가 생각하는 심퍼사이저로서의 조덕기에 대한 몇 가지 단정은 적확하다.

> 첫째 부호 자제와 공산주의자가 그렇게 친할 제야 아무 의미 없는, 동문수학하였다는 관계뿐만이 아닐 것, 둘째 경도부 경찰부에 의뢰하여 조사해 본 결과 특별히 불온한 점은 인정ㅎ지 않으나 덕기의 하숙에 두고 나온 책장에 맑쓰와 레에닌에 관한 서적이 유난히 많다는 점, 세째 덕기가 돈 천 원을 주어서 장사를 시키는 점, 네째 작년 겨울에 한참 동안 두 청년이 짝을 지어 빠커쓰에 드나들었는데, 그 여주인도 다소간 분홍빛이 끼었다는 점…… 등등으로 보아서 조덕기는 그 소위 씸파다이저어(동정자)일 것이다.
>
> —『廉想涉全集』 4, 375쪽

물론 금천 형사가 이런 가정을 하는 데는 재산이 아무 이유 없이 당연한 상속자인 조상훈을 제쳐놓고 손자에게로 간 것에만 주목하여 항간에 떠도는 중독설이나 의사 매수설 등을 조사하기 위해 나름대로 내린 단정이지만 조덕기를 심퍼사이저로 보는 가정은 어느 정도 타당한 일면이 있다. 결국 염상섭이 말하는 심퍼사이저는 심정적으로 사회주의와 독립운동을 지향하지만 직접 행동으로는 나서지 않고 금전적인 지원에 그치는 부르주아 지식인을 말한다는 것을 다시 한번 확인할 수 있다.

삼대를 중심으로 하여 염상섭이 견고하고 깊이 있는 작품을 쓸 수 있었던 것은, 성격이라는 고정된 기둥과 중산층의 삶에 대한 확실한 감각이라는 기둥 사이에다 사회주의운동에 대한 심퍼사이저를 끼워 넣었던 때문[25]이었다.

심퍼사이저의 공통점 중 하나가 부르주아 계급이라는 것이며 또한 일본에서 공부하고 귀국한 젊은 지식인인 경우가 대부분이고 경제적으로는 풍족한 편이나 생활이 안정되지 못하고 늘 불안과 갈등의 연속이라는 상황에 처해 있다는 점이 동일하다. 그들은 사회주의 운동에 직접 뛰어들지는 않지만 항상 감시의 대상이며 쫓기거나 유치장 신세를 지는 입장에 처해지기도 한다.

염상섭 문학에서의 심퍼사이저는 『사랑과 죄』의 이해춘을 통해서 볼 수 있듯이 처음에는 일제통치자들의 눈을 피해 사회주의운동이나 독립운동을 할 수 있도록 하기 위해서 저들이 전혀 의심하지 않는 권력자 또

25 염상섭이 1920년대의 시대상황에서 '심퍼사이저'라는 독특한 존재를 착안한 것은 그가 그 당시 신문기자이면서 동시에 작가였다는 것과 무관하지 않다. 다시 말해 문사와 지사의 미분화상태에 있었다는 사실이 곧 정치적 감각이다. 무산계급에의 동정자가 됨으로써 간접적인 독립운동을 할 수밖에 없었던 시대적 한계에서 그러한 감각이 길러졌던 것이다(김윤식, 앞의 책, 262~263쪽).

는 일제에 기여한 명예로운 작위를 가진 자로 설정되었다. 하지만 이후는 명예나 권력보다는 돈이 더 소중하게 되었다. 이것은 권력 중심 사회에서 경제 중심 사회 즉 자본주의 사회로의 전환을 의미하는 것이다.[26]

「남충서」, 『삼대』 등의 작품에서는 이러한, 사회주의자들에게 금전적인 지원을 하는 심퍼사이저(남충서, 조덕기)를 만나게 되는데 이들이 염상섭이 추구한 심퍼사이저의 주류로 볼 수 있다. 한편, 『삼대』의 속편으로 볼 수 있는 『무화과』(1931)에서의 주인공 이원영은 아직 돈을 지니고 있었을 때는 돈으로 신문사 영업국장이 되기도 하고 신문사에서 해고당한 원태섭을 통해 상해에서 독립운동을 하는 김동국에게 돈을 보내기도 하였지만 그러나 결국 그는 돈이 떨어지는 상황에 처하고 만다.

결국, 『무화과』에서의 이원영은 돈 떨어진 중산층으로 묘사됨으로써 더 이상 염상섭이 추구했던 심퍼사이저로서의 의미를 지닐 수 없게 되었던 것이다. 이 무렵(1930년대 초)에는 중산층 보수주의자의 심퍼사이저 노릇도 사라질 수밖에 없었는데 그것은 일제의 사회주의자들에 대한 탄압이 극심해져 저들의 지하 운동이 거의 불가능하게 됨으로써 중산층 보수주의자들에게는 사회주의 지하 운동자들이 이미 위협적인 존재가 아니었기 때문이다.

26 김종균, 『근대인물한국사 염상섭』, 동아일보사, 1995, 105쪽.

2. 고등유민과 심퍼사이저의 성격 대조

동아시아 근대문학 여명기의 일본과 한국의 대표 작가들이 만들어낸 인물유형인 소세키 문학의 고등유민과 염상섭 문학의 심퍼사이저의 성격 규명을 통하여 당대 한국과 일본의 근대 지식인상의 한 모습을 이해하고자 한다.

아놀드 보네트Arnold Bonett는 "훌륭한 소설의 근본은 성격을 창조하는 일 이외에 아무것도 아니다"라고 기술[27]한 바 있다. 근대소설의 진정한 목적이 인간성을 탐구하는 것이라면, 성격이란 소설의 요소 중 가장 중요한 것에 속한다는 것을 알 수 있다. 성격은 궁극적으로 '인간이란 무엇인가?'를 깨닫게 하는 통찰을 독자에게 제공하며 작품에 등장하는 인물의 성격을 규명하는 일은 작품의 본질을 이해하는 데 도움을 줄 뿐만 아니라 작가의 내면세계를 이해하는 데도 도움이 된다.

작중인물은 그 작가의 세계관, 문제의식, 관심구조 등의 형이상학적인 문제를 반영하므로 작중인물의 성격에 관한 연구는 작중인물의 성격 그 자체만으로 한정되는 연구가 아니라 그 성격 분석을 통해서 시대배경, 작가의 사회의식 내지 인생관까지도 가장 잘 알아내는 방법이 될 수 있다고 생각한다.

이 글에서는 좀 더 면밀하고 깊이 있는 비교 고찰을 위해서 두 작가의 장편소설 가운데 소세키의 『그리고서』와 『코코로』, 염상섭의 『사랑과 죄』와 『삼대』에 나오는 고등유민과 심퍼사이저를 중심으로 연구를 진

27 정한모 · 김용직, 『문학개설』, 박영사, 1990, 165쪽.

행하고자 한다.

1) 고등유민과 심퍼사이저의 사회적 성격

(1) 고등유민의 사회적 성격

① 반反 지식인

고등유민의 공통점은 경제적으로 여유가 있어서 먹고 살기 위해 직업을 갖지 않아도 자유로운 생활을 할 수 있어야 한다는 점을 먼저 들 수 있다. 즉, 권력으로부터 거리를 두고 사회적 조직에 들어가지도 않고 정신적으로 자유로운 입장을 견지하며 문명비판의 시점을 가질 수 있었던 상류계급의 부류들을 일컫는 말이었다.

다이스케에게 충고하는 아버지의 말은 지식인에게 거는 일반적인 기대라고 볼 수 있다.

> 인간이란 그렇게 자기 자신만을 생각해서는 안된다. 세상도 있다. 또한 국가도 있다. 조금은 남을 위해서 무언가를 하지 않으면 마음이 편치 않은 법이다. 너도 그렇게 빈둥빈둥 놀고 있는 것이 마음 편할 리가 없을 테지. 그럼, 교육도 받지 못한 하류층의 인간이라면 몰라도 최고의 교육을 받은 사람이 놀고만 있어서야 결코 좋을 리가 없지. 배운 것은 현실에 응용해야 비로소 의미를 지니게 되는 법이니까.
>
> —『漱石全集』第四巻, 344쪽

부자간의 이러한 가치관의 대립에 대해 소세키는 그의 「현대일본의 개화現代日本の開化」[28]에서 인간은 그 사회로부터 벗어나 혼자 있게 되면 어디까지나 자아본위自我本位에 입각해 행동하는 것은 당연한 순리이기 때문에 자신이 좋아하는 자극에 정신과 신체를 소비하려고 하는 것은 어쩔 수 없다고 말한다. 가장 좋아하는 자극에 반응해서 자유롭게 활력을 소모한다고 해서 단순히 여자를 상대로 하는 것만을 가리키지는 않는다. 소세키는 좋아하는 것을 좇아 하려는 욕망은 개화가 허용하는 한 모든 방면에 걸쳐 있는 이야기라고 하면서 다음과 같이 말하고 있다.

> 아버지가 무리해서 학자금을 변통해 졸업시킨 이상은 월급이라도 받게 해서 자신은 일찍 은거라도 하고 싶다고 생각하고 있는데도, 자식 쪽에서는 생계 따위는 전혀 무관심하고 단지 천지의 진리를 발견하고 싶다는 등의 태평스런 말을 늘어놓으며 책상에 기대어 몹시 못마땅한 표정을 짓고 있는 경우도 있다. 부모는 생계를 위한 수업이라고 생각하고 있는데도 자식은 도락을 위한 학문만을 수긍하고 있다. 이와 같은 의미에서 도락의 활력은 어떠한 도덕학자도 막을 수 없다.
>
> —『漱石全集』第11卷, 329쪽

다이스케가 대학을 졸업한 뒤 곧바로 사회생활을 시작한 친구 히라오카에게 밤 벚꽃놀이가 좋다는 낭만적인 말을 하자 히라오카는 자신은 아직 밤 벚꽃놀이를 가보지 못했다며 사회에 나가 보면 그런 일을 좀처

28 오사카아사히신문사大阪朝日新聞社가 칸사이關西에서 기획한 연속 강연의 제2회로, 1911년 8월 15일에 와카야마시和歌山市에서 행한 강연 기록이다. 1911년 11월에 아사히신문합자회사에서 간행한 『아사히강연집朝日講演集』에 실렸다.

럼 엄두도 못 내게 된다고 말한다. 다이스케는 이러한 히라오카의 반응에 대해 그의 말투보다 그 내용에 대해 불합리함을 느낀다. 그는 실생활을 통한 세상살이 경험보다도 부활절 밤의 경험이 인생에 있어서 더 의의가 있다고 생각하고 있었던 것이다. 그는 실생활의 경험만큼 어리석은 것은 없다고 생각한다. 그것은 고통스러울 뿐이라고 생각하는 것이다. 이에 대해 히라오카는 다이스케도 이제는 세상에 발을 디뎌야 하지 않겠는가 하고 충고한다. 그러나 다이스케는 그럴 필요가 없으므로 사회에 발을 내딛지 않는다고 말한다.

물론 생활이 곤란해지면 언제라도 항복하겠지. 하지만 당장 부족한 게 없는 사람이 뭐 하러 애써 그런 저급한 경험을 맛봐야 하겠나. 인도 사람이 외투를 입고 겨울이 올 때를 대비하는 것과 마찬가지인걸.

—『漱石全集』第四卷, 331쪽

다이스케는 자신이 아는 한 교사를 예로 들어 기계적으로 입을 움직이는 시간 외에는 전혀 틈을 낼 수 없는 그 사람은 일요일이면 모처럼 푹 쉰다는 명목으로 하루 종일 잠만 쿨쿨 잘 뿐이다. 이 사람은 외국에서 정상급 음악가가 온다고 해도, 무슨 음악회가 열린다고 해도 전혀 들을 기회를 갖질 못한다. 결국 그는 음악이라는 어떤 아름다운 세계에는 전혀 발을 들여놓지 못하고 죽게 될 것이다. 따라서 인간으로서 이것은 불행한 일이라고 자신의 논리를 편다. 이러한 세계를 경험하지 못하고 생활인이 되는 것만큼 불쌍한 경우는 없으며 빵을 떠난 고상한 경험을 해보지 않고서야 인간으로 태어난 보람은 없다는 것이 다이스케의 생각이다. 그는 사회생활에 찌든 히라오카에 비해 훨씬 고상한 세계에서 살고 있다고 자부하고 있다.

20세기의 일본에 살고 있는 그는 서른도 채 안된 나이에 이미 닐 아드미라리nil admirari[29]의 경지에 달해 있다. 그의 사고는 인간의 어두운 세계를 접하고 깜짝 놀랄 정도로 촌스럽지 않다. 그의 신경은 그런 진부한 비밀을 캐내며 기뻐할 만큼 따분함에 시달리고 있지도 않다. 다이스케는 히라오카가 살고 있는 세계와는 너무도 동떨어진 자기 자신만의 독자적인 세계에서 살고 있는 것이다. 이런 그는 축첩에 대해서도 부정적인 생각을 가지고 있지 않다. 다이스케의 아버지는 나이에 아랑곳하지 않고 첩을 거느리고 있지만 그것은 아무래도 좋았다. 그럴 여유가 없는 사람들이 축첩을 비난하는 것이라고 다이스케는 생각하고 있었다. 그러나 다이스케에 대한 히라오카의 생각은 다르다.

웃고는 있지만, 그러는 자네는 아무 일도 안 하고 있잖은가? 자네는 세상을 있는 그대로 받아들이는 사람이야. 달리 말하면 의지를 실현할 수 없는 사람이지. 의지가 없다는 것은 거짓말이야. 왜냐하면 인간이니까. 그 증거로, 자네는 항상 부족함을 느끼고 있음에 틀림없어. 나는 자신의 의지를 사회에 실현시키려고 하고. 내 의지로 인해서 사회가 조금이라도 내가 바라는 대로 되었다는 확증을 가지지 않고서는 살아갈 수가 없어. 바로 그런 점에 나라는 인간의 존재가치가 있다고 생각하지. 자네는 단지 생각만 하고 있어. 생각만 하다 보니 관념 속의 세계와 현실 세계를 따로따로 분리시킨 채 살아

29 로마 시인 호라티우스Quintus Horatius Flaccus의 『서간집』 제1권 여섯 번째 서간書簡의 1행에 나오는 말로 모든 일에 무관심하고 놀라지도 않는 심정을 뜻하는 라틴어.

가고 있는 거야. 이런 엄청난 부조화를 감내하고 있는 것 자체가 이미 겉으론 드러나지 않는 크나큰 실패가 아닐까?

—『漱石全集』第四卷, 400쪽

대학동창인 히라오카는 관념세계와 현실세계를 구분하지 못하는 다이스케야말로 실패자의 삶이라고 단정짓는데 이것은 사회인으로서의 시각에서 본 고등유민의 무능력한 일면을 단적으로 표현한 것이라고 볼 수 있다.

다이스케는 물질이 토대가 된 향락적인 세계를 히라오카에게 노골적으로 드러내 보이고 있다. 그는 사회생활만큼 어리석은 것은 없다고 단정하고 생계를 위한 직업을 갖는다는 사실을 경멸하여 직업을 가지려고도 하지 않는다. 왜냐하면 직업을 갖는다는 자체는 사회와 인간과의 관계를 의미하는 것인데, 현재의 기형적인 사회 구조 안에서의 직업은 '인간성 방기를 의미'[30]하는 것이므로 직업을 갖는다는 것은 인간성 상실을 전제로 하는 것이라고 스스로 진단한 상태이기 때문이다.

먹는 쪽이 목적이고 일하는 것이 방편이라면, 먹고살기 쉽게 일하는 방법을 맞춰가는 것이 당연하겠지. 그렇게 되면 무슨 일을 하든, 또한 어떻게 일을 하든 상관이 없지, 다만 빵을 얻을 수 있으면 된다고 하는 것에 귀착해 버리지 않는가. 노력의 내용도 방향 내지는 순서도 모두 외부로부터 제약받는 이상, 그 노력은 타락의 노력이다.

—『漱石全集』第四卷, 406쪽

30 大竹雅則, 「『それから』—再現の昔」, 『漱石—初期作品論の展開』, 桜楓社, 1995, 200쪽.

다이스케는 이러한 직업 불필요론을 자기 논리로써 옹호하는데, 그의 논리에 의하면 메이지시대, 다시 말해 근대 일본이라는 공간과 시간 속에서의 삶이란 하나의 허위에 불과하며, 이러한 허위 속에서의 직업이란 타락한 인간정신을 낳을 뿐이라는 것이다. 따라서 그는 메이지시대 초기에 있었던 지사志士적 인물과는 반대되는 가치관을 가진 인간인 것이다.[31]

이런 가치관을 가진 다이스케는 자신은 '의미 있는 시간을 보내고 있는' 상등인종이므로 따라서 그는 자신의 사상과 정서 위에 분출되어 존재하는, 가치 있는 정신세계를 갖고 있는 '고등유민'이라고 스스로 규정한다.

다이스케는 단지 먹고 사는 문제 때문에 감자(생계)가 다이아몬드(지적인 세계)보다 중요하게 되는 상황에 처하게 된다면 인간으로서의 가치를 의심받게 되는 위기에 몰린다고 생각한다. 지금까지 아버지와 형의 원조에 기생해 온 다이스케는 현실을 살아가면서 좌절했던 경험이 없다. 그의 사고는 무사태평하고 나태함으로 이어지고 있다. 그것은 사회와의 접촉을 하지 않기 때문이다. 그에게 있어 물질적 기반은 자신의 지적인 세계를 지탱해 주는 근거가 되는데 따라서 물질적 기반이 흔들려서는 관념적, 지적인 가치는 붕괴된다. 그의 신념은 반은 뇌의 판단에서, 다른 반은 이상에의 동경에서 왔다고 말하듯이 그의 사고는 현실성이 없는 몽상이라고 할 수 있다. 결국 그의 고등유민적 논리는 돈에 있어서 자유로운 사람, 즉 '얼굴을 거울에 비추어볼 여유'가 있는 사람이기에

---

31 吳京煥, 「『それから』論」, 『인문논총』 30-1, 부산대 인문대, 1986, 51쪽.

가능한 '이론적' 논리이다.

그는 자신이 물질의 자유로움에 바탕을 둔 정신적 자유를 누리고 있다고 확신하고 있었다. 그러나 그것은 현실이 아니었다. 자신의 '무능력'을 자각시켜주는 형수 우메코梅子와의 대화에서 그것은 확연하게 드러난다.

> "그렇게 훌륭한 분이 왜 저 같은 사람에게 돈을 빌릴 필요가 있을까요? 우습지 않아요? 남의 말꼬리나 잡는다고 생각하니 화가 나지요? 그렇지 않나요? 그만큼이나 훌륭한 도련님이라도 돈이 없으면 저 같은 것한테도 머리를 숙이지 않으면 안되죠?"
>
> "그래서 아까부터 머리를 숙이고 있는 것입니다."
>
> (…중략…)
>
> "아무리 훌륭해도 소용없지 않겠어요. 무능력한 점은 인력거꾼이나 마찬가지잖아요."
>
> 다이스케는 이제까지 형수가 이토록 적절한 견해로 자신에게 공격을 가할 수 있으리라고는 생각하지 않았다. 실은 돈을 마련해야겠다고 마음먹고 나서 스스로도 이런 약점을 마음 속으로 느끼고 있었던 것이다.
>
> —『漱石全集』第四卷, 419~420쪽

다이스케의 고등유민으로서의 삶의 토대는 이제까지 그를 지탱해준 아버지와 형의 물질적인 원조에 바탕을 둔 것이었고 그가 아버지의 경제력에 기생하는 점은 무능력한 인력거꾼과 다르지 않다는 사실을 형수를 통해 확인받게 된 것이다.

그는 정신적 가치 세계에서는 '상등인종'이지만 아버지의 원조가 없으면 무능력한 존재일 수밖에 없음을 형수에게 돈을 빌리기로 한 다음부터 마음속으로 깨닫게 된다. 그에게 물질적인 기반이 붕괴된다면 히라오카의 선택과 같은 사회 경험은 필연적인 것이 되기 때문이다. 결국 다이스케의 고상한 사색과 감수성은 사회에 적응하지 못하는 반反지식인의 속성을 키워가고 있었던 것이다.

친구 히라오카의 부인이자 지난날의 연인인 미치요와 함께 살기로 결정한 다음 히라오카뿐만 아니라 가족과도 절연하게 되어 어쩔 수 없이 생계를 위한 직업을 선택할 수밖에 없는 상황에서도 그는 직업에 대해서 여전히 부정적인 가치관을 보인다.

> 모든 직업을 다 떠올려 본 뒤, 그의 눈은 방랑자에까지 이르러 생각이 멈추었다. 그는 분명히 자신의 모습을 개와 사람의 경계를 오락가락하는 거지들 무리 속에서 찾아내었다. 생활의 타락은 곧 정신의 자유를 빼앗아간다는 점에서 그가 가장 고통스럽게 여기는 바였다. 그는 자신의 육체에 온갖 추하고 더러운 색을 칠하고 난 뒤에 자신의 마음의 상태가 얼마나 타락할까 하고 생각하자 오싹 소름이 끼쳤다.
>
> —『漱石全集』第四卷, 584쪽

그러나 이러한 논리는 『그리고서』에 이어 발표한 장편 소설 『문門』[32]

32 1910.3.1~6.12일까지 104회에 걸쳐서 도쿄・오사카의 양 『아사히신문朝日新聞』에 연재되었으며 다음 해(1911) 1월 슌요토春陽堂에서 단행본으로 간행하였다. 흔히 『그리고서』의 속편이라고 일컬어지는 이 소설에는 "신경의 최후의 섬유에 이르기까지 서로 부둥켜안고 있는" "운명공동체"라는 소스케宗助・오요네お米 부부가 등장한다.

에서 철저하게 부정되고 만다. 도쿄 변두리 셋집에서 은거하듯 살아가는 하급 관리 소스케宗助 부부(『그리고서』의 다이스케와 미치요)는 어두운 과거를 가슴에 묻고 하루하루를 보낸다. 그들 부부는 아내가 세 번이나 유산을 한 것도 인륜을 저버린 행위에 대한 징벌이라고 믿을 만큼 죄의식에 사로잡혀 있다. 죄의식의 근원에는 대학 동기가 요양생활을 하는 사이에 그의 동거녀였던 지금의 아내와 사랑의 도피 행각을 한 과거가 도사리고 있다. 그는 겨울만 되면 화로 앞에 웅크리고 앉아 매서운 겨울 바람에 묻어오는 과거의 기억과 고통스러운 대면을 강요당한다.

길고 힘겨운 겨울이 지나고 봄이 찾아오면서 소설은 결말에 이르지만, "곧 다시 겨울이 찾아온다"라고 되뇌는 소스케의 독백에서 순환하는 시간을 자연의 형벌로 인식하는 짙은 관념론적 회의를 읽을 수 있다.[33]

결국, 다이스케가 고등유민적 삶을 이어갈 수 있었던 것은 아버지와 형으로부터 생활비를 받을 수 있었기 때문이었다. 이러한 다이스케의 생각은 아버지의 부자절연 선언으로 고등유민적 삶의 종지부를 찍게 된다. 다이스케는, 앞으로 평생 그와는 만나지 않겠다는 아버지의 생각을 형으로부터 전해 듣게 된다. 형은 아버지의 말, "어디를 가더라도 뭘 하더라도 상관하지 않겠다. 그 대신 앞으로 아들로 생각하지 않을 것이며 또 아버지라고 생각지도 말아라"라는 말을 덧붙여 전한다. 경제적 원조가 끊어진 이상 고등유민으로서의 삶은 더 이상 유지될 수 없는 것이다.

반지식인적이며 불합리한 모습으로 살아가거나 모순된 삶의 형태를 보여주는 다이스케의 삶은 『코코로』의 '선생님'에게서도 엿볼 수 있다.

---

33 윤상인, 「작품 해설」, 나쓰메 소세키, 윤상인 역, 『그 후』, 민음사, 2003, 368쪽.

'선생님'은 삼촌에 대한 배신감을 마음속에 간직한 채 인간 전체에 대한 심한 불신 속에 살고 있었으면서도, '사랑'에 대해서만큼은 의심하지 않는 모순적인 존재였다고 스스로 밝힌다.

'숙부'의 배신에 충격을 받고 그 때문에 '숙부'뿐만 아니라 타인까지도 믿을 수 없게 된 인간의 행위로서 이것은 너무도 불철저한 태도가 아닌가. '선생님'은 왜 타인의 힘을 빌리지 않고 독자적인 힘으로 '숙부'에게 복수하고, 또는 적어도 마지막까지 그 책임을 추궁하는 적극적인 태도를 취할 수 없었던가.[34] 이것은 역시 '선생님'이 불합리하고 모순적인 성격을 가졌다는 것을 잘 보여주는 사례다.

또한 '선생님'은 K 역시 예외적인 존재로 아무런 설명도 없이 불신하는 '모든 인간'의 카테고리에서 제외한 채 자신의 하숙집으로 끌어들인다. 결국 '선생님'이 숙부에게 쓰라린 배신을 당한 뒤 갖게 된 모든 인간에 대한 불신은 지극히 자의적인 해석이며 언제든지 예외를 인정할 수 있는 모순된 전제라는 것을 알 수 있다.

이와 더불어 '선생님'의 인간에의 불신, 에고이즘이 부인에게는 미치지 않고 있음도 주목된다. 그렇다면 적어도 '선생님'의 모든 인간에 대한 부정의식에서 K, '나' 그리고 '부인'은 제외되는 셈이다. 그러나 결과적으로 부인에게 가장 잔인한 배신행위로 느껴질 수도 있을 자살을 감행하게 된다.

여자라고는 아내밖에 모른다고 주장하는 '선생님'이지만 처음 '아가씨(나중의 부인)'를 만났을 때를 생각하면 '선생님'의 주장이 얼마나 불합리한지를 알 수 있다. '선생님'은 '아가씨'에 대해 "이런 때 웃는 여자가

34 松元寛, 『漱石の實驗』, 朝文社, 1993, 161~162쪽.

싫었습니다"라고 말하며 아가씨를 무의식적으로 깔보는 태도를 보인 적이 있었다. 하지만 '쓸데없는'이라는 기준이 절대적인 것이 아니라 상황에 따라 금방 변할 수 있는 성질인 것을 나중의 태도를 통해 알 수 있다. 하숙하기로 결정하고 아직 아가씨를 직접 대면하지 않은 상태에서 아가씨의 서툰 꽃꽂이나 거문고 솜씨에 대해, 수준미달이라고 생각하고 지적인 사람이 못되는 것 같다는 인상을 가졌던 '선생님'이, 아름다운 아가씨의 얼굴을 본 순간에 그러한 생각들을 순식간에 버리고 마는 것이다. 이러한 '선생님'의 사고방식은 지성인이면서도 여인을 선택함에 있어 외모로 모든 것을 결정하는 비이성적인 모습을 보여주는 것으로 이해된다. 또한 이러한 반지식인성은 아가씨와의 결혼을 결정할 때도 나타난다. 최종적으로는 스스로의 판단에 의해 결정한 것이 아니라 자신이 가장 신뢰하는 K에 의지했다는 점에서 아가씨에의 사랑이 스스로의 확신에 의한 것이 아니라는 사실을 알 수 있는 것이다.

'선생님'의 인간에 대한 불신에도 불합리한 점이 많다는 한 예로 '선생님'이 외출하고 '나'와 부인만이 대화하는 장이 마련되었을 때를 생각할 수 있다. '사랑'의 에고이즘으로 K를 배신함으로 인해 빚어진 '선생님'의 고뇌를 비추어 볼 때 '나'라는 청년과 '희고 아름다운' 부인 사이에 일어날 수 있을 불륜에 대한 의심도 가능했을 것이다. 그러나 이에 대한 의심은 일절 밝히고 있지 않다.[35]

이러한 불륜의 가능성을 놓고 나중에 '나'와 부인이 함께 산다든가, 결혼을 한다는 등의 주장[36]이 나오게 되는 것이지만 적어도 '선생님'은

35 小森陽一, 「『こころ』を生成する心臓」, 『成城國文學』 創刊第 1号, 成城大學文學會, 1985.3.
36 '과거의 선생님'과 「유서」를 쓰는 시점에서의 '선생님', 「유서」를 읽을 때까지의 과거의

이러한 의심을 전혀 보이지 않는다.

이러한 '선생님'은 스스로 자신이 불합리하고 모순된 존재라고 인정한다.

> 당신의 소중한 아버님의 병을 제쳐놓고, 어째서 당신이 집을 비울 수 있겠습니까. 그런 아버님의 생사를 잊고 있는 듯한 나의 태도야 말로 불합리합니다. (…중략…) 나는 이렇게 모순된 인간입니다. 어쩌면 나의 뇌수보다도 나의 과거가 나를 압박하는 결과 이런 모순적인 인간으로 나를 변화시켰는지도 모릅니다.
>
> —『漱石全集』第六卷, 151쪽

'선생님'은 혼란에 빠져 있으면서 자아에 집착해 있는 한편으로 스스로 모순에 가득 찬 존재이며 윤리성이 결여된 존재라고 고백하고 있다. 그러면서도 끝내 자신이 도덕적인 인간이라는 고집은 버리지 않고 싶어 한다.

이렇듯 불합리하고 모순에 가득 찬 존재가 바로 '선생님'이라는 사실

'나'와 수기를 쓰고 있는 '나', 그리고 독자인 '나'라는 시간의 중층성을 지적한 것이 코모리 요이치小森陽一가 제기한 문제의 요점이었다. 공백의 일부를 메꾸기 위해서는 본문 내용의 정보를 최대한으로 이용할 수밖에 없는데 예를 들면 "아이를 가진 적이 없는 그때의 나"라는 기술에서, 지금의 '나'에게는 아이가 있을 것이다, 따라서 아이가 생겼다는 '사건'이 그 공백의 시간에 일어났다는 식으로, 또는 "부인은 지금까지 그것을 모르고 있다"라는 기술에서 '선생님'이 죽은 뒤, 나와 부인은 현재에 이르기까지 왕래가 끊이지 않았다, 다시 말해 언급되지 않은 공백의 시간에도 양자의 교류, 교제는 계속되었다, 라는 식으로 해석하는 것이다. 그리고 이러한 간접적으로 보이는 '사건'을 적극적으로 읽으려는 것이 공백의 시간 중에 나와 부인의 공생을 연상한 코모리의 견해이며, 한 걸음 더 나아가 두 사람의 '결혼' 가능성까지도 주장하는 견해도 나오게 된 것이다. 이것은 언급되지 않은 공백의 시간을 매개로 해서 만들어낸 것이라 볼 수 있다(殘田隆, 『漱石』, 世界思想社, 1995, 242~243쪽).

이 객관적인 정황으로도 인정되는 한편으로 '선생님' 스스로도 인정하고 있다. '선생님'의 비극은 그의 성격의 반지식인성에 이미 내재되어 있었던 것으로 생각된다.

소세키 작품의 주인공에는 자신의 '모순'과 그 극복에 괴로워하는 인간이 적지 않다. 『행인行人』[37]의 이치로一郎는 절대의 경지를 인정하면서도 도달할 수 없는 자신을 다음과 같이 말한다.

> 요컨대 나는 지도를 펼쳐놓고 지리를 조사한 사람이었던 것이다. (…중략…) 나는 멍청한 사람이다. 나는 모순된 존재다.
>
> —『漱石全集』第五卷, 742쪽

또한 『갱부坑夫』[38]의 화자인 '나'는 인간 그 자체가 모순적인 존재라는 의혹에 직면한다.

> 잘 조사해 보면, 인간의 성격은 한 시간 마다 변하고 있다. 변하는 것이 당연하고 변하는 사이에는 모순이 나오기 마련이다. 다시 말해서 인간의 성격에는 모순이 많다 라는 의미가 된다. 모순 투성이의 종국에는, 성격이 있어도 없어도 마찬가지인 것으로 귀착한다.
>
> —『漱石全集』第三卷, 518쪽

---

37 1912년 12월 6일부터 1913년 11월 17일까지 167회에 걸쳐서 東京・大阪의 양 『아사히신문朝日新聞』에 연재되었으며 1914년 1월 오오쿠라서점大倉書店에서 단행본으로 간행하였다.

38 1908년 1월 1일부터 4월 6일까지 91회에 걸쳐서 東京・大阪의 양 『아사히신문朝日新聞』에 연재되었으며 같은 해 9월 슌요도春陽堂에서 간행된 소설집 『쿠사아와세草合』에 수록되었다.

이러한 서술을 보면, 소세키는 인간의 성격을 무엇이라고 단정적으로 말하기 곤란한 것으로 바라본 것 같다. 그리고 인간의 성격은 시시각각으로 변하는 모순투성이로 보고, 이렇게 모순으로 가득 찬 인간 성격의 본질은 과연 무엇일까 하는 문제를 꾸준히 탐색해갔던 것으로 보인다.

한편, 『나는 고양이로소이다』에서도 지식인의 무기력하고 무능한 모습을 볼 수 있다. 쿠샤미 선생을 비롯한 메이테이迷亭, 캉게츠寒月, 토오후東風, 도쿠셍獨仙 등은 모두 태평일민太平逸民이라고 일컬어진다. 그들은 모두 학문적 소양을 가진 사람들이다. 하지만 실행력이 없는 자들이다. 그들은 흔히 소세키의 분신이라고 불린다. 그런 까닭에서인지 소세키는 그들을 변호하고 대변했다. 하지만 그들이 실행력 없는 무기력한 존재들이라는 생각은 소세키도 나름대로 느끼고 있었던 것 같다.

② 이기주의자

다이스케가 보여주는 철저하리만치 자기중심적인 생활방식은 그 누구도 달가워하지 않는 삶의 형태이다. 가족이나 이웃을 위해 헌신한다거나 또는 사회에 도움이 되거나 세상을 위해 유익한 활동은 일절 하지 않는, 오로지 자기 자신에게만 집중하는 지독한 이기심의 극치인 것이다. 그는 친구 히라오카가 직업에 종사하지 않고 사회에 참여하지 않는 삶은 무의미하고 무가치한 삶이라고 역설하자 그에 대한 반론을 펼친다. 그는 자신이 사회활동을 하지 않는 것은 자신에게 문제가 있는 것이 아니라 일본 사회가 정신적, 도덕적, 구조적으로 문제가 있는 데서 비롯된 것이기 때문에 사회인으로서의 삶은 무의미하며 이런 상태에서는 자신은 어쩔 수 없이 지금의 형태로 살아갈 수밖에 없다고 합리화하고 있다.

지금이라도 일본 사회가 정신적, 도덕적, 구조적으로 대체로 건전하다면 나는 역시 바쁜 생활인이었겠지. 그렇기만 하다면 할 일은 얼마든 있을 테니까. 그리고 태만한 내 성격을 극복해 낼만한 자극도 또한 얼마든지 생길 거라고 생각해. 하지만 이 상태라면 안 돼. 지금과 같은 상태라면 나는 오히려 나 자신만을 위해 살 수밖에 없어.

—『漱石全集』第四卷, 403쪽

또한, 다이스케의 미치요에 대한 사랑의 쟁취 역시 이기심에서 비롯된 것이다. 긴 세월 지속해온 우정의 관계인 히라오카와의 완전한 단절을 의미하는 한편으로 가족과의 절연 역시 예고된 사랑의 선택은 결국 에고이즘에서 비롯된 것이기 때문이다. 결국 이런 삶은 친구와 이웃, 가족들에게서도 인정받기 어려운 삶의 형태임이 분명하다.

너는 평소부터 아무래도 이해할 수 없는 인간이었다. 그래도 언젠가 철이 들 때가 오리라고 생각하며 지금까지 잘 대해 주었다. 하지만 이번에야말로 정말로 이해할 수가 없는 인간이라고 나도 체념해 버렸다. 세상에 이해할 수 없는 인간만큼 위험한 건 없다. 뭘 하는지, 무슨 생각을 하고 있는지 안심이 안 된다. 너야 네가 좋아서 그러고 있는 것이니 상관없겠지만, 아버님이나 내 사회적 지위를 생각해 봐라. 너라고 가족의 명예에 대한 생각을 전혀 안 하는 것은 아니겠지?

—『漱石全集』第四卷, 619쪽

이런 삶의 자세는 국가와 사회를 위해 유익한 인물이 되는 것은 고사하고 가족을 위해서도 아무런 도움이 되지 않는 삶이기 때문이다. 단지 다른 사람에게 피해만 주지 않으면 아무 상관없다는 식의 삶의 방식이지만 결국은 가족의 명예에 먹칠을 하고 친구를 배신하는 삶에서 말해주듯 철저하게 자기중심적인 생활방식인 것이다. 이러한 이기주의자의 주변은 어두운 그림자가 드리울 수밖에 없다. 또한 이렇게 사회성이 결여된 이기적인 생활을 고수할 경우 사회로부터 고립을 자초하게 되는 것은 자명하다.

한편, 『코코로』에서 작가가 가장 강조하고자 했던 것이 인간의 에고이즘이 인간의 삶을 얼마나 어둡게 하는지에 대한 탐구였던 것으로 보인다. 결정적인 순간에 인간의 추악한 이기심은 발동된다. 인간은 기본적으로 이기심이라는 본성을 가지고 태어난 존재이며 이 점에 있어 모든 인간은 예외가 없다는 것이 작가의 생각이고 그 생각의 대변자가 '선생님'이다.

아가씨(나중의 부인)를 얻기 위해 K를 공박하는 '선생님'은 이기심으로 눈이 먼 당시에는 자신의 행동이 나중에 빚게 될 도덕적, 윤리적인 비난을 생각하지 않았다. '선생님'은 사랑을 위해서는 타인을 생각해보지 않고 오로지 음험하게 행동하는 자신을 새삼스럽게 인식해야만 했다. 만일의 경우, 예를 들면 사랑의 질투를 위해서도 인간은 악인이 된다는 사실을 '선생님'은 분명히 깨닫게 되었다. 당시에는 이 사실을 깨닫지 못했다. 그러나 시간이 지난 다음 깊은 반성을 한 결과 스스로 자신을 신용할 수 없게 되었다. 인간 누구나가 가지고 있는 에고이즘에 패배한 것을 깨닫게 된 것이다.

자신의 에고이즘이 강함으로 인해 K에의 우정을 망각하고 죄악을 범했다. 결국 '선생님'은, 자기가 지은 죄의 비열함과 추악함을 깨닫게 되고 에고이즘에서 비롯된 인간의 죄라는 것을 뼈저리게 느끼게 된다.[39]

'선생님'은 나중에 K를 공박했던 당시를 회상하면서 자신이 취한 행동을 스스로 이해할 수 없었다고 말한다. 이기심으로 눈이 멀었을 때는 인간 삶의 마지막 도덕적 장치라고도 할 수 있을 양심마저 마비된다는 것을 잘 보여주는 대목이다.

소세키가 인간의 마음으로써 가장 강조한 것은 "평소에는 모두 선인이다. 그것이 결정적인 순간에, 갑자기 악인으로 변하니까 무서운 것이다"라는 것이다. '돈' 때문에 숙부가, '사랑' 때문에 '선생님' 자신이 악인이 되었다. 『코코로』의 인간의 마음을 이해하는 데 먼저 이 내용이 핵심이다.[40]

'선생님'의 인간에 대한 기본 사상은 '성악설'이다. 물질적인 인간의 이기심에 관한 한 자신은 예외라고 인정하고 있었다. 그러나 '사랑'에 관한 경험을 통해 자신 역시 이기심에서 예외가 아니라는 사실을 깨닫고 괴로워한다. '평소에는 모두 선인이지만 결정적인 순간에는 악인으로 변한다'는 이 말은 '선생님'이 한 것이지만 거의 순자荀子의 말, "사람의 성性은 악惡이며, 그것이 선으로 보이는 것은 거짓僞 때문이다." 그 자체라고 해도 좋을 정도이다. 세상에는 '악인'이라는 특수한 카테고리가 존재하는 것은 아니며 인간은 모두 근본적으로 '악'하다. 평소에 선하게 보이는 것은 위선적인, 다시 말해 겉보기로 그렇게 나타내는 데 지나지 않는 것이고 기회만 있으면 누구나 '악한' 본성을 드러내는 것으로 작가

39 伊藤整 編, 「近代文學鑑賞 講座 5」, 『夏目漱石』, 1966, 156쪽.

40 相良亨, 「一語の事典」, 『こころ』, 三省堂, 1995, 47쪽.

는 보고 있는 것 같다.[41]

'선생님'은 정신적인 면에서 K 쪽이 훨씬 훌륭하다고 생각했다. 그랬기 때문에 하숙집 아가씨 시즈靜(나중의 부인)와 결혼하기로 한 다음 "나는 책략으로 이기긴 했지만 인간으로서는 졌다"라는 느낌이 그의 가슴에 소용돌이치고 있었던 것이다.

K의 자살을 목도한 '선생님'은 먼저 유서를 살펴본다. 유서의 내용은 간단했다. 그리고 추상적이었다. 자신은 의지가 약해서 도저히 미래의 전망이 없으므로 자살한다는 내용이 적혀 있을 뿐이다. 그리고 부인에게 심려를 끼쳐 미안하다는 말이 적혀 있었다. '선생님'은 빠른 속도로 유서를 읽어내려 가면서 자신에게 미칠 영향부터 파악한다. 그리고 아가씨의 이름과 자신에 관한 내용이 유서의 어느 곳에도 쓰여있지 않은 것을 확인하고는 안도의 한숨을 쉬며 사람들 눈에 잘 띄는 곳에 그 유서를 둔다. 살아있는 자는 이기심의 늪에서 끝까지 벗어날 수 없다는 사실을 '선생님'은 다시 한번 보여주고 있다.

'선생님'에 의한 이러한 행위는 자신이 스스로 "이기심의 발현"이라고 밝히고 있듯이 친구 K를 견제한 사랑의 전략이 실로 자기중심적인 점으로 미루어 이기주의에 기인하고 있다고 말할 수 있다.[42]

그리고 여기에서 소세키는 '선생님'에게 인간의 이기심이 얼마나 무

41 三好行雄, 「漱石の知的空間」, 『講座 夏目漱石』 第五卷, 有斐閣, 1981, 141쪽.

42 육친인 아버지를 선택할 것인가 타자인 '선생님'에 대한 애정인가라는 양자택일의 상황에서 후자를 선택한 '나'의 행동은, 그 상황이 아버지가 빈사상태라는 이유 때문에 보편적인 윤리에 상반되는 비상식적인 행태, 즉 자유주의로서 재평가 되어야 한다. 이기주의도 자유주의도 그 기저基底에 있는 것은 개인주의이며 개인주의가 사욕私慾의 방향으로 발전해 가면 이기주의에 이르고 개성의 측면이 강조・과장되면 자유주의의 성격을 띠게 된다(부백, 「나쓰메 소세키夏目漱石 『마음』의 주제성에 대한 고찰」, 『외국문학연구』 20, 한국외대 외국문학연구소, 2005.8, 110쪽).

서운가를 일깨워 준 '숙부'라는 존재를 상징적으로 내보이고 있다. 숙부는 돈, 여자, 도박 등에 눈이 어두운 전형적인 속물이었다. 자신의 욕망을 채우기 위해 장티푸스로 급사한 형님 내외의 자산을 유용하려고 사촌 간에 결혼을 성사시키려 하는 한편으로 어린 조카가 세상물정에 어두운 틈을 이용하여 재산을 횡령해간다. 우리 인간들이 지닌 속성 중 어두운 부분을 대표한다고 할 수 있을 '숙부'라는 인물을 등장시킴으로써 소세키는 인간의 '지킬 박사와 하이드'적인 이중인격의 어둠에 대해 얘기하려 한 것 같다. 또한 '선생님'의 이야기를 들려줌으로써 이 글을 읽는 당신 역시 예외가 아니라고 말하고 싶었던 것으로 보인다.

일본인은 자살을 그다지 강하게 죄악시하지 않는 것 같다. 어떤 경우에는 자살은 어쩔 수 없는 것이며 다른 경우에는, 오히려 인간으로서 아름다운 행위라고조차 생각하고 있는 것 같다. 하지만 자살은 어떤 경우에도 어떤 이유가 있어도 용인되어서는 안 되는 것이다. 인간에게 있어 최고의 명령은 어쨌든 '산다'는 것이 아닌가. 어쩌면 자살이 가장 에고이스틱한 행위라고도 생각할 수 있는 것이다. 자살이라는 행위는 자기 자신 이외의 주변인물과 사회에 대한 책임은 일절 고려하지 않은 가장 이기적인 행위라고도 볼 수 있기 때문[43]이다.

소세키는 인간관계를 생각하면 '불안하고 불투명하고 불유쾌로 가득 차 있다'라고 말하고 거기서 해탈을 바라고 있었다. 그러나 그는 인간관계에의 불신과 불안을 어떻게 해도 제거할 수 없으며 다른 사람에 대한 불신이 결국 자기 자신으로 되돌아오게 되어 있고 그런 끝에 파멸할 수

43 堀秀彦,「解說」, 夏目漱石,『こころ』, 旺文社, 1984, 291쪽.

밖에 없다고 생각한 것 같다. 인간의 고독감과 인간 마음의 무서움, 마음의 깊숙한 곳에서 양심과 도덕을 짓누르며 살고 있는 이기심의 무서움을 속속들이 바라보는 소세키의 마음의 깊이를 그 목소리의 대변자 '선생님'은 잘 보여주고 있다. '선생님'의 인간에 대한 불신은 인간의 이기적인 속성에 기인한다. 이런 성격의 '선생님'은 타인을 믿지 못하는 깊은 불신에 빠져 있다.

> "신용하지 않다니, 특별히 당신을 신용하지 않는 게 아니오. 인간 전체를 믿지 못하는 겁니다."
>
> (…중략…)
>
> "나는 나 자신조차 신용하고 있지 않아요. 요컨대 스스로 자신을 믿지 못하니까 다른 사람도 믿지 못하게 된 거요. 자신을 저주하는 것 외에 달리 방도가 없는 겁니다."
>
> —『漱石全集』第六卷, 40쪽

'선생님'의 숙부에 대한 증오는 그가 돈을 보고 악인이 된 것만을 말하는 것은 아니다. 앞에서 나온 것처럼 '선생님'의 아버지가 믿었고 '선생님'에게 있어서도 "자랑스러운" 존재였던 숙부가 자기의 전폭적인 신뢰를 배반했던 것에의 깊은 증오심이기도 하다. 나중에 "지나치게 정직한 내가 분해서 견딜 수 없었었습니다"라고 '선생님'이 말하는 것은 결코 과장이 아닌 것이다.

그런데 '선생님'의 경우 책에서 배운 판에 박힌 근대사상에서가 아니라 숙부에 의해서 아버지의 유산을 횡령당했다는 단 하나의 인생체험이 이후 전 생애를 결정해서 '인간' 전체에 대한 불신이라는 절망적인 인간관을 형성한 것이다. "우연히 마음에 새겨졌던 것입니다. 아무런 예감도 준비도 없이 갑자기 찾아온 것입니다"라고 '선생님'은 말하는데 그러한 단 한 차례의 인생체험이 그 생애의 인생관을 결정해 버린다는 것은 그 뒤의 개성과 개인주의 시대의 지식인 사이에서는 결코 그다지 흔한 일은 아니다. 그러한 정신의 존재방식은 사실은 이미 먼 과거의 일이라고도 말할 수 있다. 하지만 인간에 대한 불신의 화살이 자신에게로 향하게 된 후부터 모든 것이 어둠으로 변해버린 '선생님'의 심정은 이해 못할 바는 아니다.

의심의 뿌리가 깊어진 뒤 모든 사람의 마음을 부정적으로 분석하게 되고 결국 인간에 대한 불신은 더욱 심화되고 만다. 그러다 하숙집의 주인(나중의 장모)뿐 아니라 아가씨靜(나중의 부인)마저 책략가일지 모른다는 생각까지 하게되고 고통스러워하는 것이다. 불신의 시각으로 모든 인간을 보게 되면서 정작으로 제일 고통스러운 존재는 '선생님' 자신임을 느끼게 된다. 그러면서도 아가씨에 대한 사랑의 순수함을 확인하기도 하는 등 감정의 소용돌이는 극심하다.

그리고 마침내는 아가씨마저 책략가가 아닐까하고 의심하게 되는 것이다. 숙부로 인해 타인에 대한 깊은 불신을 가지게 된 '선생님'은 그 뒤 아가씨를 둘러싼 K와의 삼각관계에서 교활한 방법으로 K를 쓰러뜨린 뒤 자기 자신마저 믿지 못하게 되고는 깊은 혼란에 빠져들게 된다.

숙부에게 기만당했던 당시의 나는 타인을 의지할 수 없다는 사실을 점차 느끼게 된 것은 분명합니다만, 타인을 나쁘게 생각했을 뿐, 스스로는 아직 확신이 있었습니다. 세상이 어떻든 간에 이 나 자신은 훌륭한 인간이라는 신념이 어딘가에 있었던 것이지요. 그것이 K로 인해 보기좋게 파괴되어 버려, 자신도 예의 숙부와 같은 인간이라고 의식했을 때, 나는 갑자기 비틀거리게 되었습니다. 타인에게 정나미가 떨어진 나는, 자신에게도 정나미가 떨어져 움직일 수 없게 되었던 것입니다.

—『漱石全集』第六卷, 278쪽

그의 재산을 횡령한 숙부를 믿을 수 없게 되었을 때 그는 그 밖의 모든 '인류'에 대한 불신에 직면하게 된다. 하지만 그때는 아직 자기 자신에의 신뢰감을 버린 것은 아니었다. 그런 의미에서 그는 아직 확고한 질서 속에 있었다고 해도 좋다. 하지만 이윽고 K의 자살을 통해서 마침내 자기 자신까지도 믿을 수 없게 되었을 때, '선생님'은 비로소 예전에는 상상하지 못했던 하나의 새로운 세계, 새로운 질서 속에 있는 자신을 발견할 수밖에 없었다. 그래서 그는 '옴짝달싹 할 수 없게 된 것'이다.[44]

소세키는 자신의 내부에 움직이는 사랑을 정화하고 심화, 고양시키려고 정진하면 할수록 그 사랑 속에 뿌리 깊은 에고이즘이 생각할 수 있는 모든 형태로 자신의 눈앞에 나타난다는 것을 슬픔과 놀라움으로 바라볼 수밖에 없었다. 그러나 그러한 에고이즘을 완전히 없애는 것은 소세키에게 있어서 현실적으로 자신의 사랑을 정화, 심화, 고양시켜 자기 이외의 것을 커다란 자비로 감싸는 유일한 길이었다. 소세키는 부단히 이 한 가지 길에 침잠하고 또한 부단히 이 한 가지 길에 철저하려고 했다.[45]

44 猪野謙二,「『心』における自我の問題」, 平岡敏夫 外編,『近代小説研究 作品 資料』, 秀英出版, 1992, 171쪽.

"인간 전체를 신용하지 않는다"라는 '선생님'의 말은 곧 소세키의 입장이었던 것 같다. 슈우젠지대환修善寺大患에서 구사일생으로 살아나 죽음의 문턱에서 삶을 되찾은 뒤 소세키는 식물에 깊은 관심을 보였다. 그의 '슈젠지일기'에 의하면 '자연'을 '인간'보다 중시하고 있었다는 것을 알 수 있다.[46] 『코코로』를 신문에 연재할 무렵 소세키의 서간 일부를 보면 그것을 잘 알 수 있다.

> 나는 바보같이 태어난 까닭인지 세상 사람들이 모두 싫어 보입니다. (…중략…) 세상에 좋아하는 사람은 점점 적어집니다. 그런 까닭에 하늘과 땅과 풀과 나무가 아름답게 보입니다. 특히 요즈음의 봄빛은 무척 좋습니다. 나는 그것에 의지해 살고 있습니다.
>
> —『漱石全集』 第十五卷, 340~341쪽

> 요즈음은 사람을 찾지 않으며 그다지 사람을 좋아하지 않고 왠지 지겹게 느끼면서 지내고 있소.
>
> —『漱石全集』 第十五卷, 344쪽

소세키는 실제로 쓸쓸했던 것으로 보인다. 사람에게 기대하는 것이 많았던 소세키는 배신당할 때도 많아 마음이 쓸쓸했으며 인간을 배척하지 않을 수 없었다. 좋아하는 사람이 없어지고 제자들도 침체해 있던 그 무렵은 자연을 사랑하고 있을 수밖에 없었다. 소세키는 '선생님'과 마찬

45 小宮豊隆, 『夏目漱石』 三, 岩波書店, 1970, 209~210쪽.
46 小林一郎, 『夏目漱石の研究』, 至文堂, 1991, 151쪽.

가지로 쓸쓸한 경지에 살고 있었던 것이다.[47] 이 점에 있어 인간에 대해 불신감을 지니고 있었던 소세키의 마음의 대변자가 '선생님'이라고 보아도 타당할 것 같다.

③ 운명론자

현재의 삶에서 모든 자극을 적극적으로 누리는 것을 원칙으로 살아가는 다이스케는 운명이나 전생에 대해서 늘 생각하고 있다. 서생 카도노門野가 하루 종일 책을 읽거나 음악을 들으면서 보낼 수 있다면 더 이상 바랄 것도 없겠다고 하자 다이스케는 다음과 같이 말한다.

> "참 부럽군요. 저도 그런 식으로 하루 종일 책을 읽거나 음악을 들으러 다니면서 살고 싶어요."
> "자네가 말이야?"
> "책은 읽지 않더라도 좋으니 저렇게 놀면서 지내고 싶네요."
> "그건 모두 전생에 정해진 길이니까 어쩔 도리가 없지."
>
> —『漱石全集』第四卷, 317~318쪽

인간은 언젠가는 죽음을 맞는, 예정된 운명의 존재이다. 자신의 젊은 몸과 생동감 넘치는 외모를 자랑스러워하는 다이스케이지만 죽음은 예외가 없음을 인정하고 있다. 죽음에 대해서 진지한 자세를 가지고 있는 다이스케는 평소 흥분의 절정에서 죽음을 맞고 싶다는 생각을 한다.

---

47 伊藤整 編,「近代文學感想 講座 5」,『夏目漱石』, 角川書店, 1966, 152~153쪽.

만일 죽음이 가능하다고 하면, 그것은 흥분이 절정에 달한 순간에 죽을 수 있었으면 하는 기대를 가지고 있었다. 하지만 그는 결코 흥분하기 쉬운 체질이 아니었다. 손이 떨리거나 발이 떨리는 일도 있다. 목소리가 떨리거나 심장이 두근거리기는 한다. 하지만 격해지는 일은 요즘에는 거의 없다. 격해진다는 심리 상태는 죽음에 가까워질 수 있는 자연의 단계로써 격해질 때마다 죽기 쉽게 되는 것은 자명하다. 그래서 때로는 호기심에서 죽지는 않는다 하더라도 그와 비슷한 상태라도 경험해 보고 싶다는 생각이 들기도 했지만 그건 불가능했다.

—『漱石全集』第四卷, 360~361쪽

다이스케는 죽음의 한 연습과정이라고 할 수 있을 잠과 꿈에 대해서도 집착하는 모습을 보인다. 다이스케는 어떤 일이든 한번 마음에 걸리면 좀처럼 떨쳐 버리지 못하는 성격이다. 더욱이 그에게는 그런 자신이 얼마나 어리석은지를 자각할 수 있는 능력이 있었으므로 자신의 그런 모습이 한층 더 신경에 거슬려 견딜 수 없을 때가 있었다. 그는 평소의 자신이 어떻게 해서 꿈속으로 빠져드는가 하는 의문을 풀어보려 한 적이 있다. 이러한 의문을 해결하기 위해서 그는 잠이 들기 직전까지 의식의 끈을 놓지 않기 위해 집착해본 적이 있다.

밤에 이불 속에 들어가서 좋은 느낌으로 꾸벅거리기 시작하면 '아아, 바로 이거구나. 이렇게 해서 잠이 드는 거로구나'라고 생각하고 깜짝 놀라기도 했다. 그러면 그 순간 잠이 깨어버리게 된다. 조금 후에 다시 잠들려고 하면 또 '바로 이거구나' 하는 생각이 들었다. 다이스케는 거의 매일 밤 호기심에 사로잡혀서 그런 과정을 두세 번씩 반복했다.

—『漱石全集』 第四卷, 376쪽

죽음에 대한 호기심이 강한 다이스케는 죽지는 않는다 하더라도 그와 비슷한 상태라도 경험해 보고 싶다는 생각을 갖기도 했다. 그러나 그것은 현실적으로 불가능했다. 그래서 이런 식으로 잠이 드는 순간의 느낌을 직접 체험하려는 시도를 해본 것이다.

이처럼 다이스케는 자신의 감각 기관의 모든 것이 극한에까지 이르는 연습을 하면서 특히 잠과 죽음에 대해서는 진지하게 임하는 자세를 보이고 있다. 또한 모든 것을 운명적이라고 받아들이는 운명론자적인 모습을 보인다.

『그리고서』에는 '운명運命'이라는 표현이 자주 나오는데 특히 미치요三千代와 결합하기로 결심한 뒤에는 더욱 그 빈도가 잦아진다. 이것은 곧 미치요와의 결합이 운명적이며 모든 것은 운명에 의해 결정되었다는 것을 합리화하기 위해 동원한 방어기제로써 '운명'이라는 말을 사용했기 때문으로 볼 수 있다. 그 몇 가지 예를 들면 다음과 같다.

그는 단지 자신의 운명에 대해서만 비겁했던 것뿐이었다. (…중략…) 빨리 운명이 문 밖에서 찾아와서 그 손을 가볍게 쳐주었으면 좋겠다고 생각했다.

—『漱石全集』 第四卷, 539쪽

걸으면서, 스스로 오늘 자기는 자신의 운명의 절반을 파괴한거나 마찬가지라고 마음속으로 속삭였다. (…중략…) 그는 아무래도 오늘 한 고백이 자기 운명의 절반을 파괴한 것이라고 간주하고 싶었다.

—『漱石全集』第四卷, 551쪽

하지만 나는 그렇게 타고난 사람이니까 죄를 범하는 것이 나에게는 자연스러운 일입니다.

—『漱石全集』第四卷, 566쪽

그는 자신과 미치요의 운명에 대해서 어제부터 어떤 책임을 져야만 하는 처지가 되었다는 것을 자각했다. (…중략…) 그는 스스로 개척한 이 운명의 단편을 머리 위에 얹고서 아버지와 맞서 싸울 만반의 준비를 했다.

—『漱石全集』第四卷, 570쪽

자신에게 가장 자연스러운 운명을 이끌어내었으면서도 그 운명이라는 무거운 짐을 등에 지고서 높은 절벽의 끝가지 밀린 듯한 느낌이 들었다.

—『漱石全集』第四卷, 584쪽

한편, 젊은 다이스케보다는 조금 나이가 든 '선생님' 쪽이 운명의 무게를 더욱 진하게 느끼고 있다. 『코코로』는 K의 자살에 의해서 야기된 '선생님'의 '사라질 수밖에 없는 운명'의 전개로 구성되어 있다. 그리고 그것은 자신으로서는 어찌할 수 없는 K의 자살에 의해서 암시된, '사라져버려야 할 운명'인 채로 살아가지 않으면 안 되었던 '선생님'의 고뇌를 통해서 인간의 복잡한 마음의 움직임을 중심으로 그린 소설이라 할 수 있다. 거기에는 한 여인을 사랑하기 위해서는 친구조차 배반할 수밖

에 없었던 인간 이기심의 슬픈 운명이 그려져 있다.[48]

진실을 그대로 털어놓을 대상이 없는, 종교적이지 못한 '선생님'은 자신의 행위에 대한 화살을 자신에게로 향한 채 고독지옥에 빠져 있다. 그러나 여기서 '운명의 아이러니'는 최후의 승리를 얻는다. 운명은 인간을 멸망시키기도 하지만 인간 자신의 손으로 이루어지기도 한다.

마침내 '선생님'은 자신이 운명의 주재자가 되어 스스로의 삶을 마감하려고 결심하게 된 것이다.

> 나도 K가 걸었던 길을 K와 마찬가지로 걷고 있다는 예감이, 때때로 바람처럼 내 가슴을 가로지르기 시작했기 때문입니다.
>
> —『漱石全集』第六卷, 280쪽

그가 피할 수 없는 운명의 화살을 담담하게 받아들이기로 하고 마지막에는 자살을 결행한다는 점에서 결국 K와 같은 운명을 걸어가게 되었다. 이것이 K의 자살이 '선생님'에게 준 '암시된 운명'이었다.

『코코로』에서의 소세키도 또한 프랑스 고전극(24시간 안에 모든 운명을 결정해야 하는)의 작가와 마찬가지로 인력人力을 뛰어넘은 운명의 힘을 포착하려 했던 것으로 보인다.[49] 이른바 슈우젠지대환 후 소세키 문학 전개의 밑바탕을 흐르는 정서는 운명과의 대결, 보다 한정적으로 말하면 '운명의 아이러니'와의 대결이라고도 말할 수 있는 성질의 것이었다.

개인의 의지를 넘어서 개인을 주재하는 운명의 문제는 일찍부터 소세

48 森田喜郎,『夏目漱石論－運命の展開』, 和泉書院, 1995, 17쪽.

49 三好行雄 外編,「漱石の作品(下)」,『講座 夏目漱石』第3巻, 有斐閣, 1980, 137쪽.

키가 천착해온 주제이기도 했지만 슈우젠지대환을 계기로 그것은 '운명의 아이러니'로 보다 진지한 형태를 취하게 된다. 『코코로』의 '선생님' 역시 운명이 이끌어가는 곳으로 자신의 삶을 내맡겼으나 마침내는 운명의 주인공이 되어 자신의 삶을 자신의 손으로 마감하는 것이다. 어쩌면 이러한 행위 역시 '선생님'의 운명이라고도 볼 수 있겠다. 소세키의 수필 「유리문 안硝子戶の中」에도 운명에 대한 고뇌의 흔적을 도처에서 발견할 수 있는데 이를 통해서도 소세키가 운명에 대해서 깊이 천착하고 있었음을 알 수 있다.

> 나는 사토군이 어느 연회석상에서 사(社)에서 받은 은잔을 들고 와 나에게 술을 권하던 일을 떠올렸다. 그때 그가 춘 괴상한 춤도 아직 기억하고 있다. 이 건강하고 기운이 펄펄 넘치던 사람의 장례식에 갔던 나는, 그가 죽고 내가 살아남은 것에 대해 그다지 이상하다는 생각도 없이 지낼 때가 많다. 그러나 이따금 생각해 보면, 자신이 살아 있는 게 부자연스럽게 느껴질 때도 있다. 그리고 운명이 일부러 나를 우롱하고 있는 게 아닐까, 하고 미심쩍어지기도 한다.
>
> —『漱石全集』第八卷, 465~466쪽

소세키는 자기보다 젊고 건강했던 사람의 장례식에 다녀온 뒤 자기처럼 병치레가 잦은 사람은 아직 살아 있는데 젊고 건강하던 사람이 먼저 세상을 떠났다는 사실에 놀라면서 인간의 수명이란 참으로 불가사의한 거라는 생각에 젖는다. 다병한 그는 어째서 살아남아 있으며 그 사람은 무슨 까닭에 자신보다 먼저 죽었을까 하고 생각한다.

소세키로서는 그러한 묵상에 잠기는 것이 오히려 당연하다고 생각하면서도 자신의 지위나 몸이나 재능 같은—나라고 하는 존재가 자기 것이라고 의지하고 있는 모든 것이 실은 불안하기 그지없는 것들임을 잊어버리고 사는 한 인간으로서 자신만은 죽지 않는 게 당연하다고 여기며 지내는 경우가 많다고 생각한다. 스님이 독경하는 순간조차, 아니 영전에 머리를 수그리는 순간조차 죽은 사람 뒤에 살아남은 이 '나'라고 하는 형해形骸를 조금도 이상하게 생각하지 않고 멀쩡하게 앉아 있는 존재가 인간이라고 깨닫는 것이다.

'선생님'은 죽음을 항상 생각하며 살아간다. 염세적인 태도로 삶을 바라보는 '선생님'은 그러한 운명의 화살을 피해보려고 책 속에 자신을 파묻어 보았지만 극복할 수 없었고 술에 자신의 영혼을 의탁해보기도 했지만 술은 '선생님'을 더욱 염세적으로 만들 뿐이었다. 그러다가 마침내 자살의 유혹을 받게 된다.

> 나는 다만 인간의 죄라는 것을 깊이 느꼈던 것입니다. 그 느낌이 나를 K의 묘로 매달 가게 했습니다. 그 느낌이 나에게 아내의 어머니를 간호하게 했습니다. 그리고 그 느낌이 아내에게 다정하게 대해주라고 내게 명령했습니다. 나는 그 느낌을 위해서 알지 못하는 길가 사람으로부터 매를 맞고 싶다고까지 생각한 적도 있습니다. 이러한 단계를 점점 경과하는 사이에 타인에게 채찍질 당하는 것보다도, 스스로 자신을 채찍질해야 한다는 생각이 들었습니다. 스스로 자신을 채찍질하는 것보다도 스스로 자신을 죽여야 한다는 생각이 일어났습니다.
>
> —『漱石全集』第六卷, 282~283쪽

'선생님'은 이런 결심으로 몇 년간을 살아왔다. 그러면서 격심한 감정의 소용돌이를 감내하며 하루하루를 버티는 것이다.

'선생님'이 매달 K의 무덤에 참배하는 것도 죄를 없애려는 노력이지만 참배하는 정도로 그 죄가 완전히 없어지는 것은 아니라는 사실을 '선생님' 자신도 알고 있다. 다음으로 '선생님'은 진리에 몰두한다. 이것은 구체적으로는 독서이다. 그래도 자신의 내부의 죄책감은 어쩔 수 없다. 또 좋아하지도 않는 술을 마시며 어두운 과거를 잊으려 한다. 이것도 실패한다. 또 부인의 어머니가 병이 나자 정성을 다해 간병하지만 이런 노력도 죄의식에서 벗어나게 하지는 못한다. 그 어떤 노력도 죄를 완전히 사할 수 없다는 생각에 이르기까지 '선생님'의 죄의식은 심각한 것이다. 그러는 가운데 죽음의 유혹이 찾아든다. 이것이 악마인지 천사인지 알 수 없다. '선생님'은 자신은 이런 깊은 죄에 빠진 인간이라고 생각하며 길 가는 사람 앞에 무릎을 꿇고 흠씬 두들겨 맞고 싶다고까지 생각한다. 그러나 다른 사람에게 맞고 싶다고 생각하기 이전에 오히려 스스로 자신의 목숨을 끊어야 하지 않을까 하는 내면의 음성이 커져가는 것이다. 이 음성이 곧 자살의 유혹이다.

『코코로』에는 여러 형태의 죽음이 나온다. 장티푸스에 의한 '선생님' 부모의 죽음으로부터 K의 죽음, '선생님' 장모의 죽음 그리고 메이지明治 천황의 죽음, 이어서 노기 마레스케乃木希典 대장 부부의 자결殉死 그 다음으로 '선생님'과 '나'의 아버지의 순서로 이어지는 것이다.

인간의 에고이즘이라는 죄악은 끊임없이 인간에게 자기소외를 강요한다. 지고至高의 이상인 사랑조차도 이 연환連環에서 자유로울 수 없다는 사실, 그리고 그것을 초월하는 가치를 자기윤리의 현실로서 확보하지 못하는 한, 그것은 죽음으로밖에 응할 수 없다는 어두운 그림자를 소세키의 『코코로』는 묘출描出해 내고 있다.[50]

이러한 죽음에 대한 인식은 소세키가 가사상태假死狀態를 체험한 이후 깊이를 더해 감으로써 나타난 부산물이다. 소세키는 44살 때(1910), 슈우젠지대환을 경험한 뒤 잔혹한 자연의 섭리 앞에 인간의 생명이 얼마나 덧없는가 하는 사실을 깨닫게 되고 「떠오르는 생각들思い出す事など」을 썼다. 특히 객혈한 뒤 30분간 가사 상태에서 '시간과 공간을 초월'한 경험을 한 뒤 의식이 돌아온 다음, 병 뒤의 빈혈에서 오는 몸이 붕 뜨는 듯한 생리적인 부유감을 치밀하게 묘사한 바 있다. 토스토예프스키의 『백치』에서 처형 직전의 죄수가 감형되어 죽음을 면하는 장면이나, 또는 간질 발작 직전에 언어로서는 도저히 표현할 수 없을 정도의 환희가 도래하는 장면에 비유해서 쓰고 있는 것[51]은 이 에세이의 압권이라 할 수 있다. 이렇듯 슈우젠지대환 이후의 소세키의 삶은 죽음의 연장선상에 있었던 것이어서 남은 삶에 있어 죽음의 문제는 그에게는 한 시도 벗어날 수 없는 성질의 것이었다.

소세키가 죽음의 덧없음을 곧 삶의 덧없음으로 간주하게 된 이후, 죽을 수밖에 없는 존재로서의 인간의 운명은 소세키 문학의 한층 무거운 주제가 되었다.

소세키는 1914년 11월 14일자 오카다 코오조岡田耕三 앞으로 보낸 편지에서 다음과 같은 생사관을 밝히고 있다.

---

50 吳京煥, 「夏目漱石『心』論－自己表現としての自殺」, 『인문논총』 33-1, 부산대 인문대학, 1988, 47쪽.

51 夏目漱石, 「思い出すことなど」, 『硝子戸の中』, 角川文庫, 1995, 66쪽.

나는 생의 고통을 싫어하는 동시에 무리하게 생에서 죽음으로 가는 엄청난 고통을 무엇보다 싫어하니까 자살은 하고 싶지 않아.

—『漱石全集』第十五卷, 415쪽

슈우젠지대환에서 구사일생으로 살아남은 뒤, 이 대환을 계기로 소세키의 사상에 '대전환'이 있었다고 보는 문하도 있다. 그때까지 인간의 나쁜 면에만 관심을 기울이고 그것을 공격해왔지만 이 병중에 사람들이 보여준 진심을 알게 되자, "살기 싫다고만 바라본 세계에 갑자기 따뜻한 바람이 불었다"는 식으로 쓰고 있기 때문이다. 사실 이러한 심경에 있었던 것도 분명하다. 그러나 적어도 그 뒤의 작품상으로는, 이런 넉넉한 경지에만 있었던 것 같지는 않다.

어쨌든 인간에 대한, 특히 사랑에 대한 꿈을 끝내 포기하지 않고 그것을 얻으려 애썼지만 사랑보다는 불신의 눈으로 인간을 바라볼 수밖에 없었던 소세키의 인간관을 읽을 수 있다. 그러므로 이 작품의 '선생님'의 성격이 소세키의 사상을 대변하는 것은 분명하지만, 자살에 관한 소세키의 견해와는 반드시 일치하는 것은 아니라는 사실을 확인할 수 있다. 이것은 자신이 밝힌 글에서도 그대로 드러난다.

불유쾌함으로 가득 찬 인생을 터벅터벅 걷고 있는 나는 자신이 언젠가 반드시 도착하지 않으면 안되는 죽음이라는 경지에 대해서 항상 생각하고 있다. 그리고 그 죽음이라는 것을 삶보다는 더 편한 것이라고 믿고 있다. 어느 때는 그것을 인간으로서 도달할 수 있는 가장 지고至高한 상태라고 여길 때조차 있다.

"죽음은 삶보다 고귀하다."

이러한 말이 요즘에는 끊임없이 내 마음속을 오가게 되었다.

—『漱石全集』第八卷, 429~430쪽

소세키의 죽음에 대한 생각은 자의에 의한 죽음, 즉 자살에 대한 관념에서도 비슷하게 적용되었다. 자살을 각오한 여자가 찾아왔을 때의 이야기를 서술한 그의 글에서 이것을 알 수 있다. 서술상으로는 여자의 불행한 연애가 어떤 것이었는지 명확하게 그려져 있지 않지만 이야기 속의 그 여자는 당시 30세 전후로 이혼 경력이 있으며 연하의 청년과 연애에 빠져 그 청년을 자살하게 한 과거를 가지고 있었다고 한다. 그녀가 소세키를 방문하여 자살할 시기를 기다리고 있노라고 자기 심정을 고백했던 것이다. 이 무렵의 소세키는 '죽음은 삶보다 고귀하다'는 일종의 달관 비슷한 생각을 가지고 있었으나 그가 여자에게 한 충고는 죽지 말고 살아달라는 것이었다. 이것은 아무리 삶이 고통스럽다고 해도 죽음으로 해결할 게 아니라 있는 그대로 받아들이면서 인간적인 각오와 결의에 의해 살 가치가 있는 것으로 만들어야 한다는 것을 뜻한다. '죽음이 삶보다 고귀하다'고 한 것은 자연에 순응했을 때에 한정한 말이지 자연에 거역했을 때도 여전히 통용되는 의미는 아니었던 것이다.

어떤 사람이 나를 보고 "남이 죽는 건 당연한 듯한데 자신이 죽는다는 건 도저히 생각할 수 없습니다"라고 말한 적이 있다. 전쟁에 나간 경험이 있는 어떤 남자에게, "그렇게 옆에서 대원이 하나둘 쓰러지는 걸 보면서도 자기만은 안 죽는다고 생각할 수 있을까요?" 하고 물었더니 그 사람은 "있고 말고요.

아마 죽는 그 순간까지 죽지 않을 거라고 생각할 겁니다"라고 대답했다.

—『漱石全集』 第八卷, 464~465쪽

이런 대화를 나누며 소세키 역시 어쩌면 그런 사람들과 똑같은 기분으로 비교적 태연히 지내고 있는지도 모르겠다고 생각한다. 그러면서 "죽을 때까지는 누구든 살아 있는 것이니까"라는 결론에 도달한다.

소세키가 죽음에 대해 맺은 결론은 인간은 살아있을 동안은 살아있는 존재이지만 죽음은 결코 먼 곳에 있는 것은 아니라는 새삼스러운 진리였다. 그런 까닭에 소세키는 죽음에 대해 다음과 같은 결론을 맺고 있다.

결국 우리들은 제각기 꿈속에서 제조한 폭탄을 소중히 껴안고서 너나없이 죽음이라는 먼 곳으로 담소해 가면서 걸어가고 있는 게 아닐까. 다만 어떤 것을 껴안고 있는지는 너도 모르고 나도 모르기 때문에 행복한 것일지도 모르겠다.

—『漱石全集』 第八卷, 485쪽

"인간은 언젠가는 죽을 수밖에 없는 존재이지만 '죽음'이란 도대체 어떤 것일까?"라고 당시에 항상 생각하고 있었던 소세키였기 때문에, 소설상으로도 그것이 '선생님'의 사상으로 묘사된 것도 당연했다.[52]

52 武藏野次郎, 『夏目漱石』, 成美堂出版, 1984, 197쪽.

(2) 심퍼사이저의 사회적 성격

① 동조자

염상섭 장편소설에서의 제대로 된 형태의 심퍼사이저의 첫 모습은 『사랑과 죄』의 이해춘에게서 찾을 수 있다. 명예나 권력보다는 돈의 문제가 더 소중하게 심퍼사이저의 무기가 되면서 이해춘에게 심퍼사이저의 본격적인 기능이 맡겨진 것이다. 이는 식민지 사회의 양상이 이미 명예나 권력의 문제보다는 돈의 문제에 보다 집착할 수밖에 없게 되었다는 것을 의미한다. 전에는 일제 통치자들의 눈을 피해 사회주의 운동이나 독립운동을 하자면 저들이 전혀 의심하지 않는 권력자 또는 일제에 기여한 명예로운 작위를 가진 자를 심퍼사이저로 등장시키면 되었다. 하지만 이후는 명예나 권력보다는 돈이 더 소중하게 되었다. 이것은 권력 중심 사회에서 경제 중심 사회 즉 자본주의 사회로의 전환을 의미하는 것이다. 염상섭이 이 같은 사회의 변동을 누구보다도 먼저 알아챈 앞선 작가였기 때문에 이런 문제 인물의 탄생이 가능했던 것이다.

염상섭은 '무산계급의 해방'을 중시하는 사회주의자를 『사랑과 죄』부터 중심인물로 등장시킨다. 이보영은 이렇게 하지 않을 수 없도록 재촉한 것으로 1927년에 들어서 더 강화된 시대적 요구를 무시할 수 없다고 본다.[53] 그것은 바로 민족주의 단체와 사회주의 단체의 항일 단일전선을 구축하기 위한 신간회의 창립(1927.2)이다. 염상섭은 여기서 자극을 받았을 가능성이 크지만, 「횡보문단회상기橫步文壇回想記」에 의하면 그는 진작부터 "계급투쟁을 위하여 문학을 무기로 쓴다손 치더라도, 그보다

53 이보영, 『난세의 문학』, 예림기획, 2001, 436쪽.

도 먼저 화급한 것이 피압박상태에서 벗어나기 위한 민족의 대동단결이 중요하다"라고 생각했다. 이러한 그의 생각은 『사랑과 죄』, 『삼대』, 『무화과』 삼부작에서 민족주의자인 심퍼사이저의 협력을 받는 사회주의자의 항일투쟁이라는 형식을 통하여 나타났다.

> 그리하여 그때의 내가 (…중략…) 자기의 애국사상과 이에 따르는 모든 행동을 좌익과 동조하는 길로 돌리어, 독립운동을 잠행적으로 실천하는 길 — 요샛말로 하면 지하공작이라 할까? 하여간 속에서 치밀어 내어뿜는 열과 울분을, 이 '심퍼사이저 — 동조 — '하는 창구멍으로 내뿜으려 하였던 것이요, 또 이것이 실천의 수단 방법이라고 믿었던 것이다.
>
> —『廉想涉全集』 12, 239쪽

『사랑과 죄』, 『삼대』, 『무화과』의 소설적 기본 구조는 중산층 보수주의자와 무산 사회주의자들의 관계에 있다. 그 기본 관계의 틀에서 가장 중요한 역할을 하는 인물이 심퍼사이저였다. 그러나 사회주의자와 민족보수주의자인 심퍼사이저의 관계가 장기적일 수는 없었다.[54]

사실 이 때쯤은 공산주의와 무정부주의 사이에 확연한 분계선이 있지 않았다. 오히려 무정부주의라는 것이 잘 알려져 있지도 않았을 때였다.

54 이 같은 역학 관계는 중산층 보수주의자들의 자기 보존 방법이었기 때문에 그것이 필요 없게 되자 무산되어 버렸다. 일제를 돈으로 회유하고 사회주의자들에게 돈과 권력으로 동조하는 척함으로써 자신의 재산과 생활을 보장받으려 했으나 이제 그런 제스처는 필요 없게 되었다. 따라서 중산층 보수주의자의 심퍼사이저 노릇도 사라졌다. 왜냐하면 일제의 사회주의자들에 대한 탄압이 극심해져 저들의 지하 운동이 거의 불가능하게 됨으로써 중산층의 보수주의자들에게는 사회주의 지하 운동자들이 이미 위협적인 존재가 아니었기 때문이다(김종균, 앞의 책, 136쪽).

사회운동자의 대부분은 그러한 구별은 나중에 생각하기로 하는 입장이었으며 우선은 '반항'이라는 공통분모가 있었고, 따라서 심퍼사이저들은 이러한 사회주의자를 돕는 것을 1차 목표로 하고 있었다.

이해춘의 친구이자 사회주의자인 변호사 김호연은 늑막염이라는 진단을 받고 세브란스병원에 입원해 있다. 김호연을 금전적으로 후원하는 사람이 이해춘이다. 이 병원에서 그는 이해춘이 지원해주는 돈을 쓰면서 한 달 이상을 입원해 있는 것이다. 도쿄제국대학 독일법률학과를 졸업하고 변호사가 된 김호연이지만 독립운동이니 사회운동이니 하는 돈 한 푼 생기지 않는 일에 자신의 변호사로서의 소임을 다하는 관계로 물질적인 후원이 절실하며 이런 후원자 역할을 하는 사람이 젊은 자작子爵 이해춘인 것이다.

> 이래저래서 무이의 친구인 리해춘이에게 물질뎍으로도 은근히 만흔 도움을 밧는 모양이지만은 미술가와 법률가가 업는 지긔지우가 된 것은 지테가 갓다든지 무슨 특별한 동지同志라 하야서 그러한 것이 아니라 다만 지긔志氣가 상통하는 뎜이 잇고 취미와 사상경향에 서로 리해理解가 비교뎍 깁흔 때문이라 할 것이다.
>
> —『廉想涉全集』2, 53쪽

이해춘은 자본으로 돕는 심퍼사이저 역할을 함으로써 사회주의 방식에 의한 독립운동을 간접적으로 지원하게 된다. 이해춘은 김호연으로부터 부탁받은 대로 독립운동자금을 대주는 심퍼사이저 역할을 하는데 그 부탁과 실천 방법에서 단순한 금전 전달이 아니라 문제가 생겼을 때를 대비한 치밀한 과정을 거친다. 냉철한 지성을 지닌 김호연은 이해춘을 비롯한 친구들 관계 속에서 지도적 위치에 있으며 영향력 또한 크다.

> "여듧시나 아홉시 가량해서 인삼장사가 인삼 세 근을 가지고 갈 터이니 아모말 말고 좀 팔아 주게. 그리고 원석이 식혀서 장부에 올리게 하야 두는게 조켓네 (…중략…)"
>
> 모든 것을 호연이는 거진 명령적으로 부탁한다.
>
> (…중략…)
>
> "그 백원은 무엇에 쓰는 거란 말인가?"
>
> "려비라네! 그 사람을 어대 보내는데 려비를 주랴는 걸세. 하여간 그러케만 하면 나중에 자네게 루가 미칠 리는 만무하이…… 그러고 돈도 아모조록 원석이가 즉접 치르게 하고 장부에 꼭 올리게 하게"
>
> —『廉想涉全集』2, 151쪽

이 돈의 성격이 무엇인지는 서로 잘 알고 있으면서도 이해춘도 김호연도 그 부분에 대해서는 말을 삼간다. 다만, 김호연이 변호사인 만큼 나중에 일어날 수 있는 문제를 미리 상정하고 그에 대한 대비를 해두는 것이다. 김호연이 최진국이라는 사람에게 고학생의 부조삼아 인삼을 비싼 값에 팔아주라는 말에, 이해춘은 그 말뜻이 무엇인지 알면서 세간 청지기인 원석을 시켜 시중가격보다 훨씬 좋은 가격인 백원에 선뜻 인삼 세 뿌리를 사게 한다. 장부에 적고 형식을 갖추었으나 이것은 나중에 최진국이 피검되고 관계자들도 함께 구속되면서 이해춘 역시 불리어가게 되는 등 여러 가지 복잡한 양상을 띠게 되는 빌미가 된다.

하여간에 최진국이가 붓들린 것은 분명하나 최진국이가 무슨 일을 하얏는지는 모른다. 그 후에도 호연이에게 잠간 물어보앗스나 벌서 어디로든지 가버렷스리라고 할 뿐이고 별로 자세한 말은 못 들엇다.

호연일만 하드라도 자긔가 귀족인 것을 리용하랴든 것인 것은 모르는 게 아니나 우정으로 보든지 무엇으로 보든지 리용되는 수밧게 업섯든 것이다.

—『廉想涉全集』2, 271~272쪽

그리고 금전적인 지원뿐만 아니라 김호연, 원석, 순영 등이 평양감옥으로 이송된 다음에는 감옥 뒷바라지도 적극적으로 맡아서 하는데 물론 여기에는 순영을 이성적인 감정으로 바라보는 것 또한 중요한 역할을 한다.

당시의 청년기질을 대표하는 긍정적인 인물의 전형성은 울분과 고뇌와 조화로 나타나는데, 돈 있는 집안의 아들로서 사회주의 운동에 동조하고 과거의 인습을 파기하며, 현실을 냉정한 눈으로 관찰하나 직접 행동을 하지는 못하는 이해춘의 모습은 『삼대』의 조덕기에게서도 볼 수 있다. 조덕기는 친구이자 사회운동가인 김병화의 물질적인 후원자다. 그는 운동에 필요한 자금뿐만 아니라 친구의 밥값까지도 지원하고 있는 심퍼사이저다.

김병화의 운동에 물질적 지원뿐만 아니라 심정적 동정까지도 하는 조덕기는 친구 김병화의 치열한 삶에 경의를 표한다.

(이런 생활도 있다)고 덕기는 속으로 놀라면서 병화가 가엾은 생각이 들었다. 이런 궁극에 달한 생활을 하면서도 남에게 굽히지 않고 자기 주의를 위하여 싸우는 것이 말하자면 수난자受難者의 굳건한 정신이 있기 때문이려

니 하는 동정이 한층 더 깊어졌다.

(나 같으면 하루도 못 배기겠다. 벌써 다시 집으로 기어들어가서 부모의 밥을 먹었을 것이다)고 덕기는 생각하였다.

—『廉想涉全集』 4, 40쪽

조덕기는 법과 중에서도 형법에 주력을 해서 장래에는 변호사가 되겠다는 생각을 가지고 있다. 형사 전문의 변호사는 아니더라도 어쨌든 조선 형편으로는 그것이 자기에게 알맞을 것 같았기 때문이다. 자신의 이런 생각을 김병화에게 말했을 때 김병화는 전선의 후부에 있으면서 적십자기赤十字旗 뒤에 숨어 있을 생각이냐고 적극적으로 나서지 않는 조덕기의 자세를 비웃은 적이 있다.

"말하자면 군의총감이 되겠다는 말이지?"

"누가 아나. 그야말로 자네 따위라도 그 소위 전선에서 포로가 되면 나 같은 간호졸看護卒도 필요할찌"

"포로엔 간수가 필요한 걸세. 간수가 되겠다는 걸세그려? 자네다운 소리일세"

어쨌든 덕기는 무산운동에 대하여 무관심으로 냉담히 방관만 할 수 없고 그렇다고 제일선에 나서서 싸울 성격도 아니요 처지도 아니니까 차라리 일간호졸 격으로 변호사나 되어서 뒷일이나 보면 좋겠다는 생각이었다. 덮어놓고 크게 되겠다는 공상도 가지고 있지 않으나 책상물림의 뒷방 서방님으로 일생을 마치기도 싫었다. 제 분수대로는 무어나 하고 싶었다.

—『廉想涉全集』 4, 99쪽

이러한 심퍼사이저들에 대해서 직접 운동의 일선에 서 있는 사람들은 그들에 대해 감사를 표한다기보다는 일제를 돕거나 일제로부터 물려 받은 작위를 갖고 있거나 또는 일제의 비호 아래 부를 축적하여 풍족한 생활을 하고 있는 그들이 자신들을 돕는 것은 너무도 당연하다는 인식을 가지고 있었다. 또한 그들이 어떤 사상을 지니고 있든 금전적 후원이 가능하다면 그것으로 족하다는 입장이었다. 필순 부친의 말을 통해 사회주의자들이 심퍼사이저를 어떻게 생각하는지에 대한 일단을 엿보게 된다.

> 밥을 먹으며 필순이 부친도 덕기의 말을 꺼냈다. 별 의미가 있는 것이 아니라 아까 딸과 이야기하는 것을 안방에서 들었기 때문이다.
>
> "이 밥이 말하자면 그 사람의 밥이라 해서 말이 아니라 위인딴은 퍽 얌전하고 상냥한 모양이야. 사상은 어떤지 모르지만 장래 잘 이용해두 상관 없지. 별수 있나. 무슨 일을 하든지 한푼이라도 있는 놈의 것을 끌어내는 수밖에"
>
> —『廉想涉全集』4, 147쪽

필순의 부친이 이런 소리를 하였으나 김병화는 이에 대한 반응을 보이지 않는다. 이러한 입장에 대해 사회주의 운동에 순수한 입장을 견지하고 있던 당시의 김병화는 뭐라고 말하기 곤란해서 아무 말도 하지 않았던 것이다. 김병화가 잠자코 있자 필순의 아버지는 자신의 말에 찬성하지 않는 줄 알고 말을 잇는다.

> 요전에 일본서는 무산자 병원에 어느 재산가가 기부를 한다니까 이러니저

러니 문제가 많다가 한편에서는 안 받기로 결의를 하고 한편에서는 받는다고 하였는데 결국에는 기부자가 취소를 하였다더군마는 내 생각 같아서는 얼마든지 받아도 좋을 것 같더군. 내는 놈이야 회유수단懷柔手段이거나 말거나 거기에 이용되고 넘어가지만 않으면 그만 아닌가. 결국에 그 회유 수단이란 것도 생각하기에 따라서는 섶을 지고 불로 들어가는 것이 아닌가. 적이 주는 군량을 먹고는 못 싸우란 법이 있나. 그 따위 조그만 결벽도 역시 소시민성小市民性이지

—『廉想涉全集』 4, 147쪽

필순의 부친은 무기력한 사회주의 선배로만 간주되기 쉬운데 그렇지 않다. 그의 현실 인식은 정확할 뿐만 아니라 적극적이기 때문이다. 김병화가 조덕기 같은 심퍼사이저의 돈을 쓰기가 조심스럽다고 말하자 "그야 물론이지만 조선같이 조직적 기반이 없고 부득이 비합법적으로 나가는 경우에는 그런 소시민적 결벽성은 불필요하다"라고 말하고 있는데 이것은 심퍼사이저의 협력과 테러리즘의 불가피성을 인정하는 것이다.

이보영은 염상섭의 리얼리스트로서의 성실성은 『사랑과 죄』, 『삼대』, 『무화과』에서 보여준 이해춘 등 심퍼사이저에 대한 비판적 취급에 뚜렷이 드러난다고 보고 있다.[55] 그 이유로 염상섭은 자타가 공인하는 민족주의자로서 좌우합작을 그 소설들의 추진력으로 삼았지만 자기도 모르게 김호연 등 사회주의자로 하여금 지하투쟁을 주도하게 했을 뿐 아니라 그들을 심퍼사이저보다 도덕적으로 우월한 인간들로 제시한 데서 찾고

55 이보영, 앞의 책, 285쪽.

있다.

대표적인 심퍼사이저인 이해춘, 조덕기, 이원영 이 세 사람 중에서 자기부정적인 발전을 보여주는 유일한 인물은 이해춘이다. 그런데 이런 이해춘은 가슴속이 까닭 없이 어수선해지는 경험을 자주한다. 그의 감성은 귀족이라는 허울을 벗어던지고자 하지만 그의 이성은 그것을 붙들어야 한다고 고집한다.

> ……위험과 불안을 늣긴다는 것은 또 무슨 의미일구?…… 내게 갓가히 오는 것이 그다지도 위험할까? 그러케 불안을 늣길까? 내가 귀족이라고 해서 그러는 것일까?…… 내가 만일 다시 결혼을 한다면? ……평민의 피 상놈의 피를 끄러 드릴 것이다. 귀족의 피 량반의 피에는 인제는 쯤증이 어지간히 낫다! 량반의 피ㅅ속에서는 건저내일 것이 아모 것도 업다. 귀족의 피ㅅ줄기를 알들히 남겨둔댓자 밥비러 먹을 자식을 한아고 둘이고 남겨 노코 가는 것밧게 사회에 아모 유조될 것은 업슬 것이다…… 다— 쓰러저 가는 기둥뿌리라도 붓들고 느러질 힘이 남아 잇는 것은 그래도 상놈의—평민의 피ㅅ줄기 속 뿐이다! ……내가 귀족이라고? ……
>
> —『廉想涉全集』2, 74쪽

자신의 신분에 대한 고민은 끝없는 내적 갈등을 유발한다. 그러나 그 갈등은 언제나 우유부단한 모습이다. 이러한 마음의 혼란은 양심적 지식인의 모습으로 변하게 되고 최진국, 김호연, 순영 등의 구속 후에는 낮은 자의 입장을 취하는 모습을 보인다. 이해춘은 평양 감옥의 뒷바라지를 위해 평양으로 향하는 기차표를 사면서 일등, 이등 차표가 아닌 삼등 차표를 산다. 이렇게 하는 것이 심적인 부담을 조금이라도 가볍게 할 것 같았기 때문이다.

> 해춘이는 삼등표를 삿다. 잡혀가 잇는 사람을 생각하면 이등이나 삼등이라도 침대차에 들어갈 렴의는 업섯다.
>
> —『廉想涉全集』2, 292쪽

『사랑과 죄』나 『삼대』에서는 항일독립운동과 사회주의운동의 윤리적 당위성과 실천성이 한동안 일치해 왔다. 『사랑과 죄』의 김호연과 『삼대』의 김병화의 정치적 이념이 지하 운동으로 실현될 수 있었던 것은 이해춘과 조덕기 같은 심퍼사이저가 있었고, 저항운동의 중심이 서울에 있었기 때문이다. 그러나 『무화과』에서는 지하 운동의 중심체가 상해에 있음으로 서울에서의 활동이 힘을 잃게 됨과 동시에 심퍼사이저 이원영의 존재가 유명무실하게 되면서 김동국의 사회주의 지하 운동의 계승자인 김봉익 또한 서울을 벗어나 도쿄로 갈 수밖에 없었다.

『무화과』에서는 등장인물 대부분이 돈 앞에 자신의 영혼을 팔아서 살아가는 인물로 그려져 있다. 돈이 그들에겐 삶의 수단이 아니라 합목적이다. '돈'은 신의 자리를 꿰어차고 이들 위에 군림해 있으며, 이들은 황금의 휘황찬란한 부나비처럼 날아드는 존재들이다. 『무화과』는 이처럼 모든 가치가 교환가치로 환원되는 이 타락한 시대를 살아가는 일그러진 삶의 방식을 전율스러울 정도로 사실적으로 그려내고 있다.[56]

56 류보선, 앞의 글, 858쪽.

『무화과』의 이원영은 염상섭 소설의 마지막 심퍼사이저다. 이원영은 김동국을 다만 우정으로 대할 뿐이다. 파산자 이원영은 더 이상 자신의 보신술의 하나였던 심퍼사이저로서의 의미를 느끼지 못했다. 돈 떨어진 중산층은 속물에 지나지 않았던 것이다.[57] 『무화과』에서 김봉익과 이원영은 아무런 이념적 유대를 맺지 못한다. 『삼대』의 심퍼사이저 조덕기는 그와 이념적으로 대립적 관계에 있는 김병화와 지적인 의견 교환을 통해 물질적인 도움을 주는 한편 일제의 탄압을 막아 주기도 하지만, 이원영과 김봉익은 거의 대화의 통로가 없다. 김봉익과 이원영은 오히려 대립적이다. 이원영은 신문사의 간부요, 김봉익은 파업을 주동한 혐의로 파면당한 기자다. 이원영은 사회주의자의 이념에 대한 이해 때문이 아니라 개인적인 사사로운 이유로 인해 돈을 대어준다. 이 역시 엄밀한 의미에서 심퍼사이저라고 할 수 없다. 염상섭 역시 이원영의 심퍼사이저로서의 행위에 대해 안달외사安達外士의 입을 통해 그것을 부정하는 듯한 말을 하게 하는 데서도 확인된다.

우선 이원영이로 두고 봅시다. 그 사람이 주의자요? 그러면 소위 심파(원조자)요? 나 보건대 그 아무것도 아니요. 주의로 말하면 민족주의라 하겠지만, 부르주아로서 몰락해 가는 인텔리가 아니오. 그가 김동국이와의 교분으로 돈 십 원 돈 백 원 주었다는 사실 — 쉽게 말하면 궁한 친구가 구걸을 하니까 조금 도와주었다는 사실밖에 아니 되지만, 결과에 있어서는 그렇게 단순치가 않을 뿐만 아니라, 법률이 아무리 동정하여 보아도 그대로 둘 수 없는

57 김종균, 앞의 책, 131쪽.

경우가 있단 말요. 그것은 또 고사하고 이원영이의 주위 인물들의 가족들이 라든지 친지까지라도 신변이 안전치 못하니 이 일을 어떠하느냐 말요.[58]

위의 예에서 보듯 부르주아로서 몰락해 가는 인텔리가 궁한 친구를 도운 것뿐[59]이라고 단정적으로 말하고 있는 것이다. 이를 통해서 볼 때, 결국 염상섭 소설에서의 심퍼사이저의 가장 핵심적인 요소는 사회주의자들이나 독립운동가들에 대한 심정적인 동조보다는 돈으로 그들을 돕는 것이라고 볼 수 있다.

② 중간자

『사랑과 죄』에는 이 작품으로 표출하려고 한 작가의식의 중심을 이루는 구체적 정치의식이 무엇인지를 분명하게 보여주는 장면이 있다. 그것은 이 시대의 다양한 젊은이들이 함께 모여 열띤 논쟁을 펼치는 바로 그 현장이다. 여기서 염상섭은 서로 다른 이념을 지니고 있는 인물들의 논쟁을 설정하고 그들의 정치의식의 일단을 보여주고 있다.

밤늦은 시간, 한 카페에 젊은 지식인들이 우연히 만나 논쟁을 벌인다. 니힐리스트인 류진, 볼셰비즘의 신봉자인 적토赤兎, 아나키스트인 야마노山野 그리고 이해춘이 그들이다. 여기서 이해춘은 앞에 든 세 경향을 모두 부정하고 민족주의와 사회주의 사이의 중간노선을 조선 청년의 옳은 길이라고 주장한다.

그것은 사회주의가 신분타파를 통해 봉건사회에서 근대사회로 이행

58 염상섭, 『無花果』, 동아출판사, 1995, 812쪽.
59 김종균, 앞의 책, 123쪽.

해 나아가야만 하는 당대 사회의 방향성에 부응하는 이념이지만, 또 한편으로 민족주의라는 것이 '날근 비단 두루마기가 아니라 입지 안을 수 없는 수목 두루막이 가튼 것'이어서 그중 어느 것도 버릴 수 없기 때문이다. 프로문학자들과의 논쟁에서 뚜렷하게 표명된 바 있는 염상섭의 이른바 절충적 논리가 그대로 토로되어 있는 셈이다.[60]

"나는 위선 김군과 가치 민족주의와 사회주의의 중간을 타고 나가는 것이 오늘날의 조선 청년으로는 올흔 길로 들어서는 줄 안다는 말이요……."

해춘이도 취하기는 하엿스나 지지는 안핫다.

"그야말로 불철저한 말이다…… 하여간 민족주의고 사회주의고간 리군 가튼 사람이 걱정 안 해도 상관업서요! 당신이 그런 것을 론난하랴거든 위선 예술의 상아탑에서 뛰어나올 것이요 귀족의 궁뎐에서 무산자의 발을 굴으는 전야戰野로 용감히 나서야 할 것이다!"

하며 적토는 얼굴이 발개서 소리를 친다. 이 축도 모다 취한 모양이다.

"그런 것은 적토군의 권고를 안 밧드라도 내 생각이 없는 것은 아니요. 다만 긔화를 기다리는 것이지만……" 하며 해춘이도 열변을 토하랴니까 적토군이 입을 막으면서

"당신 가튼 귀족이 — 예술가가 그런 용긔가 잇다면 참 가상한 일이다!"하고 밧작 꾀어든다.

"사람을 멸시하는 그 따위 말이 어대 잇단 말이요? 나도 현대 청년이오! 나도 조선 청년이오! 나도 피가 잇소!……" 하며 소리를 치니까 가만히 듣

60 정호웅, 앞의 글, 476~477쪽.

고 안젓든 야마노가 별안간
"뿌라보―" 하고 커다케 웃는 바람에 말은 잠간 끈히엇다.

―『廉想涉全集』 2, 210쪽

이해춘은 운동의 전면에 참여하지 않고 배후에서 금전적 지원만 하면서 자작이라는 지위를 유지하는 자신을 비난하는 적토를 향해 가슴속 울분을 내뱉는다. 이해춘 역시 자신이 독립운동가에게 이용당하고 있다는 사실을 잘 알고 있다.

이런 이해춘은 자신을 이상주의자라고 몰아붙이는 정마리아에게 어느 쪽 이념으로도 치우치지 않는 삶을 살고자 하는 것이 자신이 지향하는 바라면서 중간자로서의 자신의 입장을 밝힌다.

나는 무슨 주의니 무슨 주의니 하는 것은 실혀요. 될 수 잇스면 남의 머리 우희로 거러단이지 안코 남의 입에 부튼 밥을 노리지 안하도 제각긔 먹고 자유롭게 지낼 수 잇는 사회에서 사라보고 십흘 따름이얘요

―『廉想涉全集』 2, 35쪽

이 말을 들은 정마리아는 이해춘에게 이런 불공평한 사회를 바로잡고 사회의 밑바닥에 깔려서 신음하는 사람을 구하는 것이 더 큰일이라고 말한다. 이런 말을 하는 정마리아가 사회개혁의 의지를 지니고 있는가 하면 그것은 아니다. 단지 남자를 떠보는 말에 지나지 않는 것이다. 정마리아는 이해춘의 지위와 그의 소유밖에 관심이 없다. 이렇듯 중간자인 이해춘의 주변 인물들은 대부분 이해춘을 이용가치가 있는 존재로만

여기고 있을 뿐이다. 스스로도 그러한 자리에 놓인 것을 잘 알고 있는 이해춘은 자신의 처지가 시대의 음험함 한가운데에 놓인 듯이 암울하고 어두운 심경이다.

> 홍수의 조선 — 퇴패의 서울…… 음험陰險과 살기殺氣와 음미淫靡의 긔분 속에 싸여서 안젓기에는 숨이 막힐 것 가타얏다. 주위에 동화同化가 되어서 그 '물도라새리'속渦中에 휩쓸려 들어간다든지 그러치 안흐면 뻣대고 싸우면서 자긔를 굿게 직힐 수가 잇고 보면 문뎨는 업지만 이러케 할 수도 업고 저러케 할 수도 업는 자긔 처디가 딱하얏다.
>
> —『廉想涉全集』2, 123쪽

중간자로서의 이해춘의 삶은 고뇌의 연속일 수밖에 없다. 이해춘이나 조덕기와 같은 중간자들과는 달리 이들에게는 적극적으로 자기의 주장과 이상을 펴보고자 실천적으로 노력하는, 혁신적인 사회주의 운동을 통해 나타내는 친구들이 있는데 김호연과 김병화가 바로 그들이다.

남주인공에 있어서도 혁신적인 경우는 대체로 가난한 집의 아들로 고학으로써 학업을 마친 경우의 남성이 많으며, 부잣집의 아들인 경우는 완곡한 보수주의자도 있지만 대부분의 경우는 점진적인 개혁주의자이다. 『삼대』의 조덕기가 대표적인 인물이다. 조덕기는 급진적인 개혁주의자 부친과 극단적인 보수주의자 조부 밑에서 개혁과 보수의 대결을 보며 자랐다. 개혁주의자 부친의 인격 파탄은 그의 생활마저 앗아갔고 조부의 사망은 자신을 뜻하지 않게 보수와 혁신의 중간에 서게 하였다.[61] 염상섭은 공산주의자나 사회주의자는 아니면서도 그 방법이 독립운동에 이용되기를 작품 속에서 명확하게 제안하고 있는 것이다.

『삼대』에 그려지고 있는 사상운동은 절대적 성격을 띠고 있지 않다. 가장 뚜렷한 사회주의자인 김병화와 조덕기의 관계는 사상문제와는 전혀 무관한 친구 사이일 뿐이다. 조덕기는 마르크시즘에 대한 관심 때문이 아니라 김병화와 친구로 어울린 것이고, 사회주의자의 딸이며 공장 노동자인 필순에게 관심을 기울인 것은 그녀의 청순한 외모 때문이다. 조덕기가 선 자리는 '타협'이 가능한 세계, 다시 말해 상대적 세계이다. 이 세계 속에서 사상 문제란 본질적인 것이 되지 못한다. 조덕기의 마르크시즘에 대한 관심은 한갓 양념거리에 지나지 않는다. 자기 분수에 따라 뭐라도 하고 싶어하는 심퍼사이저인 조덕기가 선 자리는 명백히 현실순응적 가치중립성의 세계인 것이다. 조덕기가 위치한 중간자의 자리는 곧 이해춘의 자리이기도 하다. 조덕기는 김병화를 얼마간 도와주려는 생각이 없지 않았지만 천원이나 내놓을 수 없다고 생각했고 결국은 나중에 몸이 회복된 후에 주기로 하고 매듭짓는다.

여기서 이보영은 조덕기의 심퍼사이저 역할은 김병화의 사회주의 사상에 동조해서가 아니라 친구의 안정된 경제생활을 위한 동정에서 비롯된 것으로 엄밀히 말하면 심퍼사이저라 할 수 없다고 주장하면서 조덕기의 말을 그 예로 들고 있다.

---

61 염상섭의 중도적인 생활관은 이와 같이 유리한 점도 있었지만 그만큼 이쪽도 저쪽도 아닌 소외감도 컸다. 특히 국민문학으로서의 민족문학과 계급문학으로서의 사회주의 문학의 대결 양상에서 그가 보여준 바의 중도적 입장은 보수와 혁신의 입장에서와 같이 순수한 객관적이라기보다는 보수와 민족 편에 더 기울어 있었다. 그러나 그는 언제나 자기 자신은 중립적이라고 생각하였다. 그의 중간자적 입장은 실로 자기보존적 처세술이었다(김종균, 『근대인물한국사 염상섭』, 동아일보사, 1996, 15~16쪽).

자네의 반려伴侶가 되겠다고 머리를 숙이고 간청하는 것은 아닐세마는 나도 내 길을 걷느라면 자네들에게도 유조한 때도 있고 유조한 일도 없지 않으리라는 말일세. 이왕이면 한 걸음 더 나서서 자네와 한 길을 밟지 못하느냐고 웃을찌 모르지만 나는 내 견해가 따로 있고 나와 같은 처지에 놓인 사람에게는 피하지 못할 딴 길이 있으니까 결코 비겁하다고 웃지는 못할 것일세.

—『廉想涉全集』 4, 182쪽

따라서 조덕기의 심퍼사이저 역할의 의미가 정치적 이데올로기는 받아들이지 않는 개인적 차원의 우정 이상의 것이 아니라는 점도 지적하고 있다. 평소 대학의 기말 시험과 가정사가 주요한 관심거리인 점으로 보아 조덕기가 말하는 '괴로운 세상'은 기본적으로 정치를 떠난 세계의 현실이라는 것[62]이다.

③ 이기적 부르주아 룸펜

1920년대 후반이 되어 신식교육이 확산되면서 지식인의 수효는 훨씬 많아졌다. 그러나 그만큼 고등실업자의 숫자가 늘어나면서 '룸펜'이라는 말이 하나의 유행어처럼 번졌고 스스로를 멋스럽게 룸펜[63]이라고 부르는 사람들도 늘었다.

부모에게 물려받은 유산과 작위[64]로 무위도식하는 이해춘의 지위와

62 이보영, 앞의 책, 363쪽.

63 룸펜lumpen이란 말은 독일어에서 누더기, 넝마란 뜻으로 제정러시아 시대의 서구파 자유주의자들을 이르는 말이다. 지적 노동에 종사하는 사회층 지식계급을 의미하며 이들의 본질적인 속성은 반항과 불안, 무기력 등이다(전혜자, 「한국 근대문학에서의 도시와 농촌」, 『한국 근대문학의 쟁점』, 정신문화연구원, 1982 참조).

물질에 끌려 유혹의 눈길을 보내는 정마리아의 눈에도 이해춘의 소극적인 삶의 방식은 조롱거리다. 사회의 변혁에 동참하지 않고 일정한 거리를 둔 채 가끔 그림을 그리는 것으로 삶을 영위하는 이해춘은 권태로운 삶의 모습을 보인다. 당시 유행의 한 모습인 룸펜적인 삶의 양상을 보이는 이 지식인은 다른 룸펜 지식인들과는 달리 선친으로부터 작위와 유산을 물려받은 부르주아 룸펜이다.

"그건 넘어 남을 깔보고 하실 말슴이 안애요? ……선생님께서 그런 수난덕 태도로 예술을 충실하신다느니 순교자殉敎者의 정신으로 일생을 채운다느니 하시니 그런 용긔가 게실 지경이면 좀 더 달은 큰 일을 하실 만한 공부를 웨 아니하섯느냐는 말슴이애요?"

"큰 일이란 엇던 큰 일일까요?"

"나라을 위하고 일반 민중을 위해서 사회에 즉접 나서서 하실 일이 좀 만하요? 그게 그 용긔 잇고 남자로 태여낫드면 태산이라도 떠왓겟습니다"하며

64 조선귀족朝鮮貴族은 1910년에 대한제국과 일본 제국 사이에 「한일병합조약」이 체결됨에 따라 일본 제국 정부가 일본의 화족 제도(일본의 화족 제도와 관련해서는 제1부 제2장 주석 52 참조)를 준용하여 대한제국의 고위급 인사들에게 봉작하고자 창출한 특수 계급이다. 1910년 8월 29일에 「한일병합조약」 제5조에 수반하여 일본 황실령 제14호 「조선귀족령朝鮮貴族令」이 공포되면서 신설되었고, 1947년 5월 2일에 일본 황실령 제12호 「황실령과 부속법령 폐지의 건皇室令及附属法令廃止ノ件」에 의해서 폐지되었다. 조선귀족은 일본 정부와 조선총독부에서 효용가치가 높은 최상위 협력층이었으나 1920년대 이후 문화 통치로 전환한 식민정책과 더불어 다양한 계층의 지식인 집단이 성장하면서 정체되고 무능력한 조선귀족을 적극적 협력자로 활용하려는 목적이 많이 희석되었다. 1920년대 이후 경제적으로 몰락하는 조선귀족들이 속출하자 조선총독부는 1929년에 창복회昌福會를 설립하여 궁핍한 조선귀족들을 지원하기에 이른다. 그럼에도 불구하고 조선귀족들은 일본의 기대에 부응하기 위해 각종 통치기구나 사회단체, 수탈기구에 참여하여 활동하였으며, 집필 활동을 통해서 식민통치를 정당화하는 데 중요한 역할을 수행하였다.

마리아는 웃는다.

—『廉想涉全集』2, 32쪽

물론 정마리아가 진정으로 자신이 바라보는 세계관에 의한 남자의 삶에 대해서 이야기하는 것은 아니다. 여기서는 다만 이해춘에게 냉대받은 앙갚음으로 지껄이는 말에 지나지 않는다. 그러나 이 말은 보편적으로 일반인이 지식인들에게 기대하는 말이며 자조적이고 룸펜적인 자세로 살아가는 지식인들에게 주는 충고이기도 하다.

이해춘은 하인더러 '대감'이라는 호칭으로 부르지 못하게 하고 권위의식도 내버리고 싶다고 말한다. 그렇다면 왜 작위를 받았느냐는 정마리아의 추궁에 이해춘은 그 모든 것이 자신의 의지와는 관계가 없이 조상들의 죗값으로 물려받은 것이라고 말한다. 이해춘 역시 자신의 작위는 떳떳하지 못한 산물이라는 것을 잘 알고 있다.

"내가 탓나요? 조상의 죄갑스로 탄 것이지요. 우리 아버님만 하서도 실상은 아무 죄도 업습니다만은……"

"그럼 웨 물려바드섯세요?"

"까닭업시 불녀 다니기 실흐니까 그러치요. 내가 동생만 하나 잇서도 달리 조처할 도리도 잇섯겟지요"

"좀 조흐세요 자작대감이시고 돈 마음대로 쓰시겠다!"

(…중략…)

"웨 그렇케 놀라심닛가? 자작 리해춘이란 말은 내가 귀족이란 말입니다. 귀족이란 놈하고 누가 정말 마음을 주고 가치 일하려고 한답듸까? 내가 사회에 나서지 못하는 것도 그 까닭이지마는 지금 청년이 다른 방면으로 가지 안코 문학이니 음악이니 미술이니 하는 데로 방향을 고치는 것도 제 길을 마음대로 거러갈 수가 업스닛가— 말하자면 지루들 되어서 그러는 사람이 만치요……"

—『廉想涉全集』2, 35~36쪽

이해춘은 자신의 작위가 나라를 판 대가로 주어진 추한 지위라는 데 대해 반감을 갖는 사람들과 사회에 대해 이러지도 저러지도 못하는 자신의 처지를 괴로워하면서 단호하게 그 지위를 버리지도 못하는 우유부단한 모습으로 일관한다. 그는 심퍼사이저로서 김호연이나 그 밖의 사회주의자들을 돕는 일 이외에는 거의 사회생활이 없는 무료하고 무의미한 생활로 일관하고 있다. 이러한 룸펜적 생활은 흐트러질 수밖에 없는데 젊은 청년의 혈기는 마리아의 육체를 탐하는 데까지 이어지게 된다.

세상 흐름에 직접 나서지도 못하고 마음속 갈등만으로 나날을 보내는 그의 젊은 몸은 권태의 한 켠으로 동물적 성욕이 발동하게 되는데, 이러한 충동은 정마리아의 추잡한 이면을 알면서도 육체적 욕망을 탐하는 것으로 이어지고 결국 성적인 관계로까지 나아가게 된다.

해춘이가 녀자의 편지를 바다 보는 것은 난생 처음이다. 가슴 속이 까닭업시 어수선하야지는 것을 깨다랏다.

"내가 이 녀자를 사랑하랴는 생각이 잇섯든가?"

해춘이는 자긔의 흉중을 스스로 살펴보며 편지 사연을 또 한 번 읽어 보앗다. 그의 입가에는 자긔도 알 수 업는 미소가 떠올라 왓다. 벌서 잇해 동안이나 독신으로 지내 오는 그에게는 갑작시리 이성이 그리운 보드러운 감정이 가슴 속에 슴이는 것을 늣기지 안흘 수 업섯다.

—『廉想涉全集』 2, 73쪽

그러나 이해춘은 민족주의자여서 탐미주의적인 그림 그리는 작업에만 몰두할 수 없고 심퍼사이저이면서도 정마리아와 같은 경박하고 관능적인 피아니스트와의 정사에 빠지기도 할 만큼 도덕적 자제심이 강하지 못하다는 자기모순을 안고 있다. 그것은 다음 진술에서 확인된다.

모든 것에 호기심을 가지고 인제야 차차 실사회에 한 거름 한 거름식 나서랴는 귀족 자제는 계집 아편쟁이라는 데에 일칭 더 마음이 끌리엇던 것이다.

—『廉想涉全集』 2, 46쪽

한편, 이해춘과 마찬가지로 아내가 있는 조덕기 역시 미모의 필순으로 인해 혼란을 느낀다. 김병화는 조덕기에 대해서 냉정하게 관찰한다. 필순에 대한 조덕기의 애정은 순수하지만 그러나 조덕기는 처자가 있는 사람이라는 데서 김병화의 생각은 어두워진다.

자기의 이때까지의 노력이나 생각이 조금도 자기 마음에 부끄러울 것 없는 정당한 일이었다. 그러나 거기에 조금치도 허위가 없었던 것인가? 진심으로 그 두 사람의 행복을 똑같이 축복하는 것이었던가? 필순이의 장래를 염려하듯 병화의 행복도 조금도 못지않게 염려를 하여 줄 성의가 있는가? 만일 그 두 사람이 기뻐서 약혼을 하였더면 자기의 마음은 상처를 고이 덮어서, 가슴속에 넣어두고 평생을 살아갈 용기가 있을가?……

—나도 남 모를 위선자다!

(…중략…)

그러나 유혹에서 벗어나려는 그 노력도, 그 사람을 위한다는 것보다도 자기를 위한 일이 아닌가? 이기적이다. 역시 위선자다…….

덕기도 자기 비판, 자기 반성에 날카로운 '인텔리'다. 자기 비판이 냉철할수록 자기 속에서 사는 필순이의 그림자가 너무나 또렷이 나타나는 것은 참을 수 없는 모순이다. 괴로웠다. 마음이 아팠다.

—『廉想涉全集』 4, 361~362쪽

김병화의 모든 생각은 민족을 중심에 둔 사회주의와 연결된다. 그러나 조덕기는 그렇지 않다. 어쩔 수 없는 가족주의자로서 가정의 전통적인 예절을 존중하며 할아버지가 그 관리를 맡긴 '사당과 열쇠' 곧 조상제사와 유산 관리를 소중히 생각한다. 그래서 '무산운동'에 가담하지 않는다. 조덕기가 심퍼사이저로서 이념을 중심으로 한 인물 즉, 김병화, 이필순, 홍경애 등을 위기에서 구해주고 경제적으로 돕는 것은 이 역시 자기보존 수단이다.

그가 미래지향적인 이데올로기가 없어서 거의 현재에 만족하고 얽매어 자기도 모르게 체제순응적인 인간이 되었다는 것은 매일 일본 잠옷을 입는 습관이 바로 증명한다. 조덕기는 그 당시 지식인의 정치적 운명을 적극적으로 인식하려고 하지 않았기 때문에 교토京都의 하숙방에 마르크시즘과 관련된 책이 아무리 많이 쌓여 있다고 해도 거의 명색만의 심퍼사이저일 뿐이다.[65] 그와 같은 성격은 김병화에게 준 편지말에서의 행복관에서 드러난다.

> 현실現實에서 만족을 얻을 아무것도 없고 아무 수단도 사람에게는 없거니와 설사 현실에서 만족을 얻는다 하여도 그것은 행복이 아니라 다시 더 높은 행복의 출발점 밖에 아니 되는 것일세. 그러면 다시 새로운 더 높은 행복을 바라는 마음—그것은 무엇인가? 꿈이 아닌가? 공상空想, 환상幻想, 몽상夢想일세. 그러므로 행복은 언제나 현실적現實的인 것이 아니라, 실현의 과정에서 경험하는 불만과 갈망과 노력不滿, 渴望, 努力에서 맛보는 것이라고 생각하네. 그렇지 않고서야 이 괴로운 세상을 어떻게 산단 말인가.
>
> —『廉想涉全集』 4, 184~185쪽

한편, 이보영은 이해춘의 소위 심퍼사이저의 우정은 이기주의의 전형으로 본다. 그것은 조덕기나 이원영에게서 공통적으로 발견되는 우정의 이중성으로 그는 김호연과의 우정에는 더없이 충실하지만, 그 우정의 테두리 밖에서의 그의 행동은 이기적이라는 것이다. 가령 그는 김호연에게 경제적인 도움을 주었고, 그의 청을 들어 최진국의 인삼을 비싼 값으로 사줌으로써 지하 운동 자금을 마련해 주는 모험도 감행하지만, 김호연의 정치적 이데올로기까지 받아들이지는 않는다. 왜냐하면 그것은 그의 우정의 한계를 넘어서는 일, 곧 그의 예술을 포함하여 가정의 토대와 명예의 포기를 의미하기 때문이다. 조덕기가 김병화와의 우정에 충실하면서도 집의 유산 보존을 위하여 노력함으로써 작고한 조부의 보수

65 이보영, 앞의 책, 362쪽.

적인 유지遺志를 존중하고, 이원영이 김동국과의 우정을 배신하지 않으면서도 그의 계열에 속하는 사회주의자 김봉익을 기피하는 것도 그들의 이기주의 탓이라는 것이다.

이러한 심퍼사이저의 우정의 한계는 염상섭이 구상하고 소설을 통하여 추진하려는 '신간회'의 전략이기도 한데, 그것은 이해춘의 민족주의가 전혀 투쟁적이 아닌, 그래서 일종의 사치스러운 관념이라는 사실로서도 증명된다.[66] 따라서 자신을 지키는 한 수단으로서의 심퍼사이저 역할을, 다시 말해서 진정한 독립운동의 동정자가 아닌 자기 보신을 위한 보험 성격의 물질적 제공자인 이기적 심퍼사이저로서의 한계를 지니는 것으로 볼 수 있는 것이다.

2) 고등유민과 심퍼사이저의 탐미적 성격

대표적인 고등유민 유형의 한 사람인 『그리고서』의 다이스케와, 심퍼사이저의 한 사람인 『사랑과 죄』의 이해춘이 보이는 탐미적 성격을 살펴보고자 한다. 두 사람은 고등유민과 심퍼사이저라는 전형적 지식인상을 이해하는데 가장 적합한 인물이며 또한 취향이나 정서적인 면에서도 유사성을 보이고 있어 비교의 대상으로 적합하다는 생각이다.

고등유민과 심퍼사이저는 공통적으로 경제적 구속에서 자유로우며 직업이 없으므로 시간의 여유가 있다는 특징을 지닌다. 젊은 다이스케와 이해춘은 특별히 미에 대한 관심이 많다. 다이스케는 자신의 몸과 얼

66 이보영, 위의 책, 284쪽.

굴에 대한 애착과 관심이 많을 뿐만 아니라 감각 기관 모두를 미를 탐닉하는 데 열중하는 인물이다. 그는 그림과 음악에 대해서 조예가 깊다. 이해춘 역시 탐미주의자로 일본 도쿄미술학교에서 정식으로 그림을 전공한 화가로 미에 대한 관심을 지니고 있을 뿐만 아니라 직접 작품을 그리기도 하는 예술지상론자적인 인물이다.

(1) 미적 향유자-다이스케代助

자신의 몸과 얼굴을 거울에 비춰보고 만족해 하는 나르시스트의 전형인 다이스케는 자신의 존재감에 충실한 남자다. 그리고 자신의 육체가 홀연히 사라질지 모른다는 두려움을 느끼기도 하는, 자신의 존재에 몰입하고 있는 사내[67]다. 다이스케는 자신의 심장 박동을 느끼면서 살아 있음에 감격하고 거울 속 자신의 모습을 확인하고 만족해한다. 거울에 비친 고른 치아와 피부 광택 등 외모에 대한 만족감은 자신의 존재에 대한 자부심으로 이어져 있다. 거울에 비친 다이스케의 외모에 대한 강한 집착은 살아 있다는 증거임과 동시에 자신의 존재에 대한 확인[68]이다.

다이스케는 경우에 따라서는 얼굴에 분까지 바를 수 있으며 멋쟁이라는 말을 들어도 조금도 어색하다고 느끼지 않는, 같은 세대의 다른 청년들과 비교해서도 특이한 인물이다. 이는 서구의 근대 자연과학에 영향을 받은 인간관의 반영[69]에서 비롯된 것으로, 소세키의 '영국 유학체험'

---

67 三好行雄, 「『それから』論 断章」, 『森鴎外・夏目漱石』(三好行雄 著作集 第二巻), 筑摩書房, 1993, 225쪽.

68 오성숙, 「나쓰메 소세키夏目漱石의 『그리고서それから』론－고등유민高等遊民의 탈피과정을 중심으로」, 한국외대 석사논문, 2001, 21쪽.

69 勝田和学, 「『それから』の構造」, 『言語と文芸』(第100号), 桜楓社, 1986, 70쪽.

과도 관련이 있는 것으로 보인다.

다이스케는 무위도식하는 생활을 하면서 사회와의 교섭을 단절하고 있지만, 예술방면에는 관심이 많아 음악・연극 등 자신의 기호에 맞춘 미적인 문화생활에는 적극적으로 참여하고 있다. 탁월한 미적 감수성 때문에 학생시절부터 '취미의 심판자'라는 별명이 붙을 정도로 육체와 정신에 있어서 '미美'를 인정하고 즐기고 있었다.

정신적 우월을 가져다 줄 감각을 갈고 닦는 데 많은 정열과 시간을 투자하는 다이스케는 이탈리아의 단눈치오[70]와 같은 데카당적 기질의 작품을 읽는다거나 세기말의 장식화가 프랭크 브랭귄[71]이나 메이지 시대의 요절한 화가 아오키 시게루靑木繁[72]의 작품같은 탐미적, 장식적 작품에 관심이 많다. 그는 자신의 고상한 관심을 충족시켜주는 대상에 대해서는 적극적으로 탐구한다. 게다가 다른 사람 앞에서 연주할 정도의 피아노 실력을 가지고 있으며 자신의 집 실내장식으로 서양화를 주문하기

70 단눈치오Gabriele D'Annunzio(1863~1938) : 이탈리아의 시인・소설가・극작가. 조숙한 천재로 문단・사교계의 총아. 퇴폐적인 관능미를 특징으로 하여, 시집『이른 봄』, 소설『쾌락』,『죽음의 승리』, 희곡「성聖세바스찬의 순교」 등이 대표작이다. 19세기 말과 20세기 초의 이탈리아 문단을 이끌었다. 제1차 세계대전 경부터 애국주의운동에 참가하였으나 그 뒤 열렬한 파시스트가 되어 베니토 무솔리니로부터 훈장과 함께 국정판으로 작품집을 펴내는 포상을 받았으나 이탈리아 정치에는 더 이상 개입하지 않았다. 다채로운 경력, 말썽 많은 연애사건, 전시에 보여준 대담성, 두 차례의 국가적 위기상황에서 발휘한 정치적 지도력과 웅변술 때문에 그는 당대의 가장 주목받는 인물이었다. 그의 문학 작품들은 자기중심적인 관점, 매끄럽고 음악적인 문체, 여성과 자연에 대한 사랑을 통해 얻은 감각적 만족감을 지나칠 정도로 강조한 점 등이 특징이다.

71 프랭크 브랭귄Frank Brangwyn(1867~1956) : 영국의 화가. 런던의 스키너스홀에 벽화를 그려 명성을 얻었으며, 캐나다・미국 등의 여러 곳의 건물에 벽화를 그렸다. 건축・삽화・도예・스테인드글라스・디자인 등 다방면으로 활약하였으며, 대벽화보다는 동판화가로 더 좋은 평가를 받았다.

72 아오키 시게루靑木繁(1882~1911) : 서양 화가. 신화・역사에서 소재를 취하여, 메이지明治 낭만주의를 대표하는 작품을 남겼다.

도 한다. 이런 다이스케는 자신의 방을 청색과 적색의 원색으로 장식한 단눈치오의 감각 세계를 동경한다.

> 그런데 문득 단눈치오라는 사람이 자기 집의 방을 푸른색과 붉은색으로 나누어서 장식했다는 이야기를 생각해내었다. 단눈치오의 원칙은, 생활의 커다란 두 가지 정조의 발현은 바로 이 두 색깔에서 벗어나지 않는다는 점에 있는 것 같다. 따라서 무엇이든 흥분을 필요로 하는 방, 즉 음악실이나 서재 같은 곳은 가능한 한 빨갛게 칠한다. 침실이나 휴게실과 같이 정신의 안정을 필요로 하는 곳은 모두 푸른색에 가까운 색으로 칠했다. 이러한 것이 심리학자의 학설을 응용한, 시인의 호기심의 만족으로 보인다.
>
> —『漱石全集』第四卷, 372쪽

또한, 다이스케의 미적 감각은 특정한 곳에 한정되어 있지 않다. 시각과 청각이 예민할 뿐만 아니라 후각까지도 예민하다. 예민한 후각의 소유자인 그는 선잠을 잘 경우에도 꽃향기에 감싸여 잘 정도로 특히 향기에 대한 집착이 유별나다. 꽃향기 대신 향수를 배갯머리에 뿌리고 자기까지 하는 다이스케는 예민한 감각의 소유자인 것이다. 그의 이러한 탐미적 경향은 작품의 처음부터 나타나 있다.

> 이윽고 나른한 손에서 신문을 이불 위로 툭 떨어뜨렸다. 그러고 나서 담배를 한 개피 피우며 이불을 조금 밀쳐낸 다음 다다미 위의 동백꽃을 집어서 와락 코 끝에 갖다 댔다. 입과 콧수염과 코의 대부분이 완전히 가려졌다. 담배 연기는 동백꽃잎과 꽃술에 얽히어 맴돌 정도로 짙게 나왔다. 동백꽃을 하

얀 요 위에 놓고 일어나 욕실로 갔다.

—『漱石全集』第四卷, 314쪽

그는 욕실에서 정성껏 이를 닦는다. 고르게 난 자신의 이를 만족스럽게 바라보는가 하면 향유를 바르기도 하고 단정하게 가르마를 타기도 한다. 또, 자신의 얼굴을 거울에 비춰보고 통통한 자신의 뺨을 여성들이 분을 바르듯이 가볍게 두드려 보기까지 한다. 자신의 얼굴을 매력적으로 바라봐 주는 타인의 시선에 만족감을 느끼며, 다른 사람들이 멋쟁이라고 치켜세워도 그것을 당연하다고 생각하고 겸손해 하지도 않는다. 그 정도로 그는 구시대적 통념으로부터 멀리 벗어나 있다.

그는 육체뿐만 아니라 정신에 있어서의 고상한 미美의 유형을 인정하는 사람이다. 그리고 모든 종류의 미에 접할 기회를 얻는 것을 도시인의 특권으로 여겼다. 평소 다이스케는 만일 감자(생계)를 다이아몬드(지적 세계)보다 소중히 여기게 된다면 인간은 끝장이라는 생각을 가지고 있었다.

그는 다른 사람이 부러워할 정도로 윤이 나는 피부와 노동자들에게서는 찾아볼 수 없는 부드러운 근육을 가진 사내였다. 그는 태어나서 지금까지 아직 큰 병이라고 할만한 병을 앓아본 적이 없을 정도로 건강에 축복을 받은 사람이었다. 그는 그래서 사는 보람이 있다고 믿고 있었기 때문에 그의 건강은 그에게 있어서 다른 사람보다 배 이상의 가치를 지니고 있었다. 그의 머리는 그의 육체만큼이나 강건했다. 다만 언제나 논리에 시달리고 있는 것만은 사실이었다. 그리고 때때로 머리의 중심이 과녁처럼 이중 혹은 삼중으로 겹쳐 있는 듯이 느껴질 때가 있었다. 특히 오늘은 아침부터 그런 느낌이 들었다.

—『漱石全集』第四卷, 470쪽

다이스케는 이처럼 고상하고 미적인 감각이 저절로 이루어진 것은 아니라고 생각한다. 그는 이러한 고급 감각을 얻기 위해서 그 나름대로 힘든 대가를 지불했다고 생각하고 있다. 그는 자신의 이러한 감각이 그냥 주어진 것은 아니며 정신력을 최대한으로 고양시키고 독서에 열중하고 음악과 미술 등 다양한 예술 분야와 접했기 때문에 얻을 수 있었던 감각이며, 또한 사물을 바라보는 능력을 기르기 위해 몰두하고 시간과 물질을 투자한 결과가 현재의 자신이라고 생각한다. 그 나름대로 또 다른 희생이 있었기에 이러한 삶이 가능했다고 생각하는 것이다.

자신의 신경은, 자기에게 특별히 섬세한 사색력과 예민한 감응성에 대해 지불하는 세금이다. 고상한 교육의 경지에서 생겨나는 반향(反響)의 고통이다. 천부적으로 귀족이 된 보상으로 부여된 형벌이다. 이러한 희생을 감수하였으므로 자신은 지금의 자신이 될 수 있었다. 아니, 어떤 때는 그러한 희생 그 자체에 인생의 의미를 진정으로 인정하는 경우조차 있다.

—『漱石全集』第四卷, 323쪽

결국 그는 사색력과 예민한 감수성으로 '자아 특유의 세계', 즉 독자적인 '미적 세계'에서 정신적인 진화를 거듭하고 있다고 생각하고 있다. 이러한 미에 대한 정신적 진화는 다이스케가 살아가는 힘이고 자신에게 스스로 탐미적 고등유민으로서의 존재가치에 의미를 부여하는 이유가 되는 것이다.

(2) 예술지상론자 – 이해춘

이해춘을 통해 한국 근대소설에서는 처음으로 등장하는 생활 형편이 풍족하고 예술 분야뿐만 아니라 정치의식 면에서도 비판적인 한 고등유민으로서의 시민 주인공을 보게 된다. 탐미주의적 경향이 있는 이 젊은 화가는 김호연의 감화를 받아서 서울 도심지의 저택을 처분하고 서민들이 몰려 사는 변두리로 이사하는 용단을 내리며, 김호연의 정치적 사업을 음으로 양으로 도와주는 도덕적 용기를 보여주기도 한다.

이해춘은 키가 크고 귀공자의 모습이며 이지적이다(『廉想涉全集』 2, 78쪽). 또한 예술가다운 민감성을 지닌 인물(『廉想涉全集』 2, 122쪽)이기도 하다.

> 그는 하여간에 이 그림쟁이는 금년 봄에 동경 상야공원 안에 잇는 미술학교의 양화과洋畵科를 졸업하고 돌아온 청년이다. 그가 '심초매부'라는 일본 화가의 화실畵室을 빌어서 쓰는 것은 그가 고국에 도라와서 당장 자긔의 화실을 지을 새가 업기 때문이다.
>
> —『廉想涉全集』 2, 23쪽

이런 이해춘은 행동에서 자기모순을 드러내기도 하는데, 그의 예술관과 여자관계에서 그렇다. 그러나 이해춘은 한계를 지닌 인물이다. 이것은 그의 표면상의 사회적 신분 탓이 아니라, 그 신분이 내포하고 있는 식민지적 제약, 곧 정치적 자유의 제약 때문이다. 그의 언동 하나하나가 경찰의 감시 대상이기 때문이다. 이해춘은 근대 한국소설에 나타난 정

말 시민적 지식인다운 지식인이다. 자기 향상심과 도덕적 성실성, 솔직성 등은 그의 미덕이다.[73]

이해춘과 그의 매제 류진의 대화에서 당시의 젊은 지식인이 도달한 지적 수준이 어느 정도였는지를 엿볼 수 있는데 그 일단을 다음과 같은 대화의 내용에서 확인할 수 있다.

> 하여간 사람이란 무어냐 하면 유희와 자살을 할 줄 아는 동물이라고 하는 것이 공명한 정의일 걸세. 사람이 신을 부러워할 제 예술이니 텰학이니 종교니 하는 유희를 하고 유희에 물리고 동물인 것을 불명예로 생각하고 동물뎍 생활의 단조와 무의미함을 깨달을 제 자살을 할 걸세…….
>
> —『廉想涉全集』 2, 141쪽

이처럼 허무주의적인 류진의 인간관이나 인생관과는 대조적으로 이해춘의 그것은 조화적, 이상주의적인 성질의 것이다. 이해춘은 귀공자 타입의 화가로서 전형적인 소시민적 지식인이다. '조선에서는 술 안먹으면 감옥에 끌려가는 수밖에' 없다고 여길 만큼 식민지적 억압체제에 강한 불만이 있지만 사회적 체면, 혹은 '작위와 문벌'의 압력 때문에 어떤 반사회적인 일에 정열적으로 몰입할 수 없다. 그러나 그는 물려받은 작위와 문벌을 달가와 하지 않기 때문에 그에 대한 반항의 한 형태로 김호연의 지하 운동을 도와준다. 그러나 그런 협조도 적극적인 것은 아니다.

이해춘은 류진과의 대화에서는 예술적 창조는 신의 경지에 이르는 것

73 이보영, 『한국 현대소설의 연구』, 예림기획, 1998, 101쪽.

이라고 밝힘으로써 예술의 높은 가치를 인정하고 있다. 이것은 곧 그가 예술지상론자임을 보여주는 대목이다.

> 종교가가 사람을 설도하고 텰학자가 우주의 원리를 찾는 것과 가치 예술가는 미의 창조로 자긔를 창조하야 나가면서 인류의 감정을 순일純一케 하는 것이오 감정의 순일이야말로 신의 도神道에 들어가는 길이며 여기에서 인생의 행복은 열리는 것이란 말일세. 이 뎜에서 예술과 도덕은 합치되는 거라고 생각하네.
>
> —『廉想涉全集』 2, 139쪽

이러한 자기변호는 예술지상주의자의 그것과 가까워서, 그 미적인 자기 인식이 부르주아의 헤게모니를 위한 정치학으로 변환되기는 어려워 보인다. 그것은 미적인 것의 자율성을 통해서 인간의 자유와 도덕적 존엄을 실현하는 것이 자아실현의 궁극적인 목표가 된다는 이념으로 그것을 일러 미적 주체성의 발현이라 부를 수 있을 것이다.[74]

또 한 사람의 심퍼사이저인 류진은 예술가가 최고의 고등동물이라고 말한다. 출신성분상 이 쪽일 수도 없으며 저 쪽일 수도 없는 속성을 지닌 혼혈아 류진은 이해춘처럼 그 자신이 예술에라도 온 몸을 던질 수 있는 입장에 놓여 있다면 자신의 삶의 돌파구가 될 수 있겠다는 생각에 더욱 간절한 심정으로 다음과 같이 말하고 있다.

---

74 허병석, 「사랑과 정치학과 죄의 윤리학—염상섭의 『사랑과 죄』를 중심으로」, 『한국문학연구』 31, 동국대 한국문학연구소, 2006.12, 234쪽.

유희 이상의 것이라는 것은 유인이 최귀라는 자긍과 가튼 예술가의 자긍 밧게 아니 되네. 원래 하층동물일사록에 유희를 몰으는 것일세. 개나 고양이가 암내를 피일 때는 부산히 갈감질을 하지만 그것은 유희가 아니라 역시 생식을 위한 비상활동일세. 뎨일 진화한 잔나비가 나무에 올으는 것도 반은 유희요 반은 생활에 필여한 습관일세. 그런 뎜으로 보면 유희란 사람이 고등동물인 유일한 자랑일걸세. 따라서 자네 가튼 예술가는 바둑 장긔군보다도 최고등동물이라고 할 수 잇겟네!

—『廉想涉全集』2, 138~139쪽

이러한 류진의 말에 대해 이해춘은 사람은 신을 향해 가려는 요구가 있다고 말한다. 그렇다면 신이란 무엇인가 라는 추가적인 류진의 질문에 "진선미 삼위일체를 신이라고 생각하며 신이란 곧 완전의 또 다른 표현"이라고 자신의 예술론을 피력한다. 이것은 곧 창조의 미이고 또한 예술의 미라고 말할 수 있는 것이라고 이해춘은 힘주어 말한다.

우주를 셥리하는 진리로 보아서는 대자연의 리법[理法 — 창조미創造美로 보아서는 예술미의 실재藝術美의 實在 — 종교뎍 감격으로서는 인류 생명의 근원인 사랑愛 권화權化…… 위선 이러케 설명하랴네만은 이것을 자긔 생명에 실현한다는 뎜으로 보면 자긔의 행위를 자연의 법리에 합치케 하는 것이오 예술뎍 충동藝術的 衝動은 창조미의 표현이 되고 종교뎍 감격宗教的 感激은 사랑의 봉사愛의 奉仕라는 실천도덕實踐道德으로 발로되는 것이라고 생각하네. 종교상으로 '하누님이 내게 잇다' 하거나 또는 자긔실현自己實現이라 하는 말은 결국에 이 세 가지를 가르치는 것이 아닌가! 다시 말하면 나는 진 선 미의 삼위일체를 신이라고 생각하네만은 신神—즉 하누님이란 말은 완전完全이라는 말일세……"

—『廉想涉全集』 2, 139쪽

이해춘의 이런 주장은 곧 자신의 신조가 예술지상주의임을 드러내는 것이다. 그는 또, "그야 그러치만 긔분의 통일이 업고 감흥을 일허버리면 예술은 망치고 마는 것이니까요……"(『廉想涉全集』 2, 222쪽)라고 해 예술에는 감정의 통일과 몰입된 감정이 무엇보다도 중요하다고 말한다. 몰입된 감정으로 작품에 임하는 모습은 그가 출품을 위해 순영의 초상화를 그릴 때 보여주는 모습에서 확인할 수 있다.

모델대에 안젓는 순영이조차 순영이라는 이름이나 그 유연한 육톄로써 그의 존재를 생각하거나 감각할 수 업는 순간을 경험할 제 그는 비롯오 예술의 경디에서 몰아덕沒我的 환희와 행복을 늣기엇다. 깃븜이나 행복이라는 것은 원래 그 행위 그 속에서 엇는 것이 아니라 그 행위가 끗난 다음 순간에—다시 말하면 몰아덕 경디에서 현실로 돌아온 뒤에 회고 추억으로써 엇는 선미善美한 감정이거니와 해춘이는 하로의 노력이 끗난 뒤에 조용히 저므는 남산을 바라보며 담배를 물고 안저서 자긔의 행복을 스스로 축복하고 자랑하얏다.

—『廉想涉全集』 2, 380쪽

이해춘은 예술 속에서 참된 기쁨을 느끼는 예술가이다. 이는 마치 신앙인이 신의 은총 아래에 있다고 느낄 때의 희열과 유사한 감정일 것이다. 다만 심퍼사이저인 그가 예술에만 전념할 수 없는 시대상황이 그로 하여

금 탐미적 세계에만 전념할 수 없게 하는 한계를 느끼게 하는 것이다.

3) 고등유민과 심퍼사이저의 특징 대비

나쓰메 소세키 소설의 '고등유민'과 염상섭 소설의 '심퍼사이저'를 살펴본 결과 몇 가지 사실을 알 수 있었다.

고등유민과 심퍼사이저는 둘 다 고등교육을 받은 지식인이라는 특색을 지닌다. 그리고 사회활동을 거의 하지 않으며 부모의 유산이나 재산으로 생활하는 사람들이다. 살아가는 방식도 결코 바람직하지 않기 때문에 주변의 비판을 받게 되고 '심퍼사이저'의 경우는 사회주의자나 독립운동을 하는 사람들에게 도움을 주면서도 감사를 받기보다는 오히려 빈정댐의 대상이 되기도 하는 묘한 위치에 있는 경우도 있음을 알 수 있다. 또한 생활이 안정되지 않고 불안과 방황이 계속되는 삶의 구조인 것도 유사한 것을 확인할 수 있다.

염상섭은 두 차례에 걸쳐 일본에 유학하였는데 한 번은 중학교와 대학을 다닌 기간이었으며, 두 번째로 일본을 건너갔을 때는 일본문단에 등단할 각오, 다시 말해서 순전히 문학을 위해서 보낸 시간이었다. 염상섭은 일본에 있는 동안 소세키의 작품을 거의 다 읽었으며 영향을 받았다고 스스로 밝힌 바 있다. 또한 이러한 영향 관계를 뒷받침하듯 그의 작품 속에 소세키의 문학용어인 '유민' 또는 '고등유민'이라는 표현이 여러 작품을 통해 사용되고 있는 것을 확인할 수 있다.

염상섭 문학의 '심퍼사이저'와 소세키 문학의 '고등유민'의 가장 큰 차이점은 사회변혁의 참여 여부로 볼 수 있다. 소세키 소설의 고등유민은 지식인의 사회적 책임을 방기한 채 자신의 존재를 합리화하는 속성을 지닌 존재이다. 이들의 공통점은 고등교육을 받았으며 직업이 없이도 생활이 가능한 경제력을 지니고 있다는 점에 있으나 이들은 선친의 유산이나 재력에 기식하는 무기력한 존재이다. 그리고 이들을 바라보는 사회의 시선도 결코 곱지만은 않고 가족으로부터도 배척당하는 위치에 있다.

그러나 심퍼사이저의 경우는 고등교육을 받았으며 부모의 재산에 의해 부르주아적 삶을 살아가는 존재라는 데는 고등유민과 비슷한 양상을 보이고는 있지만, 사회의식을 지녔으며 그것을 간접적으로나마 실천하는 삶이라는 데서 고등유민적 삶과는 가치지향을 달리하는 차별성을 보이고 있다. 심퍼사이저적 삶은, 유산계급에 거는 사회적 기대의 차원에서 보더라도 당시 시대에서는 바람직한 처신의 방편으로 이해될 수 있는 방식이었다.

고등유민과 심퍼사이저의 성격을 사회적 성격과 탐미적 성격으로 나누어 비교 고찰한 결과 다음과 같은 내용을 알 수 있었다.

먼저, 고등유민의 사회적 성격으로 '반反지식인적 성격'을 볼 수 있다. 여기에는 두 가지 형태가 두드러지게 나타나 있다. '고등유민'이라는 유형의 무기력한 지식인상이, 대표적 고등유민이라 할 『그리고서』의 다이스케와 『코코로』의 '선생님'에게 나타나 있다. 사회발전이나 가정을 위해서 성실하게 일해야 할 지식인으로서의 사회적 책임을 방기한 채, 무기력한 삶을 영위하는 반지식인적인 모습이 고등유민의 한 모습이다. 최고의 지성을 갖춘 지식인인 그들은 직업의 선택이 사회에의 기여 및 자아실현을 위해서도 아울러 이루어져야 한다는 점은 완전히 무시하고 있다. 또 하나의 반지식인적 성격으로 불합리하고 모순된 모습이 나타나 있다. '숙부'에게 배신당한 뒤 모든 인간을 불신한다고 스스로 밝혔으면서도 자신의 자산 처분을 옛 친구에게 맡기는 모순된 모습을 보여주기도 한다. 또한 모든 인간을 불신한다고 누차에 걸쳐 말했으면서도 아무런 제약도 없이 K를 자신의 하숙으로 끌어들이는가 하면, '사랑'의 이기심 때문에 자기 자신마저 믿지 못하게 되었으면서도 '선생님' 자신이 배제된 상태에서 '나'와 부인만의 대화 기회를 마련해주기도 한다.

둘째, '이기적인 성격'이 나타나 있다. 『코코로』에서 작가가 가장 핵심적으로 제기한 문제가 바로 이기적인 성격이며 '선생님' 유서의 주된 내용 역시 인간의 이기심이 얼마나 삶을 어둡게 만드는가 하는 점이다.

'선생님'은 아버지가 자랑스러워했고 자신이 존경했던 '숙부'가 재산을 횡령한 이후 모든 인간에 대한 불신으로 어두운 삶을 살게 된다. 그러나 자신에 대한 믿음만큼은 버리지 않고 있었던 '선생님'이 '사랑'의 이기심으로 인해 K를 배신하게 되면서 자신마저도 믿지 못하게 된다. 그리하여 자신을 포함한 모든 인간에 대한 깊은 불신의 벽에 부딪히면서 고뇌하다가 결국 죽음에 이르고 만다는 내용이 이 작품의 주된 메시지이며, 그러한 인간 불신은 '이기적인 성격'에서 비롯되었다고 작가는 설득력 있게 주장하고 있다.

이러한 모습은 다이스케에게서도 볼 수 있다. 철저하게 자기중심적인 생활방식이나 긴 세월 지속해온 히라오카와의 우정을 단절하면서 사랑을 선택하는 방식을 통해 알 수 있는 것이다.

셋째, '운명론자적 성격'을 볼 수 있다. 젊은 다이스케이지만 운명이나 전생에 대해서 늘 생각하고 있다. 자주 죽음에 대해서 생각하는 그는 평소 흥분의 절정에서 죽음을 맞고 싶다는 생각을 하고 있다. 그리고 죽음의 느낌이 어떨지를 시험하기 위해서 잠들기 직전에 자신이 아직 깨어 있는 순간과 잠든 순간의 경계가 무엇인지를 알면 죽음의 순간을 알 수 있을 것이라 생각해 그러한 실험을 하느라 잠을 이루지 못할 정도로 죽음의 순간에 집착하기도 한다. 그리고 작품의 도처에 '운명運命'이라는 용어를 사용함으로써 운명론자적인 모습을 부각하고 있다.

거대한 운명의 흐름에 동승한 이상 운명을 거역할 수 없다는 숙명론적인 사상이 '선생님'의 성격 고찰을 통해 찾아볼 수 있으며 이러한 운명론자적인 모습은 결국 죽음의 이미지로 나타나 있다. 자살하여 삶을 마감하게 되는 모든 과정을 운명으로 돌리고, 모든 질서가 운명에 의해 움직이고 있다고 믿으며 운명에 순응하려는 운명론자적 모습이 『코코로』에 전반적으로 흐르는 정서이다.

다음으로 심퍼사이저의 사회적인 성격을 살펴보았다.

먼저, 사회주의(이 당시에는 독립운동과의 경계가 불분명했다) 동조자로서의 심퍼사이저의 성격을 볼 수 있다. 명예나 권력보다는 돈의 문제가 더 소중하게 심퍼사이저의 무기가 되면서 이해춘에게 본격적인 심퍼사이저의 기능이 맡겨졌는데 이해춘은 자본으로 돕는 심퍼사이저 역할을 함으로써 사회주의 방식에 의한 독립운동을 간접적으로 지원하게 된다. 금전적 지원뿐만 아니라 김호연, 원석, 순영 등이 평양감옥으로 이송된 다음에는 감옥 뒷바라지도 적극적으로 맡아서 하고 있다. 이러한 모습은 『삼대』의 조덕기에게서도 볼 수 있다. 조덕기 역시 김병화의 운동에 물질적인 지원뿐만 아니라 심정적 동정까지도 한다. 그는 치열한 삶을 살아가는 친구 김병화의 삶에 경의를 표한다.

이러한 심퍼사이저들에게 중간자적인 성격을 살펴볼 수 있다. 이해춘은 민족주의와 사회주의의 중간노선을 조선 청년의 옳은 길이라고 주장한다. 심퍼사이저들은 이쪽도 아니요 저쪽도 아니며, 이쪽이면서도 저쪽인 가치중립적인 줄타기를 하는 젊은 지식인인 것이다. 이들의 중간자로서의 애매한 성격은 자신을 보신하는 한 수단이 되기 때문에 비난의 화살이 날아들 수밖에 없고 따라서 이런 중간자의 삶은 고뇌의 연속일 수밖에 없다.

심퍼사이저의 공통점은 부르주아라는 데 있다. 그것은 선대로부터 물려받은 유산일 수밖에 없는데 당대가 일제강점기의 어두운 시대였던 만큼 그 물질과 지위는 결코 떳떳하게 주어진 것은 아니다. 이해춘은 자신의 작위에 대해 부끄러워하고 있으며 조덕기 역시 돈을 주고 양반을 산 할아버지의 행동에 대해 부끄러움을 느끼고 있다. 이들의 마음 한쪽에는 자신들이 가진 지위를 지키고자 하는 이기적인 욕망이 있다. 따라서 그들이 사회주의자들이나 독립운동가들에게 지원하는 것은 일종의 보험의 성격도 있다. 그런 한편으로 그들의 생활은 룸펜에 다름 아니다.

이어서 고등유민과 심퍼사이저의 탐미적 성격을 살펴보았다. 이러한 특성은 외국문물이나 외국인, 책을 통해서 지적인 호기심을 갖는 '선생님'에게서 보다는 아직 젊음의 한가운데에 있는 다이스케에게서 그 특성이 두드러지게 나타난다. 다이스케는 자신의 몸과 얼굴을 거울에 비춰보고 만족해하는 나르시스트의 한 모습을 보이면서 자신의 존재에 만족해한다. 피아노 연주는 수준급이며 탐미적, 장식적 작품에도 관심이 많다. 청각, 후각까지 예민하여 선잠을 잘 경우에도 꽃향기에 감싸여 잘 정도로 향기에 대한 집착이 유별나기도 하다. 그는 생계를 지적 세계보다 소중히 여긴다면 인간은 끝장이라는 생각을 가지고 있을 만큼 예민한 감수성을 지니고 있는 미적 향유자로서의 성격을 지니고 있다.

이해춘을 통해 한국 근대소설에서는 처음으로 등장하는 생활 형편이 풍족하고 예술 분야뿐만 아니라 정치의식 면에서도 비판적인 심퍼사이저를 만날 수 있다. 이해춘은 근대 한국소설에 나타난 가장 탐미적 지식인다운 모습을 보인다. 이해춘은 조화적, 이상주의적인 성격을 지녔다. 그는 예술적 창조는 신의 경지에 이르는 것이라고 밝힘으로써 예술의 높은 가치를 인정하고 있는데 이는 곧 그가 예술지상론자임을 보여주는 것이다.

이상에서 살펴본 고등유민과 심퍼사이저의 대비에서 선대의 재산이나 부형父兄의 도움으로 직업을 갖지 않고 살아간다는 공통점을 지닌 고등유민과 심퍼사이저들은 삶의 양식에서는 차별성을 가지고 있음을 알 수 있다. 그것은 근대 여명기의 일본과 한국의 시대상황이 대조적이었기 때문에 다른 양상으로 나타날 수밖에 없는 성격으로 보인다.

심퍼사이저들은 사회 변혁에 간접적으로나마 참여하면서 일정 부분 가진자로서, 지식인으로서의 역할을 분담하고 있는 점에서 사회와 격리된 채 자신의 삶의 카테고리 안에서만 살아가는 고등유민과의 차별적 성격을 보여주고 있다. 다만, 다이스케와 이해춘에게서 보이듯이 탐미적 성격에서는 공통점도 볼 수 있다.

문학이 현실을 포기하면 그 문학은 호소력을 잃고 만다. 문학의 가치는 현실과 긴밀히 이어져 있다는 데 있다. 소세키 문학의 지식인들이 근대에 충실한, 근대적인 지식인이었다면 염상섭 소설의 지식인들은 대부분 식민지 시대의 고민에서 결코 자유로울 수 없는 모습이다.

이러한 한일 근대 지식인의 대조적인 양상은 두 작가가 창안한 대표적

〈표 6〉 소세키 문학의 '고등유민'과 염상섭 문학의 '심퍼사이저' 비교

	고등유민(高等遊民)	심퍼사이저(同情者)	의미
시대	1910년경(일본)	1920년~1930대 초반(한국)	근대 여명기
대상	대학 졸업	일본 유학생, 고등교육 수혜자	지식인
조건	· 경제적 여유 · 미에 대한 탐미 · 문명비평	· 경제적 여유(부르주아지) · 사회변혁(독립운동)에 관심 · 사회주의자에게 금전적 지원	경제력이 선행조건
사회의 시각	비판적	대체로 긍정적	상반된 입장
사회 참여	참여하지 않음	사회의식을 지니고 있으며 금전을 지원하는 것으로 사회변혁에 참여함.	가치지향의 대립적 성격
삶의 형태	공허, 권태, 미의 탐닉	갈등과 방황	불안정
성격	· 반(反)지식인	· 사회주의 동조자	고등유민이 정치적 색채를 거의 갖지 않은 데 반해, 심퍼사이저는 사회주의자에 동정적인 태도
	· 이기주의자	· 중간자	
	· 운명론자	· 이기적 부르주아 룸펜	
	· 탐미주의자(다이스케)	· 예술지상론자(이해춘)	
작품	『그리고서[それから]』, 『코코로[心]』, 『피안저편까지[彼岸過ぎまで]』 등	『사랑과 죄』, 「남충서」, 『삼대』, 『무화과』 등	다양한 작품에서 나타남
영향 관계 및 지식인상 비교	염상섭이 소세키의 작품을 모두 읽었으며 소세키로부터 영향을 받았다고 스스로 밝힌 바 있고, 「남충서」, 『삼대』, 『무화과』, 『불연속선』 등에 '유민', '고등유민'이라는 표현이 자주 쓰이고 있는 것으로 보아 소세키의 작품에서의 고등유민이 '심퍼사이저'를 착안하는 데 영향을 준 것으로 보인다. 고등유민과 심퍼사이저는, 선친의 자산에 의지하여 살아가며 직접적으로 사회에 나아가 사회를 개혁하거나 직업을 갖는 등 사회에 참여하는 모습을 보이지 않는 점에서는 유사한 지식인상을 지니고 있다. 또한 이기적인 삶의 자세이며 반지식인적인 삶의 구조를 갖는 점에서도 유사한 성격을 나타내고 있다. 다만, 고등유민의 탐미주의자적 성격은 다이스케와 이해춘에게서 주로 나타나 있다. 당시의 일본과 한국의 상황이 대조적이었던 관계로 심퍼사이저들은 사회 변혁에 간접적으로 참여하면서 일정 부분 가진 자로서, 지식인으로서의 역할을 부담하고 있는 점에서 고등유민과의 차별적 성격을 보여주고 있다.		

인 인물유형인 고등유민과 심퍼사이저의 대비를 통해 확인할 수 있다.

제5장

염상섭과 소세키 문학의 귀결

나쓰메 소세키와 염상섭 문학의 지식인상을 비교문학적 관점에서 고찰하였다.

제1장 「비교문학적 관점」에서는 소세키와 염상섭 문학의 지식인상을 연구하는 목적을 밝히고 지식인의 정의에 대해 살펴본 다음 그동안의 연구사를 검토하고 연구의 범위를 정하였다.

제2장 「염상섭 문학에 미친 소세키의 영향」에서는 소세키와 염상섭 문학의 영향 관계를 살펴보았다. 일본문학의 영향 관계와 관련한 염상섭의 진술을 토대로 작품, 평론 등의 고찰을 통해서 그가 일본 근대소설에서 기교와 더불어 세련미와 근대성을 배웠으며 소세키 문학에서 영향을 받았다는 사실을 확인할 수 있다. 특히, 『나는 고양이로소이다吾輩は猫である』와 「박래묘舶來猫」 두 작품의 비교에서는 염상섭 문학의 소세키 수용 양상을 직접적으로 확인할 수 있다.

서구 근대사상은 배제된 채 단지 돈만이 최고의 가치로 인정되던 당시의 시대상과 지식인들의 속성을 고양이의 1인칭 관찰자 시점으로 풍자한 것이라는 공통점을 지니고 있는 두 작품은 소설의 시작 부분이 일치한다. 또한 염상섭의 첫 소설작품인 「박래묘」에 소세키의 이름이 세 번(夏目漱石君, 漱石先生, 漱石君)이나 등장하며 작품 내용에서도 유사한 부분이 나타나 있다.

소세키가 고양이의 눈으로 본 지식인들은 대부분 아집, 이기심, 허영, 이중적인 삶의 양태를 지닌 존재였고 고지식하고 불통적인 성격에다 이치에 맞지 않는 궤변론자였다. 그리고 사업가들에 대해서는 혐오감을 가지고 있다. 염상섭이 고양이의 눈으로 바라본 사회상은 돈, 권력, 지위에 대한 본능적인 거부감이 있고 유한계급과 당시 양반들의 모습에 대해서 혐오감을 드러내고 있다. 두 작품은 공통적으로 자본의 논리를 앞세운 사업가들이나 신흥자본주의자들에 대한 거부감을 보이고 있다.

제3장 「염상섭과 소세키 문학의 지식인상 대조」에서는 청년, 교사, 중년, 신여성의 근대 지식인상을 비교하여 보았다.

『산시로三四郎』와 『만세전萬歲前』의 비교를 통해 살펴본 지식인 청년의 근대 체험 양상에서는, 일본과 한국의 두 청년 지식인 산시로와 이인화가 느끼는 근대는 확연히 대조적인 것을 알 수 있다. 근대화를 상징하는 증기기관차를 타고 상경하는 산시로의 여정은 대학 입학에 대한 희망과 설렘으로 가득 차 있었지만 졸업을 앞 둔 이인화의 여로는 죽음과 어둠이 기다리고 있는 것이 암시하듯 부정적인 이미지로 나타나 있다. 그 이후의 여로 역시 대조적인 양상을 이루고 있다.

염상섭은 『산시로』와는 상반된 색조의 모티프로 『만세전』을 그려나

가면서 암울한 당시 한국의 현실을 적나라하게 드러내고 있다. 산시로에게는 청춘의 아름다움과 학문의 세계에 몰입하거나 문명에 대해 판단하고 연애에 빠지기도 하는 등 대학에서 만날 수 있는 보편적 청년 지식인상을 볼 수 있다. 반면 암울한 현실과 맞닥뜨려 있는 이인화는 여로를 통해서 민족의식에 대한 자각과 더불어 인식력이 확장되었고, 실천력을 키워감으로써 발전되고 성장하는 지식인상을 보여주었다.

학교를 중심으로 전개되고, 소설의 제목이 곧 주인공이며 교사들에게 별명을 지어 부르는 일 등 서술에서 다양한 유사점을 보이고 있는 『도련님坊っちゃん』과 「E선생」은 두 작품 모두 작가의 시골 중학교 교사 체험을 바탕으로 하여 쓰인 작품이라는 공통성을 지니고 있다. 몇몇 교사들의 유형적 묘사와 동료교사 간의 알력 및 직원회의를 통한 문제 해결 등 전체적 구상에서 『도련님』과 「E선생」은 다양한 유사점을 보이고 있다. 두 작품의 비교연구를 통해 염상섭이 「E선생」을 착안하는데 『도련님』의 영향을 받은 것을 확인할 수 있다.

직선적이고 격정적이며 대쪽 같은 성미를 지닌 도련님과 E선생의 지식인으로서의 성격이 유사하다. 도련님은 다소 언변이 어눌하기는 하지만 불의에는 결코 타협하지 않는 성격을 보이고 있고 E선생은 도련님과는 달리 웅변가이며 역시 정의로운 삶을 추구하고 있다. 그러나 근대적인 학교가 정착되는 과도기의 교직사회에서 정의로운 교사로서의 지식인상은 뿌리를 완전히 내리기에는 아직 무리가 있었다. 이것은 두 교사가 모두 학교를 떠나는 것에서 확인된다.

『노방초道草』의 켄조健三와 『삼대』의 조상훈은 엇비슷한 나이에 서구유학을 다녀왔으며 중년 가장이라는 공통점을 갖는다. 돈에 의해서 질곡을 당하는 점도 유사하다. 그러나 켄조의 경우는 자신의 지식으로 이에 대한 문제를 타개하려고 애쓴다. 물론 완전한 해결이란 켄조 스스로 말하듯 삶이 이어지는 한 계속될 것이다. 한편 미국 유학을 다녀온 개화기 인물 조상훈은 켄조와는 전혀 다른 삶의 모습을 보여준다. 조상훈이 보여주는 일그러진 지식인상은 식민지 지식인의 기이한 형상이다.

켄조의 경우, 강의와 원고 집필로 살아가는 전형적인 지식인의 삶을 살아가고는 있으나 가족 관계나 금전관계에 있어서는 봉건적인 인습에서 완전히 벗어나지 못한다. 조상훈의 경우는 젊었을 때는 지조도 있고 신망이 두터운 삶을 살았으나 부친의 재물에 기식하고 스스로는 아무런 경제력이 없는 삶이 지속되면서 점차 타락하고 위선적인 지식인으로 전락하게 되었다.

근대 여명기, 일본의 지식인은 자신의 본분에 충실하면 되었으나 한국의 중년 지식인은 룸펜으로 전락하거나 위선적인 삶을 살아갈 가능성이 많았다. 두 지식인은 서구 유학을 하였으나 아직은 봉건적 잔재가 남아 있던 시대에 살고 있었으므로 그들의 삶 역시 완전한 근대인에 이르지는 못한 과도기적인 지식인상을 보이고 있다.

『산시로』의 미네코美禰子와 『사랑과 죄』의 정마리아의 비교를 통해 지식인 여성의 두 양상을 살펴보았다. 소세키 작품의 대표적인 신여성이라고 할 수 있을 미네코는 지성미뿐만 아니라 관능적인 미모 또한 갖추고 있다. 또한 자신의 이기심으로 남자를 혼란하게 한 다음 그로 인한 양심의 가책도 느낄 줄 아는 신여성이다. 그녀는 윤리적 판단 이전의, 스스로도 의식하지 못하면서 다른 사람이 되는 '무의식의 위선가'이기도 하며, 그런 한편으로 다른 사람의 시선을 두려워하지 않고 자신의 위선적인 모습을 당당하게 표현할 수도 있는 '노악가'이기도 하다.

서구 유학을 한 음악 재원으로 미모와 지성을 함께 갖추고 있으나, 자신이 가진 외모와 능력을 돈과 권력을 가진 남자를 유혹하는 데 사용하는, 부박한 삶의 자세를 보이는 신여성 정마리아는 타락한 삶을 살아간다. 그녀는 타락의 끝자락에 이르러 사랑에 눈이 멀게 되고 급기야 사람을 죽이는 살인자가 되고 만다. 안정되고 모든 것에 활기가 넘치는 근대도시 도쿄에서 살아가는 여성 미네코와 식민지 백성 정마리아의 삶은 이처럼 대조적인 신여성의 양상으로 나타나 있다.

제4장 「한 · 일 지식인상의 대비」에서는 1910년대 일본 지식인의 한 유형인 '고등유민高等遊民'과 1920년에서 1930년대 초 한국 지식인 존재의 한 방식이었던 '심퍼사이저sympathizer'의 대비를 통해서 몇 가지 사실을 알 수 있었다.

염상섭이 소세키의 작품을 거의 모두 읽었으며 소세키로부터 영향을 받았다고 스스로 밝힌 바 있고, 염상섭의 문학에서 '고등유민'이라는 표현이 자주 등장하는 것을 보아 소세키 문학에서의 고등유민이 '심퍼사이저'를 착안하는 데 영향을 준 개연성을 엿볼 수 있다.

소세키의 문학의 '고등유민'과 염상섭 문학의 '심퍼사이저'의 가장 큰 차이점은 사회변혁의 참여 여부로 볼 수 있다. 고등유민은 지식인의 사회적 책임을 방기한 채 자신의 존재를 합리화하는 속성을 지닌 존재이다. 고등유민의 공통점은 고등교육을 받았으며 직업이 없이도 생활이 가능한 경제력을 지니고 있다는 점에 있으나 이들은 선친의 유산이나 재력에 기식하는 무기력한 존재이다. 그리고 이들을 바라보는 사회의 시선도 결코 곱지만은 않으며 가족으로부터도 일정한 간극이 있다.

심퍼사이저의 경우는 고등교육을 받았으며 부모의 재산으로 부르주아적 삶을 살아가는 존재라는 데는 고등유민과 비슷한 양상을 보이고 있지만 사회의식을 지녔으며 그러한 의식을 간접적으로나마 실천하려는 삶이라는 데서 고등유민적 삶과는 가치지향을 달리하는 차별성을 보이고 있다. 심퍼사이저적 삶은, 유산계급에 거는 사회적 기대의 차원에서 보더라도 당시 시대에서는 바람직한 처신의 방편으로 이해될 수 있는 방식이었다.

인물의 성격 분석을 통해 작가의 의도와 시대를 읽을 수 있다고 보고 고등유민과 심퍼사이저의 성격을 사회적 성격과 탐미적 성격으로 나누어 살펴보았다. 고등유민에게는 반反지식인, 이기주의자, 운명론자적 성격이 나타나 있고 심퍼사이저에게는 사회주의 동조자, 중간자, 이기적 부르주아 룸펜의 성격이 나타나 있다. 다만, 고등유민과 심퍼사이저가 보이는 탐미적 성격은 『그리고서それから』의 다이스케代助와 『사랑과 죄』의 이해춘에게서 주로 나타나 있다.

고등유민과 심퍼사이저의 비교에서는, 당시의 일본과 한국의 상황이 가해자와 피해자의 대조적 입장이었던 관계로 심퍼사이저들은 사회 변혁에 간접적으로 참여하면서 지식인으로서의 역할을 분담하고 있었다는 점에서 고등유민과의 차별적 성격을 보여주는 것으로 나타났다.

두 작가의 문학을 비교연구한 결과 염상섭의 문학에서 소세키의 영향은 다양한 형태로 확인할 수 있다. 『나는 고양이로소이다』와 「박래묘」의 비교에서는 '모방'의 흔적을, 『도련님』과 「E선생」의 비교에서는 '창조적 변용'의 모습을, 그리고 『산시로』와 『만세전』의 비교와 일본의 '고등유민'과 한국의 '심퍼사이저'의 비교에서는 '수용과 변형'의 양상을 볼 수 있다.

소세키 문학에서의 지식인은 '고등유민'처럼 사회에 적극적으로 참여하지 않고 일정한 거리를 두는 관조형인 경우도 있지만 대학생, 교사, 교수, 신여성 등 각각의 지식인들이 저마다 각 분야에서 자기소임에 충실한 모습이다. 반면 염상섭 문학에서의 대학생, 교사, 사회사업가, 신여성 등은 식민지 지식인으로서 시대의 아픔에 부대끼며 힘겨워하는 삶의 양태를 보여주고 있으며 '심퍼사이저'들은 '고등유민'들과는 달리 간접적인 형태로 사회변혁에 동참하고 있다. 이렇듯 두 작가의 작품에서 보이는 지식인의 양상은 대조적인 모습이다. 다만, 작품에 등장하는 지식인들이 세상을 비판적으로 바라보고 풍자하는 양상은 공통적으로 나타나 있다. 두 작가의 문학에서 지식인상이 이렇게 대조적인 모습은 문학이 시대와 사회상황과 무관할 수 없기 때문에 나타난 양상으로 결론지을 수 있다.

검열에 의한 오자와 탈자를 확인하여 결락을 메우고, 복원하는 작업은 완전한 염상섭 문학을 위해 남겨진 과제라고 생각한다. 또한, 이 글이 염상섭의 1930년대 이전 작품을 연구의 대상으로 한 만큼 해방과 6·25전쟁을 거치면서 계속된 염상섭의 이후 작품에서의 지식인상의 변모와 소세키 문학의 지식인들과의 비교 역시 향후의 과제로 남겨둔다.

제2부

이문열과 일본문학

제1장

유사성 혹은 모방

「우리들의 일그러진 영웅」과 『작은 왕국小さな王國』

1. 문학적 변용

이문열의 「우리들의 일그러진 영웅」(1987)이 일본작가 다니자키 쥰이치로谷崎潤一郎가 1919년 발표한 중편소설 『작은 왕국小さな王國』과 많은 유사점을 지니고 있음에 주목하고 이에 대해서 비교, 분석하고자 한다. 두 작품이 보이는 유사성을 검토함에 있어 비교문학적 연구 대상의 하나인 '변형과 발전'[1]을 염두에 두고 서술하려고 한다.

1 변형이란 수용자가 영향자의 문학 작품이나 사상 혹은 작품의 배경을 차용하여 자기화하는 것을 의미하고, 발전이란 이러한 자기화를 바탕으로 하여 자국문학이 미처 인식하지 못한 부분을 발견하여 새롭게 탄생시키게 되는 것을 의미한다. 변형의 방법에는 그것이 부정적인 측면에 관계되든 긍정적인 측면에 관계되든 간에 ① 모방, ② 표절, ③ 전용, ④ 번안, ⑤ 암시 등이 있다.(윤호병, 「제3장 비교문학의 영향 · 수용 · 변형 · 발전」, 『비교문학』, 민음사, 2000, 119쪽)

두 작품은 초등학교 5학년 남학생 학급을 배경으로 하여 절대적인 힘을 지닌 한 학생을 중심축으로 하여 펼쳐지고 있는데 이 작품들이 당시 시대상황을 잘 보여주고 있다는 점에서 공통성을 지니고 있다. 『작은 왕국』은 당시 활성화된 공산주의 사상을 어린이의 세계에 도입한 것으로 볼 수 있는 작품이며 「우리들의 일그러진 영웅」은 1980년대 당시 우리나라의 전체주의와 '전체'라는 이름을 빌린 독재에 대해 진지한 고민을 표현한 것으로 평가되는 작품이다. 둘 다 동시대 사회상을 시야에 넣고 그것을 리얼하게 표현한 작품이라는 점을 주제의식으로 볼 수 있다.

시대적으로 거의 70년에 가까운 차이가 있으나 인물 설정이나 상황 설정 등의 관점에서 많은 유사성을 보이고 있는 이 두 작품은 모두 중편소설인데 이들 작품을 비교해 보면 이문열이 다니자키 쥰이치로의 작품을 보고 「우리들의 일그러진 영웅」을 착안하였을 개연성을 발견하게 된다.

작품 내용이 보이는 유사성 외에도 이러한 가정을 뒷받침하는 것도 있는데 그 실마리는 이문열이 편한 『세계명작산책』[2] 중에서 찾을 수 있다. 이 선집에는 일본작품도 여러 편 소개되고 있는데 이 중에는 미시마 유키오三島由紀夫의 『우국憂国』, 아쿠다카와 류우노스케芥川竜之介의 『톱니바퀴歯車』 등 일본 근대문학을 대표하는 작품이 여러 편 실려 있다. 특

2 '이문열 문학의 아버지, 이문열 정신의 어머니가 되었던 빛나는 세계명작만을 가려 모은 책'이라는 서문과 함께 이문열 스스로 "이 선집을 엮은 의도는 소설을 공부하는 사람들을 위해서 였지만 어쩌면 실제적인 효용은 교양으로 접근하는 쪽에 더 높게 나타날지 모르겠다"고 의미를 부여하고 있는 이 선집은 전10권으로 이루어져 있는데 그 구성은 다음과 같다. 제1권 『사랑의 여러 빛깔』, 제2권 『죽음의 미학』, 제3권 『성장과 눈뜸』, 제4권 『환상과 기상』, 제5권 『삶의 어두운 진상』, 제6권 『비틀기와 뒤집기』, 제7권 『강건과 비장』, 제8권 『시간의 파괴력과 돌아보는 쓸쓸함』, 제9권 『병든 조개의 진주』, 제10권 『순수와 서정』(이문열 편, 『이문열 세계명작산책』 1~10, 살림, 1996).

히 제10권 '순수와 서정'편에는 10편의 중편 작품이 실려 있는데 이 중에서 일본문학이 3편 있다. 그것은 카와바타 야스나리川端康成의 『이즈의 춤추는 소녀伊豆の踊子』, 쿠니키다 돕포国木田独歩의 『봄새春鳥』, 다니자키 쥰이치로의 『어머니를 그리는 마음母を恋うる記』인데, 이 가운데 특히 눈길을 끄는 작품이 『어머니를 그리는 마음』이다. 이 작품은 여기서 논하려고 하는 『작은 왕국』과 거의 같은 시기에 창작된 작품으로 불과 5개월의 차이밖에 나지 않는다. 그런데 이 두 작품은 다니자키 쥰이치로의 전집(전 28권, 中央公論社, 1967) 제6권에 함께 실려 있어 『어머니를 그리는 마음』을 읽은 이문열이 이미 『작은 왕국』을 읽었을 것으로 미루어 짐작할 수 있다.

「우리들의 일그러진 영웅」에서의 관찰자(한병태)는 주인공과 같은 5학년생이고 처음에는 반항하다가 나중에는 주인공에게 굴복했던 남학생이다. 그러나 『작은 왕국』에서는 관찰자(카이지마)이자 굴복하는 자는 어른이며 노련한 교사이다. 따라서 이러한 관점에서 볼 때 두 작품이 지니는 분위기나 메시지가 다를 수 있다는 점도 생각할 수 있다. 그러나 여기서는 두 작품의 주제의식이나 차별성에 대해서는 간단하게 살펴보는데 그치고 두 작품이 보이고 있는 유사성에 대해서 중점적으로 고찰하는 것에 초점을 맞추고자 한다.

먼저 작가와 작품 세계에 대해 간단하게 살펴보고 이어서 두 작품의 간단한 줄거리를 언급한 다음 두 작품에서 보이는 유사성을 집중적으로 검토하기로 한다.

2. 작가와 작품

1) 작가와 작품 세계

이문열(1948~)에 대해서는 새삼 소개할 필요성을 느끼지 않을 만큼 잘 알려져 있는, 현재 우리문학을 대표하는 한 사람이다. 그는 인간 개인의 문제로부터 역사의 문제에 이르기까지 매우 다양한 주제를 작품으로 표현하여 왔으며 특히 역사적인 소재를 오늘날의 여러 가지 상황에 적절하게 관련지어 소설로 형상화하는 데 뛰어난 재주가 있는 작가이다. 『동아일보』 신춘문예에 중편 「세하곡」이 당선되면서 본격적인 작품 활동을 시작한 그는 『사람의 아들』, 『시인』, 『영웅시대』, 『젊은 날의 초상』, 『황제를 위하여』 등 다양한 작품들을 발표해왔다.

양적인 면에서 많은 작품을 발표하는 한편 질적으로도 고르게 높은 수준의 작품을 쓰는 작가로 인정되지만 다소 편향된 이념성이 문제가 되어 화제가 되기도 한다. 그는 글쓰기의 깊이나 폭에 있어서 현재의 최고 작가의 한 사람으로 인정받고 있다.

다니자키 쥰이치로(1886~1967)는 일본 근대문학을 대표하는 작가의 한 사람으로 흔히 탐미주의 작가로 알려져 있다. 페티시즘과 에로티시즘을 주된 테마로 한 첫 작품 『문신刺青』[3]에서부터 『슌킨초春琴抄』, 『가랑눈細雪』, 『바보의 사랑痴人の愛』 등에 이르기까지 전집 28권을 통해 인간

---

3 1910년 『新思潮』에 발표한 단편소설로 다니자키 문학의 출발점이 된 작품이다. 여성의 피부에 문신을 새기는 내용으로, 코바야시 히데오小林秀雄는 "자연주의 문학의 창백한 피부에 현란한 문신을 새겼다"고 말한 바 있는데 이후 다니자키 쥰이치로가 추구해나간 여성숭배, 마조히즘, 페티시즘 등의 모든 요소를 이 작품 속에서 찾아볼 수 있다.

의 애욕과 에로티시즘을 주된 테마로 하여 작품을 발표하였다.

다니자키는 독창적인 작품 세계와, 아내를 다른 친구에게 넘기고 젊은 여성과 결혼하였다가 다시 재혼하는 등의 독특한 사생활로도 유명한 작가로 일본에서는 카와바타 야스나리가 노벨문학상을 타기 이전에는 노벨문학상을 탈만한 가장 일본적인 작가로 거론되었던 사람이기도 하다. 탐미주의 작가인 다니자키에게 있어서 『작은 왕국』은 그의 작품 경향과는 다른, 예외적인 작품으로 인정되는 것이다.

2) 「우리들의 일그러진 영웅」의 내용

서울에 살다 아버지의 직장 문제로 시골로 전학간 5학년 남학생(한병태)을 화자로 하여 이야기는 진행된다. 이야기는 현재 학원강사를 하고 있는 화자가 26년 전을 회상하는 형식으로 꾸며져 있다. 한병태는 전학 첫날 엄석대라는 학생을 만나게 된다. 엄석대는 학급의 반장일 뿐만 아니라 강력한 리더십이 있고 담임선생님의 신임을 받고 있으며 학생들에게 특별한 대우를 받고 있기도 하다.

한병태는 엄석대에게 너무도 많은 권한이 주어진 것이 부당하다고 생각하여 여러 형태로 저항한다. 그러나 결국은 엄석대의 막강한 힘 앞에 무릎 꿇고 만다. 한병태가 엄석대에게 굴종을 한 그날 이후 엄석대의 태도는 몰라보게 달라지고 아이들 역시 좋은 태도로 한병태를 대한다. 그를 괴롭히던 친구들도 없어지고 오히려 석대는 병태를 자신의 편에서 철저하게 보호해준다. 병태는 권력에 굴종함으로써 얻어지는 달콤함에 자신도 모르게 젖어들고 있음을 알게 되지만 더 이상의 저항보다는 그것이 더 편하다는 것을 느끼게 된다.

그러나 6학년이 되고 담임선생님이 바뀌면서 석대의 아성은 무너지게 된다. 그동안 시험에서 계속 일등을 해온 석대의 비밀이 공부 잘하는 친구들과 자신의 시험 답안지를 바꾼 데 있었다는 것이 새 담임 선생님에게 발각되고 이를 계기로 결국 석대는 학교를 영원히 떠나게 된다.[4]

그 뒤 새 담임선생님에 의해 민주적인 질서가 회복되고 서툴기는 하지만 학급 구성원들은 스스로의 힘으로 모든 과정을 진행해나가게 된다. 세월이 흐른 후 여전히 엄석대는 부당한 힘을 행사하는 모습을 보이지만 결국은 비참한 말로를 맞고 마는 것으로 이야기는 마무리되고 있다. 이 소설은 전체라는 이름으로 가해지는 폭력 앞에 한 개인이 얼마나 철저하게 무너져 내릴 수 있는지, 그리고 그런 폭력은 개인의 잘못된 영웅주의로부터 출발하지만 동시에 그 집단 구성원들에게도 많은 책임이 있다는 점을 뚜렷하게 보여주고 있다.[5]

이 작품은 초등학교 5학년 교실을 하나의 무대로 하여 당시 우리나라의 특수한 시대상황을 상징적으로 나타냈음과 아울러 전체라는 이름으로 행해지고 있는 폭력과 현실적인 이익을 위해 정의와 자유를 저버리

---

4 두 작품이 보여주는 유사성과는 별개로 리얼리티가 문제가 되는 부분도 있다. 「우리들의 일그러진 영웅」에서 엄석대가 자신의 성적을 올리는 방편으로 시험 답안지를 바꿔치기 하는 수법을 1년 이상 쓰는 것으로 되어 있는데 이것은 현실적으로 불가능하다. 보통 학교 시험의 경우는 시험 답안을 맨 뒤의 학생이 일어나서 거두는 것이 통상적이고 외부에서 시험을 치르는 경우는 학급 전체가 번호 순서대로 앉아서 시험을 치르게 되므로 중간에 다른 번호의 답안지가 있으면 금방 눈에 띄게 된다. 이 무렵의 학교 구조에서는 대부분 답안을 회수한 다음 담임교사가 채점을 하였으므로 어쩌다 한 과목을 그런 방식으로 하는 것이 용납될 수 있을지는 몰라도 매 시험을 1년 동안 같은 방법으로 치르고 무사히 넘어갔다는 것은 설득력이 없다.

5 한원균, 「해설」, 이문열, 『우리들의 일그러진 영웅』, 다림, 1998, 153쪽.

는 개인들의 무책임함, 그리고 권력이 가질 수 있는 다양한 속성에 대해서 심도 있게 다루고 있는 것으로 평가되고 있다. 「우리들의 일그러진 영웅」은 작품성이 높은 것으로 평가되어 1987년 제11회 이상문학상 수상작[6]으로 결정되기도 하였다.

3) 『작은 왕국』의 내용

도쿄에서 경제적으로 생활하기가 힘겨워진 한 교사(카이지마, 貝島)가 시골의 5학년 남학생 학급을 맡으면서 겪게 되는 이야기다. 교사 카이지마는 경제적으로 어려워지자 도쿄 생활을 청산하고 지방의 한 소학교로 전근을 간다. 여기서 누마구라沼倉라는 특별한 소년을 만나게 된다. 이 학생은 우울한 눈빛을 가졌고 얼굴이 사각졌으며 피부는 검은빛이어서 한눈에도 강인하다는 것을 느낄 수 있는 외모를 지녔는데 외모가 지니는 이미지 이상으로 다양한 능력과 강인함 역시 지닌 그런 소년이다.

어려운 집안이며 전학 온 지 얼마 되지 않은 학생이지만 누마구라에게는 탁월한 리더십이 있었다. 그가 지휘를 하여 전쟁놀이를 하면 10명만을 이끌고도 40명과 싸워서 이길 수 있었다. 학급의 급우들은 누마구

6 제11회 이상문학상 선정이유—"우리는 이 작품을 통해 권력의 형성과 몰락의 과정을 읽을 수 있다. 이것은 민족사의 규모를 국민학교의 교실에 집약시킨 것이기도 하고 하나의 분자식처럼 권력의 실상을 생활영역에 확대해 보인 것이기도 하다. 우화가 그 테두리를 넘어 문학으로서 가능하려면 현실 이상의 리얼리티를 필요로 하는데, 구조를 분석에 대치한 수법은 참신하고 주제를 추구하는데 나타난 집착력은 소설가적 역량의 비범함을 제시한다. 이상李箱이 살아있어 이 작품에 접하더라도 높은 평가를 아끼지 않으리라. 이 이상의 수상이유가 달리 있을 수 있겠는가. 본 위원회는 1987년도의 이상문학상을 이문열씨의 이 작품에 수여하는데 영광을 느낀다."(이문열 외, 『이문열의 우리들의 일그러진 영웅』(11회 이상문학상 수상작품집), 문학사상사, 1987, 351~352쪽)

라에게 철저히 복종하여 마치 주종관계에 있는 신하처럼 누마구라를 대한다. 또한 인명부를 작성하여 학생들의 출석, 결석, 지각, 행동 등을 체크하고 감시원(탐정)을 임명하여 이러한 감시의 역할을 맡도록 하는 등 담임 이상의 학급 장악력을 보인다.

교사 카이지마는 누마구라가 지닌 불가사의한 위력에 대해 내심 깊은 경악의 마음을 품고 누마구라를 요주의 인물로 분류한다. 그러나 처음에는 문제가 많은 학생으로 바라보았으나 얼마 지나지 않아 담임 카이지마 역시 이 학생의 권위를 인정하게 되고 누마구라를 통해 학급 운영을 편안하게 하려고 한다.

학급의 지도자로서 누마구라는 나중에 잘 사는 학생과 못사는 학생들이 똑같이 살아갈 수 있는 공산주의 사상이 깃든 사회를 구상하여 각료를 임명하고 나아가 화폐까지 발행하는 등 '작은 왕국'을 만들어나간다. 생활고에 시달리던 교사 카이지마는 자신의 막내 아이의 우유값을 얻기 위하여 누마구라가 만든 체제 안으로 발걸음을 옮기게 된다.

이 작품이 발표되자 민본주의로 유명한 요시노 사쿠조吉野作造가 커다란 흥미를 보였다. 그는 "『작은 왕국』은 일본 현대의 사회문제에 관해 퍽 암시적인 작품이다. 소학생의 단순한 머리에서 나온 공산주의적 생활방식은 현대인이 공산주의적 공상에 빠짐으로써 쾌감을 자각하게 되는 것을 말하고 있다"[7]라고 하여 이 작품이 당시의 시대상황을 빗댄 작

7 한편, 이토 세이伊藤整는 요시노 사쿠조와는 다른 의견을 내놓았는데 그는 이 작품 역시 다니자키가 지향했던 작품의 경향에서 해석하려 하였다. 그는 "작은 왕국을 만들어 통제하는 방법은 결국 인간을 지배하는 이야기이며 이것은 생각하기에 따라서는 계약에 의한 지배, 피지배는 마조히즘의 본질이다"라고 밝혀 이 작품 역시 다니자키의 기존의 작품 경향과 일관성이 있는 것으로 보았다. 어쨌든 이 작품은 다니자키 문학에서는 가장 이색적인 작품으로 인정되고 있다(伊藤整, 『谷崎潤一郎』(群像 日本の作家 8), 小学館,

품으로 말한 바 있다.

3. 두 작품이 보이는 유사성

그러면 이 두 작품이 지니는 유사성을 중점적으로 살펴보고자 한다. 크게 나누어 살펴보면 화자 설정, 작품의 무대, 주변 상황, 주인공 설정에서 유사성이 보이고 있다. 또한 그밖에 몇몇 소품이나 상황 설정 등에서도 비슷한 모습이 나타나 있으며, 한편 그 시대 상황을 작품의 결론에 최대한으로 반영한 것이 눈길을 끄는데, 가장 주목되는 부분은 주인공의 설정과 주인공이 보이는 리더십의 방법이다.

여기서는 먼저 유사성을 보이고 있는 부분들을 비교하고자 한다.

1) 관찰자 설정의 유사성

「우리들의 일그러진 영웅」에서는 현재 학원 강사를 하고 있는 한병태가 26년 전 초등학교 5학년 때 있었던 일을 회상하는 형식으로 글이 전개되고 있고 『작은 왕국』에서는 38세의 교사 카이지마로 설정되어 있는데 초등학교 5학년이 12살이므로 결국 같은 나이의 관찰자로 볼 수 있다.

이것은 작품의 무대가 초등학교 5학년 교실 주변인데 화자를 초등학교 5학년으로 설정할 경우 쓸 수 있는 언어가 어린이의 언어로 제한되어

1991, 322쪽).

소설을 써야 한다는 어려움을 극복하는 한 방편으로 선택한 것으로 보인다. 그런데 두 작품의 경우 공교롭게도 같은 나이의 관찰자를 설정함으로써 관찰자 시점의 유사성을 보이고 있다.

한편 두 작품 모두 외부에서 유입된 사람의 시선으로 관찰이 이루어지고 있다는 유사성도 지니고 있다. 기존의 질서 내에 있는 인물들인 경우에는 상황에 동화되어 있어 잘 눈에 띄지 않고 당연시할 수 있는 것도 외부에서 새로운 시각으로 바라볼 때 선명하게 보이는 경우가 있는 것을 이러한 인물을 설정한 배경으로 볼 수 있다. 또한 작품을 서술하기 위해서도 이러한 입장이 더욱 유리하기 때문으로 생각된다.

2) 작품의 무대가 보여주는 유사성

서울(도쿄)에서 살던 관찰자가 지방 읍 단위의 시골로 내려가는 공통점을 보이고 있다. 그리고 학교를 표기하는 방법에서도 유사성을 보이고 있다. 「우리들의 일그러진 영웅」에서는 시골읍 Y국민학교로, 『작은 왕국』에서는 G현 M시의 외곽지역 D소학교로 하고 있는데 서울(도쿄)에서 떠나 읍 단위의 시골학교로 옮긴 곳이 작품의 무대가 되는 곳으로 설정한 것이 같으며 더욱이 학교 이름을 영어 대문자 이니셜로 표기한 것도 같다.

한편, 대상 학생을 5학년 남학생 학급으로 설정한 것 역시 똑같다. 『작은 왕국』의 경우는 작품의 내용이 학년 설정에 크게 제약되지 않지만 「우리들의 일그러진 영웅」의 경우에는 대상학급을 6학년으로 할 경우 문제를 그 학년 안에 모두 해결할 수 없는 시간의 제약성이 있다.

3) 관찰자의 주변 상황이 보여주는 유사성

「우리들의 일그러진 영웅」에서는 학교를 옮기기 전 서울의 명문 초등학교에 다닌 것으로 되어 있고 시골학교로 전학하는 이유를 아버지가 전근을 가게 되면서 가정형편이 어려워진 까닭으로 설정하고 있다. 『작은 왕국』에서는 도쿄 아사쿠사의 C소학교에 근무하다 역시 가정 형편이 어려워서 도쿄 생활을 계속하기 어려워지자 시골학교로 옮긴 것으로 나타나 있다.

도시 학교로 설정할 경우에는 아무래도 이들 작품에서 보여지는 주인공의 설정에 무리가 따르기 때문에 설득력을 잃게 된다. 그런 관점에서 시골은 조금 무리수를 두어도 큰 문제 삼지 않고 넘어갈 수 있기 때문에 이런 시골학교로 작품의 무대를 설정한 것 같다.

4) 주인공을 둘러싼 유사성

이 부분이 가장 핵심적인 부분으로 생각된다. 먼저, 두 작품의 주인공은 모두 집안이 가난하고 어려운 가정환경에서 학교생활을 하는 학생으로 설정되어 있다는 점이다. 또한, 이 두 작품의 주인공으로 설정된 학생들은 도저히 초등학교 5학년으로 생각할 수 없을 정도의 강력한 리더십과 능력을 지닌 학생이며 이러한 능력을 교사와 학생들도 인정하고 있다는 점이 눈길을 끈다.

「우리들의 일그러진 영웅」에서는 엄석대가, 『작은 왕국』에서는 누마구라가 바로 그들이다. 이 학생들은 공통적으로 강력한 통솔력을 지녔으며 학생을 이끌어 가는 재주가 탁월하고 불가사의한 위력을 지니고 있다. 특히 운동경기나 청소감독 등에서는 선생님보다 훨씬 더 강력한 통제력을 지니고 있다. 급우들은 "존경과 복종을 바쳐야 한다는 그런 느낌"[8](「우리들의 일그러진 영웅」)을 보이는가 하면 "주군을 위해서 신명을 바치려는 신하처럼"[9](『작은 왕국』) 보이기도 한다.

(1) 「우리들의 일그러진 영웅」에서의 엄석대의 묘사

「우리들의 일그러진 영웅」에서의 주인공 엄석대의 강력한 리더십과 강인한 성격은 작품의 곳곳에서 나타나 있다. 그 가운데 몇 가지 표현을 보면 다음과 같다.

> 큰 앉은 키와 쏘는 듯한 눈빛 때문이었다.
>
> "한병태랬지? 이리 와 봐."
>
> 그가 좀 전과 똑같은 나지막하지만 힘 실린 목소리로 말했다. 손끝 하나 까딱하지 않았으나 나는 하마터면 일어날 뻔했다. 그만큼 그의 눈빛은 이상한 힘으로 나를 끌었다.
>
> —「우리들의 일그러진 영웅」, 22쪽

> 무언가 대단히 높고 귀한 사람의 이름을 부르고 있다는, 그래서 당연히 존경과 복종을 바쳐야 한다는 그런 느낌을 주는 것이었다.

8 이문열, 「우리들의 일그러진 영웅」, 이문열 외, 『이문열의 우리들의 일그러진 영웅』(11회 이상문학상 수상작품집), 문학사상사, 1987, 23쪽(이하 작품명 및 쪽수만 표기).

9 谷崎潤一郎, 『谷崎潤一郎全集』 第六巻, 中央公論社, 1967, 14쪽(이하 수록 작품의 출처를 적을 때에는 전집 권수 및 쪽수만 표기).

—「우리들의 일그러진 영웅」, 23쪽

청소검사, 숙제검사, 심지어는 처벌권까지 석대에게 위임하는 담임선생의 그 눈먼 신임이 그의 폭력에 합법성을 부여해 그를 그토록 강력하게 우리 위에 군림하게 했다.

—「우리들의 일그러진 영웅」, 33쪽

그에게 맡겨진 우리 반의 교내 생활은 다른 반보다 모범적이었다. 그에게 맡겨진 청소검사는 우리 교실을 그 어떤 교실보다 깨끗하게 하였으며, 그의 주먹은 주번 선생님들이나 6학년 선도들의 형식적인 단속보다 훨씬 효율적으로 우리 반 아이들의 군것질이나 그 밖의 자질구레한 교칙 위반을 막았다.

화단을 드러나게 환하게 했다. 또 그에게 맡겨진 실습 감독은 우리의 실습지에 가장 많은 수확을 안겨주었으며 (…중략…) 그가 이끌고 나가는 운동팀은 모든 반 대항 경기에서 우리 반에 우승을 안겨주었고, '돈내기'란 어른들의 작업방식을 흉내낸 그의 작업 지휘는 담임 선생들이 직접 나서서 아이들을 부리는 반보다 훨씬 더 빨리, 그리고 번듯하게 우리 반에 맡겨진 일을 끝내주게 했다.

—「우리들의 일그러진 영웅」, 34쪽

담임교사의 강한 신임을 바탕으로 학급을 통솔해나가는 엄석대는 외모부터가 다른 학생을 압도한다. 그는 큰 키에 쏘는 듯한 눈빛, 나지막하지만 힘이 실린 목소리 등의 소유자이다. 학급 구성원들을 완전히 장악하고 있는 그는 어른들의 작업방식을 흉내낸 '돈내기'를 도입하여 학급에 맡겨진 일을 해치우기도 하는 등 강력한 리더십을 발휘하고 있다.

(2) 『작은 왕국』의 주인공 누마구라의 묘사

『작은 왕국』의 주인공 누마구라의 리더십과 특징적인 모습은 다음과 같이 나타나 있는데 「우리들의 일그러진 영웅」에서의 엄석대의 외모 묘사나 성격 등과 상당히 비슷하게 묘사되어 있다.

> 얼굴이 사각진, 낯빛이 검은 (…중략…) 우울한 눈빛을 지닌, (…중략…) 건장한 어깨의 소년으로 이름을 누마구라라고 했다.
>
> (顔の四角な、色の黒い、…憂鬱な眼つきをした、…肩の圓い太つた少年で、名前を沼倉と云つた。)
>
> —『谷崎潤一郎全集』第六巻, 7쪽

> 누마구라는 꿈쩍도 하지 않고 예의 침울한 눈동자를 치뜨며 카이지마의 얼굴을 뚫어지게 노려보고 있다. 그 표정에는 대부분의 불량소년에게 볼 수 있을 법한 심술궂은, 담이 큰, 영악한 인상이 나타나 있었다.
>
> (沼倉はビクともせずに、例の沈鬱な瞳を据ゑて、貝島の顔をじろじろと睨み返して居る。その表情には、多くの不良少年に見るやうな、意地の悪い、膽の太い、獰猛な相が浮かんで居た。)
>
> —『谷崎潤一郎全集』第六巻, 12쪽

누마구라라는 한 소년이 지니고 있는 불가사의한 위력에 대해서 내심 깊은 경악의 마음을 금할 수 없었던 것이다.

(沼倉と云ふ一少年が持つて居る不思議な威力に就いて、内心に深い驚愕の精を禁じ得なかつたのである。)

—『谷崎潤一郎全集』第六巻, 15쪽

누마구라에게 얼마나 강한 완력과 담력이 있다고 하더라도, 그 역시 동년배의 코흘리개에 지나지 않을 텐데 "선생님이 이렇게 말했다"라고 말하는 것보다도 "누마구라님이 이렇게 말했다"라고 말하는 편이 그들의 가슴에는 훨씬 무섭게 느껴지는 것 같았다.

(沼倉にどれ程強い腕力や膽ツ玉があるにせもよ、彼としてもやつぱり同年配の鼻つたらしに過ぎないのに、"先生がこう云つた"と云ふよりも、"沼倉さんが斯う云つた"と云ふ方が、彼等の胸には遙かに恐ろしくピリツと響くらしい。)

—『谷崎潤一郎全集』第六巻, 16쪽

전 학급의 학생을 굴복시켜서 자신의 수족과 같이 다룬다는 것은, 단지 그것만으로는 절대로 나쁜 짓이 아니다. 누마구라라는 소년에게 그만한 덕망이 있고 위력이 있어서 그렇게 된 것이라면 그를 질책할 이유는 털끝만치도 없다.

(全級の生徒を慴服させて手足の如く使ふと云ふこと、單にそれだけの事は、必ずしも惡い行ひではない。沼倉と云ふ子供にそれだけの德望があり、威力があつてさうなつたのならば、彼を叱責する理由は毛頭もない。)

—『谷崎潤一郎全集』第六巻, 16쪽

요컨대 그는 용기와 관대함과 의협심을 고루 갖춘 소년이어서 그것이 점차 그로 하여금 학급의 패자라는 위치에 오르게 한 것 같다.

(要するに彼は勇氣と、寬大と、義俠心とに富んだ少年であつて、それが次第に彼をして級中の覇者たる位置に就かしめたものらしい。)

—『谷崎潤一郎全集』第六巻, 17쪽

누마구라는 다소 침울한 표정을 하고는 있지만 튼튼한 몸에 불가사의한 위력을 지닌 소년으로 그려져 있다. 용기와 관용과 의협심까지 고루 갖춘 소년인 누마구라는 탁월한 리더십을 지니고 있는 것으로 묘사되어 있다.

5) 그밖의 유사성

석대와 누마구라를 이용해서 학급을 운영하여 담임이 편해지려는 경향 역시 유사한데 교사들은 이들을 이용해서 학급 분위기를 장악하고 청소 및 학생 통제를 하게 한다.

「우리들의 일그러진 영웅」에서의 5학년 담임교사는 엄석대에게 처음부터 많은 권한을 부여, 자신은 단지 석대가 한 일(청소 감독, 숙제 검사, 자습 감독, 실습지 식물 재배 등)을 확인하는 데 그칠 정도로 전폭적으로 석대를 신임하고 힘을 실어준다. 이러한 담임의 신임에 대해 석대는 다른 학급에 비해서 항상 더 좋은 결과를 안겨준다.

한편『작은 왕국』의 교사 카이지마는 처음에는 누마구라를 못마땅한 존재로 생각하였으나 나중에는 누마구라의 능력을 인정하고 그에게 많은 역할을 부여하게 된다. 이 작품에서의 관찰자는 모두 서울(도쿄)를 떠난 이유로 생활의 어려움을 들고 있는데 그런 만큼 시골학교의 교사들은 가난에 찌들어 있으며 힘든 삶을 살고 있다는 것을 공통적으로 자주 언급하고 있다.

또 한 가지, 이문열의 작품에는 '왕국'이라는 표현이 일곱 번이나 나오는데 이것 역시 주목되는 부분이다. 특히 60쪽에는 집중적으로 '왕국'이라는 표현이 나오고 있고 작품의 결말 부분에서 다시 왕국이라는 표현을 쓰고 있다.

> 그가 내게 바라는 것은 오직 내가 그의 질서에 순응하는 것, 그리하여 그가 구축해둔 **왕국**을 허물려 들지 않는 것뿐이었다. (강조는 인용자. 이하 동일)

> 하기야 나중에 — 그러니까 내가 그의 질서에 온전히 길들여지고 그의 **왕국**에 비판 없이 안주하게 되었을 때 — 그가 베푼 은총의 대가로 내가 지불해야 했던 게 한 가지 더 있기는 했다.

> 짐작으로는 그의 **왕국**에 안주한 한 신민으로 자발적으로 바친 조세나 부역에 가까운 것인 성싶다.

> 그렇게도 굳건해 보였던 석대의 **왕국**은 겨우 한나절로 산산조각이 나고, 그 철권의 지배자는 한낱 범죄자로 전락해 우리들의 세계에서 사라져간 것이었다.

> 그것은 바로 석대의 **왕국**을 뿌리째 뒤흔든 계기가 된 그의 엄청난 비밀을

내가 진작부터 알고 있었다는 점이다.

—「우리들의 일그러진 영웅」, 60쪽

나는 그의 질서와 **왕국**이 영원히 지속되기를 믿었고 바랐으며 그 안에서 획득된 나의 남다른 누림도 그러하기를 또한 믿고 바랐다.

—「우리들의 일그러진 영웅」, 67쪽

그전 학교에서의 성적이나 거기서 빛났던 내 자랑들은 아무런 소용이 없는, 그들만의 질서로 다스려지는 어떤 가혹한 **왕국**에 내던져진 느낌 - 그리고 거기서 엄석대는 아득한 과거로부터 되살아 왔다.

—「우리들의 일그러진 영웅」, 84쪽

하나의 작품에 이렇게 거듭하여 '왕국'이라는 표현을 쓰고 있는 것도 주목되는데, 이것은 이문열이 「우리들의 일그러진 영웅」을 집필할 때 이미 『작은 왕국』을 읽은 뒤여서 그것을 무의식적으로 생각하다보니 '왕국'이라는 표현에 집착한 것에서 비롯된 것으로 유추할 수 있다. 그러나 현재로서는 이에 대한 결정적인 증빙자료가 나타나 있지 않고 작가 역시 이에 대한 자신의 의견을 밝힌 적이 없으므로 이문열의 독창적인 착안에 의한 것인지 아니면 다니자키 쥰이치로의 작품 『작은 왕국』의 영향으로 나온 표현인지 단정적으로 결론을 내리기는 어렵다.

하지만 결정적 증거의 유무보다 더 중요한 것은 작품 속에 나타나는 유사성의 양상을 객관적으로 인정할 수 있는가의 문제[10]라고 생각한다.

4. 문학의 파르마콘

이상에서 살펴본 바 이문열의 「우리들의 일그러진 영웅」은 다니자키 쥰이치로의 『작은 왕국』과 여러 가지 관점에서 유사성을 지니고 있는 것을 알 수 있다.

먼저, 작품의 분량이 두 작품 모두 중편소설이라는데 일치를 보이고 있다. 관찰자가 현재 38세라는 것도 같으며 관찰자가 외부에서 유입된 인물이라는 것도 동일하다. 또한 작품의 무대인 초등학교를 영어 대문자 이니셜로 처리한 것이라든지 이동 전 학교가 각각 서울과 도쿄의 명문초등학교라는 점도 일치한다. 물론 여기서의 관찰자는 한 사람은 학생이고 또 다른 작품에서는 교사로 설정되어 있지만 이 관찰자는 모두 엄석대와 누마구라의 이야기를 하기 위한 화자의 역할을 맡고 있다는 점에서는 동일하다.

무엇보다도 작품의 무대가 초등학교 5학년 남자 학급이며 주인공이 5학년 남학생이라는 데서 일치를 보이고 있다. 주인공이 강력한 리더십을 지니고 있으며 학생 통제력이 탁월하다는 데 있어서도 동일한 특징을 지니고 있다. 또한 주인공의 리더십 발휘 사례나 학생들이 주인공을 대하는 자세 등에서도 유사한 모습을 보여주고 있다. 그리고 학생들이 주인공을 대하는 자세와 체제 역시 비슷한 양상을 나타내고 있다. 결말의 처리 방법에 있어서도 결론은 다르지만 시대상황을 반영한 마무리라는 점에서 역시 유사한 것을 알 수 있다. 관찰자의 설정이나 작품의 무대

10 홍은택, 「영향과 불안으로부터의 자유」, 『현대시학』, 2002, 160쪽.

가 보여주는 유사성은 우연의 일치라고 하더라도 주인공의 성격과 주인공을 둘러싼 주변 상황마저 유사한 것을 단순한 우연의 일치로 보기에는 무리라는 생각이 든다.

초등학교 5학년 교실과 그 구성원들을 사회의 한 축소판으로 보고 이곳이 권력이 싹트는 곳이며 부당한 권력의 행사 또는 힘의 정당한 행사로 새로운 질서 내지는 새로운 사회를 구축하는 장으로 설정하는 것이 단지 작가적인 상상력의 결과에 의한 우연의 일치로 보기는 무리라는 생각이다. 이러한 관점에서 볼 때 이문열이 「우리들의 일그러진 영웅」을 쓰기 앞서 다니자키 쥰이치로의 『작은 왕국』을 읽었으며 여기에 '변형'을 가했을 개연성은 더욱 설득력을 얻게 된다.

「우리들의 일그러진 영웅」과 『작은 왕국』은 당시의 시대상황을 문학으로 형상화한 작품이다. 동시대의 사회상을 시야에 넣고 그것을 리얼하게 표현한 것이 이들 작품의 주제의식으로 생각된다. 그러나 이 글에서는 두 작품이 추구하는 주제의식에 초점을 맞추기보다는 '유사성'에 대해서 집중적으로 비교 고찰하였으므로 이와 관련하여 관점을 달리한 견해도 나올 수 있다고 생각한다. 이상의 내용을 도표로 정리하면 〈표 7〉과 같다.

〈표 7〉「우리들의 일그러진 영웅」과 『작은 왕국』의 비교

	「우리들의 일그러진 영웅」	『작은 왕국』	의미
작품의 무대	시골읍 Y초등학교	G현 M시 외곽지역 D소학교	시골학교, 영어 이니셜 표기 일치
이사 전 학교	서울 명문 초등학교	도쿄 아사쿠사 C소학교	수도에 있는 명문 초등학교
이사 사유	가정 형편	가정 형편	동일한 사유
관찰자	한병태(38세. 26년 전 초등학교 5학년 때를 회상, 현재 학원강사), 외부에서 유입	카이지마(38세. 교사) 외부에서 유입	외부유입. 관찰자 서술 시점의 나이 같음
주인공	5학년 남학생 엄석대	5학년 남학생 누마구라	5학년 남학생
주인공의 특징	1. 강력한 리더십 2. 작은 왕국의 주인 3. 학생 통제력 탁월 4. 쏘는 듯한 눈빛, 대단한 참을성, 큰 앉은 키	1. 강력한 리더십 2. 공산주의체제 구상 3. 학생통제 방법 뛰어남 4. 우울한 눈빛, 불가사의한 위력, 사각진 얼굴	주인공의 외모, 능력 등에서 유사성을 보임
주인공의 리더십 발휘 사례	1. 운동경기, 싸움 2. 청소감독 3. 어른들의 방식(돈내기) 4. 동급생 장악(담임선생 이상의 힘, 능력 발휘) 5. 실습감독(실습지에서 가장 많은 수확)	1. 운동경기, 전쟁놀이 2. 인명부작성(학생언행 감시) 3. 벌점기록, 감시원 활용 4. 누마구라 공화국 관료 임명 5. 화폐 발행	탁월한 리더십을 발휘하는 방법이 유사함
대하는 자세	존경과 복종을 바쳐야 한다는 그런 느낌	주군을 위해 신명을 바치려는 신하처럼	군국주의적인 색채가 느껴짐
체제	그(엄석대)의 왕국	누마구라 공화국	작은 왕국 설정
결말	전체주의 → 몰락	공산주의 체제의 실현	시대상황 반영
비교문학적 영향 관계	작품의 무대와 주인공의 설정에서 일치를 보이고 있고, 주인공이 강력한 리더십을 지니고 있으며 학생 통제력이 탁월하다는 데 있어서도 동일한 특징을 지니고 있다. 주인공의 리더십 발휘 사례나 학생들이 주인공을 대하는 자세 등에서도 유사한 모습이다. 관찰자의 설정이나 작품의 무대가 보여주는 유사성은 우연의 일치라고 하더라도 주인공의 성격과 주인공을 둘러싼 주변 상황마저 유사한 것을 단순한 우연의 일치로 보기에는 무리라고 생각한다. 초등학교 5학년 교실과 그 구성원들을 사회의 한 축소판으로 보고 이곳이 권력이 싹트는 곳이며 부당한 권력의 행사 또는 주어진 힘의 행사로 새로운 질서 내지는 새로운 사회를 구축하는 장으로 설정한 것이 단지 작가의 상상력의 결과에 의한 우연의 일치로 보기는 어렵다. 이러한 관점에서 볼 때 이문열이 「우리들의 일그러진 영웅」을 쓰기 앞서 다니자키 쥰이치로의 『작은 왕국』을 읽었으며 여기에 '변형'을 가했을 개연성은 더욱 설득력을 얻게 된다. 이것을 표절로 볼 것인지 모방으로 볼 것인지 그렇지 않으면 우연의 일치로 볼 지에 대한 제대로 된 논의가 필요하다고 생각한다.		

제2장

비교문학적 전용

『필론의 돼지』와 「인간의 양人間の羊」

1. 전용의 양상

이문열의 『필론의 돼지』(1987)와 오에 겐자부로大江健三郎[11]의 소설 「인간의 양人間の羊」(1958)을 비교연구하고자 한다. 이 두 작품을 비교연구함에 있어 작품 설정 및 전개의 방식이 유사한 점과 폭력에 대처하는

11 오에 겐자부로(1935～)는 도쿄대학 불문학과 재학중인 1957년 문단에 등장하여 왕성한 문필 활동을 해온 일본의 대표적인 작가이다. 그는 전후파 작가들의 공통 소재인 전쟁체험과 그 후유증, 학생운동, 사회문제, 지식인의 고뇌 등을 그리는 한편, 성의 문제를 끊임없이 추구하고, 장애인과의 공생을 소설 전면에 제기해왔다. 그리고 핵시대와 인류, 공동체와 개인의 관계 등 무거운 주제를 다루어왔으며 또한 공상과학소설을 통해 미래에 대한 제언도 빠뜨리지 않고 있다. 대표작으로 아쿠다카와芥川상을 받은 『사육飼育』(1958)과 『개인적 체험』(1964), 『만엔万延 원년의 풋볼』(1967), 『동시대 게임』(1979) 등이 있으며 1994년 노벨문학상을 수상하면서 우리나라에도 그의 작품이 적극적으로 소개되었고 그의 작품을 번역하여 고려원에서 전집으로 출간하였다.

방식의 차이점에 대해 주목하고자 한다.

『필론의 돼지』와 「인간의 양」은 상황 설정 및 그 전개방식이 여러 가지 면에서 유사하다. 제목에서 모두 짐승을 내세우고 있는 점부터가 두 작품의 주제를 암시하고 있고 『필론의 돼지』에서는 그 무대가 기차 안이며 「인간의 양」의 무대는 버스 안이다. 가해자가 병사들이라는 점도 유사하며 가해자가 소수이고 피해자가 다수이지만 소수에게 다수가 억압과 치욕을 받는 설정 또한 유사하다. 그러나 결말에 이르러서는 현격한 차이를 보이고 있는데 그것은 그 폭력의 대상이 된 인물들의 설정에서 차이가 있는 데서도 기인하겠지만 폭력에 맞서는 방식에 있어서 한국과 일본의 정서의 차이에서 오는 것이 아닐까 생각하게 된다.

두 작품이 보이는 유사성을 검토함에 있어 비교문학의 연구 대상의 하나인 '변형과 발전'[12] 가운데 '모방', '표절', '전용'[13]을 염두에 두고 서술하려고 한다. 유사한 주제나 내용으로 전개되는 두 작품을 비교문

12 변형의 방법에는 그것이 부정적인 측면에 관계되든 긍정적인 측면에 관계되든 간에 ① 모방, ② 표절, ③ 전용, ④ 번안, ⑤ 암시 등이 있다(윤호병, 앞의 글, 119쪽 참조).

13 필자는 전에도 이문열 작품과 유사한 타문학을 비교하면서 '모방', '표절', '전용'을 염두에 두고 두 작품을 살펴본 적이 있다(최해수, 「이문열의 「우리들의 일그러진 영웅」과 다니자키 쥰이치로谷崎潤一郎의 『작은 왕국小さな王国』 비교연구」, 『비교문학』 31, 한국비교문학회, 2003, 349~366쪽 참조). 이러한 관점을 가진 것은, 작품을 둘러싼 정황 및 내용의 유사성에서도 찾을 수 있지만 이문열의 말에서도 기인한다. 작가 스스로 "이 책처럼 내 삶과 가장 밀착된 것도 드물다"(이문열, 『젊은 날의 초상』, 민음사, 1981, 286쪽)고 밝힌 바 있으며 흔히 이문열의 젊은 날의 자화상이라고 일컬어지는 『젊은 날의 초상』에서 주인공 '나'는 대학을 그만 두고 방황하는 모습으로 나온다. 그런데 그 이유가 문학 동아리에서 다른 동인들이 잘 알지 못하는 외국작품을 자기의 작품인 양 발표하다가 그것이 탄로 났기 때문이다. 얼마 동안은 발각이 나지 않았지만 횟수가 거듭되면서 잘 알려져 있지 않은 다른 나라의 문학 작품을 표절한 것이라는 사실이 알려지게 되었고 결국 더 이상 학교에 머물 수 없게 된 것이다(위의 책, 90~93쪽 참조). 이러한 관점에서 보면 그의 작품에서 발견되는 유사성은 곧 '모방', '표절', '전용'에서 자유로울 수 없으며 결코 우연의 일치로만 볼 수 없게 한다.

학적으로 연구하는 경우 이러한 관점을 가지게 되는 것은 당연하다. 그러나 여기서는 주로 '주제의 유사성'에 대해서 집중하여 살펴보고자 한다. 주제의 유사성은 둘 이상의 문학텍스트의 비평과 해석에서 그것이 지니는 연대기적 시공을 초월하여 비교될 수 있다.

주인공의 행위, 진술, 표정, 감정, 제스처 및 의미 있는 주변 환경 등은 주제의 유사성을 비교하기 위한 기본요소가 된다.[14]

여기서는 두 작가의 작품 세계와 두 작품의 간단한 줄거리를 언급한 다음 두 작품에서 보이는 유사성을 비교, 고찰하고 이어서 폭력과 그 폭력을 해결해나가는 과정을 살펴봄으로써 폭력에 대처하는 양국의 정서의 일단을 검토하고자 한다.

2. 작품의 내용

두 작품은 각각 제대병사들이 탄 기차 안과 교사, 학생, 공원 등이 탄 버스 안으로 그 무대를 설정하고 있다. 폭력적인 병사들에 의해서 기차와 버스 안이 장악되고 그 안에 타고 있는 사람들은 마치 양들과 같이 폭력적인 병사들에 의해서 지배당하며 소수의 폭력 앞에 다수가 굴종하는 비정상적인 구조를 보여주고 있다.

결론에 이르는 과정과 전개방식은 커다란 차이를 보이고 있다. 요컨대 작품을 크게 기, 승, 전, 결로 나눈다고 하면 기, 승의 전개방식은 유

14 윤호병, 앞의 글, 118쪽.

사하지만 전, 결의 방식은 커다란 차이를 보이고 있다는 점에서 폭력에 대처하는 양식이 다르다는 생각을 갖게 한다.

1) 『필론의 돼지』의 내용

제대군인들이 탄 귀향열차에 각반을 찬 병사들이 술에 취한 채 난입한다. 이들 가운데 한 병사가 어설픈 어조로 노래를 부른 다음 노래를 들었으니 돈을 내어놓으라고 협박을 하면서 돈을 갈취한다. '나'는 3년간의 군 생활을 끝내고 집으로 돌아가면서 이제는 모든 불합리와 폭력으로부터 벗어났다고 생각하고 있었기 때문에 그들의 횡포에 대해 분노한다. 그러나 '나'와 마찬가지로 대부분의 제대병사들은 생각만 할 뿐 행동으로는 옮기지 않는다.

마른 제대병사가 그들의 행동을 훈계하였으나 집단 폭력으로 무참히 짓밟히고 만다. 이런 식으로 계속 당하던 차에 한 목소리가 아직도 강제 징수를 당하지 않은 쪽에서 난다. "야, 이 답답한 친구들아, 삼 년간 당한 것도 분한데 끝나는 오늘까지 당하고만 있을 거여?"[15] 이 말이 끝나기 무섭게 백 명이 다섯 명에게 당하고 있다는 사실을 새삼스럽게 확인하게 되고 집단으로 움직이기 시작한다. 검은 각반을 찬 병사들은 소주병을 깨뜨리고 열차 창문을 구둣발로 깨어서 칼처럼 휘둘러대었지만 결국은 집단의 폭력 앞에 초주검 상태가 되고 만다. '나'는 이 와중을 지켜보다가 조용히 다른 객차로 옮겨 탄다.

---

15 이문열, 『九老 아리랑』, 문학과지성사, 1987, 80쪽(이하 본문에서는 『필론의 돼지』, 쪽수만 표기).

2) 「인간의 양」의 내용

「인간의 양」은, 피점령하의 일본인의 복잡하게 굴절된 콤플렉스를, 적을 향해 발산시킬 수 없는 굴욕감을 표현한 작품이다. 하루의 일과를 마무리 짓고 귀가하는 버스 안에서 일어난 일을 소재로 하고 있다. 술에 취한 외국병사가 일본인 승객들에게 행패를 부린다. 그런데 그 행패의 방법이 특이하여 대학생인 '나'를 비롯한 뒷좌석에 앉은 승객들을 대상으로 하여 바지와 속옷을 벗게 하고 린치를 가하는 것이다. 이런 치욕과 수모를 겪지만 아무도 그것을 제지하지 못하고 묵묵히 그 린치를 바라보고만 있거나 린치를 당하고 있다.

그러다가 버스가 멈추고 외국인 병사들은 차에서 내린다. 그 뒤 '양'이 된 인간들은 그 치욕의 현장에서 빨리 벗어날 생각만을 한다. 이들 중에 한 교사가 '나'를 데리고 파출소로 찾아가 이러한 내용을 고발하려 한다. 그러나 '나'는 이러한 치욕이 세상에 드러나는 것이 두려워 경찰에게 이름과 주소를 알리지 않은 채 파출소를 나서고 만다. 교사는 집요하게 '나'의 이름과 주소를 알기 위해서 따라온다. 온갖 치욕을 겪지만 그 현장에서는 아무런 제재도 하지 못하는 무기력한 일본인들의 자조적인 모습과, 사후에 발버둥치는 지식인의 나약한 실상이 잘 그려져 있다.

버스 안이라는 특수공간, 폐쇄된 사회의 '감금 상황'이라는 배경 설정은 이 작가의 특징 중 하나로서, 초기 작품인 「사육」이나 「불의 벙어리」 등과 같은 이후 작품들의 배경에서도 찾아볼 수 있다.[16]

16 최재철, 『일본문학의 이해』, 민음사, 1995, 357쪽.

3. 작품의 전개 방식

이 작품의 무대가 되는 시점은 한국의 경우는 군사정권이 한창일 때이고 일본의 경우는 미군이 주둔하여 일본에 미군이 점령군으로 있었던 시점이다. 기차와 버스는 위험을 내포하고 있는 기계이긴 하지만 닫힌 공간으로써 안전이 보장되며 목적지가 있다. 그런 점에서 그 공간은 평화와 안온을 상징한다고 해도 좋다. 그런데 이 공간에 군기를 생명으로 하는 군인들이 '술에 취한 채' 난입하여 폭력을 행사하는 것이 두 작품에 공통적으로 전개되는 방식이다.

1) 『필론의 돼지』의 전개 방식

『필론의 돼지』에서의 폭력의 전개는 다음과 같이 기, 승, 전, 결의 양상으로 묘사되고 있다. 각반을 찬 다섯 명의 병사가 기차에 난입하여 노래를 들었으니 돈을 내어놓으라고 횡포를 부리기 시작한다.

> 처음부터 그들의 출현이 못마땅하던 그의 가슴에 은은한 분노의 불길이 타올랐다. 이제 그 모든 불합리와 폭력에서 벗어났다고 생각한 때이기 때문에 더욱 그런 것 같았다.
>
> —『필론의 돼지』, 80쪽

그러나 생각만 할 뿐 구체적으로 어떻게 저항할 생각은 하지 못하고 "아, 나의 팔은 너무 가늘고 희구나. 내 목소리는 너무 약하고, 내 심장은 너무 여리구나. 저들의 폭력을 감당하기에는, 학대받고 복종하기에 익숙한 내 동료들을 분기시키기에는" 하면서 자조하고 만다. 대부분의 제대병사들은 '나'와 마찬가지로 분노는 하지만 행동으로 옮기지는 못하고 참는다. 그러나 이때 역시 창백하고 깡마른 제대병 하나가 저항한다.

그러나 이 저항은 각반을 찬 병사들의 폭력으로 무참히 짓밟히고 만다. 그러나 인간이란 어떤 형태로든 집단을 이루기만 하면 끝까지 나약하게 죽는 것은 아닌 모양이어서, 각반 병사들의 횡포가 극에 달했다고 생각할 즈음 드디어 인내의 한계에 다다른 듯한 목소리가 터져나온다.

> 야, 이 답답한 친구들아. 삼년 간 당한 것도 분한데 끝나는 오늘까지 당하고만 있을 거여? 우리는 백 명이란 말여. 그런데 다섯 명한테 당해서야 쓰것어?
>
> —『필론의 돼지』, 86쪽

이 목소리에 여기저기에서 "맞아, 끝까지 당할 수는 없다"라며 호응이 일었다. 특히 아직 징수를 당하지 않은 쪽의 호응이 컸다. 이미 빼앗긴 자의 분노보다 아직 빼앗기지 않은 자의 지키려는 의지가 더 무서운 것일까. 양쪽 입구를 막고 조금 전까지 피해자의 입장이었던 다수가 가해자가 되어 소수에게 폭력을 행사하기 시작한다. 의자 시트와 물병들이 날고 군화발이 검은 각반에게 날아갔다. 그러자 검은 각반은 최후의 저항을 한다.

> 그러나 검은 각반은 검은 각반이었다. 수많은 특수훈련과 거친 생활에 단

> 련된 그들은 그 아연한 사태를 당해서도 재빠르게 대처했다. 남은 넷 중 하나가 들고 있던 소주병을 깨뜨려서 휘두를 때 생긴 틈으로 다른 하나가 열차 창문을 구둣발로 박살내고, 이어 나머지가 칼처럼 생긴 유리조각으로 무장했다.
>
> —『필론의 돼지』, 87쪽

그러자 제대병들은 잠시 주춤한다. 그러나 한 제대병이 웃통을 벗어 젖힌 채 찔러보라고 대담하게 외쳤고 검은 각반은 이 병사를 향해 유리조각을 휘둘렀으며 가슴 부위가 찔려 여러 줄기의 피가 흘러내렸다. 이것을 본 다수는 여기저기에서 "죽여, 죽여" 하는 고함과 함께 검은 각반을 덮쳤고 상황은 그것으로 끝이었다.

순한 '양'처럼 당하고만 있던 제대병들의 어디에서 그런 광포함과 잔혹성이 숨겨져 있었던 것일까. 제대병들은 검은 각반이 일어나면 주먹으로 치고 쓰러지면 짓밟았다. 그중 어떤 친구는 담뱃불로 지지기까지 했다. '나'는 이 아수라장에서 벗어나기 위해 조용히 자리에서 일어나 살며시 다른 객차로 옮겨 탄다. 그리고는 언젠가 읽은 필론의 이야기를 떠올린다. 배가 폭풍우를 만나 우왕좌왕했을 때 현자인 필론이 자신이 할 수 있는 일이 무엇일까 생각하다가 태평스럽게 갑판 위에서 사람들의 소용돌이에는 아랑곳하지 않고 잠을 자고 있는 돼지를 보고 자신이 할 수 있는 일도 돼지처럼 잠을 자는 것 외에는 아무것도 없다는 것을 깨닫게 된다는 이야기를 생각한 것이다.

2) 「인간의 양」의 전개 방식

술에 취한 외국병사들이 역시 술에 취한 한 여성과 노닥거린다. 여성은 병사의 두툼한 입술을 귀찮아하며 어깨를 움직이거나 머리를 흔들거나 하고 있다. 그러한 광경을 보면서 동료 병사들은 피에 굶주린 듯이 아우성치며 웃는다. 여자가 비틀거리다가 넘어진다. 가늘고 긴 다리가 추위로 소름이 돋은 채 그대로 드러난다. 그것은 정육점의 물에 젖은 닭과 같다. 병사 하나가 재빨리 일어나 여자를 일으켜 세운다. 그리고 그 병사는 갑자기 핏기를 잃고 추위로 굳은 입술을 깨물며 신음하고 있는 여성의 어깨를 감싸안은 채 옆에 있던 '나'를 쳐다본다. 이때 한 외국병사가 '나'를 쓰러뜨린다. 일어나던 '나'의 눈에 외국병사가 손에 칼을 들고 있는 것이 보인다. 일본인 승객들은 이를 바라보고 있다. 병사들은 칼로 위협하며 '나'의 바지와 속옷을 강제로 벗긴다.

> 엉덩이가 차가웠다. 나는 외국병사들 눈앞에 내놓고 있는 내 엉덩이 피부가 소름이 돋고, 회청색으로 바뀌어 가는 것을 느꼈다.[17]

버스가 흔들릴 때마다 나는 심한 고통을 느낀다. 추위로 나의 성기는 쪼그라들고 나는 수치감과 치욕으로 몸을 가누기가 힘들 정도이다. 병사는 나의 엉덩이에 칼등을 대고 있다. 그 상태를 벗어나려 꿈틀거리면 고통이 더욱 심해질 뿐이다. 병사들은 동요처럼 단순한 노래를 부른다.

---

17 大江健三郎, 「人間の羊」, 『昭和文學全集』, 角川書店, 1963, 335쪽(이하 전집에 수록된 작품은 작품명 및 쪽수만 표기).

"양을 쏴라, 탕탕, 양을 쏴라 탕탕." 병사들은 뒤쪽 좌석에 앉은 다른 승객들의 옷도 벗기고 희롱한다.

> 내가 목덜미를 붙잡혀 정면으로 향하게 되었을 때 버스 중앙의 통로에는 흔들림에 견디기 위해서 버티고 서 있는 벌거벗은 엉덩이를 내밀고 허리를 굽힌 '양들'이 나란히 서 있었다. 나는 그들의 열 맨 뒤쪽에 줄지어 앉아 있는 '양'이었다. 외국병사들은 미친 듯이 노래를 불렀다.
>
> —「人間の羊」, 336쪽

상당히 긴 시간을 그렇게 보냈다. 그 사이에 운전수의 옷도 벗겨졌고 잠깐 차를 세우는 틈을 이용해 차장은 차에서 도망쳐버렸다. 그 뒤 외국병사들이 유유히 버스에서 내려 사라졌다. '양들'은 굴욕으로 몸이 돌처럼 굳어 있었다. 이때 레인코트를 입은 교사가 자신은 잠자코 이 일을 지켜보고 있었다는 사실을 부끄럽게 생각한다면서 이런 일이 신문에 나오지 않아서 그렇지 오늘이 처음은 아닐 것이라고 말했다. 그러면서 그는 이 사실을 고발하여 이것을 표면화시켜야 한다고 주장했다. 교사는 계속해서 수치를 당한 사람들이 단결해야 한다고 역설했다. 그러자 빨간 가죽점퍼를 입은 '양'이 일어나 교사의 턱을 강하게 구타한다. 그러나 버스 안에서의 일본인들 사이의 소동은 주변의 만류로 더 이상 확대되지는 않는다. 모두가 버스에서 내렸을 때 교사는 '나'를 따라오며 가까운 파출소로 가자고 말한다.

> 당신은 그 일을 아무 말 없이 견디고 말려는 것은 아니지? 하고 교사는 진

지하게 물었다. 다른 무리들은 모두 글렀다고 하더라도 당신만은 단념하지 않고 싸울 거지?

—「人間の羊」, 339쪽

위와 같이 고발하기를 부추기면서 교사는 '나'를 파출소로 데려가서 캠프 군인이 일으킨 사건이라고 경찰에게 말한다. 그는 혼잡한 버스 안에서 맨 엉덩이를 드러내며 개처럼 주저앉아 있어야 했다는 말을 한다. 그러자 경찰은 캠프의 병사들 문제라면 신중을 기해야 한다면서 이름과 주소를 대라고 한다. 그러자 '나'는 이럴 경우 자신이 받은 굴욕을 다른 사람에게 광고하는 셈이기 때문에 주저한다. 그러나 교사는 '나'를 가로막으며 다음과 같이 말한다.

이봐 자네 라고 그는 호소하듯이 절실한 음성으로 말했다. 누군가 한사람이 사건을 위해서 희생할 필요가 있어. 자네는 잠자코 잊어버리고 싶겠지만, 마음을 굳게 먹고 희생적인 역할을 해 줘. 희생양이 되어 주게.

—「人間の羊」, 342쪽

파출소 밖으로 나온 뒤 '나'를 향해 교사는 집요하게 따라오며 나의 이름과 주소를 밝히라고 한다. 그러나 '나'는 눈물을 흘리며 이 상황을 벗어나려 한다.

4. 두 작품에 나타나는 유사성

1) 시간과 공간적인 유사성

두 작품은 여러 점에서 유사성을 지니고 있다. 먼저, 시간과 공간적인 유사성을 볼 수 있는데 3년간의 군복무를 마치고 귀향하는 기차와 하루 일을 마치고 귀가하는 버스를 그 시간과 공간의 시점으로 하고 있다는 점이다. 따라서 이들 작품에서 상징하는 기차와 버스는 평화를 의미한다고도 볼 수 있을 것이다. 다음으로 작품 제목에서 보이는 유사성이다. '돼지'와 '양'이 상징하는 의미는 주인공으로 설정된 '나'가 모두 대학교육을 받은 지식인으로 설정되었다는 점에서 지식인의 무기력함을 보여주기 위한 설정으로 보여진다. 또한 이들의 관점에 의해서 이 작품은 쓰였다.

한편, 군기를 생명으로 하며 국토와 국민의 안전을 지켜야 할 군인들을 폭력행사의 주인공으로 내세움으로써 시대적인 분위기를 반영하려 했던 것으로 보이는 점도 유사하다고 생각된다. 우리 나라의 경우 이 작품이 나올 무렵(1984년경)이 군사정권이 연장되고 있던 시점이라는 것이 그것을 말해주고 있으며 일본의 경우도 미군이 점령군 행세를 하고 있던 때에 나온 작품이어서 군인들의 폭력행사에 대한 거부의 한 모습을 보여주고 있다는 점에서 유사성이 발견된다. 그러나 이문열은 이 작품집 후기[18]에 자신이 "사회의 변화에 부화附和하는 것으로 비쳐질까 두

18 이문열은 작품집 『九老아리랑』에 다음과 같이 작가 후기를 남기고 있다. "(…상략…) 그런데 여기서 꼭 하나 미리 말해두고 싶은 게 있다. 어쩌다 보니 이번 작품집에 나답지

려워한다"는 글을 남김으로써 이 작품의 의미가 당시에 일어나고 있던 민주화 운동과 관련하여 확대 해석되는 것을 우려하고 있다. 그러면서도 이 작품집 속에 『필론의 돼지』를 싣게 된 데는 야릇한 감회를 느낀다며 애매한 표현을 하고 있다.

한편, 두 작품은 모두 동물을 제목으로 하고 있는데 작품에 있어서의 제목은 그 작품 전체를 암시하는 상징성이 있는 것이어서 제목으로 들고 있는 '돼지'와 '양'에 대해서도 주목된다. 양羊은 나쓰메 소세키夏目漱石의 『산시로三四郎』[19]에서도 나오는 등 작품 속에서 약한 존재나 선한 이미지를 나타낼 때 상징적으로 많이 등장하고 있다. 산양과 달리 집에서 기르는 양은 온화하고 순하기 때문에 방어할 능력이 거의 없으며 항상 목자의 감찰을 필요로 한다. 그러나 돼지의 경우에는 어떤 경우에든 불결하고 부정한 짐승의 상징으로 여겨졌다. 성경[20]의 모세의 법에 따르면 돼지는 부정한 짐승이어서 희생 제사의 제물로도 부적합한 것으로 분류되었다.

않게 무슨 항변이나 변혁에의 희미한 열망 같은 게 엿보이는 작품들이 여럿 끼게 되었다. 숭어가 뛰니까 망둥이도 따라 뛴다는 식으로, 지금 진행되고 있는 우리 사회의 변화에 내가 부화하고 있다고 여겨질까봐 겁나고 또 겁난다. 명백히 밝혀두거니와, 나는 지금 이루어지고 있는 이 사회의 변화에는 이렇다 할 지분持分이 없다. 오히려 지금도 내가 섬뜩해하고 있는 것은 이런 변화를 이끌어내기 위해 자기 문학을 희생한 사람들의 그 엄혹하기 그지없는 지하검열地下檢閱이다."

19 夏目漱石, 『三四郎』, 岩波書店, 1975, 309쪽. 이 작품의 마지막에 산시로가 혼잣말로 길 잃은 양, 길 잃은 양을 되풀이하는 구절이 나온다.

20 양羊은 성경에서 500번 이상 언급될 정도로 많이 등장하는 동물이다. 양털의 하얀 빛깔은 순결을 상징(사사기 1 : 18, 요한계시록 1 : 14)하였고, 양털로 짠 옷감은 여러 가지 면에서 유용하게 사용되었다(레위기 13 : 47~48, 욥기 31 : 20). 또한 양은 중요한 희생 제물이었으며(레위기 1 : 10, 4 : 32), 십자가에 달린 예수도 하나님의 어린양이라고 불리웠다(요한복음 1 : 29, 요한계시록 5 : 6). 한편, 돼지는 나쁜 풍습(잠언 11 : 22), 모독(마태복음 7 : 6), 불결(베드로 후서 2 : 22)을 나타낼 때 쓰였다(아가페성경사전편찬위원회, 『아가페 성경전서』, 아가페출판사, 1992, 342~343쪽, 1138~1139쪽 참조).

『필론의 돼지』에서는 폭력을 결국 폭력으로 응징하는 것이 결과적으로 돼지가 암시하듯 불결하고 부정적인 이미지를 나타내고자 한 것으로 보이며, 「인간의 양」에서는 끝내 양처럼 자신을 방어하거나 폭력을 극복하지 못하는, 약하고 보잘것없는 존재로서의 지식인 '나'를 이야기하기 위한 상징어로 보인다.

또한 주인공의 시점을 모두 1인칭 관찰자 시점으로 하고 있으며 대학교육을 받은 '나'의 무기력하고 우유부단한 모습을 강조함으로써 지식인들의 한 단면을 이야기하려고 한 점 또한 유사하다.

2) 폭력대처의 두 양상

비슷한 상황에서 전혀 다른 결말을 보이는 것이 두 작품이 보여주는 양상이다. 나무의 밑둥을 잘라 나이테를 확인하면 그 나무의 역사와 생태를 알 수 있는 것처럼 어쩌면 이 두 작품을 통해 두 나라의 민족성의 일단을 살펴볼 수 있지 않을까 생각하게 된다.

그런데 이 두 작품의 주인공 '나'는 둘 다 대학교육을 받은 사람들이다. 그런데 이들 주인공들은 나약한 지식인상을 그대로 드러내고 있다. 『필론의 돼지』에서의 '나'는 폭력이 폭력을 낳고 각반병사들이 잘못하다가는 죽을지도 모를 지경에 이르렀을 때 자기 내면의 목소리를 듣는다.

> 제대병들은 이미 제정신이 아니었다. 살기 등등한 그들을 보며 그는 문득 섬뜩한 상상에 빠졌다. 만약 이 검은 각반들이 죽는다면?
>
> 만약 이들을 진실로 죽여야 할 대의가 있다면, 그에게도 동료 제대병들과

함께 살인죄를 나눌 야심과 용기는 있었다. 그러나 이미 그곳을 지배하는 것은 눈먼 증오와 격앙된 감정이 있었을 뿐, 대의는 없었다.

—『필론의 돼지』, 90쪽

그러나 그는 대의 없는 이 소동의 와중에서 벗어나기를 선택했다. 그가 날뛰는 동료들 사이를 조심스럽게 빠져나와 그 객차를 벗어날 즈음 한 떼의 헌병들과 호송병들이 호루라기 소리를 내며 난동 중인 객차로 들어가는 것이 보였다.

한편 「인간의 양」에서의 '나'는 직접 린치를 당하는 대상이다. 그러나 끝내 저항 한번 하지 못하고 끝없이 뒷걸음질만 치는 나약한 지식인의 전형이다. 물론 피해자로 설정된 무리들이 한쪽은 제대병사들이고 한쪽은 민간인들이라는 점에서 반응의 양상이 달리 나타난 점도 있을 수 있다. 그러나 버스 안의 승객들 역시 노동자, 교사, 학생 등 힘과 정열이 있는 구성원들이라는 점에서는 '저항불가항력'은 설득력이 없다.

기차 안(한국)의 경우는 처음 어느 정도까지는 참고 인내한다. 그리고 부당한 힘의 행사에 복종하고 단지 자신에게 피해가 가지 않으면 그것으로 괜찮다는 인식을 가진다. 그러나 자신에게까지 피해가 미칠 때는 결국은 집단으로 뭉쳐서 끝내 저항하는 모습으로 나타난다. 이것은 동학농민혁명이나 광주민주화운동 등에서 볼 수 있듯이 폭압과 압제에 대해서 인내의 한계를 느낄 경우 자신이 희생될 수 있음을 알고도 저항하는 민족정신의 일단이라고 볼 수도 있다.

한편 버스(일본)에서 빚어진 상황은 어쩌면 기차 안에서 벌어진 상황(약간의 돈을 요구하는)보다는 훨씬 치욕적이고 비참한 경우이지만 아무도 저항하지 않는다. 승객 중에서 한마디의 저항을 하는 사람이 없는 것은 물론이고 차장은 도망을 가고 운전사마저 린치를 당하는 데도 상황을 개선하려는 움직임은 없다. 사후에 발버둥을 치지만 그러한 저항마저 소극적이다.

일본은 카마쿠라鎌倉 막부 이후 국가의 통제에 의해서 직업이 정해질 정도로 개인의 자유가 억압된 사회구조에서 살았다. 국가에 대한 저항은 곧 죽음이었다. 이러한 상황에서 살아온 민족성 속에 국가라는 거대한 힘 앞에 개인은 감히 저항할 수 없는 것이 당연한 것으로 받아들여졌던 것으로 생각된다.

두 작품은 당시의 시대상황을 잘 보여주는 축도라고 볼 수도 있다. 1980년대 민주화 시대에 군사정권의 폭력에 맞선 광주민주화운동을 이 작품과 연관 지을 수 있다면 일본의 경우 미군이 점령군으로 있을 무렵의 지식인의 자괴감을 표현한 것으로 볼 수 있기 때문이다. 이것은 오쿠노奥野의 다음과 같은 말로도 잘 알 수 있다.

> 버스 안에서 바지가 벗겨지고 설설 기어야만 하는, 그것은 곧바로 반미운동으로 연결짓지 못하고 자신의 내부에서만 그 고통과 비참함을 감내해야 하는 비참한 체험을 상징적으로 말한다. 이것은 문학으로밖에 쓸 수 없는 피점령 하의 진실이다.[21]

21 奥野健男, 「解説」, 大江健三郎, 『昭和文學全集』, 角川書店, 1963, 472쪽.

3) 작품 전개의 구조

두 작품은 크게 나누어 기승전결의 구조로 되어 있다.

작품 전개의 전체적인 구조는 귀향, 또는 귀가를 위한 평화로운 공간인 기차와 버스 안에 술에 취한 군인들이 난입함으로써 그 평화가 깨어지는 것이 기起, 다음으로 '노래'와 '린치'가 합쳐져 풍자적인 모습을 연출하는 것이 승承, 폭력에 맞서는 적극적인 모습과 소극적인 모습의 전개가 전轉, 그리고 행동이 없는 지식인의 나약한 모습으로 마감되는 결結로 되어 있다.

5. 비교문학적 전용

1인칭 관찰자 시점으로 전개되는 두 작품은 작품 설정에 있어서 버스와 기차라는 제한된 공간, 가해자가 군인이라는 것, 폭력의 양상 등 여러 가지 점에서 유사한 방식을 취하고 있다. 『필론의 돼지』에서는 자신들이 당한 것보다 더 강한 보복으로 끝을 맺지만 「인간의 양」에서는 린치를 당한 것보다 그 사실이 알려지는 것을 더 두려워하는 모습을 보이고 있어 결말에 있어서는 서로 다른 양상으로 나타나 있다.

한편, 두 작품의 주인공들이 모두 대학교육을 받은 지식인이라는 점도 시사하는 바가 있다. 생각만 있을 뿐 실천이 따르지 않는 지식인의 속성의 한 모습을 풍자하려는 작가의 의도가 이러한 인물을 주인공으로 내세운 것으로 보인다.

〈표 8〉「필론의 돼지」와 「인간의 양」의 구조 비교

폭력의 전개 양상			
	『필론의 돼지』	「인간의 양」	의미
기	제대병사들이 탄 기차에 술에 취한, 각반을 착용한 병사들이 난입	하루를 마감하고 쉬기 위해 집으로 향하는 버스에 술취한 외국병사들이 난입	평화로운 질서의 파괴, 술, 병사
승	노래를 부른 다음, 노래를 들은 삯이라며 돈을 내기를 요구. 돈을 내지 않거나 동전을 내는 경우는 폭력을 행사. 저항하려는 움직임은 있으나 순순히 징수에 순응.	외국병사들이 칼을 들이대며 콧노래를 부르다 학생인 '나'를 비롯한 뒷좌석 승객들의 바지를 벗기고 수치를 자극함. 칼이 무서워 순응.	'노래'와 '린치'가 합쳐져 풍자적인 모습 연출
전	인내의 한계를 경험한 다수가 결집하여 폭력으로 응징하기 시작. 각반 병사들, 유리조각을 들고 저항.	외국병사들이 버스에서 내린 후 교사와 '나'는 외국병사들을 고소하기 위해 파출소로 향함.	폭력에 맞서는 방법의 두 양상.
결	각반병사들이 초주검의 상태로 집단 폭력을 당하게 되고 '나'는 조용히 다른 객차로 이동하며 헌병과 호송병들을 바라봄.	교사는 이름을 밝히고 그들을 고소할 것을 주장하지만 끝내 자신의 이름을 밝히지 않고 '나'는 파출소의 문을 나섬.	행동이 없는 지식인의 나약함.
결말	소수의 폭력을 다수의 폭력으로 마감	폭력의 정당한 응징보다는 수치당하는 것을 더 두려워 함.	폭력의 응징 방법이 대조적.

『필론의 돼지』에서는 폭력에 대처하는 방편으로 결국 폭력을 선택하는 것은 제목의 '돼지'가 암시하듯 불결하고 부정적인 이미지의 '지식인'의 상징이라고 볼 수 있으며, 한편, 「인간의 양」에서는 끝내 양처럼 자신을 방어하지 못하는, 약하고 보잘것없는 존재로서의 지식인 '나'를 이야기하기 위한 상징어로 '양'을 내세운 것으로 보인다.

다음으로 두 작품을 비교하면서 양국 민족성의 일단을 살펴볼 수도 있었는데 한국의 경우는 힘을 지닌 소수에게 굴종하다가 그 인내의 한계에 봉착하면 집단의 힘으로 저항하는 모습을 볼 수 있었다. 그런데 그 양상 역시 힘을 지닌 소수가 행했던 방식과 거의 유사한 것으로 나타나는 경향을 보인다. 한편 일본의 경우는 권력에서 나오는 힘에 대해서 다수는 그 힘을 인정하고 끝내 굴종하고 만다는 점이다. 이러한 논의에 대해서는 좀 더 구체적인 사회적, 역사적 연구가 필요하다고 생각한다.

한편, 『필론의 돼지』와 「인간의 양」은 30년 정도의 시간차가 있으므로 비교문학적 '변형과 발전'의 관점으로 볼 때 이문열이 오에 켄자부로의 작품에서 영향을 받았을 개연성은 존재한다. 그러나 이에 대해서 현 단계에서는 아직 확인된 바가 없어 좀더 연구할 필요를 느끼며 추후의 과제로 남겨둔다.

이상의 내용을 도표로 정리하면 〈표 9〉와 같다.

〈표 9〉「필론의 돼지」와 「인간의 양」 상징성 비교

	『필론의 돼지』	「인간의 양」	의미
시간	군사정권의 막바지 무렵	미군이 점령군으로 있던 시절	권력이 군인에 의해 좌우되던 때
공간	제대병사들이 탄 기차	귀가하는 교사, 노동자, 학생 등이 탄 버스	귀향, 귀가를 위한 수단이며 평화로운 공간인 기차와 버스
가해자	술에 취한 병사들	술에 취한 외국인 병사들	군기를 생명으로 하는 군인들의 횡포
피해자	제대병사들	학생, 노동자 등	고단한 삶을 쉴 수 있는 집(고향)으로 회귀하는 사람들
관찰자	'나'(대학을 졸업한 지식인)	'나'(대학생)	1인칭 관찰자 시점
상징	돼지(폭력에 대한 폭력으로의 되갚음 → 부정하고 불결함)	양(폭력에 대한 불가항력의 양상 → 무기력한 지식인)	머리는 있으나 행동이 없는 나약한 인간을 상징

제3장

영향과 수용

『사람의 아들』과 『사선을 넘어서死線を越えて』

1. 수용의 방법

이문열의 『사람의 아들』(1979)과 가가와 도요히코賀川豊彦의 『사선을 넘어서死線を越えて』(1948)는 기독교 사상을 실천신학적 차원에서 접근한 소설로 비교연구의 대상이라고 생각한다.

기독교 신의 존재와 그 의미에 대한 의문은 오랜 세월 동안 문학에서 다루어진 가장 주된 주제의 하나였다. 그것은 "신은 과연 존재하는가?"라는 본질적인 질문에서부터 신이 존재한다면 이 세상의 부조리와 비극, 인간의 절규를 외면하는 신을 어떻게 받아들일 것인가에 대한 질문으로 이어졌고, 나아가 신에 대한 부정으로까지 연결되기도 했다. 이러한 성찰은 때로는 실천신학으로, 해방신학으로 그 해석을 달리하였으나 그 테두리는 기독교 신앙의 영역을 벗어나지는 않았다.

이 가운데 여기에서 다루고자 하는 두 작품은 기독교를 실천적인, 행동적인 면에서 주목한 작품이다. 『사람의 아들』은 1973년 중편으로 나왔고 1979년에는 장편으로 발표되었다. 이 시대는 박정희의 유신정권이 최고조에 달해 민중의 숨통을 죄고 있던 암울한 시기였다. 이 소설은 부조리한 사회현실과 민중들의 고단하고 지친 삶을 배경으로 한다. 한편 『사선을 넘어서』는 1920년에 초판이 나왔으며 일본이 패전한 후인 1948년 개정판이 나왔다. 초판이 나왔을 당시도 그랬지만 패전 이후의 상황 역시 다르지 않았는데 이 시기 빈민들의 삶은 이루 말할 수 없을 정도로 고통스러웠다.

두 작품 모두 민중이 고난을 받던 시기에 나온 작품이라는 공통점이 있는 한편으로 『사람의 아들』에 작가 가가와 도요히코가 두 번이나 언급되고 있으며 또한 이문열의 『사람의 아들』에 『사선을 넘어서』가 직접 언급되고 있는 것으로 보아 이문열이 『사람의 아들』을 쓸 때 가가와의 『사선을 넘어서』를 읽고 이에 영향을 받은 것은 분명해 보인다.

두 작품은 실천신학의 적용과 기독교 신앙의 재해석이라는 공통적 작품 경향을 보이고 있을 뿐 아니라 작품의 영향 관계도 분명하므로 비교문학적 연구[1] 대상으로 적합하다는 생각이다. 여기서는 먼저 사상적 경향

1 이문열의 『사람의 아들』 작품 연구 가운데 김창민의 「로아 바스또스의 『사람의 아들(*Hijo de hombre*)』과 이문열의 『사람의 아들』 비교연구」(『이베로아메리카연구』 19-1, 서울대 라틴아메리카연구소, 2008)가 주목을 갖게 한다. 비교문학적으로 연구한 이 논문은 두 작품의 제목이 일치하고 비슷한 시대상황에서 서술된 작품이라는 점, 구원의 문제를 다루고 있다는 점, 액자소설의 형식 등 서술 기법에서의 유사성을 연구의 대상으로 하였으나 두 작품 간의 직접적인 또는 간접적인 영향 관계는 찾기 어려운 것(65쪽)으로

성을 중심으로 작가의 삶을 살펴보고 작품의 내용을 들여다 본 다음 작품의 영향 관계를 밝히고자 한다. 그리고 기독교의 실천문학적 차원에서 인간 구원의 문제를 접근하는 방식에 대해서도 비교해보고자 한다.

2. 비교의 대상

1) 이문열과 『사람의 아들』

이문열은 흔히 '관념적 보수주의' 또는 '허무적 낭만주의'라는 평단의 평가와 함께 한국문학사에서 유교적 보수주의 이념을 대표하는 작가로 인식되고 있다. 그의 보수적 성향은 민중문학이 주류를 형성했던 1980년대부터 현재에 이르기까지 여전히 논란의 대상이 되고 있으며 그의 우右 편향적 언행은 많은 적을 갖게 하기도 했다.

『사람의 아들』은 작가 이문열이 사회와 인간에 대해 어떠한 관점을 가지고 있는지에 대한 하나의 단초가 될 수 있다는 점에서 좋은 자료가 되고 있다. 이 작품을 통해 작가가 현실을 어떤 안목으로 바라보고 있으며 그의 세계관은 어떠한지를 좀 더 세밀하게 들여다 볼 수 있기 때문이다.

이남호는 이 소설을 현실에 대한 작가의 태도와 함께 인간의 정의를 실현하고자 하는 현세 지향적인 작가의식의 한 단면을 보여준 것으로, 다음과 같이 평가했다.

결론짓고 있다.

> 종교문제를 다룬 듯한 소설이면서도 실제로는 사회문제에 궁극적 관심을 두고 있는 소설로서, 그에 합당한 독법을 요구하고 있는 것으로 보인다. 이는 이 작품이 구원보다는 정의를, 그리고 신의 논리보다는 인간의 논리를 계속 추구하고 있음을 상기할 때 더욱 그러하다. (…중략…) 『사람의 아들』은 아무도 정의의 실현에 관심을 두지 못하는 상황 속에서, 신에게까지 도전하며 인간의 정의를 실현하고자 함으로써 우리 시대의 삶에 근본적인 의문을 제기한 소설이다.[2]

민요섭과 조동팔의 행적을 통해 작가는 자신이 추구하는 바람직한 기독교 정신은 눈에 보이지 않는 천상에서의 구원이 아니라 우리가 발붙이고 살아가는 현실세계에서의 구원을 성취함에 그 목적을 둔 현세적 가치의 기독교라는 것을 암시하고 있다. 구호와 신념으로만 존재하는 허상의 종교가 아닌, 시대의 문제에 반응하고 현실의 부조리에 능동적으로 대처할 줄 아는 실체적 종교로서의 기독교를 역설하고 있는 것이다.

이처럼 이문열이 예수의 탄생이라든가 카인의 살육 등, 기독교의 전승을 곧이곧대로 받아들이지 않고 재해석하고 재창조한 이면에는 현실에 개입한 신의 공의와 섭리가 과연 정당한 것인가라는 신정론적 회의의 연장선에 서 있기 때문이다. 그 누구도 인간사회의 정의 실현을 담보하지 못하고 있는 시대 현실, 그리고 그토록 부조리한 현실 앞에서 여전히 침묵하고 있는 신의 정당성은 작가에게 있어서 도저히 납득할 수 없

2 이남호, 「신의 은총과 인간의 정의」, 이문열, 『사람의 아들』, 민음사, 1987, 273~285쪽.

는 의문투성이였던 것[3]이다.

한때 고시공부도 하였으며 글쓰기를 즐겨했던 D경찰서의 남 경사는 기도원 근처에서 발생한 피살사건을 수사하게 된다. 이 과정에서 피살자가 민요섭이며 그가 외국인 선교사의 양자로 자랐고 성적도 우수한 신학도였으나 이단적인 행동을 함으로써 학교를 떠났다는 사실을 알게 된다. 그 뒤 민요섭은 명문 고등학교의 우등생이었던 조동팔의 집에 기거하게 되는데 조동팔은 민요섭의 영향을 받아 실천적 종교사상에 매료된다. 민요섭의 사상을 추종하던 조동팔은 급기야 가난한 자들을 돕기 위해서라면 살인도 마다하지 않는 극단적인 행동주의자로 변모하고 만다.

민요섭의 살인사건을 탐문해가던 남 경사는 민요섭이 쓴 소설 형식의 일기를 통하여 민요섭과 조동팔이 추구하던 기독교 부정의 신념을 어느 정도 이해하게 되는데 민요섭의 글은 예수와 동시대의 인물로 부모에 의해 훌륭한 랍비가 되도록 양육되는 아하스 페르츠라는 인물에 대한 탐구로 쓰여져 있다. 아하스 페르츠는 성경에는 나오지 않고 외경外經으로만 전해져 내려오는 인물로, 작가는 이 전설상의 인물을 소설 속에서 재창조한 것이다. 아하스 페르츠는 민요섭의 정신적 방황을 대신 형상화한 인물인데 그는 여러 가지 갈등과 회의 끝에 기독교적 신념을 포기하고 긴 순례의 길을 떠나지만 그 과정에서 진정한 신을 찾지 못하고 돌아온다. 그 후 야훼가 인간을 비참한 삶에서 구해주지 않고, 자유와 죄의식을 심어 인간을 고통 속에 빠뜨리는 이유에 대해서 예수와 여러 차

3 차봉준, 「한국 현대소설에 형상화된 신의 공리와 섭리」, 『문학과 종교』 14-2, 한국문학과종교학회, 2009, 130쪽.

례 논쟁한다. 그리고 유다를 부추겨 예수를 고발하게 하고 예수의 최후를 지켜보다가 방랑의 길을 떠난다. 『사람의 아들』은 민요섭의 살인사건이라는 큰 줄거리 속에 아하스 페르츠의 전기를 삽입하여 작가가 말하고자 하는 바를 드러낸 액자소설의 형식을 취하고 있다.

남 경사는 지루하고 끈질긴 수사 끝에 조동팔의 거처를 알아낸다. 그리고 그에게서 민요섭을 죽인 배경과 경위를 듣는다. 조동팔은 민요섭이 기독교로 회귀하는 모습을 보이게 되자 자신의 실천적 행동주의가 희석되는 것이 두려웠다고 말한다. 조동팔은 자신의 신념을 유지하기 위해 민요섭을 죽였다고 자백하고 음독자살한다.

2) 가가와 도요히코와 『사선을 넘어서』

가가와 도요히코(1888~1960)는 『사람의 아들』에 직접적으로 등장하는 인물로, 작품의 이해를 돕기 위해 작가가 살아온 인생 역정에 대해 구체적으로 살펴보는 것이 작품을 이해하는 데 도움이 된다고 생각한다.

가가와는 코베神戸신학교와 미국 프린스턴대학 신학부를 졸업하였으며 일본기독교 순회목사를 역임하였다. 그는 빈민구제에 힘썼으며 기독교 작가이자 사회운동가이기도 했다. 청년 시절 영어를 배우기 위해 성경반에 들어간 것이 계기가 되어 그리스도교도가 되었으며 그 뒤 일본과 미국에서 신학을 공부했다. 일본으로 돌아온 뒤 노동운동 및 사회복지사업에 뛰어들었고 코베의 빈민가에 들어가 살았다. 이 때의 생활 모습이 『사선을 넘어서』에 고스란히 담겨져 있다. 남자 보통선거권 쟁취운동에도 참여하였는데 이 선거권은 1925년 입법화되었다. 일본 노동조합 총동맹의 결성을 돕는 등 노동운동에 관여했다는 이유로 1921년과 1922년, 두 차례에 걸쳐 투옥되기도 하였는데 이 때 발표한 소설 『사선을 넘어서』와 『태양을 쏘며』는 베스트셀러가 되기도 했다. 석방된 뒤에는 일본과 외국의 주요 도시에서 대대적인 복음 선교운동을 지도하기 시작했다. 평화주의자로 1928년 전국반전동맹을 결성하였으며 1940년 일본의 중국 침략에 대해 중국 측에 사과했다는 이유로 체포되기도 했다. 이듬해 전쟁을 막기 위해 다른 사람들과 미국으로 건너갔다가 제2차 세계대전 뒤 일본으로 돌아와 여성 참정권 쟁취운동을 지도했다.

1922년 스기야마 모토지로杉山元治郎와 함께 일본농민조합을 설립하고 본격적으로 농민운동에 착수했고 1920년대 후반 이후로는 사회운동에서 종교운동으로 비중을 옮겨갔다. 1929년 일본기독교연맹의 특별협의회는 가가와의 주도로 '신의 나라 운동'을 의결했는데 가가와는 이때 '백만인의 구령救靈'을 목표로 해서 1932년까지 전국을 전도하기 위해 순회했다. 또 미국, 중국, 유럽 등 세계 각국에서 강연활동도 했다. 제2차 세계대전 때는 국제전쟁 반대자동맹에 속했는데 1943년 11월 헌병대에서 취조를 받은 뒤에는 이 연맹에서 탈퇴하였다. 태평양전쟁이 끝나갈 무렵에는 많은 종교인들과 마찬가지로 전쟁에 협조적인 자세를 취해 오점을 남기기도 했다.

그의 약력에서 드러나듯이 그의 삶은 노동자, 빈민, 약자를 위하는 헌신적인 삶이었고 그것은 기독교의 실천신학적인 바탕에서 이루어졌으며 그의 자전적 소설인 『사선을 넘어서』에 그것이 잘 드러나 있다.

니이미 에이치新見榮一라는 스물두 살 젊은이의 지적 방황으로 소설은 시작된다. 그는 철학적 사변에 심취한 한편 사회주의와 기독교가 부패한 세상을 변화시킬 대안이라는 생각을 가지고 있다. 특히 기독교는 그에게 사회개혁의 가장 힘 있는 해결책으로 기대를 갖게 하고는 있지만 기존 기독교의 현세주의, 귀족주의, 개인 사유재산주의, 도둑놈주의의 딱딱하고 융통성 없는 종교로 만족하는 모습은 그가 참된 기독교인이 되는 것을 가로막고 있다.

이런 사상적 혼란에 더하여 첩의 아들로서 겪어야 하는 가정적 불화, 특히 아버지와의 잦은 충돌은 마침내 에이치를 정신적 파산지경으로 몰아간다. 삶의 목적을 상실한 그에게 매일 매일의 삶은 지겨움의 연속일 뿐이며, 심지어는 '사는 것이 무섭다'고 느낄 정도이다. 그는 힘든 육체노동 속에서 오히려 노동의 신성함과 종교적 감정까지 느끼게 되는데, 이는 그가 나중에 자신의 삶을 가난한 사람들과 함께 하겠다고 결심하는 데 중요한 동기가 된다.

대학을 중도에 포기하고 고향으로 돌아온 뒤 힘겹게 살아가던 중 갑작스러운 아버지의 죽음을 맞게 되고 또 자신의 건강 상태가 극도로 악화(그는 폐결핵을 앓고 있었다)되자 지금까지 알고는 있었지만, 믿지 못했던 기독교 신앙을 전적으로 받아들이게 된다. 에이치는 죽음을 넘나드는 최악의 상황에서 오히려 신앙의 확신을 갖게 되면서 신이 그에게 위탁한 어떤 과업, 즉 빈민구제 사업을 통해서 예수의 정신을 발휘해 보고 싶다는 생각을 갖게 된다. 그리고 빈민굴에서 그들과 함께 일생을 보내겠다는 다짐을 하고 그들 속으로 들어가는데 폐결핵 환자인 그이지만 성스러운 이 일을 하는 동안은 결코 그에게 죽음은 찾아오지 않을 것이라는 확신도 가지고 있다.

기독교 신앙으로 거듭난 에이치는 자신의 남은 삶을 어려웠던 정신적 방황기에 직접 경험했던 가난한 사람들의 비참한 생활을 개선하기 위한 빈민선교에 바치기로 결심하고 빈민굴로 들어간다. 그 속에서 그는 가난한 사람들의 삶에 대한 진지한 열정, 넉넉한 인간적 여유에 깊이 감동받으면서 이전의 관념적 방황을 벗어난 실천적 신앙인으로서 서서히 그들과 하나가 되어 간다.

3. 『사람의 아들』에서 보이는 『사선을 넘어서』의 영향

이문열의 소설 『사람의 아들』이 가가와 도요히코의 『사선을 넘어서』의 영향을 받은 것은 이 소설 속에 가가와 도요히코가 구체적으로 두 번 언급되어 있는 것에서 확인된다. 가가와 도요히코라는 이름은 이 소설에서 남 경사가 민요섭을 추적하는 과정에서 나온다. 민요섭을 소중한 제자로 아꼈으며 민요섭이 학교를 떠났을 때 다른 누구보다도 아쉬워했다는 배 교수를 남 경사가 만났을 때 그의 진술에서 가가와 도요히코가 나오는 것이다.

신앙이 언제나 지식과 일치하는 것은 아니지요. 신앙보다 지식의 추구에 더 몰두했던 그는 곧 지쳐 버리고 말았오. 그리하여
가가와와 함께 나가더니 오피테스의 꼬리를 달고 돌아온 거요.
우리는 그를 받아들일 수 없었오. 그가 지적知的으로는 아무리 우수한 학생일지라도 교의敎義의 근간根幹을 흔들어대는 것은 용납할 수 없었기 때문이지

요. 그러자 그는 화를 내며 이곳을 떠난 뒤 다시는 돌아오지 않았오.[4]

배 교수의 말에서 처음으로 등장하는 가가와는, 물론 『사선을 넘어서』의 작가 가가와 도요히코를 일컫는 말이다. 배 교수의 말을 남 경사가 제대로 이해하지 못하겠다고 말하자 배 교수는 쉽게 말하면 '급진과 이단'이라고 설명할 수 있다고 하면서 좀 더 구체적으로 가가와 도요히코에 대해서 언급한다.

> 가가와 도요히코는 일본의 실천신학자實踐神學者이자 사회개혁 노동운동가, 복음전도사에 작가이기도 한 사람이오. 귀족 가문에서 태어나 크리스찬이 된 까닭에 가문으로 절연당하기까지 했으나 굴하지 않고 자신의 신앙을 지켰지요. 고학으로 코베 신학대학을 나오고 프린스턴 신학대학에 유학을 하기도 했어요. 스물 한 살 때 유학에서 돌아온 뒤에는 신가와의 빈민굴로 들어가 노동운동을 시작했으며 코베항만파업을 지도하기도 하고 농민조합운동, 협동조합운동을 주도한 적도 있소. 2차대전때는 일본의 대륙침략을 중국에 사과하다 헌병대에 의해 투옥되는가 하면, 『사선死線을 넘어서』란 소설로 문명文名을 떨친 일까지 여러 가지로 놀라운 사람인데 — 민요섭은 아마 그의 실천신학에 경도傾倒됐던 것 같소
>
> —『사람의 아들』, 27~28쪽

가가와 도요히코의 삶에 대해 비교적 상세하게 설명하면서 그의 자전

4 이문열, 『사람의 아들』, 민음사, 1987, 27쪽(이하 책 이름 및 쪽수만 표기).

적 작품인 『사선을 넘어서』에 대해서도 언급하고 있다. 가가와의 삶과 그의 실천신학적 성격, 그리고 그런 그의 삶에 바탕을 둔 그의 작품이 언급되고 있는 것이다. 가가와는 신학을 전공한 목사였을 뿐만 아니라 기독교의 사랑을 직접 실천하는 삶을 살았던 인물이다. 그는 직접 빈민굴에서 빈민들과 함께 살았으며 여공 하루ハル와 결혼을 하기도 했다. 그녀와는 빈민굴에서 만나 코베의 교회에서 간소한 결혼식을 올렸는데 그의 아내가 된 하루는 15살에 식모가 되기 위해서 상경한 여성이었다. 가가와는 빈민굴에서 하층의 빈민들을 초대해서 호화로운 피로연을 열고 하층민들에게 후한 대접을 했다. 그는 이 자리에서 "나는 여러분의 하녀를 아내로 맞았습니다. 여러분들의 집에서 아이를 낳거나 일손이 부족할 때는 언제라도 불러주세요"라고 말해 자신의 아내가 빈민들을 받드는 사람임을 알렸다.

한편, 가가와의 삶의 이력 속에서 특히 이문열도 주목한 '항만파업'에 대해서 이와 비슷한 내용이 『사람의 아들』에도 나오고 있다. 민요섭이 부두파업에서 일정한 역할을 해서 경찰의 취조를 받았다는 대목이 바로 그것이다.

> 그러던 조영감이 다시 민요섭을 의심하게 된 것은 그해 늦가을의 부두파업 때였다. 전에 없이 격렬하게 진행된 그 파업에서 어떤 역할을 했는지는 알 수 없었지만 어쨌든 민요섭은 그 파업과 관련돼 보름 이상이나 경찰의 엄한 조사를 받고 파김치가 되어 돌아왔다. 친하게 지내던 파출소장의 귀띔은 그가 파업을 주동한 노동자들 가운데 하나였을 뿐만 아니라 사상적으로도 의심스런 데가 있는 사람이란 것이었다. 해방 뒤 혼란기의 체험을 통해 파업

이니 노동쟁의니 하는 것은 빨갱이들이나 하는 것으로만 알아온 조영감이 라 그 같은 파출소장의 귀띔은 자못 충격적이었다.

—『사람의 아들』, 83쪽

이 대목은 코베의 항만파업을 주도한 가가와의 삶의 영향이 간접적으로 드러난 것으로 볼 수 있다. 가가와 도요히코는 이후에 다시 한번 언급되고 있는데 이를 통해 이문열이 『사람의 아들』을 쓰면서 『사선을 넘어서』를 참고하였고 이 소설의 저자인 가가와 도요히코의 삶에서 많은 영향을 받은 것을 확인할 수 있다.

이제는 기본적인 단어조차 아슴푸레한 영어라 알파벳을 하나하나 짚어 가며 그리다시피 적어 나가는 것이었지만, 그래도 저자의 이름들 중에는 낯익은 것이 몇 보였다. 더듬거려 맞추어 보다가 전에 민요섭의 일기에서 가가와 도요히코와 함께 자주 본 이름이라는 걸 알게 되었는데 칼바르트와 몰트만 같은 이가 그들이었다.

—『사람의 아들』, 89쪽

남 경사가 찾아간 조동팔의 집에서 아들을 찾고 있다는 부친이 남 경사에게 내민 보퉁이에는 조동팔이 읽었던 책들이 있었는데 이 책들은 비교종교학, 신비학 따위의 제목으로 무슨 책인지를 알아볼 수 있는 책들을 몇 권 빼면 대개 양서洋書였다. 그런데 이곳에도 가가와 도요히코가 다시 한번 등장하고 있다.

전반적으로 『사람의 아들』을 집필하는 데 가가와 도요히코와 그의 자전적 소설 『사선을 넘어서』가 적지 않은 영향을 미친 것은 분명해 보인다.

4. 실천신학의 적용

두 작품은 공통적으로 기독교를 실천신학적 관점으로 이해하려는 경향을 보인다. 기독교의 행동주의적 측면을 직접적으로 보여주는 인물로 설정된 민요섭에 대한 평가는 대조적이다. 먼저 남 경사가 만난 사람 중, 초로初老의 교회집사는 서슴없이 민요섭을 '사탄의 자식'이라고 부른다.

> 그는 양의 탈을 쓰고 우리 교회에 들어왔어요. 그리고 신성한 교회에서 남의 아내와 간음하고 하느님께 충실한 목자牧者의 뺨을 쳤지요. 뿐만 아니라 — 어둠의 자식들이 가진 간교한 지혜로 순진한 양들을 유혹했으며, 끝내는 그 양들을 이간시켜 교회 안에서 멱살잡이 난장판이 벌어지도록 만들었지요……
>
> —『사람의 아들』, 35쪽

그렇게 시작된 험구는 끝이 없었다. 그가 간음한 유부녀는 다름 아닌 그 교회장로의 젊은 후처였으며, 목자의 뺨을 쳤다는 것은 그가 '이단異端의 사설邪說에 빠져' 설교 중인 목사를 강단에서 끌어내리고 부린 행패였다는 것이다. 양들을 유혹하고 이간시켰다는 것은 교회의 재산문제에 개입하여 교인들에게 목사와 장로들을 모함한 일인데, 결국 그의 꼬임에 넘어간 일부 교인들은 교회신축을 둘러싸고 부정의 해명을 요구하며 들고 일어나 목사를 옹호하는 교인 측과 교회 안에서 패싸움까지 벌이게 되었다는 것이 그 집사의 설명이었다.

사건을 맡아 수사를 하다보면 수사 과정에서 대부분의 경우 어떤 인간의 점잖고 고상한 겉모습 뒤에서 추악하고 비천한 그림자를 찾아내었을 때 느끼게 되는, 그러면 그렇지 하는 확인의 쾌감과 까닭모를 안도를 남 경사는 느꼈던 것인데 그러나 이번에는 경우가 달랐다. 그 집사의 말에 웬지 동의할 수 없는 묘한 분위기가 있었던 것이다. 수사와는 무관하게 민요섭을 아는 또 다른 사람을 만나자 사뭇 다른 증언이 나왔다. 평신도인 그의 추억은 앞서의 집사와는 상반되는 내용이었다. 그는 민요섭에 대해서 조금 과격한 일면이 있기는 했지만 좋은 학생이었다고 기억하고 있었다.

> 교회 안의 싸움 문제요? 다른 건 몰라도 그때 그 목사에 관한 일이라면 나는 그 학생 편이에요. 외인外人에게 이런 말 하는 거 어떻게 생각될지 모르지만 그 목사 얼핏 보기에는 참 대단한 양반이었지요. (…중략…) 하느님의 성전聖殿을 늘리는 것만이, 그것도 크고 화려한 교회를 세우는 것만이 하느님의 충실한 종이 되는 길이라면 그는 확실히 하느님의 종 중에도 가장 충실한 종이었겠지요. 그러나 문제는 새로 지은 교회의 건물과 부지를 자기 앞으로 등기登記한 것입니다. 그것도 몇몇 교역자教役者를 매수하듯 해서 말입니다.
>
> —『사람의 아들』, 36쪽

이런 말을 들려준 집사는 나중에 알게 된 사실이라면서 그 전의 교회

둘도 그렇게 자신이나 부인의 명의로 되어 있다는 것을 덧붙여 말한다. 목사는 그 교회를 고용한 목사에게 맡기고 자신은 천막 하나만 둘러메고 또 이리로 와 교회개척을 시작한 것이라는 것이다. 말하자면 교회 개척은 그에게 아주 합법적인 치부의 수단이었다. 그쪽 두 교회에서는 새 교회의 설립에 쓴다는 구실로 겨우 생활급이나 될까 말까한 목사 월급과 최소한의 관리유지비만 남기고 들어온 헌금은 모조리 싹 쓸어올 수가 있고, 또 이곳에서는 이곳대로 아주 당당하게 헌금을 강요할 수 있기 때문이라는 것이 집사의 설명이었다. '하느님이 기거할 성전을 세우는 일인데 믿는 이 치고 누가 중하게 여기지 않겠는가?'라는 것이 집사의 말이었다.

민요섭은 목사에게 더할 나위 없이 공손하고 순종적이었다. 그러나 차츰 비판의 눈길로 목사의 행태를 지켜보기 시작하더니 마침내는 그가 한 짓에 대해 회개와 시정을 요구하기 시작했다. 목사가 한 짓을 교인들에게 공공연하게 털어놓고 동조자를 구하자 목사 역시 힘을 다해 대항하기 시작했다. 그러다가 '그 일'이 터지고 만 것이다.

바로 그 학생이 우리 동네에서 사라지기 얼마 전의 어느 일요일이었습니다. 그날도 목사는 또 예의 '사람이 빵만으로 사는 것은 아니요……'를 자신에게 유리하게만 끼워맞춘 설교를 하고 있었습니다. 좌석 앞줄에서 듣고 있던 그 학생이 강단 앞으로 달려나가더니 목사를 손가락질하며 소리쳤습니다. "집어쳐! 말씀이 우리에게 무얼 줄 수 있단 말이야? 기껏 너 따위에게 이용되어 당연히 우리 입에 들어가게 되어 있는 빵조차 가로챌 뿐이야!" 그러자 목사는 강단 위에서 "사탄아 물러가라!"고 외치더군요. 그 학생은 더 참지 못하고 강당 위로 올라가 목사의 멱살을 잡고 끌어내리며 그의 비위非違를 폭로했습니다. 목사도 지지 않고 버티며 그 학생의 간음을 들춰내고 — 우리도 그때 처음 들었지요 — 목사를 지지하는 쪽이 우르르 달려나가 그 학생을 끌어내리려하자 다시 그 학생의 말을 옳다 여긴 쪽이 달려나가 맞서고……. 사실 그렇게 되고 보니 교회는 엉망이 되고 말았습니다.

—『사람의 아들』, 38쪽

이후 패싸움이 일어났고 경찰이 개입하게 되면서 목사의 부도덕이 알려지게 되었다. 그러자 목사는 교회와 부지를 신도단에게 돌려주는 것으로 일을 매듭짓고 물러나 버렸다. 그 추악한 싸움에 실망한 교우들이 다른 교회로 흩어져버렸고 이 말을 들려주는 집사 역시 그 한 사람이었다는 것이다. 따라서 무턱대고 목사 편에 서서 그 학생만을 욕하는 것도 온당한 일은 아니라는 것이 집사가 말하고자 하는 결론이었다.

두 작품에는 기독교에 대한 다양한 부정적인 모습이 나타나 있다. 그런데 그 치부의 드러냄이 표면적인 데 머무는 한계를 보인다.

아하스 페르츠와 테도스와의 대화에서 실천신학적 차원에서 예수의 말씀은 미신에 불과하다는 표현이 나오기도 한다.

너는 어제 말씀은 우리에게 모든 것을 줄 수 있다고 했다. 그러나 너는 오늘 말씀은 우리에게 아무것도 주지 못한다는 것을 직접 보았다. 제관들과 율법사들이 아름답고 희망에 찬 말씀을 소리 높여 떠들고 있는 동안도 사람들은 고통받고 죽어가지 않더냐? 말씀은 주린 배를 채우지도 못했고 헐벗은 자를 입히지도 못했다. 사람을 죄와 주린 질병에서 보호하지도 못했으며 거기서

온 비참과 불행에서 더욱 무력했다. 지금 이 순간도 오늘 네가 본 수 천 수 만 배의 사람들이 말씀의 미신에 젖은 채 고통 속에 헛되이 죽어가고 있다.

—『사람의 아들』, 55쪽

그러면서 메시야의 세 가지 조건을 제시하고 있는데 그것은 '빵'과 '기적'과 '권세'이다. 이것은 '말씀의 육화肉化는 말씀 그 자체와 마찬가지로 우리에게 아무것도 주지 못한다'는 논리로 사탄이 예수를 유혹하여 광야에서 시험을 하였던 내용이기도 하다.

그걸 위해서는 오는 그는 반드시 세 개의 열쇠를 가지고 와야 한다. 첫째는 우리의 가엾은 육신을 주림에서 구해 줄 빵이며, 둘째는 우리의 나약한 정신을 죄악에서 지켜 줄 기적이며, 셋째는 맹목과 잔혹의 역사에 의義와 사랑의 질서를 강요할 수 있는 지상의 권세다. 이 셋 중 어느 것 하나도 빠지면 그는 결코 우리들의 메시야일 수가 없다.

—『사람의 아들』, 56쪽

조동팔이 원했던 기독교의 실천적인 해석은 결국 신이 중심이 된 종교, 내세가 추구할 대상이 아닌 현재 이 땅에 구현될 실천신학적 종교였다. 그러할 때 선은 존중되고 사랑과 자비는 장려받을 것이며 신이 기뻐해서가 아니라 그게 인간에게 이롭기 때문이며 신을 위한 종교가 아닌 인간을 위한 종교가 될 수 있기 때문이다. 악은 여전히 비난받고 미움과 다툼은 억제 받아야 한다. 그 또한 우리가 싫어해서가 아니라 그것이 인간에게 이롭기 때문이다.

조동팔이 추구하는 인간중심의 기독교는 십계명의 해석마저 신 중심에서 인간 중심으로 옮아간다. '사람을 죽여서는 안 된다. 그래야만 너희가 너희에게 죽음을 당하지 않을 것이므로. 도둑질하지 말라 그러면 도둑맞지 않으리라. 간음하지 말라 그래야만 너희 아내와 딸들이 정숙하게 남게 될 것이다. 이웃을 사랑하라 그러면 이웃도 너희를 사랑하리라.' 이 밖에도 더 많은 원칙들이 조동팔이 추구하는 종교에 있었다. 그것은 이미 낡은 계명이나 율법의 계속은 아니다. 위로부터 아래로 짐지워진 것이 아니라 아래로부터 위로 올려 세워진 합의인 것이다. 조동팔은 인간은 이미 지음 받는 순간에 이미 완성된 존재라고 생각했다.

> 그날에는 부질없이 하늘을 우러러 우리를 찾지 말아라. 우리는 땅 위에 너희를 세웠으니 구원도 용서도 땅 위에서 구하라. 진실로 이르노니, 너희를 억압하고 우리의 거룩함을 보탤 것은 아무것도 없다. 너희에게 빼앗아서 우리에게 더할 것은 아무것도 없으며, 너희를 낮추고서 우리를 높일 것 또한 아무것도 없다. 너희 고통 위에 우리 즐거움이 있을 리 없고, 너희 슬픔이 우리 기쁨이 될 리 없다. 너희를 가장 잘 섬긴 자가 곧 우리를 가장 잘 섬긴 자이며, 모든 것은 너희에게서 일어나고 너희에게서 끝나리라.
>
> —『사람의 아들』, 254쪽

결국 조동팔이 추구하는 종교는 지상의, 인간을 위한 종교이지 내세를 위한 것은 아니었다.

『사선을 넘어서』에도 실천이 따르지 않는 이상적인 말의 향연에 대해 비판적인 시각이 드러난 부분이 도처에 발견된다. 기독교계의 대학에

다니던 에이치는 크리스찬 친구 쓰가모토가 돈이 없어서 학교를 계속 다닐 수도 없고 기숙사에서도 나가야 할 처지에 놓이게 되자 친구들에게 기독교의 현실과의 괴리에 대해 언급한다.

> 기독교는 단지 교리뿐인가? 그냥 입으로 아멘 하고 떠들어대면 옷을 팔고 책을 팔아 쓰가모토에게 절실하게 필요한 돈을 마련해준단 말이야? 기억해 두게—자네들 크리스챤은 이미 쓰카모토라는 한 사내를 지하에 묻어버렸단 사실을.[5]
>
> —『死線を越えて』, 33쪽

그는 기독교계 학교에 다니다가, 말만 무성할 뿐 실천이 없는 친구들을 보면서 학업을 중단하고 귀향을 하고 말 정도로 기독교의 불합리하고 현실과 동떨어진 사상에 실망하고 있다. 그리고 사탄의 유혹을 이겨낸 예수의 시험에 대해 새로운 해석을 내어 놓는다.

> 그리스도가 탑 위에 올라가 사탄에게 '여기서 뛰어내려 보라'고 유혹 받았을 때, 뛰어내리지 않은 것은 비겁하다. 만일 뛰어내릴 용기가 있다면 나는 그의 앞에 무릎을 꿇을 것이다. (…중략…) 우리에게는 높은 탑 꼭대기에서 뛰어내릴 만한 용기가 없다. 그리스도가 만일 뛰어내렸다면 인간의 모든 문제는 모두 해결되었을 것이다. 인간이라면 인간으로 끝나는 것이다. 세계는 그리스도가 탑 꼭대기에서 뛰어내리지 않았기 때문에 헤매고 있는 것이다.

---

5 賀川豊彦, 『死線を越えて』, 社会思想社, 1983, 33쪽(이하 책 이름 및 쪽수만 표기).

그는 세계를 혼란스럽게 했다.

—『死線を越えて』, 103쪽

에이치에게 진정한 그리스도인은 자신이 가진 모든 것을 아낌없이 가난한 사람들에게 베푸는 사람이다. 곧 프란체스코 성인처럼 자신의 겉옷을 이웃에서 벗어주는 삶인데 에이치는 이런 삶을 직접 실천한다.

에이치는 셔츠도 바지도 벗고 훈도시 하나만 걸친 채 화로 앞에 앉았다. 노승도 옷을 벗었다. 두 사람은 얼굴과 얼굴을 마주보며 너털웃음을 지으며 잠시 말없이 잠자코 있었다. 바깥은 비가 밭은 소리를 내며 내리고 있다. 에이치는 "낭만주의자의 흉내를 낸, 다른 사람을 위해서 옷을 벗는다는 성인의 흉내를 내었다. 우리들도 성인이다"라고 웃으면서 그날 밤은 얇은 이불을 둘러쓰고 잤다.

—『死線を越えて』, 245쪽

빈민굴에서 자신이 가진 모든 것을 내어놓고 사랑을 실천하면서 살아가는 에이치는 기독교적 사랑으로 삶을 지탱하면서도 신을 부정하고 싶은 아이러니를 경험한다. 또한 자신의 삶은 선지자 에레미야처럼 눈물의 삶을 살아야 할 운명을 타고 태어난 존재인가 하는 고뇌의 연속이다.

그날도 그는 같은 저녁 무렵, 귤 상자에 갓난아기의 시체를 담아서 마루이丸井의 집으로 옮겼다. 이것을 본, 에이치는 심각하게 우울해졌다. 그리고 갑자기 빈민굴과 그 무시무시한 죄악이 싫어졌다. 그는 절망적으로 비명을 지르면서 신을 저주하고 싶다고 생각했다. 신은 사랑이 아니다, 시커먼, 절망과 죽음과 가난의 창조주라고 매도하고 싶었다.

—『死線を越えて』, 344쪽

"왜, 나는 이렇게 고뇌할 수밖에 없도록 생겨난 것인가?"라고 에이치는 불빛이 밝은 모토마치 부근에서 어둠침침한 신가와로 돌아오는 길에서 그렇게 생각했다.

"나는 에레미야와 같이 울기 위해서 생겨난 것일까? 나 자신을 위해서 울다 울다 지치면 다른 사람을 위해 울지 않으면 안되는 것이다. 그러나 잘못된 세상에는 나와 같은 자가 아무리 번뇌하더라도 노력하더라도 아무런 쓸모가 없는 것이다."

—『死線を越えて』, 348쪽

그는 현재의 사회구조에 대해 강한 불만을 가지고 사회의 변혁을 기대한다. 그는 사회개혁의 시기를 기다리면서 자신이 해야 할 몫을 담담하게 실천해나가기로 했다. 오늘날 부자의 썩은 도덕 대신에 새로운 크리스찬의 도덕을 만들겠다고 다짐했다. 그는 빈민굴에서도 복음을 전하면서 프란치스코 성인과 같이 자신이 가진 모든 것을 나누어주는 삶을 실천하기로 한 것이다. 그는 십자가의 길은 빈민굴의 땅바닥에 있다고 생각했다.

에이치는 토미다도, 하야시도, 우에키까지도 존경했다. 그들에게도 어떤 면에서 사랑받을 점이 있다는 것을 알게 되고 에이치는 그것을 존경한 것이다. 그는 빈민굴의 모든 거지, 모든 매음녀들을 존경했다. 그들이 인간으로서의 소중한 실재를 지니고 있는 이상, 그는 설령 그것들이 사람들이 그릇된 방향을 취하고 있다고 말할지라도 또 회개할 시기를 주어야 할 인간으로서 존경한 것이다. 즉, 지금 에이치에게는 구세주로서 세상에 강림한 예수의 자각이 들어 있었던 것이다.

—『死線を越えて』, 364쪽

에이치는 코베경찰서의 요시찰인명부에 오르게 되어 경찰서에서 취조를 받는 일도 자주 있었다. 이 대목 역시 『사람의 아들』에서 조동팔이 경찰의 감시 대상이 되어 있는 것과 흡사하다. 그런데 에이치는 경찰의 취조에서도 당당하게 자신은 기독교 사회주의자라고 밝히면서 좀 더 분명히 말하자면 예수주의자라고 말해 자신의 실천적 삶의 바탕은 기독교임을 분명히 한다.

나는 기독교 사회주의자이다. 그러나 그것과 동시에 무저항주의자이다. 빈민굴로 온 것은 빈민의 구제와 감화를 위해서이다. 그러나 걱정할 것 없다. 노동자를 존경하고 빈민을 구제하려고 하는 내가 사람을 죽이거나 하는 일은 결코 하지 않을 것이니까 안심해도 좋다. 나는 모든 사람을 존경한다. 노동자도 예외는 아니다. 그래서 나는 기독교사회주의자라기보다는 오히려 예수주의자라고 부르는 편이 나을 것이다.

—『死線を越えて』, 463쪽

5. 현세를 위한 실천 중심의 기독교 지향

기독교의 사랑의 실천, 천국에 소망을 둔 삶의 자세는 과연 이 시대의 현실에서 무엇을 할 수 있을 것인가? 이러한 의문에서 출발한 두 소설 『사람의 아들』과 『사선을 넘어서』는 두 작품이 공통적으로 암울한 시대에 나왔고 그 해결의 한 모색으로 작품이 전개된다는 점에서 공통점을 지니고 있다. 그리고 그러한 사상에 기반을 둔 주인공을 설정하여 민중 속에서 그것을 직접 실천하는 모습을 보여줌으로써 이러한 시대에 기독교는 어떤 자세를 지녀야 하는지에 대해서 말하고자 했다.

다만, 한 쪽은 그 실천이 살인이라는 비극적 결말로 끝이 나는 설정으로, 다른 한 쪽은 경찰의 내사를 받기는 하지만 빈민 속에서 자신의 모든 것을 내려놓은 채 실천하는 삶으로 이어진다는 것에서는 다소간의 차이가 있다.

또한 기독교 신의 침묵과 현실 외면에 대해서는 비슷한 목소리를 내고 있고 그것은 종교는 내세를 위한 것이 아니라 현실에 적용될 때 참된 가치를 지닐 수 있다는 바탕에 있다고 주장하는 점 역시 공통적이라 할 수 있다.

이문열의 『사람의 아들』이 가가와 도요히코의 『사선을 넘어서』의 영향을 받은 것은 분명하다. 가가와의 작품이 이문열에게 『사람의 아들』을 쓰게 한 계기가 된 것인지는 분명하지 않으나 적어도 가가와가 추구한 기독교의 실천신학적 적용에 관해서는 영향 관계가 명확하다고 할 수 있다. 그것은 『사람의 아들』 속에 가가와 도요히코가 두 번이나 등장하고 있고 가가와의 삶이 비교적 상술되어 있는 것에서도 확인할 수 있으며 또한 『사람의 아들』 속에 『사선을 넘어서』가 직접적으로 언급되고 있는 것에서도 확인된다.

두 작품이 지향하는 바는 기독교의 실천신학적 적용이라는 공통점을 지닌다. 그 지향점 역시 행동으로 옮기는 기독교주의자라는 점에서 같다. 다만, 그 추구하는 바를 가가와 도요히코가 직접적으로 자신의 삶에서 보여주었다면 이문열의 경우는 작품 속의 삶과 지향하는 삶의 자세는 별개인 것에서 차이점이 있다고 할 수 있다.

이상의 내용을 도표로 정리하면 〈표 10〉과 같다.

〈표 10〉『사람의 아들』과 『사선을 넘어서』의 비교

	『사람의 아들』	『사선을 넘어서』	의미
시대와 작품	1970년대 유신정권이 최고조로 달해 민중의 숨통을 죄고 있던 암울한 시기.	1920년대 초판 발행, 1948년 재판 발행. 초판 당시에도 그랬지만 패전 이후 빈민들이 고통스러웠던 시기.	민중이 고난받던 시기에 나온 작품.
	이문열의 삶과 작품에서 지향하는 삶의 자세는 별개임.	이 작품이 작가의 자전적인 삶에서 비롯된 것에서 알 수 있듯 자신의 삶과 소설의 실천 내용이 동일시됨.	두 작가의 삶과 작품의 경향은 다름.
영향	『사람의 아들』에서 『사선을 넘어서』를 직접 언급하고 있으며 작가 가가와 도요히코 역시 두 번 언급하고 있고 가가와에 대한 상세한 설명도 덧붙이고 있음. 또한 항만파업(부두파업)에 관한 내용이나 두 작품의 주인공이 경찰의 감시를 받는 요시찰 인물인 것 등 유사한 설정도 보임.		『사람의 아들』에 『사선을 넘어서』의 영향이 직·간접적으로 나타남.
실천 신학의 적용	1. 교회를 짓고 자신의 치부 수단으로 삼는 목사에 대한 부정적 설정 2. 메시야의 세 가지 조건은 빵과 기적과 권세이지 말씀이 아님 3. 현재 이 땅에 구현될 실천신학적 종교의 지향 4. 십계명의 인간중심적 해석. 위로부터 아래로 짐지워진 것이 아닌 아래로부터 위로 올려세워진 합의 요구 5. 인간은 지음 받은 순간에 이미 완성된 존재	1. 크리스찬인 친구에게 도움을 주지 못하고 말만 앞세우는 기독교계 학교에서 실망하여 자퇴 2. 그리스도가 탑 꼭대기에서 뛰어내렸다면 인간의 모든 문제는 해결되었을 것 3. 아낌없이 가난한 사람들에게 모든 것을 베푸는 삶의 실천 4. 빈민굴에서 자신의 모든 것을 내어놓고 사랑을 실천하는 삶 5. 기독교 사회주의자, 무저항주의자	기독교의 현세적, 실천적 자세를 지향하는 모습이 공통적으로 보임.

참고문헌

1. 텍스트 및 자료

『三光』 3, 三光社, 1920.4.

『신동아』 39, 1935.1.

『學之光』 1~29(1914.4~1930.4); 『학지광』 1~2, 역락, 2001.

염상섭, 「舶來猫」, 『三光』 3, 三光社, 1920.4.

______, 「감상과 기대」, 『조선문단』, 1924.7.

______, 「文藝時評」, 『朝鮮文壇』 20, 1927.3.

______, 「日本文壇雜觀－배흘 것은 技巧(五)」, 『동아일보』, 1927.6.12.

______, 「寫實主義와 더불어 四十年」, 『서울신문』, 1959.5.22.

______, 『廉想涉全集』 전 12권, 민음사, 1987.

______, 『無花果』, 동아출판사, 1995.

______, 『不連續線』, 프레스21, 1997.

이문열, 『사람의 아들』, 민음사, 1987.

______, 『九老 아리랑』, 문학과지성사, 1987.

이문열 외, 『이문열의 우리들의 일그러진 영웅』(제11회 이상 문학상 수상 작품집), 문학사상사, 1987.

이문열 편, 『이문열 세계명작산책』 1~10, 살림, 1996.

夏目漱石, 『漱石全集』 全18卷, 岩波書店, 1974~1986.

大江健三郞, 『昭和文學全集』, 角川書店, 1963.

谷崎潤一郞, 『谷崎潤一郞全集』 第六卷, 中央公論社, 1967.

賀川豊彦, 『死線を越えて』, 社会思想社, 1983.

2. 단행본

구인환・구창환, 『문학의 원리』, 법문사, 1973.

권영민 편, 『염상섭 문학연구』, 민음사, 1987.

김경수, 『염상섭 장편소설 연구』, 일조각, 1999.

김동욱, 『국문학사』, 日新社, 1976.
김복순, 『1910년대 한국문학과 근대성』, 소명출판, 1999.
김순전, 『한일 근대소설의 비교문학적 연구』, 태학사, 1998.
김윤식, 『한일문학의 관련 양상』, 일지사, 1974.
______, 『염상섭 연구』, 서울대 출판부, 1999.
김윤식 · 정호웅, 『한국소설사』, 문학동네, 2000.
김재용 외편, 『한국현대대표소설선』, 창작과비평사, 1996.
김진송, 『현대성의 형성』, 현실문화연구, 2003.
김종균, 『염상섭 연구』, 고려대 출판부, 1974.
______, 『근대 인물한국사 염상섭』, 동아일보사, 1995.
______, 『염상섭 소설연구』, 국학자료원, 1999.
김학동, 『한국문학의 비교문학적 연구』, 일조각, 1974.
사에구사 도시카츠(三技壽勝) 외, 『한국 근대문학과 일본』, 소명출판, 2003.
안석영, 『안석영 문선』, 관동출판사, 1984.
유종호 편, 『염상섭』, 서강대 출판부, 1998.
윤호병, 『비교문학』, 민음사, 2000.
윤홍노, 『염상섭』, 서강대 출판부, 1998.
이보영, 『식민지시대문학론』, 필그림, 1984.
______, 『한국 현대소설의 연구』, 예림기획, 1998.
______, 『난세의 문학』, 예림기획, 2001.
______, 『염상섭 문학론』, 금문서적, 2003.
이재선, 『한국 현대소설사』, 홍성사, 1978.
이혜순, 『비교문학의 새로운 조명』, 태학사, 2002.
임화, 『임화평론집－문학의 논리』, 서음출판사, 1989.
정문길, 『소외론 연구』, 문학과지성사, 1979.
정진석, 『한국언론사』, 나남, 1990.
정한모 · 김용직, 『문학개설』, 박영사, 1990.
조남현, 『소설원론』, 고려원, 1986.
______, 『한국 지식인 소설 연구』, 일지사, 1999.
최정훈 외, 『심리학』, 법문사, 1973.
최재철, 『일본문학의 이해』, 민음사, 1995.
한원균, 「해설」, 이문열, 『우리들의 일그러진 영웅』, 다림, 1998.

고모리 요이치(小森陽一), 한일문학연구회 역, 『나는 소세키로소이다』, 이매진, 2006.
나쓰메 소세키, 최재철 역, 『산시로(三四郎)』, 한국외대 출판부, 1995.
__________, 김정숙 역, 『한눈팔기(道草)』, 문학과의식, 1998.
__________, 윤상인 역, 『그 후』, 민음사, 2003.
__________, 김정숙 역, 『한눈팔기(道草)』, 문학과의식, 1998.
앨빈 굴드너, 박기채 역, 『지식인의 미래와 새로운 계급의 부상』, 풀빛, 1983.
A. 겔라 편, 김영범・지승종 역, 『인텔리겐챠와 지식인』, 학민사, 1983.

『夏目漱石の全小說を讀む』, 學燈社, 1994.
『夏目漱石を讀むための硏究事典』, 學燈社, 1987.
『特輯『漱石論の地平を拓くもの：いま作品を讀む－國文學』, 學燈社, 1992.
殘田隆, 『漱石』, 世界思想史, 1995.
綱野義紘, 『夏目漱石』, 淸水書院, 1991.
石崎等, 『日本文學硏究叢書 夏目漱石』 III, 有精堂, 1989.
石原千秋 編, 『漱石硏究』, 翰林書房, 1994.
伊藤整, 『谷崎潤一郎』(群像 日本の作家 8), 小学館, 1991.
伊豆利彦 外, 日本文學協會 編, 『日本文學講座』, 大修館書店, 1988.
伊藤整 編, 『夏目漱石』(近代文學鑑賞講座 5), 角川書店, 1966.
內田道雄, 『夏目漱石－「明暗」まで』, おうふう, 1998.
右遠俊郎, 『文學 眞實 人間』, 光和堂, 1977.
越智治雄, 『漱石私論』, 角川書店, 1971.
奧野健男, 『昭和文學全集』, 角川書店, 1963.
________, 『日本文學史 近代から現代へ』, 中央公論社, 1979.
小山慶太, 『漱石とあたたかき科學』, 文藝春秋, 1995.
柄谷行人, 『日本近代文學の起源』, 講談社, 1980.
________, 『漱石をよむ』, 岩波書店, 1995.
小泉浩一郎, 『『夏目漱石』, 漱石 「心」の 近低』(日本文學硏究資料叢書 III), 有精堂, 1989.
後藤文夫, 『漱石・子規の病を讀む』, 上毛新聞社出版局, 2007.
小林一郎, 『夏目漱石の硏究』, 至文堂, 1992.
小堀桂一郎, 「解說」, 森鷗 外, 『鷗外選集』 第2巻, 岩波書店, 1978.
小宮豊隆, 『夏目漱石』 三, 岩波書店, 1970.

西郷信綱 外, 日本文學協會 編,『日本文學講座－方法と時點』, 大修館書店, 1987.
相良亨,『一語の辭典こころ』, 三省堂, 1995.
佐古純一郎,『文學の探究』, 審美社, 1976.
________,『夏目漱石の文學』, 朝文社, 1990.
清水孝純,『漱石』, 翰林書房, 1993.
高橋正雄,『夏目文學の物語るもの』, みすず書房, 2009.
竹盛天雄 編,『夏目漱石必携』, 學燈社, 1986.
中村光夫,『日本の近代小說』, 岩波書店, 1981.
夏目漱石, 古川久 編,『漱石の書簡』, 東京堂出版, 1981.
長谷川天溪,『近代評論集』I(日本近代文學大系 56), 角川書店, 1972.
福田清人 編,『夏目漱石』, 清水書院, 1991.
平岡敏夫,『漱石序說』, 槁書房, 1976.
________,『近代小說研究 作品・資料』, 秀英出版, 1992.
松元寬,『漱石の實驗』, 朝文社, 1993.
水谷昭夫,『近代日本文藝史の構成』, 櫻楓社, 1970.
三好行雄,『作品論の試み』, 至文堂, 1967.
________,『日本文學の近代と反近代』, 東京大學出版會, 1972.
________,『夏目漱石事典』, 學燈社, 1992.
________,『漱石書簡集』, 岩波文庫, 2005.
武藏野次郎,『夏目漱石』, 成美堂出版, 1984.
森田喜郎,『夏目漱石論－運命の展開』, 和泉書院, 1995.
芳川泰久,『漱石論』, 河出書房新社, 1994.
吉田精一, 山本健吉 編,『日本文學史』, 角川書店, 1983.
________,『文學概論』, 櫻楓社, 1985.
渡邊澄子,『女々しい漱石、雄々しい鷗外』, 世界思想社, 1996.
新文藝讀本,『夏目漱石』, 河出書房新社, 1990.
新有精堂 編輯部 編,『近代小說研究必携』1～3, 有精堂, 1988.
日本文學研究資料叢書,『夏目漱石』I～III, 有精堂, 1990.
フェミニズム批評の会 編,『「青鞜」を読む』, 学芸書林, 1998.

3. 논문 및 단행본· 계간지 게재 평론

김경수, 「염상섭 소설의 전개 과정과 『狂奔』」, 염상섭, 『광분』, 프레스21, 1996.
김난희, 「나쓰메 소세키(夏目漱石) 텍스트에 나타난 근대비판」, 『日本文化研究』 34, 동아시아일본학회, 2010.
김송현, 「『三代』에 끼친 외국문학의 영향」, 『現代文學』 97, 현대문학사, 1963.
김숙희, 「나쓰메 소세키(夏目漱石) 문학과 신경쇠약 양상 연구」, 한국외대 박사논문, 2011.
김순전, 「한일 서간체소설의 세계와 취향」, 『일본어문학』 10, 한국일본어문학회, 2001.
김승환, 「염상섭의 가족주의적 정신과 家사상」, 권영민 편, 『염상섭 문학연구』, 민음사, 1987.
김언정, 「나쓰메 소세키(夏目漱石)의 『그 후(それから)』와 이광수의 『무정(無情)』에 나타난 근대적 개인의 형성과정과 성격 비교 연구」, 『日本文化研究』 39, 동아시아일본학회, 2011.
김영민, 「춘원 근대성 연구」,『민족문학과 근대성』, 문학과지성사, 1995.
김우창, 「리얼리즘에의 길」, 『廉想涉全集』 9, 민음사, 1987.
김종균, 「민족현실 대응의 두 양상－『만세전』과 「두출발」」, 『염상섭 소설연구』, 국학자료원, 1999.
김창민, 「로아 바스또스의 『사람의 아들 Hijo de hombre』과 이문열의 『사람의 아들』 비교연구」, 『이베로아메리카연구』 19-1, 서울대 라틴아메리카연구소, 2008.
류리수, 「아리시마 타케오(有島武郎)와 염상섭 문학의 '근대적 자아' 비교연구」, 한국외대 박사논문, 2006.
류보선, 「차디찬 시선과 교활한 현실」, 염상섭, 『무화과』, 동아출판사, 1995.
박현수, 「식민지 지식인의 내면에 비친 조선의 풍경」, 『20세기 한국소설－염상섭』, 창비, 2005.
부백, 「나쓰메 소세키(夏目漱石) 『봇찬(坊っちゃん)』론－개인주의로부터 전통윤리로의 전환」, 『일본문화연구』 8, 동아시아일본학회, 2003.
____, 「나쓰메 소세키(夏目漱石) 『마음(こころ)』의 주제성에 대한 고찰」, 『외국문학연구』 20, 한국외대 외국문학연구소, 2005.
안남일, 「『삼광(三光)』 수록 소설 연구」, 『한국학연구』 31, 고려대 한국학연구소, 2009.
오성숙, 「나쓰메 소세키(夏目漱石)의 『그리고서(それから)』論－고등유민(高等遊民)의 탈피과정을 중심으로」, 한국외대 석사논문, 2001.
오현수, 「나쓰메 소세키(夏目漱石)의 『풀베개(草枕)』論－東・西洋 藝術의 對立과 調

和」, 한국외대 석사논문, 1995.
유숙자, 「염상섭과 아리시마 타케오(有島武郞)」, 『비교문학』 20, 한국비교문학회, 1995.
유종호, 「『만세전』과 「일대유업」의 거리」, 유종호 편, 『염상섭』, 서강대 출판부, 1998.
윤은경, 「나쓰메 소세키의 『門』론－소스케(宗助)의 불안」, 『일어일문학연구』 46-2, 한국일어일문학회, 2003.
이남호, 「신의 은총과 인간의 정의」, 『사람의 아들』, 민음사, 1987.
이동하, 「염상섭의 1930년대 중반기 장편소설」, 권영민 편, 『염상섭 문학연구』, 민음사, 1987.
이선영, 「시각상의 진보성과 회고성」, 염상섭, 『廉想涉全集』 1, 민음사, 1987.
장남호, 「나쓰메 소세키(夏目漱石)의 유머 연구－『나는 고양이로소이다』의 문명비평을 중심으로」, 『인문학연구』 79, 충남대 인문과학연구소, 2010.
장두영, 「염상섭 소설의 서사 시학과 현실 인식의 관련 양상 연구」, 서울대 박사논문, 2010.
______, 「염상섭 초기문학론의 형성과정 연구」, 『語文學』 121, 한국어문학회, 2013.
장지영, 「한・일 아시아태평양전쟁문학 비교연구－이병구와 오오카 쇼헤이(大剛昇平)의 남방(南方)소설을 중심으로」, 한국외대 박사논문, 2012.
장혜정, 「아쿠타가와(芥川龍之介)와 이상(李箱) 문학 비교연구－'불안의식'을 중심으로」, 한국외대 박사논문, 2007.
전혜자, 「한국 근대문학에서의 도시와 농촌」, 『한국 근대문학의 쟁점』, 정신문화연구원, 1982.
정호웅, 「식민지 현실의 소설화와 역사의식」, 유종호 편, 『염상섭』, 서강대 출판부, 1998.
차봉준, 「한국 현대소설에 형상화된 신의 공리와 섭리」, 『문학과종교』 14-2, 한국문학과종교학회, 2009,
최시한, 「염상섭 소설의 전개」, 『서강어문』 2, 서강어문학회, 1982.
최재철, 「근대 일본작가의 전쟁체험과 그 영향」, 『日本硏究』 23, 한국외대 일본연구소, 2004.
최해수, 「나쓰메 소세키(夏目漱石)의 『코코로』小考－'先生'의 성격 고찰을 중심으로」, 『日本硏究』 18, 한국외대 일본연구소, 2002.
______, 「이문열의 「필론의 돼지」와 오에 겐자부로(大江健三郞)의 「인간의 양(人間の羊)」의 비교연구」, 『日本硏究』 20, 한국외대 일본연구소, 2003.
______, 「이문열의 「우리들의 일그러진 영웅」과 다니자키 쥰이치로(谷崎潤一郞)의 「작

은 왕국(小さな王國)」의 비교연구」, 『비교문학』 31, 한국비교문학회, 2003.
______, 「한일근대문학 지식인 유형 비교연구－나쓰메 소세키(夏目漱石) 소설의 '高等遊民'과 염상섭 소설의 '심퍼사이저'의 비교」, 『일본학보』 57, 한국일본학회, 2003.
______, 「나쓰메 소세키(夏目漱石)와 염상섭 문학의 영향 관계 연구－『나는 고양이로소이다(吾輩は猫である)』와 「박래묘(舶來猫)」」, 『일본 근대문학－연구와 비평』 3, 한국일본근대문학회, 2004.
______, 「나쓰메 소세키(夏目漱石)의 『도련님(坊っちゃん)』과 염상섭의 『E선생』 비교연구－두 작품의 유사성과 지식인의 양상 비교를 중심으로」, 『日本研究』 23, 한국외대 일본연구소, 2004.
______, 「청년 지식인 근대 체험의 두 양상－나쓰메 소세키(夏目漱石)의 『산시로(三四郎)』와 염상섭의 『만세전(萬歲前)』의 비교」, 『일본학보』 62, 한국일본학회, 2005.
한성철, 「단눈치오의 『死의 勝利(Trionfo della morte)』와 김동인의 『마음이 옅은 者여』의 비교연구」, 『외국문학연구』 1, 한국외대 외국문학연구소, 2001.
한승옥, 「『삼대』의 다성적 특질」, 『염상섭 소설연구』, 국학자료원, 1999.
허병식, 「사랑과 정치학과 죄의 윤리학－염상섭의 『사랑과 죄』를 중심으로」, 『한국문학연구』 31, 동국대 한국문학연구소, 2006.
허석, 「일본 근대문학에 나타난 국민화의 표상으로서의 철도 연구」, 『일본어문학』 52, 한국일본어문학회, 2012.
홍은택, 「영향과 불안으로부터의 자유」, 『현대시학』, 2002.4.

金希貞, 「韓國近代文學成立期における大正期日本文學の受容－『白樺』派を中 心に」, 金澤大學 博士學位論文, 2003.3.
吳京煥, 「『道草』論－論理の生と日常の生」, 『인문논총』 28-1, 부산대 인문대, 1985.
______, 「『それから』論」, 『인문논총』 30-1, 부산대 인문대, 1986.
______, 「夏目漱石『心』論－自己表現としての自殺 」, 『인문논총』 33-1, 부산대 인문대, 1988.
丁貴蓮, 「國木田獨步と若き韓國近代文學者の群像」, 筑波大學大學院 文學研究科 國文學專攻 比較文學專門 博士學位論文, 2000.
蔡永姙, 「廉想涉 「萬歲前」に見る家族・民族－1918年の東京・京城認識を通して」, 『紀

要』第二部 第51号, 廣島大學大學院 教育學研究科, 2002.
李平,「夏目漱石のユーモアの對象—『吾輩は猫である』を中心に」,『比較文化研究』11卷 2號, 慶熙大 比較文化研究所, 2007.
石井和夫 編著,「作家と作品」,『spirit 夏目漱石』, 有精堂, 1987.
猪野謙二,「『それから』の思想と方法」,『漱石作品集成』(第六券), 桜楓社, 1991.
_______,「『心』における自我の問題」, 平岡敏夫 外 編,『近代小説研究 作品 資料』, 秀英出版, 1992.
伊豆利彦,「'猫'の誕生」,『吾輩は猫である』, 櫻楓社, 1991.
上田正行,「金錢感覺」,『夏目漱石事典』, 學燈社, 1992.
佐藤泰正,「『坊っちゃん』—〈うた〉という發想をめぐって」,『夏目漱石論』, 筑摩書房, 1988.
大竹雅則,「『それから』—再現の昔」,『漱石—初期作品論の展開』, 桜楓社, 1995.
神田由美子,「僞善と露惡」,『夏目漱石事典』, 學燈社, 1992.
勝田和学,「『それから』の構造」,『言語と文芸』第100号, 桜楓社, 1986.
小森陽一,「『こころ』を生成する心臟」,『成城國文學』創刊 第1号, 成城大學文學會, 1985.3.
高田端穗,「日本近代の特殊性」,『夏目漱石論』, 明治書院, 1984.
中山和子,「女性像」,『夏目漱石事典』, 學燈社, 1992.
平岡敏夫,「それから」,『夏目漱石』I, 国書刊行会, 1989.
登尾豊, 「三四郎」, 『国文学 解釈と教材の研究』(1月臨時増刊号『夏目漱石の全小説を読む』), 學燈社, 1994.
三好行雄,「『それから』論断章」,『森鴎外・夏目漱石』(三好行雄 著作集 第二券), 筑摩書房, 1993.
_______,「漱石の知的空間」,『講座 夏目漱石』第五卷, 有斐閣, 1981.
________ 編,「漱石の作品(下)」,『講座 夏目漱石』第3卷, 有斐閣, 1980.
森田喜郎,「運命の展開」,『夏目漱石論』, 和泉書院刊, 1995.
堀秀彦,「解說」, 夏目漱石,『こころ』, 旺文社, 1984.

4. 기타

『성서』, 대한성서공회, 1992.
메디컬코리아 편집부,『무용이론사전』, 메디컬코리아, 2011.
곽원석 편저,『염상섭 소설어사전』, 고려대 출판부, 2002.
신지철・신용철,『새 우리말 큰 사전』, 삼성출판사, 1989.
아가페성경사전편찬위원회,『아가페 성경전서』, 아가페출판사, 1992.

한용환, 『소설학사전』, 문예출판사, 2001.

『世界大百科事典』, 平凡社, 1985.
『世界文學事典』, 庚美文化社, 1979.
『作品別 近代文學 研究事典』, 學燈社, 1993.
『新版心理學事典』, 平凡社, 1981.
江藤淳, 『朝日小事典, 夏目漱石』, 朝日新聞社, 1977.
新村出, 『廣辭苑』, 岩波書店, 1991.
平凡社 編輯部, 『日本史事典』, 平凡社, 1991.